HUWELIJKSREIS IN HIJAB

Alison Wearing

HUWELIJKSREIS IN HIJAB

Gesluierde rondreis door Iran

ZILVER POCKETS
UITGEVERIJ BYBLOS

Voor mijn moeder

Zilver Pockets® wordt uitgegeven door Muntinga Pockets,
onderdeel van Uitgeverij Maarten Muntinga bv, Amsterdam

www.zilverpockets.nl

Een gezamenlijke uitgave van Muntinga Pockets,
Amsterdam en Uitgeverij Byblos, Amsterdam

Oorspronkelijke titel *Honeymoon in Purdah* (Alfred A. Knopf,
Canada)

Vertaald door Catalien en Willem van Paassen
Omslagontwerp Mariska Cock
Zetwerk Stand By, Nieuwegein
Druk Bercker, Kevelaer
Uitgave in Zilver Pockets februari 2002
Zevende druk april 2004

ISBN 90 417 6061 X NUR 302/508

Opmerking van de auteur

Dit zijn schetsen, een verzameling indrukken van Iran en zijn bevolking. Ik heb de situaties meestal precies zo weergegeven als ze zich voordeden en ik heb stemmen zo getrouw mogelijk opgetekend. Soms heb ik collages gemaakt van verhalen en gezichten, even vaak om de identiteit van mensen te beschermen als om een artistieke toets aan het geheel te verlenen. Voor veel portretten geldt dat hun waarheid niet in de details, maar in de sfeer ligt.

ARMENIË
TURKIJE
TURK
Kaspische Zee
Tabriz
Rasht
Ramsar
Gorgan
Sanandaj
Teheran
Qom
Tabas
IRAK
Isfahan
Yazd
Kerman
Perzische Golf
Shiraz
Bandar-é Abbas
S. AYKROYD

KAART VAN IRAN
MENISTAN
Mashhad
N
W
O
Z
AFGHANISTAN
Bam
Hormoz
PAKISTAN

Inhoud

De lagesnelheidsbus

Dit is de ruimte die toegang geeft tot Iran. Hij is rechthoekig. Aan beide uiteinden is een deur. Kaal, op twee portretten na, boven elke deur een. Generaal Kemal Atatürk waakt vanaf de westelijke deur over de grens van zijn land. Ayatollah Ruholla Khomeini doet hetzelfde in het oosten. Ik loop naar wat me het midden van de kamer lijkt en ga als een flamingo staan, balancerend tussen twee landen.

Ik beland weer op beide voeten als er een groep vrouwen door de deur van Atatürk waait. Ze zijn oud, wijs en klein, allemaal, en ze zijn gehuld in witte sluiers. Ze fladderen om elkaar heen en hurken vervolgens neer op de vloer, waarbij ze grote lappen stof met een hand onder hun kin bijeenhouden. Hun tanden doen dienst als een extra stel vingers, die voortdurend neurotisch aan hun gewaden plukken en trekken, alsof ze zich de hele dag kunnen inspannen zonder het gewenste resultaat te bereiken. Ze zijn zo schichtig dat ze door het minste of geringste – een deur die opengaat, iemand die vlak langs hen loopt – alle kanten op schieten. Opgeschrikte kippen. Ze slaken gilletjes en fladderen uiteen, met wapperende sluiers en schuifelende voetjes; daarna komen ze geleidelijk weer bij elkaar, het geschetter verflauwt, de beweging komt tot rust, en weldra klinkt er weer kalm gebabbel en wordt er weer driftig aan gewaden geplukt.

We kochten onze kaartjes in Istanbul, waar ons werd verteld dat de reis naar Teheran – zo'n tweeduizend kilometer naar het zuidoosten – het equivalent van 25 Amerikaanse dollars kostte en 24 uur zou duren. Wij zouden eerder uitstappen, in Tabriz, niet ver van de Iraanse grens. Na ongeveer achttien uur, volgens een ruwe schatting. We aten een stevige hap bij het dichtstbijzijnde snackbarretje en gaven ons laatste Turkse geld uit aan wat fruit en brood voor onderweg.

Uiteindelijk vroegen we na zo'n uur of dertig aan de buurman in de stoel achter ons waarom we nog steeds op de Anatolische vlakte waren. Hij glimlachte en zei dat 24 uur de 'dichterlijke' tijd is, de tijd die het bijvoorbeeld een goede auto, zonder oponthoud, zou kosten. Een Duitse auto, of zo. Maar dit is een Iraanse bus, snap je, met veel oude onderdelen en een lage snelheid, en we stoppen voor wc's en om te bidden, en dan heb je nog de grens, die enorm kan ophouden. Dus de echte tijd komt neer op zo'n twee of drie nachten.

Khosro ontfermde zich over ons zodra we in Istanbul op de bus stapten. 'Neem me niet kwalijk,' zei hij, toen hij ons Engels hoorde praten. 'Gaan jullie naar Iran?' We knikten. Hij leunde achterover en vertaalde het voor zijn vriend, Hossein. Een paar tellen later stak het hoofd van Khosro weer over de rand van onze stoelen. 'Neem me niet kwalijk, maar *vrijwillig*?'

We hadden Istanbul nog niet verlaten of de eerste passagier liep al met een doos koekjes naar voren en bood ons er allemaal eentje aan. Een paar uur later presenteerde een ander dadels, zonnebloempitten en toen iets wat op een suikerspin leek. Khosro en Hossein gaven met regelmatige tussenpozen brood, kaas en groenten aan ons door. Toen ik hen bedankte voor de auberginepulp, die verrukkelijk was, stonden ze erop ons drie blikjes te geven. Nee, vier. En nog een. De oude vrouwen voor ons staken zo nu en dan hun handen tussen de stoelen door, voelden waar de mijne waren en vulden die met noten. Het stel aan de andere zijde van het gangpad bood ons zodra we hun kant op keken een fles sinaasappellimonade aan.

We hadden Istanbul evenmin verlaten of de bus liet het voor het eerst afweten, wat nog vaak zou gebeuren. Meer dan vijf keer, geloof ik. Elk mankement dreef de mannen de bus uit, waarna ze zich met een hand onder de kin en een verbijsterde blik rond de motor verzamelden. Sommigen gingen langs de kant van de weg staan bidden. Op de chauffeurs na heb ik niemand iets anders rond die motor zien doen dan staren.

De rest van ons stond langs de kant en raakte aan de praat.

Khosro was in Istanbul om een toeristenvisum voor de Verenigde Staten aan te vragen. Hij had de bus vanuit Teheran genomen (dichterlijke tijd 24 uur, werkelijke tijd 75 uur), had er twee dagen over gedaan om zijn visum aan te vragen bij de Amerikaanse ambassade in Istanbul en was nu weer op weg naar Teheran. Zijn aanvraag werd afgewezen, maar hij wil het volgend jaar opnieuw proberen. Hossein kwam mee om Khosro gezelschap te houden. Vond hij het leuk in Istanbul? Ja, het was heel mooi, maar hij had alleen de Blauwe Moskee en de Amerikaanse ambassade gezien.

Veel van de overige passagiers waren eveneens naar Istanbul gegaan om een visum voor *Emrika* aan te vragen. Het was niemand gelukt, maar de meesten wilden het volgend jaar opnieuw proberen. Iedereen had minstens één familielid of vriend meegenomen als gezelschap; een man had zes neven bij zich. Er was een gezin op vakantie, een aantal mensen was op pelgrimstocht en een jong stel keerde terug van hun huwelijksreis.

Ze waren trots en nerveus, die twee, ongemakkelijk bij elkaar en duizelig van de gedachte aan elkaar. Hij was ouder, veel ouder, en probeerde er zelfverzekerd uit te zien. Zij was jonger, jong – misschien veertien jaar – en diep onder de indruk van de wereld. Ze bemoeiden zich met niemand tijdens de reis, zaten het grootste deel van de tijd alleen maar wat te glimlachen en wisselden zo nu en dan snelle, gefluisterde woordjes uit. Raakten zo nu en dan voor iedereen zichtbaar elkaars hand aan. Baden wanneer het maar kon. Ze was de enige vrouw in de bus die de complete hijab droeg, de kleding die de islam voorschrijft om het fatsoen van de vrouw te beschermen: een zwarte enkellange mantel en een hoofddoek die strak rond het gezicht is geplooid, bedekt door een chador, de lap zwarte stof die over het hoofd en de armen is gedrapeerd. De sluiers van de oudere vrouwen waren wit, de kleur van de rouw. De jongere vrouwen droegen bloezen en broeken, sommige een jurk, een enkele een spijkerbroek. Een paar droegen een hoofddoekje.

Maar toen we de grens naderden, werden er jassen en sjaals uit de tassen gesjord en begon de grote verkleedpartij. De vrouw aan de andere kant van het gangpad rukte een blauwe regenjas tevoorschijn en trok die aan, de ogen ten hemel geslagen. Ze sloeg losjes een paarse sjaal om, haar getoupeerde haar droeg die een paar centimeter boven haar hoofd.

Het laatste stukje Turkije ging langzaam. Er was een reeks wegversperringen opgesteld door soldaten die in de oosthoek van het land waren gestationeerd tegen de Koerdische rebellie. Dit was een oorlogsgebied, werd ons verteld. Er moest dus streng op de veiligheid worden gelet. En dat gebeurde ook. Zo streng dat we ons alleen een weg door de dwars op de weg geparkeerde tanks konden banen door de soldaat die onze paspoorten controleerde een paar bankbiljetten in de vuist te proppen. En daarna nog een paar in de vuist van de andere soldaat, en zijn vriend, en degene die dreigde ons allemaal uit te laten stappen en onze koffers een voor een uit te kammen. Een paar extra voor hem. We moesten binnen een uur acht van deze 'veiligheidscontroles' doorlopen. Sommigen namen sigaretten aan van de passagiers die ze controleerden; anderen marchandeerden direct met de chauffeur. Een groep soldaten liet het ritueel van paspoorten bekijken maar helemaal achterwege en stapte de bus in met de mededeling dat ze geld voor thee wilden.

Veertig weinig dichterlijke uren na het vertrek uit Istanbul bereikten we de rand van Turkije.

Waar we nu nog zijn. Aan het wachten.

Een van onze buschauffeurs verschijnt met een vracht paspoorten en uitreispapieren en begint ze terug te geven aan zijn passagiers. We mogen vertrekken en kunnen nu naar de Iraanse douane.

Er is gedrang bij de Khomeinideur waar onze reisgenoten worstelen met hun bagage. Sommigen hebben een doorgeefrij geformeerd om hun muur van dozen te transporteren. De man met de zes neven laat elk van hen minstens tien tassen dragen. Ik wissel een knipoog uit met een vrouw die voor in de bus zat, wier hijab bestaat uit een halflange karmijnrode jas met lichtblauwe knopen en een sjaal met een werkje. ('Ze komt uit Teheran,' legt Khosro uit, 'dus haar hijab is erg, hm, zwak.') Ik pak mijn spullen bij elkaar en volg de massa.

Wacht – ik vergeet iets.

Mijn echtgenoot.

Verdomme. Ik heb beloofd dat ik dat niet zou doen.

(De vorige keer dat ik met iemand samen reisde, was ik hem totaal vergeten. We waren in China, aten rode-bonen-pannenkoekjes als ontbijt en liepen samen naar het station, dat herinner ik me nog heel goed. Het was er vol, o Mao, bomvol, en de trein had vertraging. En juist dit volgende stukje is een beetje vaag. Ik zat midden in een goed boek – zei hij soms iets over naar de wc gaan? – toen er werd omgeroepen dat de trein op een ander spoor was gearriveerd. De menigte produceerde het soort standaardhysterie dat op zo'n mededeling hoort te volgen: geschreeuw, geblaf, gestruikel, geschop, geknijp, gegrom, geglip, geduw enzovoort. Ik stortte me in de strijd, werd de trein in geslingerd – boek nog in mijn hand, gedachten nog bij mijn boek – op een bankje gedrukt, en las nog een paar hoofdstukken terwijl ik gekookte pinda's, warm bier en oudbakken pasteitjes verorberde. Viel in slaap. Werd wakker. Knipperde met mijn ogen en probeerde de gezichten van de mensen om me heen scherp te krijgen, gaapte en hield een hand voor mijn mond.

Pas later ontdekte ik dat de trein helemaal niet op een ander spoor was binnengekomen. Ik was gewoon in de verkeerde trein gestapt. Op weg naar een bestemming die 650 kilometer uit de route lag, bij de grens met Laos.

Ik ben vastbesloten dat niet nog eens te doen. In de eerste plaats rijden er veel minder treinen in Iran. Daarnaast is dit het enige land waar ik niet alleen zou kunnen reizen. Daarom is het de aangewezen bestemming voor onze huwelijksreis. Wat dit is.)

Ik onttrek me aan Khomeini's strenge blik en volg mijn spoor terug, wurm me door een menigte Afghanen, loop over het balanceerpunt, tussen de oude vrouwen door – gillen, opfladderen, neerstrijken – en kom uit achter een stapel jutezakken, waar ik Ian een uur geleden slapend heb achtergelaten.

Hij kijkt tevreden. Heeft die gelukzalige uitdrukking van iemand die in een badkuip ligt te soezen. Van de zakken en tassen om hem heen heeft hij een kussen en een ruggensteun gemaakt. Zijn eigen tas koestert hij als een teddybeer in zijn armen. Ik kniel naast hem neer en streel zijn voorhoofd – kussen in het openbaar is in dit deel van de kamer niet verboden, maar ik kan de gewoonte maar beter afleren – en hij schrikt wakker. Schiet in paniek overeind en grijpt naar zijn tas, zijn buiktasje en zijn bril. Alles nog aanwezig. Ontspant. Ziet mij. Glimlacht.

'Tijd om te vertrekken.'

Hij reageert kribbig. Zegt 'o' op zo'n manier dat hij op een vis lijkt en zijn mond nog altijd in een open plooi staat nadat het geluid allang is weggestorven. Ik steek mijn vinger in de o-vorm en hij ademt diep in door zijn neus, waardoor hij weer zoveel lucht binnenkrijgt dat hij overeind springt en wat rond begint te stampen. Hij zegt 'woea' en 'hokee' en 'woehoe' en slingert zijn tas over zijn schouder.

'Laten we gaan.'

We lopen terug naar de oostelijke deur, halen hoorbaar diep adem en stappen erdoorheen.

Tot zover is Iran een grote, vierkante betonnen ruimte waarin een hoop mensen zitten. Anders dan in Turkije, de kamer die ik zojuist heb verlaten, staan de mensen hier in rijen. Twaalf rechte rijen die naar twaalf bebaarde mannen leiden. Achter hen hangt een rij gordijnen. Daarachter ligt waarschijnlijk de rest van het land. We gaan bij Khosro en Hossein in de rij staan en wachten.

Vier uur later is de rij vijftienmaal de lengte van mijn voeten opgeschoven.

Weer vier uur later is onze rij tweeëntwintig-en-een-halfmaal de lengte van mijn voeten opgeschoven.

Weer vier uur later is onze rij helemaal niks opgeschoven, maar hebben we een paar handjes zonnebloempitten en wat vijgen gegeten. Gekregen van andere mensen in de rij.

Twee uur daarna schuiven we zo snel op dat Ian en ik als volgende aan de beurt zijn. Het stel voor ons moet al zijn achttien tassen uitpakken. Kleren, linnengoed, kussens (zomen opengescheurd, vulling gecontroleerd), ingeblikte waar, voorverpakte voeding, speelgoed (uit de doos gehaald en gecontroleerd, een knuffelbeer opengescheurd en doorzocht), handdoeken, breekbare spullen (beschermende verpakking erafgehaald en op een hoop gegooid), rollen stof, cassettes (geconfisqueerd), kinderboeken (eentje, met plaatjes van een blonde moeder in een mouwloze jurk, geconfisqueerd), kookgerei, boeken (bestudeerd en goedgekeurd). Het stel wordt naar de volgende tafel gestuurd om de tassen weer in te pakken. Hun spullen, die eerst zo netjes opgevouwen en ingepakt waren, liggen nu verspreid over de controletafel en op de grond.

Zonder een woord, een boze frons of welke vorm van protest dan ook, verzamelt het stel de spullen in hun armen en hevelen ze over naar de tafel ernaast. De inspecteur doet een stap naar achteren. Kijkt toe. Wijst naar een paar spullen die op de grond zijn gevallen, voor zijn voeten. Kijkt opzij als de vrouw onder de tafel kruipt om ze te pakken. Staart in de verte en zegt dat ze moeten opschieten. Pulkt iets uit zijn oor en gooit het op de grond.

Als de tafel leeg is, gebaart de inspecteur dat hij onze tassen wil. Hij vraagt Ian zijn tas open te ritsen en woelt door een handjevol kleren, duwt de zak daarna weg. Pakt daarna mijn tas en doet hetzelfde. Bladert door mijn krant alsof hij zich koelte toewuift, legt hem terug, duwt mijn tas weg. We ritsen onze tassen dicht en lopen naar het afgeschermde gedeelte van de ruimte.

'Uw paspoorten zijn erg goud.' Hossein lacht als hij zijn tassen op de tafel zet en zijn spullen een voor een begint uit te pakken.

Ian en ik worden elk een andere kant op geleid. Hij naar de gordijnen links, ik naar de gordijnen rechts. Achter de mijne wachten drie vrouwen in volle hijab. En met volle snorren. Zulke heb ik nog nooit bij een vrouw gezien. Het is niet gewoon een donker randje boven de mond. Het is het soort snor waar een puberende jongen jaloers op zou zijn. Geen enkele vrouw glimlacht. Ze hangen in hun stoelen, hun ogen druipen op hun wangen. De harigste van het drietal wenkt me en gebaart dat ik mijn armen moet opheffen, zodat ik haar van dichtbij kan bekijken. En zij mij. Ze onderzoekt me vluchtig – schouders, rug, buik, benen – en vraagt me wat die bult op mijn buik te betekenen heeft. Ik knoop mijn jas en mijn bloes los en laat haar mijn buiktasje zien. In orde, knikt ze en ze duwt me weg. De drie vrouwen zetten hun gesprek voort.

Ik duw het laatste paar gordijnen opzij en loop naar buiten: een parkeerplaats vol bussen en honderden mensen die zich klaarmaken voor of nog uitblazen van de grens. Ik zigzag tussen auto's door die in verschillende fases van in- en uitladen verkeren, er puilen spullen uit elke opening, maar onze bus zie ik niet. Wat ik wél vind, is een schuurtje met wat tafeltjes en een samovar. Ik gluur naar binnen en glimlach naar een kort, dik Mongools ogend mannetje met een bontmuts op en een gewatteerde jas aan. Hij wijst naar zijn thermosfles met thee en biedt me zijn beker aan. Ik pak hem aan. Nadat hij de kruk naast hem met zijn mouw heeft schoongeveegd, gooit hij zijn resterende thee op de grond, vult de beker opnieuw en reikt hem me aan. Een en al glimlach.

Na veertig uur in de bus en veertien uur aan de grens, heeft deze thee het effect van een bubbelbad. Ik doe mijn ogen dicht en zucht. De man lacht. Haalt wat brood zo taai als leer uit zijn jaszak en scheurt er voor mij een paar repen vanaf. Ik sop en smul, en bedank hem vervolgens in het Chinees, Russisch, Farsi, Arabisch en Engels. Ik weet niet of hij er iets of niets van heeft verstaan. Hij glimlacht en knikt voortdurend, of ik nu wel of niet praat. Halverwege mijn tweede kop thee leunt er iemand naar binnen die iets schreeuwt. Mijn vriend veert op en reageert – verontschuldigt zich – maar zijn bus vertrekt – en pakt zijn thermosfles. Hij laat me achter met een handvol broodreepjes en knipoogt met beide ogen.

Op zijn plaats is een jonge man gaan zitten die me thee aanbiedt die hij aan de toonbank heeft gekocht. Ik bedank hem en neem de thee aan. Hij komt uit Lahore. Ken ik die stad? Nou, ik moet er zeker eens naartoe. Heel mooi. En ik? Canada! Een broer van hem woont in Canada. Misschien ken ik hem.

'Umhm...' Ik nip van mijn thee en neem een koekje aan.

'Hij woont in stad Montreal. Hij is kunstenaar. Schilder.'

'Umhm...' Ik neem nog een slokje.

De man woelt door zijn spullen en haalt zijn adressenboek tevoorschijn. Brrrrt. Wijst de naam van zijn broer aan.

'Uhmh...' Ik neem nog een slok en kijk naar het boekje, haal diep adem door mijn neusgaten en hoest kuch stik hijg hoest stik en veeg mijn mond af.

Hij is het voormalige vriendje van een vroegere kamergenote.

'Hij is een vriend van me,' vertel ik de man, die vol ongeloof met zijn ogen knippert. Wijst nog een keer de naam en het adres aan om er zeker van te zijn dat ik me niet vergis. 'Ik heb in dezelfde straat gewoond,' vertel ik totdat hij me gelooft. De man schudt zijn hoofd en knippert nog maar eens, en buigt zich daarna naar de mannen achter hem om uitleg te geven. Ze komen dichterbij om het adressenboekje te inspecteren en zich het toeval nog eens drie of vier keer te laten uitleggen. De eigenaar biedt ons gratis thee aan, maar voor we het eerste slokje kunnen nemen, wordt de man – Jamal, leuk je te ontmoeten – weggeroepen door een vriend. Ook zijn bus vertrekt. Jamal scheurt een bladzijde uit zijn adressenboekje en geeft me zijn naam en adres. Nodigt me opnieuw uit in Lahore. Ik bedank hem, maar vertel dat hij me niet al te snel moet verwachten. Ik schrijf mijn naam en adres naast die van zijn broer, wil het boekje aan Jamal teruggeven en zie dat zijn ogen vol tranen staan.

'Mijn broer is gelukkig?'

Ik kijk naar Jamal en denk terug aan de laatste keer dat ik zijn broer heb gezien. Koud, somber en eenzaam. Kettingrokend in zijn krappe flatje in Montreal, nippend aan zijn thee, met de blik op oneindig. Me vertellend hoe moe hij is. Moe van het leven in zo'n gewelddadig land. 'Canada,' vertelde hij me op een dag, achter toegeknepen ogen en rookkringels vandaan, 'is vol gewelddadige lafbekken. De mensen denken dat ze vriendelijk zijn, maar ze vallen aan op een stille manier. Ze gebruiken hun intellect, hun kennis, en willen altijd bewijzen dat ze slimmer, belangrijker zijn. De man zonder ego is de vriendelijke man. Canada is een land van geciviliseerde barbaren.'

Jamal kijkt gekweld en wacht op een antwoord.

Zijn bus toetert. Hij zit volgepropt met mensen en hun spullen, de bagage is op het dak gebonden waardoor de bus nog eens half zo hoog wordt. Jamal legt een hand op zijn borst, buigt zijn hoofd en rent dan naar de bus. Hij draait zich om in de deuropening en zwaait, en hij laat een veegje wit in de lucht achter op de plek waar hij me een laatste glimlach toewierp.

~

Ik wandel terug naar het hoofdgebouw en krijg Ian in het oog die voor de vrouwenuitgang op en neer loopt. Zijn armen schieten als die van een marionet omhoog als hij me ziet. Ik loop op hem af vol *je raadt nooit wie ik heb gezien*-enthousiasme, maar hij snoert me de mond met een *waar heb je in godsnaam gezeten*-woede. Hij is te boos om zich ook maar een beetje te interesseren voor mijn verhaal. Ik beloof dat ik voortaan meer rekening met hem zal houden – hm – en hij belooft dat ik voortaan een uur alleen kan rondstruinen voor hij ongerust wordt.

Voordat we compleet verzoend zijn, hebben de klanken

van ons Engelse gesprek de aandacht van twee zwarthandelaars getrokken, die onze dollars willen wisselen. Ian en ik temperen het volume van ons gekibbel en gaan op zoek naar onze bus.

Hij ziet eruit als een dinosaurus waarvan de ingewanden zojuist zijn uitgerukt. Als de massa dozen en tassen en zakken en kisten die nu over de grond verspreid ligt, eenmaal in en op onze bus is gestapeld, zal hij er net zo uitzien als de bus waarin Jamal is vertrokken. Maar tot die tijd is het een gepantserd monster met open wonden. Khosro en Hossein schijnen te denken dat we nu snel op weg zullen gaan. Dichterlijk gesproken.

De geldwisselaars hebben ons gevolgd en blijven hun aanbod herhalen. 'Het is goede prijs,' verzekert Khosro ons. Ongeveer achtmaal de officiële koers. We wisselen het geld op het moment dat onze bus gaat vertrekken. Drieënhalf uur later. Net voor het donker.

De bus kruipt langzaam de weg op. Ik hoor een rinkelend geluid en zie hoe mijn buurman vliegtuigmaatjes Johnnie Walker uit zijn sokken trekt en in zijn tas stopt. 'O, mijn g...,' stamelt Ian. 'Is alcohol niet *vreselijk* illegaal?' De man kijkt op en glimlacht, haalt verlegen zijn schouders op en gaat verder. Hij hevelt meer flessen over uit allerlei zakken en duwt de tas onder zijn stoel.

Al na een kilometer rijden we een afgebakend gebied in en stoppen we. Er komt een man aan boord die de mensen vraagt met twee tegelijk op te staan. Hij controleert paspoorten, en daarna alle stoelen en gordijntjes – vindt niets – en stapt weer uit. We wachten. Er verschijnt een tweede man en in de bus wordt het stil. Zo stil dat ik de lucht voel scheuren en kraken door onze ademhaling. Deze man is geheel in het zwart gekleed, heeft heel kort haar en een dikke baard. Hij staat aan het eind van het gangpad en peilt de bus, waarbij hij zijn ogen vol achterdocht in de verschillende gezichten boort. Hij loopt langzaam het gangpad op en neer, staat zo nu en dan stil om vragen te stellen; soms wil hij identiteitsbewijzen zien. Hij praat fluisterend. Hij loopt langs onze buurman aan de andere kant van het gangpad, en stapt dan achteruit tot hij weer naast hem staat. Hij buigt voorover en fluistert iets in zijn oor. Onze buurman kijkt voor zich uit en fluistert iets terug. De bebaarde man stelt een aantal gefluisterde vragen. Onze buurman staart strak naar één punt en fluistert zijn antwoorden. De bebaarde man richt zich op en loopt verder. Hij monstert Ian en vraagt onze paspoorten. Knijpt zijn ogen samen als hij onze foto's met onze gezichten vergelijkt, loopt dan weg met onze paspoorten en vraagt iets aan de buschauffeur. Ook nu weer fluisterend. De chauffeur volgt hem naar onze plaatsen en wijst naar onze bagage. De man taxeert onze tassen en geeft de paspoorten terug. Hij loopt achter de chauffeur aan door het gangpad naar voren en verlaat de bus. De chauffeur sluit het portier en rijdt de weg weer op. De lucht barst uiteen in duizend gesprekken.

Het gezicht van Khosro duikt op achter onze hoofdsteunen. 'Welkom in Iran,' lacht hij. 'Wees niet bang voor mannen. Ze willen respect, daarom praten we niet. En daardoor denken ze dat ze belangrijk zijn.'

Na een paar kilometer op Iraanse bodem stoppen we bij een restaurantje langs de weg. Khosro en Hossein gaan naar achteren om de keuken te inspecteren. 'We controleren of het niet giftig is,' legt Hossein uit, waarna hij achter Khosro aan sprint. Ze komen glimlachend en met geruststellende woorden terug – 'Is goede keuken, niet vuil van oud vlees' – en vertellen dat ze genoeg eten voor ons allemaal hebben besteld. Glazen yoghurt, schotels kebab, brood en tomaten. Vier andere passagiers schuiven bij ons aan: een Koerdisch stel (die pas bij ons komen zitten nadat ik ze heb uitgenodigd en daarna heb aangedrongen), en onze buschauffeurs.

We hebben twee chauffeurs. Terwijl de ene rijdt, strekt de

andere zich achter in de bus uit, omgeven door kussens en gordijnen met kwastjes. (De eerste keer dat ik de rustende chauffeur achterin tussen de kussens zag liggen, met zijn handen op zijn buik gevouwen, dacht ik dat we een dode koning vervoerden.) Als hij is uitgerust en weer zin heeft om te rijden, loopt hij naar voren. De twee mannen wurmen hun armen en benen rond en door die van de ander, waarbij de een geleidelijk het stuur en de pedalen van de ander overneemt. Terwijl de bus rijdt.

Het Koerdische stel zijn twee van de vrolijkste mensen die ik ooit heb ontmoet. Het zijn mensen die, zelfs als ze zwijgend uit het raampje kijken, glimlachen. Nasreen zit naast me met haar baby van drie weken. Het kind is strak ingebakerd, een levenloos voorwerp dat sinds ons vertrek uit Istanbul niet één geluidje heeft laten horen. Het is in de vele kleurige lagen van Nasreen gewikkeld. Karmijnrode en azuurblauwe rokken, scharlaken- en robijnrode en indigo doeken, een gerimpelde donkerpaarse bloes en een zwarte sjaal. Haar huid is ruw en licht. Ze lacht als een kraai. Sinds we het stel een paar dagen geleden hebben ontmoet, heeft ze er een gewoonte van gemaakt om de haverklap mijn hand te pakken, tenzij ik iets zeg wat ze grappig vindt, want dan mept ze me op mijn arm. Haar man heeft rood haar, draagt een wijde, bruine wollen broek en een brede sjerp.

Nasreen is de mededeling dat Ian en ik op huwelijksreis zijn in Iran nog steeds niet te boven. De eerste keer dat het voor haar werd vertaald, trok haar hele gezicht samen en zei ze *ehhh*? Nu zegt ze telkens als het gesprek even stilvalt *huuuuwelijksreis* en knijpt ze in mijn wang.

Als het eten wordt gebracht, gaat de helft naar Ian en mij en wordt de andere helft onder de overige zes mensen verdeeld. Protesteren heeft geen zin; we zijn de enigen aan tafel die het niet met de gang van zaken eens zijn. Tussen de happen door proberen Khosro en Hossein ons over te halen om met hen mee naar Teheran te gaan, maar we vertellen dat we willen uitstappen in Tabriz, de hoofdstad van de provincie Azerbeidzjan. Waar vrienden van ons wonen, vertel ik erbij. Omdat ik het Farsi-woord voor kennissen niet ken.

Als de bus weer de weg op draait, barst iedereen uit in gezang en gedans. Mensen klappen in hun handen en knippen met hun vingers, en zingen en dansen in het gangpad. Een oude man, die het grootste gedeelte van de reis geslapen heeft, danst nu het gangpad op en neer onder luide aanmoedigingen van alle passagiers. Nasreen giechelt en joelt tot het dak ervan trilt. Haar man staat op en danst even, maar hij geneert zich al snel en begraaft zijn hoofd in Nasreens schouder. Het feest gaat minstens een uur door; dan worden we opnieuw door veiligheidsagenten van de weg geplukt.

Dit keer heeft een simpele paspoortencontrole tot gevolg dat de man van Nasreen uit de bus wordt gehaald voor een ondervraging. 'Hij is Koerd,' legt Khosro uit. 'Het zijn mensen zonder land, leven in ander land, bijvoorbeeld Iran, Turkije, Irak. Ze leven meestal als kleine burgers, zonder rechten van gewone mensen. Sommige Koerdische mensen willen eigen land, dus voeren ze beetje oorlog met Turkije. Daarom zijn sommige mensen bang voor ze en hebben ze altijd problemen aan grens. Het is zwaar voor ze.'

Een van de chauffeurs gaat voorin overeind staan en deelt iets mee. Khosro rekt zich uit om het goed te horen. De chauffeur spreekt een kwartier lang, legt dan een hand op zijn borst en gaat weer op zijn stoel zitten. Khosro vertaalt:

'Hij vertellen dat hij in deze tijd, nu we op passagier moeten wachten, met ons ervaring uit leven kan delen. Chauffeur zeggen dat het misschien interessant voor ons is en dat wachten misschien minder lang is als hij over hadj vertellen. Weten jullie wat hadj is? Het zijn speciale reis naar Mekka, in Saoedi-Arabië. Alle moslimmensen moeten reis één keer in leven maken. Ze komen dichter bij God en ander goeds. Hij vertellen dat reis heel belangrijk voor hem was, tijd om veel moslimmensen uit hele wereld te ontmoeten. Iedereen denken als broeder en delen. Tijd om macht van God veel te zien en om dicht bij God te voelen. Hij vertellen over vele mensen, broeders uit Syrië en Irak en vele andere plaatsen. Allemaal broeder in God, allemaal...'

De man van Nasreen klimt weer in de bus. Achter hem volgt een soldaat, die voor in de bus wacht terwijl Nasreen wordt gewekt en te horen krijgt dat ze hun spullen moeten pakken en moeten uitstappen. Ze is uitgeput maar berustend. Ze neemt haar baby in haar armen, pakt haar rokken en sjaals bijeen, groet vermoeid de mensen om haar heen en volgt haar man de bus uit.

Als we de weg weer op draaien, is het rustig in de bus. De mensen rondom ons praten zachtjes. Zinnen vol *tsss's* en opgetrokken wenkbrauwen.

'Wat gaat er met hen gebeuren?'

Khosro en Hossein bespreken het met elkaar – gemompel en boze bekjes – en kijken dan naar ons met een verontschuldigende glimlach. 'Misschien voor meer vragen,' zegt Khosro. 'Misschien om oorlog in Turkije waarvan ik vertellen. Koerd maken groot probleem. Misschien soldaat bang voor probleem.'

Hij leunt naar achter, mompelt nog wat tegen Hossein en leunt weer naar voren. 'Sorry. In dit land veel problemen. Probeer ervan te genieten. Belangrijkst: jullie genieten van land.'

Hij leunt naar achteren, mompelt nog wat tegen Hossein, en leunt weer naar voren. 'Sorry. Alsjeblieft. Belangrijkst: jullie genieten van je huwelijksreis.'

De buschauffeur wekt ons. 'Tabriz,' zegt hij en wijst uit het raam.

Ik ben verzadigd van reizen. Mijn armen en benen zijn knuppels, zwaar en lomp. Ik pak mijn tas, mijn schoenen, mijn omhulsels en sta op. Khosro en Hossein zitten met hun hoofd naar achteren geknikt en hun mond open. We laten ze slapen en struikelen de nacht in.

De chauffeur haalt onze tassen uit het luik onder de bus en zet ze op de grond. Hij wijst naar een gebouw aan de overkant. 'Politie,' zegt hij. Hij schudt Ian de hand, sluit zijn ogen en buigt zijn hoofd naar mij. We bedanken hem en nemen afscheid, en kijken dan hoe de deur zuchtend sluit, waarna hij ons aan de kant van de weg achterlaat.

Ik ben naar dit land gekomen omdat het me angst aanjaagt; omdat het de wereld angst aanjaagt. En omdat ik niet geloof in angst. Er zo'n macht aan toekennen.

Ik ben beeldhouwer. Ik loop op een steen af en ga ernaast zitten. Loop eromheen en raak hem aan, doe een stap terug, kijk ernaar met mijn ogen dicht tot ik zijn geest zie. Gevangen in een versteende vorm. Dan laat ik zijn beeld vrij.

Ik ben hier om de geest uit de steen te bevrijden.

Wilkomp

Het voelt alsof we op de bodem van een ravijn zijn gedropt. Zo hol is de lucht. We kijken de bus na tot het laatste geluid is weggestorven, en draaien onze hoofden dan op onze hals als uilen. We kunnen kiezen uit vier wegen, die geen van alle ergens naartoe leiden, of het militiabureau aan de overkant. Het is een laag bakstenen gebouw met verlichte ramen. Het herbergt vriendelijke, behulpzame mannen of xenofobe boeven; we hebben geen idee welke van de twee. Misschien kunnen we hier in de berm gaan zitten en wachten tot het licht wordt – maar nee. Iemand heeft ons gezien.

Hij roept, verwacht een antwoord, en krijgt er geen. Komt dichterbij. Hij heeft een paar maten erbij geroepen, die samen met hem de weg oversteken terwijl ik mijn gedachten afstroop naar Farsi-zinnetjes die ik in de afgelopen maanden uit mijn hoofd heb geleerd.

'Hallo. Aan-ge-naam-kennis-met-u-te-maken. Wij-zijn-toe-risten.'

Ik laat de klanken horen, toon voor toon, terwijl ik naar de lucht rond mijn neus tuur. De mannen doen een halve stap achteruit en produceren grote vraagtekens op hun gezicht. Ze kijken naar elkaar, dan naar ons. Ik herhaal het. Ze wijzen naar het militiebureau en gebaren dat we hen moeten volgen. Een man pakt onze tassen en gaat voorop.

Ian en ik grijpen elkaar bij de ogen en volgen.

Het kantoor is heel groen. Groene muren, groene vloeren, groene plafonds, groene leidingen. En het is vol mannen in groene uniformen, die allemaal druk bezig zijn met nietsdoen. Er zijn er minstens dertig die zitten, staan, bukken, hurken, ijsberen in de gang, nagels schoonmaken. Zodra onze komst is aangekondigd, daalt het niveau van activiteit nog verder. Tegen de tijd dat we halverwege de hal zijn, zijn alle mannen bevroren, sommige midden in hun loop.

We worden naar een kamer geleid waar een paar mannen achter een bureau zitten en een stel andere op verschillende plekken tegen de muur leunen. Onze tassen worden bij de deur gezet en onze situatie wordt uit de doeken gedaan, maar ik zie niet hoe de mannen reageren omdat ik naar de vloer staar. We moeten gaan zitten en onze paspoorten afgeven, wat we ook doen. Een van de soldaten neemt ze mee de kamer uit, de hal in.

Er heerst stilte.

De mannen voor me staren naar het lege bureau voor hen. De man achter me hijgt een beetje. Er komen nog drie mannen op verschillende plaatsen de stilte van de kamer binnen en ze zakken tegen de muur. Een man zit achter de mannen aan het bureau en begint vellen papier in stukjes te scheuren.

Ik buig me naar Ian en fluister dat we hun misschien maar beter kunnen vertellen waarom we hier midden in de nacht zijn uitgestapt. Ik trek mijn taalgids uit mijn zak en begin zinnetjes aan elkaar te plakken. Ik fluister ze Ian in, lettergreep voor lettergreep, en hij spreekt de woorden hardop uit tegen de soldaten aan het bureau. Ik ben een buikspreker.

De mannen lijken in verwarring door het ritueel maar luisteren beleefd, vaak met vertrokken gezichten, zoals mensen doen als ze hun uiterste best doen iets te begrijpen. Als we klaar zijn met onze verklaring, houdt een van de soldaten zijn handen opengevouwen voor me, en vraagt zo om het boekje. Ik geef het hem meteen. Drie mannen buigen zich erover en beginnen losse woordjes uit te brengen. Een man wijst Ian de zin *Dit is mijn eerste bezoek aan Iran* aan terwijl hij vraagtekens maakt met zijn stem. Ian knikt. Er verschijnt een jongen met een dienblad met glazen.

'*Befarmaid*,' zegt hij, buigend.

'Betekent dat thee?' vraagt Ian me vanuit zijn mondhoek.

'Nee, het betekent ga je gang.'

'Weet je dat zeker?'

'Redelijk zeker.'

Ian pakt een glas. Hij probeert de gewoonte waarover we hebben gelezen te volgen – je slurpt de thee door een suikerklontje dat je tussen je tanden houdt – maar zuigt uiteindelijk het hele suikerklontje zijn keel in, waardoor hij bijna stikt en alle mannen van hun muur vandaan komen om hem op de rug te slaan. Een van de mannen wijst naar de thee en gebaart naar mij. Ik pak een glas en houdt het dicht bij mijn lippen. Neem trage, stille slokjes en trek me terug in mezelf.

Mijn lichaam is een cocon, hard en gevernist tegen de lucht. Vanbinnen ben ik een zachte zak. Me bewust van elk briesje, elk trekje.

De thee is op en we proberen een en ander nog eens uit te leggen. Ian haalt de naam en het telefoonnummer van onze contactpersoon tevoorschijn, die worden doorgegeven en hardop voorgelezen door alle aanwezigen. Een van de mannen legt het telefoonnummer voor zich neer en reikt naar een telefoon die zo groot is dat hij op een toneelattribuut lijkt. De hoorn is zo reusachtig dat het mondstuk, als hij het andere eind tegen zijn oor houdt, voor zijn borst prijkt. Als hij begint te draaien, komt Ian naar voren en gebaart hij dat hij moet stoppen. De man kijkt verward en laat de hoorn tegen zijn schouder rusten. Ian wijst op zijn horloge.

'Het is middernacht,' zegt Ian, en hij neemt de pose van een slaper aan. 'We hebben deze mensen nog nooit ontmoet.' Hij doet iemand na die de telefoon opneemt en *huh*? zegt met een norse, verwarde blik. De man achter het bureau reageert met een norse, verwarde blik. Luistert naar de interpretaties van zijn collega's, die het begrepen schijnen te hebben. Wuift geruststellend naar Ian. Duwt de hoorn weer tegen zijn oor. Draait opnieuw.

Ian kijkt me aan en haalt zijn schouders op.

Iedereen staart naar de telefoon.

Hij moet een paar keer draaien voor de verbinding is gelegd; een gebeurtenis die ons wordt meegedeeld door het optrekken van wenkbrauwen. Er volgt een korte conversatie op het hoogste volume, waarvan ik niets begrijp. De hoorn wordt neergelegd. Onze beller zegt een paar woorden tegen zijn collega's, staat op en verlaat de kamer, waardoor we beter zicht krijgen op de soldaat die tegen de muur zit met een stapel papier. Dit is zijn taak: hij pakt vier of vijf vellen tegelijk en scheurt ze in stukken. Stapelt die stukken op tot een berg. Is hier al mee bezig sinds onze binnenkomst.

'Zou hij documenten versnipperen?' fluistert Ian.

De man staakt zijn handeling en kijkt ons aan.

'Spreekt u Engels?' vraagt Ian aarzelend.

De man staat op uit zijn stoel en loopt naar de hoek waar een stel anderen over mijn taalgids gebogen staat. Ook de versnipperaar bestudeert het boekje aandachtig en loopt dan op Ian af met zijn vinger bij de volgende zin: *Pardon, maar weet u misschien waar ik dit kan laten stomen?*

'Ik denk het niet.'

De man keert terug naar zijn stapel.

Zijn baas keert terug achter zijn bureau met een nieuw dienblad, ditmaal met een kom dadels, een lepel en twee glazen water. '*Befarmaid.*'

Er is al een uur verstreken en we zitten hier nog steeds. Ze hebben onze paspoorten teruggegeven. We hebben alle dadels opgegeten en nog een glas thee gekregen. De man bij de muur scheurt het papier niet langer in vierkantjes. Hij is zojuist begonnen deze vierkantjes in nog kleinere stukjes te scheuren. We hebben een gesprekje gehad met de mannen rond de taalgids – het blijkt dat onze versnipperaar de zin *Is er hier een prullenmand?* had willen aanwijzen maar zijn vinger had verschoven terwijl hij naar ons toeliep – en zijn nu net bij het hoofdstuk over familie/relaties aangekomen.

Er schijnt een taxi onderweg te zijn.

Er is een hoop drukte bij de ingang, en we worden naar buiten gebracht. De taxichauffeur ziet eruit alsof hij zojuist uit zijn bed is gerold. En dat is ook zo. Twee soldaten dragen onze tassen naar de auto, anderen komen erbij om de locatie van het huis van onze vrienden te bespreken, hoe je daar het best kunt komen et cetera. We gaan op de achterbank zitten en worden door een wirwar van donkere straten gereden. De chauffeur raakt een paar keer de weg kwijt. Rijdt terug, tuurt naar verkeersborden, stopt en leest nog maar een keer het adres van onze vrienden. Ian en ik zitten zwijgend op de achterbank.

Vele minuten later buigt de chauffeur zich naar achteren en vertelt dat hij het adres nu echt heeft gevonden. Hij mindert vaart en wijst naar een man die in zijn pyjama midden op de weg staat.

Onze gastheer.

De vriend van een vriend van een vriend. Niet precies. Meer een kennis van een vriend van een kennis wiens naam op de achterkant van een (linnen) servet werd geschreven op een avond in een rokerige trattoria in Rome na zelfgemaakte ravioli, rapini met knoflook, volle rode wijn, en luidruchtige gesprekken over literatuur en masturbatie.

'Ga je naar Iran? *Porca miseria* – daar ken ik iemand! Ik rijd twintig jaar geleden naar India in mijn Volkswagen, groot busje met bed, en ik ontmoet die man, we worden vrienden. Ik geef je zijn adres! Schrijf hem! Je zegt hem dat je mijn vriend bent en op bezoek komt!'

Ik stopte het servet in mijn zak en schreef de volgende dag een brief.

En nu staat er een man midden op de weg in zijn pyjama, en hij betaalt onze taxi.

Hij stelt zich voor – Hamid – en nodigt ons binnen.

In de deuropening boven aan de trap staat een vrouw. Ze glimlacht stralend maar verlegen en draagt een bloes en een lange rok, en een hoofddoek. Ze buigt haar hoofd en glimlacht.

'Ik stel mijn vrouw voor, Sayeh.'

Ik schud haar hand. Ze knikt naar Ian. We trekken onze schoenen uit en gaan naar binnen. Sayeh wil mijn jas aannemen, en gebaart dan dat ik mijn sjaal moet afdoen, wat ik aarzelend doe, bang dat ik haar verkeerd heb begrepen.

'Toe,' zegt Hamid. 'Dit is jullie huis. Denk dit als je huis.'

Sayeh hangt mijn spullen in een kast en verontschuldigt zich. Hamid nodigt ons uit te gaan zitten.

We zitten op de vloer rond een plastic mat en eten soep. Ik dompel mijn lepel in een witte vloeistof en smeer die op mijn tong. De damp verzacht mijn gezicht, dat ruw is van uitputting, en ik knipper loom met mijn ogen boven de kom tot mijn oogbollen vochtig aanvoelen aan de binnenkant van mijn schedel.

Het is vier uur 's ochtends.

De lucht staat strak van de beleefdheid van een eerste ontmoeting. We gedragen ons allemaal zo keurig als maar kan. Er vallen stiltes, er wordt gekucht. Gezucht dat de woorden vervangt. Telkens als mijn blik die van mijn gastheer en gastvrouw kruist, trek ik een glimlach als een pad. Zij doen op hun beurt hetzelfde en vragen me om de paar minuten of ik misschien nog wat soep wil.

'*Neu, merci.*'

Stilte.

Glimlachjes.

Soep.

Afgezien van het getik van onze lepels tegen de kommetjes is het enige geluid in de kamer een dof gesnurk dat afkomstig is van een klein lijfje op de vloer in een afgeschermd gedeelte van de kamer.

Als mijn kin op mijn borst begint te zakken, brengt Hamid ons naar een kamer met dunne matrassen op de vloer en kussens die net zo lang zijn als ik. We bedanken hem en storten in.

Ik word wakker onder de blik van een kind, dat haar ogen spert als de mijne opengaan. Ze staat op – nog altijd naar mij starend – en roept haar moeder, die iets terugroept. En begint te koken. Roept opnieuw iets naar haar dochter, en nog iets, voor het kind langzaam achteruit de deur uit schuifelt, nog altijd starend. Grijnst, giechelt, smeert 'm.

Tegen de tijd dat Ian en ik weer bij de tijd zijn, wacht Hamid al even popelend op ons als zijn dochter. Hebben we geslapen? Was er een probleem met onze voorzieningen? Was Annahita lastig? Zijn we klaar om te gaan eten?

We gaan op de vloer zitten – er is geen meubilair in huis – en Sayeh spreidt een plastic mat uit op de vloer. 'Annahita wil voor eten iets vertellen,' zegt Hamid. Hij fluistert iets tegen Annahita, die naar ons glimlacht. Hamid vertelt haar nog iets. Ze bijt op haar lip, en glimlacht dan opnieuw.

'Wilkomp,' zegt ze, en giechelt in haar vuistje.

'Wel-kom,' verbetert Hamid haar. 'Wel-kom vrienden.'

'Wilkomp frinde,' zegt Annahita hem na, en ze giechelt weer.

Sayeh komt binnen met een dienblad vol eten. Ze glimlacht verlegen en gaat naast Annahita zitten, die aan het zingen is op die prachtige manier die kinderen eigen is voor ze zich bewust worden van zichzelf: ze kantelt haar hoofd naar links en naar rechts, met haar mond zo ver mogelijk open. Niet beseffend dat zingen gênant is. Sayeh berispt haar dochter en gebaart naar ons. Gedraag je tegenover onze gasten. Annahita houdt op.

We eten eieren en brood en witte kaas met kleine, stille hapjes. Glimlachen veel. Prijzen het eten. Na de maaltijd help ik Sayeh wat borden naar de keuken te dragen en stapel ze op op de vloer, maar ze glimlacht en schudt haar hoofd. Roept naar Hamid dat hij moet tolken.

'Nee, dank je,' roept hij naar me. 'Jullie zijn gasten. Dit is vrouwig werk.'

Annahita is acht. Ze is de afgelopen maand elke dag als een haas uit school naar huis komen rennen om te vragen of wij al waren aangekomen. Vanmorgen kreeg ze het opwindende nieuws te horen dat we in de kamer naast haar sliepen en wakker zouden zijn als ze uit school kwam. Ze zit nu tegenover ons en praat met haar vader.

'Annahita dacht dat jullie groter zouden zijn. Maar jullie zijn net zo groot als Iraanse mensen, behalve bril van mr. Ian, die is niet normaal.'

De ogen van Annahita zijn zwarte kersen, donker en vol. Ze glinsteren als ze glimlacht, wat ze vaak doet, en zijn zo rond, zo wijd, vol verwondering. Ze is niet verlegen. Praat luid en duidelijk en stelt de ene vraag na de andere, ook nog als haar ouders hebben gezegd dat het zo genoeg is geweest. Ze zit verstrikt in haar eigen nieuwsgierigheid, ze kronkelt en kijkt vastbesloten, en stelt dan nog een vraag – 'Ssst, Annahita, zo is het genoeg' – en daarna nog een en nog een. Ten slotte staat ze op en maakt ze haar schooltas open, ze vist er een oranje markeerstift uit en drukt de punt van de stift op haar neus. Kijkt Ian aan met de onschuldigste, vragende blik.

'Dat zijn sproeten,' zegt Ian. (Sayeh geneert zich zo dat ze haar gezicht achter haar hoofddoek verbergt.) 'Sproeten.'

‘Spoete,’ zegt Annahita hem na.

‘Sproeten.’

‘Spoeten.’

‘Goed zo.’

Annahita is nu voldaan genoeg om weer te gaan zitten. Ze zit met gekruiste benen, is een paar tellen stil, en begint dan met haar knieën op de grond te bonken. Haar moeder is streng. Annahita houdt op. Perst haar lippen samen en glimlacht met wijd opengesperde ogen. Haar lange, donkere haar krult rond haar lichaam als ze beweegt.

Ze is acht. Volgend jaar zal ze een vrouw zijn volgens een verordening van Khomeini, die de officiële huwbare leeftijd van meisjes naar negen heeft verlaagd. De rest van dit jaar is Annahita nog een kind. Ze mag op straat lopen in de kleren die ze nu aanheeft: een zwart-witte mini-jurk met witte kousen en glimmende rode schoenen, haar haar los en onbedekt, versierd met een lint. Omdat ze nog niet verleidelijk is. Maar over vier maanden zal ze een vrouw zijn geworden. Dan moet ze afgeschermd worden van verleiding.

Sayeh fluistert iets tegen Annahita en trekt haar wenkbrauwen op in de richting van een kast aan de andere kant van de kamer. Annahita springt op en huppelt naar de kast, kijkt even naar haar moeder of ze hem echt mag openmaken, en trekt er dan een lap opgevouwen zwarte stof uit. Ze drapeert de miniatuurchador over haar hoofd en schouders en slaat hem rond haar lichaam als een cape, houdt de stof in haar vuistjes die ze stevig tegen haar kin aanduwt. Ze werpt ons een zedige blik toe.

‘Heel mooi,’ zegt Sayeh, die glimlacht en knikt naar haar dochter.

Annahita rukt met een uitbundige lach de chador af, gooit de lap stof in de lucht en valt in haar vaders schoot. Sayeh geeft haar dochter een standje en zegt dat ze hem netjes moet opruimen. Annahita staat op en vouwt de lap op, legt hem terug zoals ze hem heeft gevonden en sluit de kast. Ze gaat weer bij haar vader op schoot zitten en stelt nog een vraag. Hij fluistert een kort antwoord en kijkt haar ingespannen aan tot ze doorheeft dat het hem ernst is.

'Annahita maakt een vraag, waarom je niet hoofddoek draagt net als Sayeh,' zegt Hamid. 'Ik leg uit: zo is het voor Iraanse vrouwen, maar voor Canadese vrouwen is het anders.'

Het baart me enigszins zorgen dat ik na maanden van leer-uzelf- Farsi-cassettes (afgespeeld op mijn walkman en hardop nagezegd tegen de verbaasde blikken om me heen) geen woord kan verstaan van wat er wordt gezegd. Niets in de klank en het ritme van de taal klinkt vertrouwd.

'Wij praten Azeri,' legt Hamid uit. 'Is bijna hetzelfde als de Turkije-taal. Voor Azeri-mensen is Farsi de nummer-twee-taal, bijvoorbeeld school en kantoor, regering en televisie, maar Azeri is meer huiselijk.'

Hamid schuift Annahita van zijn schoot en staat op.

'Sorry, maar ik moet terug naar mijn werk. Ik zie jullie bij avondeten. Geen zorgen tot die tijd, Sayeh doet jullie behoeften.'

'We gaan een wandeling maken. Een korte. Tot het centrum, niet verder. Om even rond te kijken. Nee, nee, je hoeft niet weg te gaan van je werk om ons te vergezellen. We redden ons wel. We blijven op de hoofdstraten. We krijgen vast geen problemen. En ja, we bellen je als dat toch gebeurt. Nee, we hebben echt niks nodig, maar toch bedankt. Hartelijk dank. We zullen voorzichtig zijn. Ja, dat beloof ik. We lopen alleen maar de straat af en keren dan om en komen terug. Ja, het zou heel leuk zijn om met familie te gaan wandelen na je werk. Een goed idee, dat doen we. Ian en ik gaan nu een klein wandelingetje maken, en dan gaan we straks met z'n allen wat langer. Ik hang nu maar op, ik geloof dat Ian me roept. We zien je na je werk. Dag.'

Ik geef de telefoon door aan Sayeh, die het gesprek beëindigt met geknik en verbaal handenwringen. Ze legt de hoorn neer. Pakt mijn jas en mijn sjaal uit de kast en begeleidt ons naar de deur.

'Een uur,' vertel ik haar, en wijs het woord in mijn Farsi-woordenboekje aan om er zeker van te zijn dat ze het begrijpt.

Ze knikt. Glimlacht. 'Veeeel plezier,' fluistert ze in het Engels en knipoogt. Doet de deur dicht.

De huizen om ons heen zijn van kruimels gemaakt: korrelige, ruwe bakstenen die onregelmatig opeen zijn gestapeld. De gebouwen zitten vol scheuren; verdiepingen hellen vervaarlijk.

We lopen de straat helemaal af: een verharde straat. Ik kijk naar links en naar rechts. Een handjevol auto's. Bakstenen gebouwen: vierkant, twee verdiepingen, minder scheuren en minder overhellend. Er is geen groen. Geen kleur. Niets om het trottoir van de muren van de gebouwen te onderscheiden, behalve de textuur. Of van de lucht, die een lei tegen de zon houdt. We lopen op het geluid van verkeer af.

Bij het eerste kruispunt is een winkeltje dat kartonnen dozen met groenten op de stoep heeft staan. Wortels en knoflook. Bij het tweede, derde en vierde kruispunt is niets. We lopen voorbij een rits grijze gebouwen met ijzeren rolluiken voor de ingang, langs muren, eindeloze muren, onbestemde kantoren die iets van de straat af liggen, en nog een paar winkels. Opeens bolt een zwart zeil uit een hek aan de stoep. Zwart met hoekjes huid. Gezichten. Die zich willen verstoppen en willen gluren, tegelijkertijd.

Ze hebben de leeftijd van scholieren, tieners misschien, al is het moeilijk te zien. Ze kijken – verlegen, een oog verbergend achter een vuistvol stof – en schuifelen langs ons als een massieve, zwarte massa. Staren me aan. Mijn dunne groene mantel verraadt me, laat zien dat ik een buitenlander ben. De meisjes fluisteren en staren terwijl ze langslopen. Giechelend en ineengedoken. Ik heb loden ballen ingeslikt die rondtollen in mijn maag terwijl ik naar deze meisjes kijk. De manier waarop ze zich als een zwerm bewegen.

Ik loop alsof ik niet in mijn lichaam ben; alsof het mijn lichaam niet is; alsof mijn lichaam een vervoermiddel is dat ik heb geleend om in dit land te komen. Door dit land. Ik kijk hoe mijn voeten door het stof van deze straat sloffen, hoe mijn vingers de manchetten van mijn jas omklemmen, ik zie mensen hun bezigheden onderbreken om naar ons te kijken terwijl we voorbijlopen. Ik zie mezelf in Iran lopen.

Door de hoofdstraat racen oude rammelkarren als waren het skelters. Er zijn geen stoplichten, en daardoor is er geen vast bewegingspatroon, geen eb en vloed, alleen een gestage stroom auto's, die zo snel rijden als ze kunnen zonder te botsen. Als gevolg daarvan is er geen enkel gunstig moment om over te steken. Er zit niks anders op dan drie keer slikken en een sprint inzetten. En niet denken dat aanstormende auto's rekening met je houden.

De reden waarom we per se willen oversteken is dat ik kleur heb gezien, daar – *Nee, kijk daar, nee* daar, *in het raam.* Cirkels van feloranje, kanariegeel, twee tinten groen, helroze met zwarte stippen.

Wortels. Wortels en grapefruits en sinaasappels en watermeloenen en bananen, allemaal in het raam opgestapeld tot een fruitmozaïek.

Achter de toonbank staan een jongen van een jaar of tien, een sinaasappelpers, een blender en een sapcentrifuge. Ik lees de woorden van de lijst aan de muur hardop en raak zo opgewonden van de gedachte aan vers sap dat ik spuug sproei als ik mijn mond opendoe om te bestellen. '*Yek...*' Oeps, sorry. (Veeg.) '*Yek livan ab portegal lotfan.*'

De jongen kijkt wel honderd keer stiekem op terwijl hij de sinaasappels doormidden snijdt. Kijkt naar ons vanuit een ooghoek terwijl hij de vruchten uitperst, glimlacht verlegen als hij me het glas aanreikt. Een glimlach die breder wordt als ik het glas in één lange teug leegdrink.

Ik bestel er nog een voor ons allebei.

Hij kijkt ons nu recht aan, zelfs als hij het fruit halveert met een mes dat zo lang is als zijn onderarm. Hij serveert nog twee glazen sinaasappelsap met pulp en kruist trots zijn armen over zijn borst. We drinken deze even snel op, zetten de glazen terug en bedanken hem. Willen betalen.

De jongen doet een stap achteruit. Hij schudt zijn hoofd verlegen en wuift ons geld weg. Ian probeert het nog een keer met een ander bedrag, maar de jongen schudt weigerend zijn hoofd, legt zijn hand op zijn borst en sluit zijn ogen.

Ian en ik glimlachen vol ongeloof naar elkaar en bergen het geld weg. We bedanken hem nog een laatste keer. De jongen glimlacht en haalt zijn schouders op. We lopen de straat weer op.

'Wat aardig!' zeggen Ian en ik in koor. 'Wat een lieve jongen! Zo galant!' Ian kijkt op zijn horloge. 'We moeten terug.'

We lopen terug naar het kruispunt en maken ons net op om over te steken als de jongen ons inhaalt, hijgend, met zijn ogen vol tranen. Hij kijkt naar het trottoir, met een rood hoofd en vraagt Ian in een combinatie van handgebaren en nederig gefluister of we alsjeblieft het sap willen betalen.

Ik trek een rol biljetten tevoorschijn en vraag de jongen hoeveel het is. Hij mompelt de prijs vanuit een mondhoek. Zevenhonderd riyal. Precies wat op de muur stond geschreven. Precies het bedrag dat we hem daarnet aanboden. Ik betaal. De jongen buigt en loopt weg. Ian en ik kijken hoe hij terugrent naar zijn winkeltje, keren ons om en kijken elkaar aan met de sullige blik van een walrus.

Hamid is vreselijk ongerust. Hij praat minuten achter elkaar met een stem van dikke stroop. Hebben we problemen gehad? Was alles interessant genoeg? Hebben we genoeg eten en drinken?

'Ja, ja, ja, alleen... was er wel die ene jongen in het sapwinkeltje. Hij weigerde ons geld aan te nemen, en kwam ons vervolgens vlak daarna op straat achternahollen. We weten niet zeker of hij...'

'Dat is *taarof.*' Hamid lacht. 'Ik denk dat het niet Canadees is, *taarof,* alleen Iraans. Een man moet niet eerste keer aannemen, nee, hij mag niet accepteren...' Hamid doet *tsss* en gooit zijn hoofd in zijn nek, net als de jongen deed '... dan nog een keer...' Hij sluit zijn ogen en legt zijn hand op zijn borst '... dan, derde keer is oké om aan te nemen. Is gebruik.'

'Het is een gebruik om alles twee keer te weigeren?'

'Ja.'

'Waarom?'

'Waarom?' herhaalt Hamid.

'Ja, waarom?'

Hamid is even stil. Plukt aan zijn kin. '*Waarom,* is niet goede vraag. Maak alsjeblieft andere vraag.'

Ian is ziek. Het is gewoon een verkoudheid, maar wel een zware. Hij heeft de afgelopen twee dagen in bed gelegen. Hoofdpijn, koorts, rillingen, hoesten en een keel die zo'n pijn doet dat hij nauwelijks kan slikken.

Hamid maakt zich zorgen. Heel veel zorgen. Beent heen en

weer en omvat zijn hoofd als ik hem vertel dat Ian geen trek heeft. Neigt naar betraande ogen als ik hem vertel dat Ian verkouden is. Schudt zijn hoofd en pakt de rol dekens in de hoek van de kamer.

'Nee, nee, hij heeft genoeg dekens. Hij heeft het niet koud, hij is *verkouden.*' Ik zoek naar het zinnetje in mijn gids, maar het staat er niet in. Ik hoest en doe het gesnotter na. Hamid tuit zijn lippen. Zoekt een woord op in zijn woordenboek Farsi-Engels (speciaal voor ons bezoek gekocht) en laat me een lemma zien dat vertaald is als *Aandoening van de luchtwegen: infibulatie van de nek- en de sinusholte.*

Ik knik.

Hamid belt een vriend op wiens oom dokter is. Na het onderzoek en verscheidene koppen thee vertelt de dokter dat hij precies heeft wat Ian nodig heeft. Het is een speciaal medicijn uit Amerika, dat hij heeft gekregen van de neef van zijn vrouw, die een man heeft wiens neef in Los Angeles woont. De dokter heeft nog maar één pil over, maar die geeft hij graag aan Ian. Hij rommelt in zijn tas en haalt er een in papier en plastic verpakte pil uit. Hamid geeft hem door aan mij. Ik breng hem naar Ian. Het is een goedje dat *Dristan* heet.

'Kom!' Hamid roept vanuit de gang. 'Pak je geld, alle dollars, heel belangrijk! Kom onverwijld!'

Mijn ogen gaan open, hoewel ik nog niet echt wakker ben. Ik ontwar de berg kleren op de grond, bedek al mijn lichaamsdelen en leun de kamer uit. 'Wat is er aan de hand?'

'De economie is slecht!' roept Hamid vanuit het trappenhuis. 'We moeten naar de bazaar. Trek je mantel aan!'

Ik kijk naar Ians zieke, slapende lichaam en besluit hem alleen te laten. Ik snoer ons geld om, verberg mijn haar en tref Hamid op de stoep, waar een discussie woedt onder een groepje mannen, buren. Ze knikken als ik op ze toe loop en leiden ons naar de straat om een taxi aan te houden. Hamid gaat naast de chauffeur zitten. Ik achterin.

De chauffeur en Hamid raken onmiddellijk in een heftig gesprek verwikkeld. Lage stemmen, streng en ernstig. We stappen uit bij een groot verkeersplein en haasten ons, vlug vlug, naar de bazaar.

'Dollar zakt heel snel,' zegt Hamid buiten adem. 'Ga riyals kopen voor het te laat is.'

Ik hou hem met moeite bij. 'Waarom zakt hij? Is er iets gebeurd?'

Hamid springt en hupt over het afval in de steeg.

'Mr. Jeltsin is het niet eens met mr. Clinton. De VS vragen Rusland om geen kernen en zo aan Iran te verkopen, maar mr. Jeltsin zegt nee. We moeten naar de bazaar, alsjeblieft. Vanmorgen is de dollar 7200 riyal, maar de taxichauffeur zegt nu 6000 riyal. Loop onverwijld, alsjeblieft.'

In de geldwisselhal van de bazaar gonst het van de drukte. Voor het raam van een kantoor hangt een met de hand geschreven mededeling over de wisselkoers van de dollar voor die dag (oningevuld). Voor een ander raam hangt een vergrote fotokopie van een Amerikaans 50-dollarbiljet met de woorden WEG MET DE VS er dwars overheen getypt. In een derde kantoortje zitten drie mannen bij een telraam. Het is 9.30 uur en de wisselkoers voor een Amerikaanse dollar is 5400 riyal. De mannen verwachten, geloof ik, dat hij zal blijven dalen, dus ik besluit honderd dollar te wisselen.

'Wissel maar beter één biljet van honderd dollar,' zegt Hamid als hij me vijf biljetten van twintig dollar ziet tellen. 'De koers voor een klein biljet is lager.'

'Wat? Maar ik heb alleen maar coupures van twintig dollar. Wat is de koers voor honderd dollar in twintigjes?'

'Dan krijg je de lage koers,' zegt een man die onze transactie heeft staan volgen.

'Maar dat is waanzin! Honderd dollar is honderd dollar.'

De man grinnikt. 'Ik weet dat het waanzin lijkt, maar dit is Iran. Helaas is alles waanzin. Ze willen honderddollarbiljetten omdat die kleiner zijn. Je kunt...' Hij maakt een rolgebaar met zijn vingers. 'Gemakkelijker te smokkelen. Sorry, maar je zult in elk kantoortje hetzelfde probleem hebben.'

Hamid haalt zijn schouders op. 'De Iraanse manier is anders.'

Ian voelt zich wat beter. Niet goed genoeg om eropuit te gaan, maar toch zoveel beter dat Hamid zich geen zorgen meer maakt. Annahita komt thuis in haar schooluniform – een lange marineblauwe jas met een broek en een witte kap – en loopt meteen naar haar patiënt. Ze legt een hand op Ians voorhoofd, kijkt peinzend alsof ze zijn temperatuur opneemt, zegt iets berispends en trekt de dekens strakker rond zijn kin. Haar gezicht is een en al zorgzaamheid. Ze mompelt iets tegen zichzelf en loopt de kamer uit, waarbij ze me een bemoedigend klopje op mijn been geeft.

Sayeh vangt haar op weg naar de keuken op en pelt haar uniform af. Annahita draagt een roze rok met een witte sjerp, een witte maillot en een witte body. Ze wurmt zich uit de sjerp en glipt langs haar moeder de keuken in, waar ze luid gekletter produceert. Sayeh rolt met haar ogen en roept naar Annahita, die antwoordt op een zeer besliste *laat me met rust ik weet wat ik doe*-toon. Sayeh pakt mijn arm vast en klapt dubbel in een onderdrukte lach.

Annahita loopt langs ons heen met een dienblad met zonnebloempitten, een pot thee en een potje jam. Ze loopt behoedzaam balancerend onze kamer in, zet het dienblad naast Ian op de vloer en begint te praten en aan zijn dekens te plukken. Ze zet het kommetje zonnebloempitten op zijn buik en kraakt de schilletjes tussen haar tanden, een voor een, waarbij ze de pitjes in haar hand opvangt tot het hele kommetje weer vol is en opgegeten kan worden. Ze zit in kleermakerszit met haar ellebogen op de knieën, de kin op haar handen, haar rok vol schilletjes. Wacht tot Ian wakker wordt, zodat ze hem kan voeren.

Sayeh neemt me apart. Ze is onzeker en verlegen. Bijt op haar onderlip en praat met haar handen. Ze houdt het kleine jasje van Annahita tegen me aan en kijkt nadenkend. Bezorgd. Bukt zich en raakt mijn knie aan. Trekt haar wenkbrauwen op. Begrijp ik het al?

Nee.

Ze vertrekt haar mond. Ze leidt me naar de kast. Wijst naar mijn jas, en dan naar mijn knieën, naar mijn jas en naar mijn borsten, naar mijn doek en naar mijn nek. Begrijp ik het?

Ik geloof van wel.

Als Hamid thuiskomt van zijn werk, kijkt Sayeh me aan en ze knikt. Trekt zich terug in de keuken en gaat de lunch bereiden, terwijl ik Hamid bijpraat over Ians gezondheid. Hij is blij. Lacht als ik hem vertel over Annahita's doktersgedrag.

Na de lunch kijkt Sayeh me opnieuw aan. Ik vertel Hamid dat ik graag wil gaan winkelen. Ik heb, geloof ik, een nieuwe jas nodig – een mantel, zegt Sayeh – omdat de jas die ik nu heb te kort en te dun is, en mijn hoofddoek is niet groot genoeg. Hamid kijkt verrast, bespreekt mijn verzoek met Sayeh, die haar schouders ophaalt en de borden afruimt. Ze praten net zolang tot Hamid knikt.

'Sayeh zegt dat het beter is. Als je naar een heilige plaats gaat, heb je grotere kleren nodig. We kunnen deze middag gaan winkelen want ik heb vrij van het werk. Vraag alsjeblieft aan mr. Ian of alles mag.'

We besluiten om Ian met Annahita thuis te laten, al weet ik niet wie op wie moet passen. Op straat haakt Sayeh haar arm door de mijne en ze glimlacht. Hamid loopt naast ons, hij dribbelt eigenlijk, in een soort huppelpasje dat me het idee geeft dat we voor hem niet snel genoeg lopen.

Aan het eind van de straat treffen we de oom en tante van Sayeh. Ali sluit zijn ogen en buigt als we aan elkaar worden voorgesteld; Narghes geeft me een hand. We vertellen wat we van plan zijn, waarop Narghes enthousiast begint te vertellen en te gebaren. Ze weet precies waar we zijn moeten, zegt ze, en ze bespreekt haar idee met Sayeh, waarbij ze zo nu en dan aan mijn jas trekt om verschillende snits en knopen te illustreren. Ali en Hamid kijken uit naar een taxi. Als er eindelijk eentje stopt, gaan de twee mannen boven op elkaar op de passagiersstoel zitten. Narghes, Sayeh en ik nemen plaats op de achterbank.

We rijden naar een groot verkeersplein in het centrum van de stad. 'We stoppen hier en lopen naar het winkelen,' zegt Hamid schor vanaf Ali's schoot, met zijn nek tegen het dak geperst.

Het is er druk. Vol leven. Vol geluiden van het verkeer en van gesprekken en het stadsleven. De weg wordt geflankeerd door stofkleurige gebouwen. Ze hebben gewelfde daken en turkooizen dakpannen en een elegantie die het lawaai dempt.

De taxi zet ons af op het hart van het verkeersplein: een groot grasveld dat doorsneden wordt door trottoirs en besprenkeld is met kiosken die kranten verkopen en posters van religieuze leiders en voetbalspelers wier blote benen met een stift zijn zwart gemaakt. Reusachtige portretten van Khomeini kijken bij elke hoek op ons neer. Bij de ingang van het park staat een geschilderd bordje waarop twee vrouwen staan afgebeeld. De linker draagt een lange mantel en een kap, een donkere broek en schoenen; de figuur rechts draagt dit alles plus een chador eroverheen. Beide figuren heben geen gezicht. De rest van het bordje is tekst. Ik vraag Hamid wat het betekent.

'Ons bordje vertelt dat deze...' Hamid wijst naar de vrouw links '... goed is, het zijn islamitische kleren. Maar ons bordje vertelt dat *deze...*' hij tikt met zijn vinger tegen de vrouw in de chador rechts '... *heel* goed in de kleren is, het mooist, de manier van God.'

Onder aan het bordje staat, en Joost mag weten waarom, een Engelse vertaling: *De sluier is het sieraad van de eerbaarheid van de vrouw. De geurende bloem van de struik der kuisheid.*

We lopen naar de rand van het park en springen over de rotonde als vluchtende gazelles. Een voor een weten we veilig de stoep te bereiken. Sayeh pakt mijn arm en werpt haar kin in de richting van een jong meisje, een tiener, in een rode korte jas en een witte doek. Het meisje kijkt me aan – een bondgenoot in kleur en stijl – en glimlacht. Sayeh sist en kijkt afkeurend. Trekt me mee.

'Dit meisje kan problemen krijgen,' zegt Hamid. 'Het zijn geen goede kleren zoals op het bordje. Maar jij, maak je geen zorgen. Sayeh en Narghes helpen je goed te worden.'

We komen bij een winkel met jassen in de etalage. Hamid en Ali wachten buiten. Langs de wanden van de winkel hangen jassen in elke denkbare tint bruin, sommige in donkerblauw of donkergroen, en de rest is zwart. De wanden zijn zo dof dat je ze nauwelijks ziet.

De twee bedienden dragen simpele zwarte mantels en kappen. Sayeh legt uit wat we zoeken en Narghes strooit er details en vragen tussendoor. Terwijl de vrouwen hun wensen bespreken, loop ik naar de passpiegel om mezelf te bekijken. Over mijn broek en mijn overhemd draag ik een sjofele halflange kaki jas en roestbruine sjaal met een versleten randje die ik onder mijn kin heb dichtgeknoopt. Ik lijk wel een grote hoop compost. De jas is vormeloos, als een tent, maar hij zit lekker om mijn schouders en volgt de contouren van mijn borst voor hij losjes om me heen valt; als ik loop, valt hij open bij mijn knieën. Hij is van dun katoen dat zo versleten en gekreukt is dat hij vuil lijkt, alsof ik er niet goed voor zorgde, alsof het me een zorg was.

Aan de andere kant van de ruimte verzamelen de vrouwen armenvol mogelijkheden die ik kan passen. Ik word naar een paskamer gebracht, waar ik mijn eigen jas kan uittrekken en andere kan proberen. Sayeh gluurt om de haverklap naar binnen en glimlacht dan; Narghes giechelt al sinds het begin van deze onderneming. De eerste mantel is de grijze-muizen-, zonder-tierlantijnen-, zwart-als-de-nacht-met-zwarte-plastic-knopen-versie. En dikke schouderstukken, zodat de stof van me af hangt en recht op de grond valt, waarbij niets van mijn rondingen wordt verraden. Ik ga de paskamer uit en speel mannequin. De bedienden knikken instemmend. Sayeh schikt mijn sjaal zodat de rand gelijkmatig op mijn schouders valt, vervolgens trekt ze haar neus op en kijkt weifelend. Narghes steekt haar tong uit en rolt met haar ogen.

Ik pas elke variant in de winkel – ze zijn allemaal van polyester – van de elegant-ordinaire donkerpaarse met nepgouden knopen, een achtersplit, een afneembare voering en een riem (de keuze van Narghes), tot de zedige maar elegante zwarte tot op de grond, met zilvergerande knopen en een kleine zilveren clip bij de kraag. Aangespoord door Sayeh kies ik dit laatste model. Ik trek mijn oude jas weer aan en betaal mijn nieuwe. We gaan naar buiten, naar Hamid en Ali.

Ali buigt en verontschuldigt zich – hij en Narghes moeten weg – maar hij wil mij en mijn man graag uitnodigen om te komen eten als mijn man van zijn ziekte is hersteld. Narghes plukt met haar vingers aan mijn jas en trekt aan de rand van mijn sjaal.

'Tot kiek,' zegt ze proestend.

'Tot kijk,' proest ik terug.

Hamid vraagt of ik tevreden ben over mijn aankopen, en ik antwoord ja, ik heb alleen nog een nieuwe hoofddoek nodig. Daarvoor – kort overleg met Sayeh – gaan we naar de bazaar. We lopen terug naar het verkeersplein en proberen een paar van zijn vierbaansslagaders over te steken. Hamid loopt voorop het verkeer in, zwaait dan achter zijn rug naar ons, waarmee hij ofwel aangeeft dat we moeten blijven staan ofwel dat we moeten volgen.

'Pas op!' roept hij. 'Behoud jezelf!' Sayeh houdt mijn hand vast en manoeuvreert me door het verkeer. Tijdens de volgende oversteek is Hamid midden op de weg gestrand, terwijl de auto's hem links en rechts voorbijvliegen. Sayeh en ik staan ook vast, een baan achter hem, en hij is kwaad dat we niet op de stoep op zijn teken hebben gewacht. '*Behoud jezelf!*' schreeuwt hij, terwijl hij door het volgende gat tussen twee auto's spurt. Sayeh drijft de spot met de reprimande van haar man en aapt zijn instructies met een kinderstemmetje na; vervolgens pakt ze me stevig bij de hand en stuift weg. We rennen bloedstollend dicht langs aanstormend verkeer, houden net op tijd in om een vrachtwagen voorbij te laten suizen, en bereiken de stoep met onze mantels opbollend op onze rug. Sayeh giechelt zachtjes, ietwat ondeugend. Hamid is opgewonden en heel boos.

Ze maken op gedempte toon ruzie, op de stoep, en wijzen zo nu en dan op de straat om iets duidelijk te maken. Uiteindelijk verontschuldigt Sayeh zich, tenminste, zo lijkt het, maar terwijl zij ruziën, sta ik alleen op de stoep.

Ze zijn in uniform. De vrouwen in het zwart, bijna ineengedoken in groepjes, de mannen in neutrale, onopvallende broeken, soepele en bescheiden westerse kleding. De mannen staren niet, maar zien me wel staan, oprijzend, opvallend; ze werpen een blik, waarna er een rilling van schrik door ze heen gaat. Het zijn de vrouwen die staren, die naar mijn kleding loeren, rattig en onbeleefd, zo lijkt het. Sommigen glimlachen en giechelen achter hun sluiers. Anderen schieten me met uitpuilende ogen voorbij, en keren zich dan om om me van een afstandje te bekijken.

Sayeh neemt me bij de hand en we stappen met z'n drieën de bazaar binnen. Het is een lange, met goud omzoomde galerij. We sjokken van het ene winkeltje naar het andere, en bekijken de bijoux die onder felle lampen achter glas bungelen. Sayeh wijst naar dikke armbanden van drie kleuren goud, massief gouden oorbellen als gomballen, en ze bewondert ze een voor een. Pas als ze haar arm optilt en door het glas wijst, zie ik het lijntje van een gouden armband onder haar blouse.

Aan het eind van de galerij is een enorme koepel. Er valt een bundel zonlicht door naar beneden die de stofdeeltjes in de lucht verlicht. We lopen erdoorheen – het stoffige licht danst tegen mijn gezicht – en duiken een klein winkeltje in. Er passen maar twee mensen in. Hamid wacht buiten.

Sayeh vraagt de winkelier om een stel hoofddoeken te laten zien. Ik schuifel een hokje in dat net groot genoeg is om mijn ellebogen op te kunnen heffen en een kap op te zetten. Hij zit strak, knellend en hij knijpt in mijn gezicht. Ik maak de hese geluiden van iemand die stikt, en Sayeh duwt de deur van de paskamer open. Ik blaas mijn wangen op als ballonnen en hou mijn adem in tot mijn huid paars aanloopt, tot Sayeh lacht en iets naar de winkelier roept, die haar een eenvoudige zwarte doek aanreikt met een clipje om de stof onder mijn kin vast te zetten. Als ik de hoofddoek dichtknoop, zouden er stukjes van mijn hals zichtbaar blijven.

De hoofddoek past (er is maar één maat), dus ik koop hem, met de clip. Plus, op Sayehs aandringen, een chador voor over al mijn kleding heen. Ik koop er een van zwart polyester. Katoen is niet te krijgen.

Mijn outfit is compleet. Ik betaal. We zijn klaar om te gaan. Sayeh treuzelt. Mompelt iets tegen de winkelier. Hij rommelt in een stapel sjaals achter hem en keert zich om met een bruin doosje met metalen kokertjes in zijn handen, dat hij over de toonbank schuift. Sayeh grabbelt erin en sluit haar vuist om een van de kokertjes. Vraagt langs haar neus weg naar de prijs, krabt wat in haar nek en kijkt in de verte terwijl ze praat. Ze stopt het kokertje bloedrode lippenstift in haar zak en geeft de man een rolletje bankbiljetten. We groeten hem en sluiten ons weer aan bij Hamid.

We lopen met z'n drieën door achterafsteegjes van de bazaar, langs tapijthandels, zakken met specerijen en gedroogde groenten, vloerkleden en bestikte kussens, winkeliers die boven op stapels tapijten thee zitten te drinken. Ze wenken ons, roepen prijzen, tillen een hoek van een tapijt op om het fraaie handwerk te laten zien, nodigen ons uit voor een kop thee. We schudden ons hoofd en lopen door. Hoe verder we ons verwijderen van het hart van de bazaar, hoe nauwer en klammer het wordt. Betegelde koepeldaken gaan over in ruwe houten balken en steegjes die uitkomen op door lemen muren omzoomde straten.

Boven in sommige lantaarnpalen zijn luidsprekers bevestigd die de stem van een man laten horen. Ik neem aan dat het een gebed is. Sayeh wijst naar een van de luidsprekers en klopt geruststellend op mijn arm.

'Deze man zeggen dat we onze vrouwen moeten bedekken,' legt Hamid uit. 'Geen zorgen. Na je boodschappen met Sayeh zal je je bedekken zoals God het wil.'

Als we thuiskomen, zitten Ian en Annahita op de vloer van de woonkamer te kaarten. Sayeh buigt zich naar Hamid en fluistert iets. Hamid gaat naar de badkamer en verruilt zijn pantalon voor een pyjamabroek. Sayeh en ik trekken onze mantels uit, ik doe mijn sjaal af.

Hamid gaat naast Ian zitten en feliciteert hem met zijn goede gezondheid, en legt dan uit dat – ahum, sorry, vrienden – kaartspelletjes verboden zijn in Iran, net als alle vormen van gokken, maar maak je geen zorgen: 'Jouw idee was niet om Annahita iets narigs te leren.' Ian zegt dat het hem spijt en ruimt het spelletje memory op. Annahita is in de war en teleurgesteld, dus leert Ian haar hoe je een kaartenhuis bouwt. Sayeh komt terug met thee en kijkt opgelucht.

Ik haal mijn tas leeg en laat Ian zien wat ik heb gekocht. Ik trek de spullen stuk voor stuk aan, geholpen door Sayeh en aangespoord door Annahita. De mantel en sjaal zijn goed, maar de chador is glad, ongemakkelijk en veel zwaarder dan ik had verwacht. Hij trekt aan mijn voorhoofd, en ik kan alleen voorkomen dat hij mijn hoofddoek naar achteren trekt, door krom te gaan staan of naar beneden te kijken. En omdat het een losse lap stof is, die nergens mee wordt vastgemaakt, moet ik hem onder mijn armen vastklemmen of met twee handen vasthouden. Net als ik denk dat hij blijft zitten, glijdt hij weer af. Van de ene schouder, van de andere, daarna van mijn hoofd; eerst klem ik te veel stof onder mijn armen, dan weer te weinig.

Annahita vindt mijn worsteling uiterst amusant. Net zoals Sayeh, maar zij weet het beter te verbergen. Ian moet zo hard lachen dat hij ervan gaat piepen. Ik vraag hem of hij niks beters kan verzinnen en hij antwoordt dat hij dat inderdaad kan, dus ik trek mijn gewaden uit en geef ze aan Ian, die ze enthousiast aantrekt.

Tegen de tijd dat hij de mantel heeft dichtgeknoopt en de sjaal onder zijn kin vast heeft geclipt, giert Annahita het uit en verbergt Sayeh haar lach onder haar handen, en Hamid heeft zichzelf van de trap af gelachen. Als hij even later weer boven komt, lacht hij nog steeds zo hard dat hij nauwelijks kan lopen, en voert hij een paar buren in zijn kielzog mee. De mannen komen de kamer in en staren – met open mond – naar Ian, die door kamer paradeert en '*Salaam!*' roept en zijn handen ter begroeting uitsteekt. De mannen wijken terug en knipperen met hun ogen. Knipper knipper knipper. Kuchen een paar weifelende lachjes en stellen Hamid allerlei doorgiechelde vragen. Hamid heeft het te druk met foto's maken om te antwoorden. Goed idee: ik maak er zelf ook een stel.

Als de buren weggaan om vrienden en familie erbij te halen, vindt Ian het welletjes en trekt hij zijn gewone kleren weer aan. We gaan zitten om thee te drinken. Hamid giechelt telkens als hij Ians kant opkijkt. Net als de rest van ons. Hamid herneemt zich en richt zich nu tot mij.

'Voor het bezoek aan een heilige plaats vrouwen moeten kleren vol respect aan, je moeten de chador aan. Ook in de heilige stad Qom, waar veel mollahs wonen. Voor de rest van het reizen alleen je mantel.'

Hamid nipt van zijn thee. 'Op die manier...' hij buigt zich dubbel, giechelt, recht de rug en is weer ernstig '... op die manier is de mantel vrij voor mr. Ian.' Hamids gezicht plooit zich tot een lach, hij klapt dubbel en proest een van thee doordrenkte lach uit zijn neus.

We zijn allemaal klaar om te gaan. Sayeh keert zich om en mompelt iets tegen Hamid, die zegt: 'Ben je klaar voor het eten in het huis van Sayehs oom?'

Ik knik en pak mijn mantel en mijn hoofddoek.

Sayeh mompelt iets en spert haar ogen open. Hamid mompelt iets terug. Sayeh mompelt opnieuw. Hamid zegt: 'Neem me niet kwalijk. Sayeh zal je helpen dragen je kleren. Kom, mr. Ian, wij wachten buiten.'

Hamid, Annahita en Ian lopen de trap af, de straat op.

Sayeh glimlacht en leidt me naar de kast. Ze zoekt de hangertjes af tot ze bij een roodwitte jurk is, die ze van het hangertje haalt en een eindje van zich af houdt en objectief bekijkt. Ze kijkt naar mij, dan naar de jurk, weer naar mij, weer naar de jurk. Krult haar lippen naar binnen. Overpeinst de combinatie grondig.

Ja. Dit is dé jurk voor mij. Ze wijst in de richting van mijn kamer en ik glimlach, bedank haar. Doe de deur dicht. Ik trek mijn reiskleren uit – een broek en een Indiaas katoenen overhemd – en pers me in Sayehs jurk. Hij is gemaakt van glimmend polyester met een motiefje van rode en witte ruitvormpjes; er zitten gouden glimmertjes op de schouders en de rok heeft een flamencosnit; links even boven de knie en rechts tot op de grond. Een zilveren ruche versiert de golvende zoom.

Sayeh klopt aan en komt binnen. Ze glimlacht en straalt, en plet vervolgens mijn borst met haar hand terwijl ze me van achteren dichtritst. Ze helpt me een zwarte panty aan te trekken en hurkt op de vloer om de naad achter op mijn kuit recht te trekken. Schoenen. Help, schoenen. Die van haar zijn allemaal te groot, dus scheurt ze een paar oude vodden aan stukken waarmee ze de tenen van een paar hoge zwarte pumps opvult tot ze me passen.

Sayeh doet een stap achteruit en bekijkt me van top tot teen. Houdt haar hoofd scheef en knijpt haar ogen samen. Is bijna tevreden, maar nog niet helemaal. Ze gaat de kamer uit en komt terug met een haarborstel. Nee nee nee. Ze lacht en houdt mijn armen omlaag. Trekt mijn paardenstaart los. Begint te borstelen. Na een paar slagen begrijpt ze het probleem.

Ik ben geboren met een flinke bos haar. Zoveel dat ze zich bij mijn geboorte afvroegen wát er eigenlijk naar buiten kwam. Sindsdien heb ik een onhandelbare massa krullen gehad, nu eens kort, dan weer lang, maar altijd dik en altijd krullend. Ik heb weleens een potlood achter mijn oor gestopt dat vervolgens dagenlang in de lokken verdwaald bleef. Dus het borstelen van dit, nou ja, nest heeft dramatische gevolgen.

Als Sayeh klaar is, zie ik eruit alsof ik de statische bol in het Science Center aanraak. Ze lijkt geïntrigeerd door de aanblik, maar is even geschrokken als verbaasd. Ze probeert mijn haar te bundelen en het op te steken, maar het is zo dik dat elke speld openspringt. Ze drukt erop in de hoop dat het zich overgeeft. Ten slotte pakt ze een handjevol rond mijn gezicht bij elkaar en zet dat boven op mijn hoofd vast, waarna ze er op verschillende plaatsen een stel witte balletjes aan vastmaakt, als gewichtjes, denk ik, want ze trekken genoeg lokken tot op mijn schouders om te zorgen dat mijn haar niet meer horizontaal van mijn hoofd af staat.

Hamid roept vanuit het trappenhuis. Sayeh zucht gejaagd, herschikt een paar delen, huivert even, en geeft me mijn gewaden aan. Mijn nieuwe enkellange, double-breasted mantel bedekt alles, inclusief de ruches. De schoenen blijven alleen maar zitten doordat mijn tenen gemangeld worden door de lappenproppen. Sayeh slaat de doek om mijn hoofd, maar krijgt hem nauwelijks vast vanwege de hoogte en de breedte van de haardos die hij moet bedekken.

Ik hobbel de trap af, recht op Ians verbijsterde blik af. 'Wat hou je daar onder je hoed verstopt?'

Narghes ratelt al op topsnelheid voor ze de deur heeft opengedaan. 'Hai! Hai!' schreeuwt ze als ze me ziet.

'Hallo,' antwoord ik en ik kus haar op haar wang. 'Dit is mijn echtgenoot, Ian.'

Narghes knikt en glimlacht, en trekt me dan aan mijn arm mee naar een klein kamertje. Sayeh komt erbij en doet de deur dicht. Narghes knoopt mijn mantel los, en moppert over sommige plekjes – een slordig genaaid knoopsgat, een gat in de zoom – als haar oog erop valt. Haar ogen lichten op als ze mijn jurk ziet, maar ze vindt mijn haar maar niks en heeft de bolletjes er al uitgehaald voor Sayeh kan uitleggen waarom die erin hangen.

Er klinkt een zachte klop op de deur en er komen twee glimlachende jonge vrouwen binnen. Het zijn de dochters van Narghes. Ze stellen zich verlegen voor en kruipen rond Sayeh, die zich van haar mantel en sjaal heeft ontdaan en nu haar lange, bruine haar borstelt. De dochters van Narghes doen hetzelfde: sjaal af, borstelen, krullen, friemelen, mooi maken. De drie vrouwen dragen jurken in dezelfde stijl als de mijne; die van Sayeh is groen met zilveren sterretjes op de mouwen. Ze bekijken zichzelf in de spiegel, werken hun make-up bij, borstelen en friemelen nog wat, maken dan hun hoofddoek weer vast en kijken naar mij. Sayeh gaat de kamer uit als Annahita roept, en draagt mij over aan Narghes' zorg.

Ze neemt kordaat de leiding en gebruikt haar dochters als assistenten. Ze reiken borstels aan, haarspeldjes, klemmetjes, linten en strikken, alles op het bevel van hun moeder. Narghes ademt zwaar en gebruikt de kracht van haar beide armen om mijn haar in model te dwingen. Mijn hoofd knikt bij elke krachtige slag van de borstel; mijn hoofdhuid tintelt en klopt. Uiteindelijk is mijn hele vracht haar boven op mijn hoofd gestapeld en vastgebonden met een breed, rood lint. Narghes instrueert een van haar dochters om een grote strik met het resterende lint te maken en de andere moet hem vastzetten. Narghes knipt met haar vingers en vraagt om oorbellen. Er wordt een paar bungelende plastic bollen tevoorschijn gehaald en aan mijn oren vastgemaakt.

Sayeh komt terug met lippenstift. De bloedrode die ze gisteren op de markt heeft gekocht. Hij wordt gekeurd onder de lamp, goed bevonden, op mijn lippen gesmeerd en vervolgens op mijn wangen, waarna ze hem in mijn huid wrijven.

De vier vrouwen doen een stap achteruit en keuren het resultaat. Narghes vraagt om een wenkbrauwpotlood en omlijnt mijn oogleden. Ze trekt aan mijn kin en wil juist mijn wenkbrauwen gaan kleuren als ze nog eens goed kijkt en terugspringt. Ze kijkt verward en boos. Ik snap niet waarom. Ze vertrekt haar gezicht en vraagt dan iets aan Sayeh. Sayeh knikt. Narghes vraagt me iets over mijn man. Ik haal mijn schouders op. Ze herhaalt haar vraag, maar nu langzamer. Ik haal mijn schouders weer op, ook langzamer. Narghes hurkt voor me en zegt iets waarbij ze elke lettergreep overdreven beklemtoont en articuleert. Ze wijst naar mijn trouwring en vraagt of ik getrouwd ben. Ik knik. Ze glimlacht en kijkt naar Sayeh. Ze halen allebei hun schouders op.

Narghes legt uit dat zij ook getrouwd is. Ze glijdt met haar vingertop langs haar zorgvuldig geëpileerde wenkbrauwen alsof ze haar status wil bewijzen. Ze doet hetzelfde bij de smalle wenkbrauwen van Sayeh en bij die van haar oudste dochter. Ook getrouwd, legt Narghes uit. Vervolgens trekt ze haar jongste dochter naast zich en wijst naar haar dikke, borstelige wenkbrauwen. Niet getrouwd. Narghes haalt een handspiegeltje uit haar tas en vraagt me het voor mijn gezicht te houden. Ik kijk naar mijn piepkleine spiegelbeeld en zie hoe Narghes met haar vingertop over mijn zware wenkbrauwen loopt en de vorm aangeeft die de wenkbrauwen van een getrouwde vrouw zouden moeten hebben.

Ik eindig met een streepje wenkbrauw in de vorm van een hoge boog, aangezet met potlood. Het geëpileerde gedeelte is opgezwollen als een striem. Ian schrikt zo als hij me ziet dat hij zich verslikt en thee knoeit op het tapijt. Narghes lacht en slaat me op mijn rug. Het komt doordat ik zo mooi ben, zegt ze. Mijn echtgenoot is diep geschokt.

'Mijn god,' fluistert Ian. 'Je lijkt op een kerstster van plastic.'

Wat? Narghes wil weten wat Ian zegt.

'Als een bloem,' zegt hij. 'Ze lijkt op een bloem.'

Hamid vertaalt het en in de kamer klinkt een collectieve zucht. Narghes glimlacht trots en maakt de strik op mijn hoofd wat breder. Pakt mijn hand en troont me mee naar de keuken.

Mina zit gehurkt op de vloer uien te snijden als ik aan haar word voorgesteld. Ze kijkt op en glimlacht, veegt haar hand af aan haar broek en staat op om me een hand te geven. 'Ik zie dat mijn moeder je martelt,' zegt ze, terwijl ze met haar duim wat lippenstift van mijn wang veegt. 'Je moet vragen of ze daarmee wil ophouden.' Mina wendt zich tot haar moeder en spreekt op een boze toon, terwijl ze met haar mes in de richting van de woonkamer zwaait. Narghes volgt Mina's richting en gaat de eetmat klaarleggen. Mina werpt me van opzij een blik toe, schikt haar hoofddoek en knipoogt. 'Je kunt je ontspannen,' zegt ze, en hurkt neer.

'Kan ik helpen?' vraag ik, en ze reikt me een lange komkommer en een even lang mes aan en zegt dat ik hem moet schillen.

'Neem het mijn moeder maar niet kwalijk,' zegt Mina, terwijl ze de uien op een dienblad legt en er paprikapoeder overheen strooit. 'Ze moet íets doen.' Ze schilt knoflook met het dikke gedeelte van het lemmet. 'Mijn zusjes: een is getrouwd, de ander trouwt volgend jaar. Ik ben de enige met iets interessants.'

Mina's zusjes komen de keuken binnen en mopperen dat ze mij laat werken voor mijn eten. Ze nodigen me uit om bij de anderen te komen, in de zitkamer, maar ik bedank. Verzeker hun dat ik het in de keuken uitstekend naar mijn zin heb. Ze kijken verbaasd, maar gaan weg. Mina plet de knoflook met de onderkant van haar mes. Ik reik haar mijn geschilde komkommer aan en ze geeft me een ander, ongeschild exemplaar.

'Ik ben enige die naar universiteit gaat. Ik studeer elektrotechniek, dus moet heel hard werken. Na vier jaar wil ik klaar zijn voor baan' – haar ogen glinsteren bij het woord – 'en dan wil ik ander soort leven. Geef me komkommer aan.' Ze hakt de waterige groene stok in blokjes en geeft me een soort vijzel met een stamper. 'Wil je...' en ze doet het gebaar voor.

'Fijnmalen,' zeg ik. 'Fijnmalen.'

'F-a-i-n-m-a-l-e-n.' Langzaam lispelt ze het woord, en slaat het dan op in haar hoofd. 'Fainmalen.' Nadat ze mijn stamptechniek heeft goedgekeurd, gaat ze verder. 'Ik wil liever aan grote universiteit studeren, in Isfahan of Teheran, maar dat kan niet. In deze tijd moet ik in Tabriz zijn, bij familie.' Ze strekt haar arm uit naar een kleine koelkast en haalt er een met een theedoek afgedekte plastic kom uit. 'Wat is de naam in het Engels?' vraagt ze, terwijl ze de theedoek ervan aftrekt en me een hapje van de lillende massa laat proeven.

'Yoghurt.'

'Yo-gert.' Ze klopt de massa tot een zachte crème. 'Misschien komt mijn man uit Teheran en ga ik daar wonen. Grote stad, maar niet zo mooi als Isfahan, waar ik eerst woonde, met rivieren en heel grote bomen en gebouwen van blauwe steen. Zo blauw als dit,' zegt ze, terwijl ze met de punt van haar mes wijst naar een steentje dat om haar nek hangt.

Mina mengt de gemalen komijn, de komkommer en de knoflook door de yoghurt, sprenkelt er wat zout en wat groene vlokjes over en zet hem opzij. 'Helpt je man bij het koken?' Ik vertel dat hij dat weleens doet en dat hij altijd afwast. Mina grijnst en begint hard te roepen tot Narghes binnenkomt vanuit de andere kamer. Mina herhaalt wat ik net heb verteld, en haar moeder giechelt in haar vuistjes, dendert terug naar de woonkamer en verkondigt het nieuws. Ik hoor wat gemopper, en vervolgens de vertaling van Hamid voor Ian: 'We bespreken jullie anderse Canadese manieren.'

Tijdens het eten zit Mina naast me. Ze vraagt me van alles over mijn jeugd. Wat voor spelletjes ik deed met mijn vriendinnen, of ik een broek of een jurk droeg, wat ik wilde worden als ik later groot was, zaten er jongens bij mij op school? Ik beloof haar een antwoord voor elk antwoord dat ik van haar krijg. Ze knikt en gaat akkoord. Geeft me een bord met rijst, kebab, salade en yoghurt. Het is eenvoudig, heerlijk eten, gekruid met de geuren van de bazaar.

Ian zit op de vloer aan de andere kant van de lange plastic mat. Hij wordt geflankeerd door Ali en Hamid. Ian moet vooral vaak 'ik weet het niet' zeggen en strijkt met zijn hand over zijn voorhoofd alsof hij zich probeert te concentreren. Ik begrijp het gesprek niet en kan de vertalingen van Hamid niet horen. Ik vraag Mina waar ze over praten.

Ze luistert en rolt met haar ogen. 'Wat kost appartement met drie kamers in Canada? Wat verdient dokter in Canada? Wat kost kleine auto in Canada? Ons gesprek is interessanter.' Ze glimlacht en geeft me een vriendschappelijke por.

Er zitten nog twee mannen aan de dis: de man en de verloofde van Mina's zusjes. Ze zijn verlegen, allebei, maar vooral de verloofde. Hij eet vrijwel niks en doet de hele maaltijd bijna niets anders dan lange, verliefde blikken uitwisselen met zijn aanstaande bruid.

'Vertel me over je leven in Canada,' zegt Mina aan het eind van de maaltijd als ze onze borden van de mat afruimt. Ik volg haar naar de keuken met de restanten van de rijst en de kebab. 'Ik wil weten hoe je woont en waar je werkt, wat je hele dag doet. Vertel me over je huwelijk.' Mina trekt de sjaal van haar hoofd en gooit hem in een hoek. Ze gaat op de grond zitten, leunt achterover op haar armen en legt haar hoofd op haar schouder.

Mina's gezicht is als de oceaan. Kloppend en wemelend van leven. Ze lacht met uithalen – golven die door de lucht stoten – waarna haar gezicht weer langzaam tot rust komt.

We praten tot Hamid komt vertellen dat het tijd is om naar huis te gaan. Mijn kapsel is onttakeld en de lippenstift is verwijderd met een natte handdoek. De sjaal en de mantel bedekken alle resterende sporen van de avond, van het leven tussen vrienden en familie; het leven van opsmuk en mode; het privé-leven.

Mina vraagt me om mijn adres, geeft me het hare en smeekt me haar te schrijven. 'Ik wil alles weten over je reizen. Schrijf me vanuit Isfahan, alsjeblieft. En vanuit Turkije en Duitsland en Canada. Schrijf me vanuit alle mooie plaatsen.' Ze houdt mijn hand vast terwijl de anderen afscheid nemen, en keert zich dan met een treurige glimlach om. 'Niet vergeten.' Ze buigt zich naar me toe om me te kussen en fluistert: 'Als ik in Teheran woon, kom je me daar opzoeken.' Ik glimlach naar haar, haar schelpwangen, haar warmte en energie. Ze trekt me naar zich toen en fluistert weer: 'We kunnen elke avond praten en onze mannen doen afwas.' Ze lacht en maakt een *ssst*-gebaar. Knipoogt en zwaait bij de deur met de rest van haar familie.

De lucht is koel en droog. Ik ruik de tot stof verdroogde aarde en snuif deze geur, deze lucht op; ik vul mijn longen ermee. Ik ben nu tien dagen in Iran. Mijn bloed is gemaakt van het water hier. Ik kan het voelen – hoe het door mijn lichaam stroomt en me vormt.

Diner bij de sjah

Ian stopt het fototoestel in zijn rugzakje. 'Wacht, we moeten een foto nemen,' zegt hij, terwijl hij de camera weer tevoorschijn haalt. Hij slaat een arm om me heen, strekt zijn andere arm uit en richt de lens op onze gezichten. 'We noemen dit *Dag 1 zonder chaperonne*,' zegt hij, en hij kietelt me. Ik kir en giechel in zijn hals. Hij drukt af.

Klik.

We zijn in Rasht, een redelijk grote stad vlak bij de kust van de Kaspische Zee. We verlaten onze *mosaferkhané*, een 'herberg voor reizigers' met eenpersoonsbedden en gemeenschappelijke toiletten, en duiken de steeg in.

In een stemmenzee. Opgewonden geschreeuw en een versterkte stem die klinkt als vonken. Op de trottoirs langs de hoofdstraat hebben zich honderden mensen verzameld. We gaan achteraan staan en rekken ons uit om te zien wat er aan de hand is.

Er is een optocht. Eindeloze rijen in zwart gehulde mannen. Ze hebben kort haar op hun hoofd en lang haar aan hun kin. En ze zingen. Ze slaan met hun handen op hun borst en zingen, vol pijn, vol woede. Ze volgen de incantatie van een man die in de bak van een voortkruipende pick-up staat. De man houdt een megafoon vast en reciteert: *Allahu akbar! Khomeini rahbar!* De stoet mannen herhaalt het. *God is groot! Khomeini is onze leider!* Het aantal toeschouwers groeit. Ian en ik worden uit elkaar gedreven, dieper de massa in.

De mannen lopen langzaam en plechtig voorbij. De ene na

de andere rij van zwart. Een klein eindje achter hen komen acht mannen die een platform op hun schouders dragen. Daarop staat een ruwhouten, geopende doodkist, boordevol bloemen, witte en rode anjers. De bloemen trillen en schuiven, sommige vallen op de grond terwijl de mannen moeizaam de doodkist torsen, voortstrompelend onder zijn gewicht. Op het platform staat een foto van een bebaarde man met zwarte ogen.

De dragers worden omringd door rouwenden. Mannen huilen, jammeren naar de hemel, sommige slaan met hun vuisten op hun hoofd. Ze zingen allemaal. Ze herhalen de kreet uit de megafoon: *Margh-é Emrika! Margh-é Israel!* Ik begrijp de chant niet, al komt hij me wel bekend voor. Ik heb het eerder gehoord, gelezen, ergens. De doodkist komt dichterbij. Ik zie Ian pal voor de menigte, nu door tientallen mensen van me gescheiden.

Ik staar naar hem, dan naar de chantende mannen. Mijn blik schiet tussen hen heen en weer. De chantende mannen en Ian. De chantende mannen en Ian. *Margh-é Emrika!* Ian lijkt volkomen in de ban. Opgewonden. *Margh-é Israel!* Hij grijpt naar zijn rugzakje en vist de camera eruit. *Margh-é Emrika! Margh-é Israel!* Ik kan niet bij hem komen. Kan hem niet roepen. Kan alleen maar toekijken hoe hij de camera voor zijn gezicht houdt – *Margh-é Emrika* – door de lens tuurt – *Margh-é Israel!* – en afdrukt als de doodkist hem pal voor zijn neus passeert. Ik doe mijn ogen dicht en adem uit. Ik hap naar lucht en doe ze weer open. Ik knipper met mijn ogen om me te concentreren en luister. Opeens kan ik verstaan wat ze chanten.

Nu de woorden een betekenis hebben, zijn ze onverdraaglijk. Ik baan me met mijn ellebogen een weg naar Ian en trek aan zijn arm. Hij draait zich om en glimlacht.

'We moeten hier weg,' zeg ik zo snel en zo overtuigend mogelijk.

'Wat?'

Ik draai bruusk zijn hoofd naar me toe en brul het in zijn oor.

'Ze roepen "Dood aan Amerika". We kunnen hier niet blijven.'

Ian kijkt opeens gealarmeerd. Hij stopt zijn fototoestel in zijn rugzakje en duwt me door de menigte. We hollen weg van de optocht naar een stenen arcade aan het eind van de straat, en stoppen om op adem te komen.

'We pakken een taxi en maken dat we hier wegkomen,' zegt Ian, terwijl hij het plein afspeurt. Hij is net de straat op gestapt om de eerste de beste auto aan te houden die op een openbaar voertuig lijkt, als er een man van achteren op hem afkomt en hem bij de arm pakt.

Het is een van de mannen uit de optocht. Zou dat kunnen zijn. Bebaard en in het zwart gehuld. Zijn haar is gemillimeterd en hij heeft die blik van kalme toewijding aan de zaak. Hij mist rond zijn rechteroog een deel van zijn gezicht, dat daar grof is opgelapt. Hij is een oorlogsveteraan. Zo ziet hij eruit. Hij heeft voor Allah gevochten, zou alles doen om God te dienen. Zo kijkt hij tenminste.

Hij doet alsof hij een foto maakt, en schudt daarna met zijn vinger. Met een hoofdknikje en een hand om Ians elleboog gebaart hij Ian hem de steeg in te volgen. Ik fluister: *Ga niet mee, ga in godsnaam niet mee,* maar ik word achtergelaten. Achter een kring van in het zwart gehulde, bebaarde mannen die rond Ian cirkelen en met hem meelopen, weg van de straat. Ik volg hen.

De man vraagt Ian om zijn paspoort. '*Zeg dat je het in het hotel hebt laten liggen,*' sis ik – maar Ian trekt het uit zijn buiktasje tevoorschijn en geeft het aan de man. Hij bladert het ondersteboven door en houdt het in zijn ene hand. Met de andere strijkt hij over zijn baard terwijl hij in de verte staart. Luistert naar het advies van de andere mannen. Wikt en weegt de situatie zelf. Het is opvallend rustig. Achter me prevelt een klein vrouwtje met een appelrond gezicht onder een witte sluier beledigingen. De mannen wuiven haar weg en na een flinke dosis dodelijke blikken slaat ze haar doeken om zich heen en waggelt de steeg in.

Daar staan we dan, de verminkte man houdt Ians paspoort losjes in zijn hand, de rest van de groep praat zachtjes met elkaar. Ik zeg allerlei dingen die de groep of niet begrijpt, of niet hoort. Of niet serieus neemt. Ian probeert de zaak te bagatelliseren door zijn verhaal als een onschuldige te vertellen. Niemand luistert.

Een van de mannen loopt weg en komt even later terug met een dik mannetje, dat de leiding neemt. Hij luistert naar het relaas van de man met de littekens, pakt Ians paspoort, bladert naar de foto, vergelijkt die met zijn gezicht en zegt dan in het Engels: 'Kom mee.'

De verminkte man legt een hand op zijn borst en buigt. We steken met de dikke man de straat over naar een betonkolos op het grote plein. Alle andere mannen blijven achter.

'Sorry, maar waar gaan we naartoe?' vraagt Ian onschuldig.

'Politie.'

Hij lijkt vriendelijk, deze man. Hij heeft niet de uitdrukking van de andere mannen, en ook niet diezelfde intensiteit. Hij draagt een lichtgekleurde broek en een tweedjasje. Geen baard, ongekamd, redelijk kort haar. En hij kijkt verveeld.

'Sorry,' vraagt Ian nog eens, 'waarom gaan we naar het politiebureau? Wat hebben we misdaan?'

De man zegt niets, maar knikt in de richting van het gebouw en loopt door. We gaan naar binnen, en daar leidt hij ons twee trappen op en een brede gang door. Alle deuren zijn dicht. In de tijd van de sjah was van de geheime dienst, de SAVAK, bekend dat ze verhoortechnieken gebruikten zoals de 'braadpan': een metalen tafel met boeien, die heet werd als het geheugen van de gevangene moest worden opgefrist. Het gerucht ging dat die technieken zo goed waren dat ze de revolutie hebben overleefd en overgenomen werden door de overwinnaars, maar dit wordt ontkend. De Islamitische Republiek deelt officieel alleen straffen uit die in de tijd van de profeet werden toegepast. Geseling, bijvoorbeeld. Of steniging.

Er wordt een deur opengedaan, en drie jonge mannen kijken op. Glimlachend. Alsof ze midden in een goed verhaal werden gestoord. Ze dragen alledrie vrijetijdskleding, eentje zelfs een geel poloshirt – een ongewoon gezicht, zowel wat de kleur als de stijl betreft – de rest draagt gedekte overhemden. Geen één in 't zwart. De dikke man vraagt hun mee te komen naar een ruimte aan de andere kant van de hal. Het is een kantoor dat zo groot is als een schoollokaal.

We moeten gaan zitten op stoelen die aan de ene kant van de ruimte staan, terwijl de mannen plaatsnemen rond een groot, houten bureau aan de andere kant. De dikke man brengt de andere mannen op de hoogte; een van hen giechelt voortdurend, zoals sommige mensen doen als ze nerveus zijn en dat niet willen laten merken. De man naast hem houdt een tandenborstel vast als een lolly. De dikke man beëindigt zijn relaas, draagt de zaak over aan de giechelige man, onze vertaler, en vertrekt.

De giechelige man glimlacht, wil iets zeggen, maar moet dan lachen en verbergt zijn gezicht achter zijn handen terwijl hij een paar woorden uitproest tegen zijn collega's, die hem lijken aan te sporen. Hij probeert het opnieuw.

'Hallo,' zegt hij, en hij giechelt achter zijn hand. Trekt zijn gezicht in de plooi en gaat verder. 'Heb je een camera?'

'Ja,' zegt Ian, en hij haalt hem uit zijn rugzakje.

'Geef hem aan mij,' zegt hij, terwijl hij wenkt met zijn vingers. Ian reikt hem het fototoestel aan dat op het bureau wordt gezet. Bewijsstuk A. De mannen pakken het een voor een even op, draaien het een paar keer rond, kijken door de lens en zetten het weer neer. 'Vertel,' zegt de vertaler, en hij kijkt al knikkend naar zijn collega's.

Ian barst los in een verklaring waarin het klinkt alsof we uit ons hotel kwamen en bij toeval op een spektakel midden op de weg stuitten. Het is een verhaal vol verrassing en verbazing en beschrijvingen van een optocht met massa's bloemen en gezang, en wat zat er in die kist, nog meer bloemen?

De giechelige man vertaalt het voor de anderen, die met hun vingers langs hun lippen strijken en elkaar vanuit hun ooghoeken aankijken. Een van de mannen vraagt Ian waarom hij die foto nam. Waarop Ian losbarst in nog kleurrijker beschrijvingen en vervolgens onze avonturen van de hele afgelopen week vertelt, en uitleg geeft over de foto's die hij heeft genomen – 'Ik ben dol op zonsondergangen!' roept hij – gevolgd door een complete lijst van onze reisplannen door de rest van het land, stad voor stad.

'Dank je, genoeg,' zegt onze vertaler, die hem bruusk onderbreekt.

Het uur daarop wordt ons verhaal verteld en doorverteld aan elk van de pakweg vijftien mannen die het kantoor binnenkomen. Ze dragen allemaal gewone kleren, pakken allemaal het fototoestel op, kijken door de lens en leggen het weer neer. Ze stellen de vertaler allemaal een paar vragen en halen dan hun schouders op. Te oordelen naar hun blikken is geen van hen bijzonder geïnteresseerd in onze situatie.

We zijn al in geen tijden meer aangesproken.

Als ik er genoeg van baal, vertel ik de mannen dat we nu graag weer weg willen. We waren van plan om vandaag naar de bergen te reizen, en dat is een lange tocht. We willen graag weg voor het er te laat voor is.

De mannen kijken me aan, verrast, en beginnen te praten.

Ze willen graag de film uit het toestel halen, zeggen ze. Daarna mogen we weg.

'Wat? Maar waarom? Daar staan de foto's van de rest van onze reis op. We komen niet terug op die plaatsen. Het zijn de enige foto's die we hebben.'

Dit wordt vertaald. De mannen overleggen. Onze vertaler stelt voor om het toestel snel even open en dicht te doen zodat alleen de foto van de optocht wordt bedorven.

'Maar als je de camera openmaakt worden *alle* foto's verpest, niet alleen die ene.'

Dit wordt vertaald. De mannen overleggen. Een aantal loopt in en uit. Er wordt nog meer overlegd, een lange uitwisseling van ideeën, waarna er blijkbaar consensus wordt bereikt. Ze stellen voor dat een van de mannen het hele filmpje gaat ontwikkelen. Dan kunnen ze het allemaal bekijken en de foto van de optocht eruit halen, als dat nodig is, waarna we de rest weer terugkrijgen.

Ian kijkt me verschrikt aan. 'Er zijn foto's bij van die ene avond bij Hamid, toen ik jouw kleren paste,' mompelt hij. 'Het lijkt me geen goed idee als deze kerels me rond zien huppelen als travestiet...'

'Bedankt,' antwoord ik de mannen. 'Dat lijkt me een heel goed idee, maar dit is een zwart-witfilmpje, en dat is lastig te ontwikkelen.'

Dit wordt vertaald.

Stilte.

Doordringende blikken.

Gefronste wenkbrauwen.

'Waarom een zwart en wit filmpje?' vraagt onze vertaler, die niet langer giechelt. 'Voor de krant.'

De mannen staren ons aan.

'Krant?' Ian en ik lachen. 'Kijk eens goed naar die camera! Die maakt geen foto's van krantenkwaliteit, al zou hij het nog zo graag willen. Kijk dan...' Ian staat op en pakt de camera van het bureau. Hij tikt ermee op het hout om de goedkope kwaliteit te onderstrepen. Glijdt met zijn hand over de kleine lens om de waanzin van het idee aan te tonen.

Geen reactie.

Ian houdt de camera vast en gaat weer zitten.

'Zullen we hem maar gewoon openmaken en die klotefilm eruit rukken?' vraagt hij me fluisterend.

Ik haal mijn schouders op. 'We hebben, geloof ik, weinig keus.'

Ian laat de achterkant van de camera openspringen en trekt de film er met proppen tegelijk uit. Hij kijkt naar de mannen. 'Alsjeblieft.' Hij staat op, alsof hij wil vertrekken.

Er heerst doodse stilte.

Doods. Stilte.

'Ga zitten,' zegt onze vertaler. Ian gaat zitten. De mannen fluisteren met elkaar en tegen zichzelf.

'Is er een probleem?' vraagt Ian. 'U zei dat we de film moesten vernietigen, en dat hebben we nu gedaan.'

De vertaler luistert nog even naar zijn collega's, en maant hen dan met een knikje tot stilte. Hij leunt naar voren en kijkt Ian aan. 'Jouw actie was niet goed.' De mannen beginnen weer te discussiëren.

'Nu denken ze dat we iets te verbergen hebben. We zullen hier nog uren moeten blijven.' Ik puf en wend mijn blik af.

'Je vrouw is niet blij,' zegt de man met de tandenborstel.

Ik kijk hem aan en verzin ter plekke iets. 'Ik ben niet blij omdat we onze foto's kwijt zijn. We hadden foto's van Turkije, en van vrienden in Tabriz, en nu hebben we niets.'

De man kijkt meelevend. 'Maar wij maakten niks kapot. Je man maakte het kapot. Wij vroegen om ontwikkelen...'

'Maar we willen hier niet de hele dag blijven! Dit is onze huwelijksreis. We zijn naar Iran gekomen omdat we hadden gehoord dat het heel mooi was, met aardige mensen. Vanochtend, toen we onze *mosaferkhané* verlieten...' de mannen glimlachen als ze me het Farsi-woord horen gebruiken '... hoorden we lawaai op straat. We zagen de optocht, en mijn man nam een foto. We wisten niet dat dat niet mocht, maar nu weten we dat wel, en we hebben die foto vernietigd, precies zoals jullie vroegen. Nu willen we graag weg.' Ik pak de camera uit Ians handen en leg hem op het bureau. 'Jullie mogen die camera houden. We hebben hem niet nodig. We zijn geen journalisten, we zijn toeristen op huwelijksreis. We zullen de foto's van Iran hier bewaren...' Ik leg de camera op het bureau en wijs op mijn oog. Ik blijf staan, klaar om weg te gaan.

'Ga zitten.'

Er wordt nu volop overlegd. Volop. Ze bekijken allemaal nog een keer de camera, en besluiten dan iets. De dikke man verlaat de ruimte. De vertaler verzekert ons dat alles in orde is, ze willen de camera niet hebben en we mogen zo dadelijk weg. *Heb geduld*, smeekt een van de mannen met zijn handen.

De man met de tandenborstel pakt de camera op en trekt de rest van het filmpje eruit. Als hij het laatste strookje loswurmt en in de prullenbak gooit, breekt het spoeltje af, dat op de grond valt. Hij bukt zich en kijkt gegeneerd, probeert de zaak weer in elkaar te zetten. Geen succes. Anderen proberen het ook, friemelen eraan zonder resultaat. Ten slotte staat Ian op om er zelf naar te kijken. Hij houdt de camera voor zijn neus en probeert het kleine clipje weer vast te zetten, maar het glipt tussen zijn vingers vandaan en valt weer op de grond. Hij begint te lachen. Steeds harder, tot hij met een hand op het bureau steunt om overeind te blijven en hij in een soort hikkend-gierende lach uitbarst. Het soort lachen dat aanstekelijk is. Het soort dat mensen zelfs aan het lachen maakt als ze geen idee hebben wat er nou zo grappig is.

Het heeft precies die uitwerking. De man met de tandenborstel begint Ian op zijn rug te kloppen om te voorkomen dat hij stikt, maar al snel lacht hij zelf zo hard dat een ander hem op de rug begint te kloppen, en iedereen lacht.

Ian kucht, bedaart weer, en wendt zich dan tot de man. 'Sorry, maar waarom heb je een tandenborstel in je hand?'

'Om te borstelen,' zegt de man, terwijl hij de tandenborstel als een dirigeerstokje heen en weer zwaait. Vervolgens knikt hij, alsof hem iets te binnen schiet, en verlaat hij de kamer.

De tandenborstelman komt terug met thee, als de camera inmiddels is gerepareerd en aan ons is teruggegeven. Ian neemt een glas aan en vraagt de mannen of ze hem willen leren hoe je thee door een suikerklontje opzuigt. De uitnodiging wekt zowel verbazing als opwinding. Drie mannen ruziën er zelfs om wie het als eerste mag voordoen. Een van hen leert het Ian zoals je een kind iets leert, met zijn ogen wijd open en bemoedigende knikjes en langzaam en overdreven uitgesproken woorden. Pak een klontje suiker – kijk, zo – en stop het precies... hier... en klem het tussen je boven- en je ondertanden, neem dan een slokje en – *slurp!* – hij klokt een mondvol thee naar binnen.

Ian probeert het en verslikt zich, wordt aangemoedigd, probeert het nog eens. Nipt, slurpt, en laat thee uit zijn mondhoeken lekken. Ze vinden het allemaal prachtig, hoewel ze hun gegiechel verbergen. Als hij de slag eenmaal te pakken heeft, komt hij weer naast me zitten om zijn thee verder op te drinken.

Sscchhhllllp

De mannen krabben zich in de nek en wenden zich af, giechelend.

'Hoe is je huwelijksreis,' vraagt een van hen via de vertaler.

'Die was leuk, tot vandaag,' lach ik.

De mannen gniffelen. Ze praten wat, kijken ietwat beschaamd, en komen nu met een andere vraag: 'Hou je van hijab?'

Sscchhhllllp

'Pardon?'

'Hou je...' – de vertaler wacht even – 'van hijab?'

'Of ik dit *graag* draag?' Ik pluk aan het zwarte polyester dat me omsluit.

'Ja,' zegt hij. 'Draagt het goed?'

'Of het prettig is? Tja, mijn man houdt er wel van...'

Ian stoot me aan en maant me tot zwijgen.

Er wordt driftig geknikt in het kantoor. 'Goed dat je van hijab houdt, meneer. Met de hijab is je vrouw goedheid.'

Sscchhhllllp

Uit het hele kantoor beginnen nu vragen te komen. De vertaler draait zijn hoofd van stem naar stem, en kiest de interessantste vragen uit het aanbod. Hij vraagt wat mijn indruk van Iraanse vrouwen is, vraagt naar ons opleidingsniveau, onze banen, ons geloof, onze opvattingen over Iran, onze opvattingen over Amerika – 'Is het heel gevaarlijk?' – en buigt zich dan voorover om met extra veel belangstelling te vragen: 'Vertel me hoe mensen in Amerika over Iran denken?'

'Ik weet het niet, maar ik geloof dat ze heel bang zijn,' antwoord ik.

Er klinkt gedempt protest, een enkel schouderophalen, afkeurende blikken.

'Alsjeblieft,' zegt de man met de tandenborstel. 'Waarom?'

De dikke man komt terug en wordt door alle aanwezigen verwelkomd. Hij is zo lang weggeweest dat ik hem was vergeten. Hij heeft het warm – er glinstert zweet op zijn voorhoofd – en is lichtelijk buiten adem.

'Alsjeblieft,' zegt hij, en reikt me een klein doosje aan. Hij zegt iets tegen de vertaler en gaat zitten.

'Die man zegt: het spijt mij. Kon geen zwart en wit filmpje vinden. Hij zegt: dit is misschien beter, kleurenfilm, beter voor foto's van de huwelijksreis.'

Ian en ik zijn allebei zo geschokt dat we niks zeggen.

'Zijn jullie boos?' vraagt de vertaler.

'Helemaal niet. Nee, dankjewel. *Merci. Kheili mamnoen.* We zijn heel dankbaar.'

We doen het filmpje in de camera en bedanken hem opnieuw. Ian vraagt of hij een groepsfoto mag nemen, waarop iedereen lacht en afwerend gaat wuiven. Nee, nee, nee. De dikke man glimlacht en zijn gezicht plooit zich als dat van zo'n hond met een fluwelen snuit.

De mannen verontschuldigen zich dat ze onze reis hebben opgehouden. Ze hopen dat we er begrip voor hebben, hopen dat we nog een fijne huwelijksreis hebben, hopen dat we van Iran genieten. We moeten beslist naar Isfahan en Mashhad en Shiraz en Qom – o, vind je dat ze naar Qom moeten? Ja, nou, misschien ook niet – en Teheran. Weten we al waar we nu naartoe gaan?

De vertaler begeleidt ons naar de hoofdingang en schrijft de route op naar een prachtig dorpje in de buurt, waar we volgens hem wel naartoe willen. Heel groen met veel wolken. Hij houdt de pen in zijn mond terwijl hij over andere tips nadenkt, glimlacht, en legt een hand op zijn borst. 'Ik maak excuses voor deze moeilijkheden. Geniet alsjeblieft van ons land.'

We lopen dezelfde weg terug naar ons *mosaferkhané* en slapen de rest van de middag.

'Als dit de huwelijksreis is,' zegt Ian als hij wakker wordt, 'hoe zal het getrouwde bestaan zelf er dan uitzien?'

Ik til mijn kloppende hoofd van het kussen en kijk hem met toegeknepen ogen aan.

Klik.

Hij glimlacht en laat de camera zakken. 'Ik wou ons nieuwe filmpje maar eens inwijden.'

De sapjesbar staat ineengedoken op de hoek met zijn toonbank pal aan de straat. Aan het plafond hangen manden vol sinaasappels, bananen, wortels, meloenen en grapefruits. Buiten staat een groepje mannen aan milkshakes te nippen. Met wijd opengesperde ogen. Op de manier zoals overal ter wereld van milkshakes wordt genoten. Ik loop naar de toonbank en bestel voor mij een bananen-dadel-pistache-ijsshake en wortelsap voor Ian, en pak vervolgens een citroencakeje uit een glazen pot op de toonbank, en net als ik een hap wil nemen, zie ik dat de sapman me aanstaart met opgeheven mes.

Toen ik mijn bestelling over de toonbank schreeuwde, was hij druk bezig met hakken, knijpen, persen en schoonmaken. Nu staat hij doodstil. Mes geheven. Starend. Zijn ogen verdraaien tot draaikolken. En hij vraagt me mijn woorden te herhalen. Ik controleer mijn uitspraak en zeg het nog eens, nu langzamer. *Eén banaan-dadel-pistache-ijs-shake en één wortelsap voor mijn man. O, en dit cakeje. (Grijns.)*

Hij laat zijn mes zakken. Legt het op de snijplank en veegt zijn handen af aan zijn schort. Komt achter de toonbank vandaan en komt naast me staan op straat. Een van de milkshakemannen gaat met hem mee staan staren (niet naar mij, naar Ian), en zuigt zo hard door zijn rietje aan de bodem van het lege glas dat hij zich verslikt door de inspanning.

'Sorry,' kucht de jonge man, 'zijn jullie Japans?'

Ian kijkt naar mijn Angelsaksische gezicht, ik naar zijn sproeten en zijn rode haar.

'Eh, nee,' antwoordt Ian. 'We komen uit Canada.'

De jonge man glimlacht. Steekt zijn hand uit naar Ian. Buigt naar mij. De twee oudere mannen naast hem doen hetzelfde. De sapman slaat op zijn voorhoofd en duikt terug achter de toonbank.

'Canada!' lacht hij. 'Ik ga naar Canada!' Hij grinnikt terwijl hij mijn milkshake klaarmaakt, biedt Ian een handvol koekjes aan, hakt een handvol wortels klein en draait ze door een sapcentrifuge. Er spuit pulp in een ton achter de toonbank, waar een klein jongetje wortels zit te wassen in een emmer van blik. De drankjes worden in hoge glazen geschonken en ons over de toonbank aangereikt met nog meer koekjes.

Daarna begint de strijd. Alle drie de mannen willen betalen voor onze drankjes. Ze fluisteren en sissen naar elkaar tot de oudste man zijn geld aan de sapman geeft, stilletjes, onderdanig, onder beleefd gemompel en knikjes. De sapman weigert het geld twee keer, maar neemt het dan aan.

'Sorry,' zegt de jonge man opnieuw. 'Mag ik een vraag maken?' We knikken en slurpen. 'Je kent onze imam, imam Khomeini?' We knikken en slurpen. 'Jouw volk kent de imam?' Meer geknik. 'Vertel, wat denkt jouw volk van de imam?' Het slurpen stokt.

'Wat ze van hem denken?' herhaalt Ian. 'Eh...' Ian kijkt naar mij. Ik haal mijn schouders op. Glimlach. Slurp. De jonge man staart ons aan.

'Nou,' zegt Ian, 'hij is erg beroemd.'

Het gezicht van de jongen overgiet ons met glimlachjes, hij schudt Ian de hand, klopt de andere mannen op de rug en huppelt grijnzend de straat in.

De twee andere mannen staan zachtjes met elkaar te praten, kijken de jonge man na en trekken een misprijzende mond.

'Een van onze revolutiemakers,' zegt de oudste man, kauwend op zijn rietje. 'Pas met ze op, pas op wat je zegt. Je herkent ze aan hun baarden.'

'Waarom noemde hij Khomeini "imam"?' vraag ik. 'Ik ken hem alleen maar als ayatollah Khomeini, maar de mensen hier noemen hem altijd imam.'

De man trekt zijn wenkbrauwen op en haalt diep adem.

Zijn vriend geeft hem een por in de ribben en grijnst. 'Sommige mensen, zoals die jonge man, sommigen denken dat Khomeini de twaalfde imam is, de verborgen imam, degene die verdwenen is. Je weet wie onze profeet Mohammed is. En zijn schoonzoon, Ali, degene van wie de sjiïeten geloven dat hij Mohammeds opvolger was, noemen wij imam – dat betekent leider, religieus en politiek leider, maar meestal gebruiken we het alleen voor leiders zoals Ali, afstammelingen van Mohammed. Na Ali zijn er elf andere imams in die lijn geweest, allemaal afstammelingen van de profeet, maar de twaalfde verdween in het jaar 873. Ons volk heeft altijd geloofd dat hij zou terugkeren, als een verlosser, hij zou terugkeren om de perfecte islamitische staat te stichten.'

'Zoals christenen,' zegt zijn vriend.

'Ja,' knikt de man. 'Als een messias. De revolutiemakers geloven dat Khomeini de verborgen imam was. Dus begonnen zijn volgers hem imam te noemen, omdat dat een dubbele betekenis heeft: het woord kan leider betekenen, gewoon leider, maar het kan ook messias betekenen. Ze waren heel slim, die volgers van hem, ze begrijpen de macht van woorden.'

De man (die uitlegt dat hij als kind tien jaar in Amerika heeft gewoond), vertaalt ons gesprek voor de sapman, die vraagt of hij een paar vragen van hem wil vertalen. Wat voor salaris krijgt een dokter, een leraar, een ingenieur, een sapman, hoeveel kost een auto, een appartement, een watermeloen, een huis, een sapjesbar? Elk van onze antwoorden wordt gevolgd door toegeknepen ogen en snelle berekeningen.

'Hij wil naar Canada,' legt onze vertaler uit.

De sapman betuigt zijn instemming vanachter de toonbank met extra luid gehak en het Farsi-equivalent van *yes!*

'Alles duur!' roept hij in het Engels. Hij trekt aan zijn kleren, wijst naar het eten op zijn toonbank, zijn schoenen, het horloge om zijn pols, een aantal spullen in zijn kleine winkeltje. Als er geen dingen meer over zijn om aan te wijzen, zucht hij en haalt hij zijn schouders op, pakt zijn mes en gaat verder met hakken. 'Alles! Alles duur! Ik ga naar Canada!' zegt hij, en hij toetert een lach de straat in. De mannen lachen alle drie, zoals je lacht om iets wat niet echt leuk is. We slurpen de laatste druppels uit onze glazen op en nemen afscheid. De sapman kijkt ons aan en glimlacht. Legt zijn mes neer en leunt naar voren, onderzoekt mijn gezicht en knikt dan een langzaam, tevreden knikje. Hij gebaart naar mijn gezicht, en houdt dan zijn vingertoppen tegen elkaar zoals Italianen doen als ze iets heel lekkers proeven.

'Hijab is goed,' zegt hij.

Met andere woorden, ik ben goed bedekt.

Ik bedank hem – het is een compliment – en zeg dat we elkaar zullen weerzien in Canada. De twee mannen lopen een eindje met ons op en vragen waar we heen gaan. Ze houden een taxi aan, wisselen een paar woorden met de chauffeur en geven hem genoeg geld om ons daarheen te brengen. De oudste van de twee houdt het portier voor me open en zegt: 'Vergeef ons land. Het is niet de beste tijd voor ons, maar we zitten hier gevangen, voorlopig. Misschien is het moeilijk voor je om het ware Iran te zien, maar het is nog altijd hier.' Hij houdt zijn hand op zijn hart en grijpt zijn overhemd vast.

In de taxi zitten al twee passagiers: een man voorin en een vrouw achterin. Ik ga op de achterbank naast de vrouw zitten, en Ian kruipt naast mij.

We rijden verder.

Nog geen honderd meter verder geeft de vrouw de chauffeur wat geld. We stoppen. We klauteren alledrie door het rechterportier naar buiten (er rijdt verkeer aan de linkerkant) en ik stap als eerste weer in. Ian gaat midden op de achterbank naast me zitten.

We rijden verder.

Vervolgens houdt een oude vrouw de taxi aan. We stoppen. Maar ze kan niet instappen voor de man op de passagiersstoel voorin wat opschuift om plaats te maken voor Ian, die de achterbank verlaat en voorin kruipt naast de man, die met één bil op de handrem zit en met de andere op de schoot van de (mannelijke) chauffeur. De oude vrouw komt naast me zitten op de achterbank, glimlacht, en sluit het portier.

We rijden verder.

Op de hoek houdt een man de taxi aan. We stoppen. Maar hij kan er niet zomaar bij. Er is geen plaats meer voorin en achterin kruipen zou betekenen dat hij naast een vrouw komt te zitten die geen familie is. Hij wacht op de stoep. De oude vrouw naast me worstelt zich naar buiten en wacht ook op de stoep, terwijl ze me wenkt om hetzelfde te doen. Ik stap uit, zij stapt weer in en schuift door naar het linker portier. Ik ga naast haar zitten. Ian verlaat de stoel voorin en komt naast mij (zijn vrouw) zitten en sluit het portier. De nieuwe man deelt nu de passagiersstoel met de andere man.

'Krijg je genoeg beweging?' lacht Ian.

'Engels?' krast de nieuwe man. Hij rommelt in zijn tas en haalt er een Engels oefenboek uit. 'Ik leer Engels! Ik ga naar Canada!' Het oefenboek gaat van hand tot hand, de hele auto rond. 'Ik ken vele Engelse woorden,' piept de man, die zo buiten zichzelf is van opwinding dat hij op zijn stoel op en neer stuitert. 'Neus! Nagel!' brult hij, waarbij hij de corresponderende lichaamsdelen aanwijst. 'Elleboog! Oorlel!' Het duizelt hem dusdanig dat zijn ogen ervan tranen. 'Stuur! Spiegel!'

We rijden verder.

Bij het volgende huizenblok worden we aangehouden door een andere vrouw. 'Kin!' De auto heeft de omvang van een lunchtrommeltje en er zitten al zes mensen in. 'Winkel! Baard! Verkeersopstopping!' We stoppen. De nieuwe vrouw wacht op de stoep. Ian stapt uit, ik stap uit, de nieuwe vrouw stapt in, de oude vrouw klimt op haar schoot.

'Vrienden! Haha!'

We rijden verder.

De chauffeur wijst naar ons pension bij het volgende kruispunt, en Ian geeft hem wat geld. 'Uitstappen!' We stoppen. De twee vrouwen ontwarren zichzelf en wachten op de stoep. Ik stap uit. 'Tot ziens!' Ian stapt uit. 'Tot ziens!' De twee vrouwen kruipen weer op de achterbank, ondertussen glimlachend en zwaaiend. De mannen voorin blijven zitten maar leunen uit het raampje om te zwaaien. De chauffeur toetert.

Ze rijden verder.

We zijn drie huizenblokken opgeschoten.

Ik hou van de naam. Ik vind het prettig zoals hij in mijn mond voelt, alsof er een golf doorheen rolt.

Kaspisch.

O, kopje-onder in de Kaspische Zee. Ik zou het net zo doen als ik in mijn eerste ijshoorntje van de zomer duik (met uitgestoken tong, ogen dicht, zacht kreunend), maar doe het niet. Zwemmen is bij de islamitische wet verboden, tenzij ik bereid ben in vol ornaat te baden, wat me even ongemakkelijk lijkt als helemaal niet zwemmen. We kiezen daarom voor waterfietsen – na een kort dispuut of het daarbij nu om trappers of peddels draait – niet zozeer omdat we nu zo'n brandend verlangen hebben om ons in een klein plastic bootje voort te bewegen, als wel omdat het ons zo'n heerlijk absurde manier lijkt om de zee te verkennen.

De prijs is billijk, een uur voor drie cent, dus we huren ze voor twee uur maar plassen slechts rond tot het nieuwtje ervan af is (na zo'n twintig minuten) en keren dan terug naar de kust, transpirerend als operazangers. Ik ben zo doordrenkt van het zweet dat mijn mantel aanvoelt als een wetsuit. Aan de rand van het haventje houd ik het niet langer. Ik duik geheel gekleed de plomp in.

Binnen een paar tellen ben ik omstrengeld door een octopus. Het water kolkt terwijl mijn kleren verstrikt raken in zijn rukkende tentakels. Mijn hoofddoek glijdt rond mijn hals en er wordt zo hard aan getrokken dat ik bijna stik. Door het gewicht van de natte stof kost het enorm veel inspanning om te blijven drijven, maar ik sla erop los en schop tot ik, dwars door het geschreeuw en gegil heen, Ian hoor lachen. Niet gewoon lachen: hij lacht zo hard dat hij naar adem moet happen. Wat mij even een adempauze geeft. Lang genoeg om te zien dat de armen en benen die mijn kleren zo woest omstrengelen toebehoren aan de twee mannen die de bootjes beheren en die (zo besef ik op het moment dat ik stop met hen te vermoorden) mij komen redden. Verscheurd tussen de impuls om mij van de verdrinkingsdood te redden en de islamitische wet die fysiek contact met leden van de andere sekse verbiedt, hebben de mannen geprobeerd me aan mijn mantel aan land te sjorren. Maar door zo hard te meppen, dwing ik hen me aan te raken.

Als we weer veilig aan land zijn, staan de mannen erop ons het volle bedrag terug te geven (nadat ze ons thee, een lunch en hun huis voor vannacht hebben aangeboden). Ze putten zich zo heftig uit in excuses dat ze nauwelijks kunnen tellen en geven ons een handvol doorweekte biljetten, waarbij ze buigen met de hand op hun hart. Ian en ik lopen terug naar de weg om op de bus te wachten; we draaien ons om en zien dat de twee mannen staan te zwaaien. Ze blijven zwaaien terwijl we wachten en als er eindelijk een bus stopt (en ik alweer helemaal ben opgedroogd) staan ze nog steeds te zwaaien. Ze zwaaien en buigen en zwaaien en buigen tot we geheel uit het zicht zijn.

We stappen uit als de bus een paar kilometer Ramsar is ingereden, een bouwvallig badplaatsje dat getekend is door vroomheid en geloofsijver. Hotels staan er als skeletten bij. De stranden zijn afgeschermd van verleiding. De zeewind laat een eenzame groene vlag wapperen.

We zijn hier gekomen voor het zomerpaleis van de sjah, dat hier vlakbij bedolven zou liggen onder tientallen jaren van revolutionair onkruid en gras. We vragen de weg bij een winkelier, die belooft op onze tassen te passen. Hij kijkt bezorgd en probeert ons ergens anders voor te interesseren, maar uiteindelijk wijst hij in de richting van de heuvels en geeft hij ons zijn lunch. 'Je zult honger krijgen,' legt hij uit.

Daar gaan we dan, omhoog, de heuvels in. Naar bomen en schaduw en een geur die zo doordringend is dat ik hem kan proeven. Lelietjes-van-dalen. Zoete witte adempjes. Ik laat me op de grond vallen en drink parfum, snuivend en zuchtend, ik duw mijn gezicht door kleine klokjes tot ik met mijn neus op iemands teen stuit. Iemands poot, eigenlijk.

Ik kom overeind terwijl ik mijn neus weer in positie duw, en kom oog in oog te staan met een leeuwachtig standbeeld. Het bewaakt versierde metalen poorten en een paleis. Stop. Het woord 'paleis' is te veel gezegd. Niet dat het niet indrukwekkend is. Maar ik had eerder iets in de trant van een kasteel verwacht. Nee. Hoewel het is gebouwd van kolossale marmeren platen, ongetwijfeld de beste die Italië te bieden had, is het niet afstotelijk. Het is op een bepaalde manier elegant. Statig.

Over het hek klauteren met drie lagen kleren aan, waarvan er een uit een zwart tafelkleed bestaat, is een onderneming die ik niet graag zou herhalen; door gras waden dat wemelt van slangen die zo dik zijn als mijn arm, valt in dezelfde categorie. En Ian zweert dat hij me nooit meer zijn schouders en gezicht (beweert hij) als springplank zal laten gebruiken om door het enige kapotte raam dat we konden vinden te kunnen klimmen. Zelfs niet als vluchtmiddel. Maar we komen binnen – Ian slingert zich omhoog aan de verweerde fluwelen gordijnen die ik naar buiten gooi – en daar ging het om.

Alles ademt er verwaarlozing. De kamers zijn leeg – geplunderd – en ze grijnzen ons toe als een mond vol gebroken tanden. Ik stel me de opwinding van de revolutie voor, van de bestorming van het paleis, het intrappen van de deuren der privileges en het kapotslaan van de inhoud, het gevoel van wraak, van triomf. Kolkend van de woede van de onderdrukten. Het tandenknarsend verlangen om een misstand te herstellen.

Het is bijna twintig jaar geleden dat de sjah hier was. Bijna twintig jaar nadat hij in ongenade uit zijn land werd verdreven; nadat de straten wemelden van de demonstranten die eisten dat er een eind zou worden gemaakt aan het onrecht in hun land: de concentratie van rijkdom in de handen van zo weinigen, buitenlandse beheersing van de oliebronnen, militaire uitgaven die al met al een kwart van het nationale budget uitmaakten, censuur en een schrikbewind door de veiligheidsdienst van de sjah, vervolging van religieuze en politieke figuren, doordrenking van het land door Amerikaanse waarden en normen.

Het is bijna twintig jaar geleden dat de sjah in antwoord op vreedzame demonstraties zijn veiligheidstroepen bevel gaf op de demonstranten te schieten, waardoor tientallen mensen omkwamen; dat de demonstraties ontaardden in rellen en de sjah in antwoord daarop zijn veiligheidstroepen bevel gaf op de menigte te schieten, waardoor honderden mensen omkwamen; dat een politieke banneling die Khomeini heette de demonstranten aanspoorde om hun strijd tegen het onrecht niet op te geven, en de sjah in antwoord daarop zijn veiligheidstroepen bevel gaf op de mensenmassa te schieten die bijeen was gekomen voor de dag van het gemeenschappelijk gebed, waardoor duizenden mensen omkwamen.

We lopen zwijgend door de zalen.

Echo's van gelach – het eigenaardige gekakel van de rijken – druipen van de plafonds. Het is het soort lach dat niet wordt gevoed door vrolijkheid maar door trots; de trots die het geeft om koning te zijn, *shahanshah*, koning der koningen. De trots die het een man vergunt zijn eigen volk te bestelen. Zonder dat hij zichzelf misdadig vindt.

We lopen door de zalen met ons hoofd in de nek, luisterend naar de geesten van vergane glorie. In de kelders – de trap is vernield, dus we wagen het erop en springen – zijn de baden: betegelde kamers die ooit het decor waren van dampend genot, van buitenlandse hoogwaardigheidsbekleders en filmsterren, en mooie champagne, zeeën van champagne. Nu droog. Stoffig. Het kerkhof van een karikatuur.

Boven rusten we uit tegen het koele marmer, en ik stel me voor hoe het geweest moet zijn om de gast van de sjah te zijn. 'Een Italiaanse bijvoorbeeld, uitgenodigd op het paleis te komen dineren. Ik ben de rijke dochter van de een of ander en daardoor geschikt gezelschap. Ik had het geluk aan de sjah en zijn aardige vrouw te worden voorgesteld tijdens een skivakantie in Zwitserland, afgelopen winter. Je weet wel, toen ik dat Versace-jurkje kocht dat nooit helemaal goed heeft gezeten omdat mijn middel iets te smal is voor het ontwerp – ja precies, dat dingetje – en bofte ik niet enorm dat ik te gast was in dat kuuroord toen de sjah en zijn aardige vrouw daar een besloten feestje gaven met uitmuntende kaviaar, de lekkerste die ik dit jaar heb geproefd, en fantastische mensen, hare majesteit en ik konden het heel goed vinden samen – zo *elegant*, je zou bijna denken dat ze uit Europa komt – en nog geen drie dagen later had ik me verzekerd van een uitnodiging op het zomerhuis van de sjah aan de Kaspische Zee, mama was zo blij voor me en we zijn een week in Milaan geweest om kle...'

'Ga je naar dat diner of niet?' onderbreekt Ian me, zuchtend. Zoals hij op de grond ligt met zijn ogen dicht en zijn handen gevouwen op zijn borst, lijkt hij op een dode. Dat vertel ik hem ook, maar hij reageert niet. Ik snuif en pak het verhaal weer op bij het vliegveld, waar 'ik word afgehaald door een knappe chauffeur, *waanzinnig exotisch*, die het portier voor me openhoudt van de mooiste limousine die je je kunt voorstellen, zo comfortabel en met zoveel voorzieningen dat we ons nauwelijks bewust zijn van de rit noordwaarts, naar de kust waar de sjah en zijn lieftallige vrouw hun schattige zomerpaleisje hebben – o, dat *marmer* – en ons bij de ingang begroeten.'

Ik werp Ian een zelfvoldane *lekker pûh*-blik toe en draag het verhaal aan hem over.

Hij pikt het op door op te staan uit de dood en de reïncarnatie van de sjah te worden door op zijn knieën door de kamer te stommelen (de sjah was heel klein), en met een ben-ik-niet-geweldig-veel-dank-ik-ben-sjô-achtig accent (wat in feite niet klopt maar wel bij zijn karakter past) verwelkomt hij me in zijn huis.

'O, laat die koffers maar staan, die haalt het personeel wel op. *Personeel!* U kunt zich opfrissen in deze slaapkamer. Ik hoop dat alles naar wens is. Let op de kroonluchter – het fraaiste Beierse kristal – en de spiegels komen uit Parijs, net als de muurkandelaars. En ik hoop dat u van de Franse keuken houdt, we hebben Pierre Lepneu laten overkomen om ons vanavond te verwennen. Maxim's kan hem wel een paar daagjes missen, denkt u ook niet? – *giechel giechel giechel* – Jammer dat u niet langer kunt blijven. Ik heb zojuist driehonderd nieuwe tanks gekocht, je kunt niet genoeg tanks hebben, zeg ik altijd maar, zo is het, en nu lijkt het me wel wat om ze bij hun aankomst door de straten van Teheran te laten paraderen. Ik zie dat u onder de indruk bent. Staat u me toe u nog meer op te winden: weldra – *Ha Ha* – zal ik het op drie na grootste leger ter wereld hebben! O ja, natuurlijk zal het volk klagen: we hebben stromend water nodig in de dorpen! zullen ze jammeren. Primitief stelletje zeurpieten. Wie denkt er nu aan waterleidingen als er tanks moeten worden gekocht? En geweren en munitie en raketten – wat vindt u van raketten? Ik vind ze wel geinig, maar o, als u eens wist wat ik naar mijn hoofd geslingerd kreeg, de vorige keer dat ik raketten kocht! Gemeen! Ondankbaar! Dit land is een *paradijs*, maar is mijn volk tevreden? Lieve help, nee zeg. Hier sta ik dan, de leider van een Grrrootse' – uitgesproken met een rollende r – 'ik zeg u, een Grrrrrrootse Beschaving en het enige waar het volk over kan praten is religie en stromend water. Wat moet je dan als koning? Niets. Ik ga gewoon mijn eigen gang...'

Stemmen.

Twee mannen.

Het geratel van een hangslot aan de voordeur van het paleis.

Ian en ik springen overeind en verstoppen ons instinctief achter het enige gordijn in de zaal. Vier voeten piepen eronderuit.

Er komen mannen het gebouw binnen. We horen hen een paar kamers verderop praten.

Ik gebruik Ians bovenbenen, schouders en gezicht om mezelf weer uit het raam te hijsen waardoor we binnenkwamen. Hij klautert in het gordijn, klapt dubbel over het raamkozijn en ploft naast me neer. Met de mantel hoog om mijn middel gesjord spring ik over slangen en gras; we klimmen als Spiderman over de poort en slingeren onszelf weer terug naar de soberheid. Nadat we wild in het rond hebben gekeken om te controleren of niemand ons heeft gezien – de kust is veilig – dalen we van de met lelietjes bezaaide heuvels af naar de zee.

De winkelier lijkt opgelucht te zijn dat hij ons terugziet. Hij biedt ons thee aan, die we aannemen, en de lunch die hij heeft gekocht ter vervanging van de vorige die hij aan ons heeft gegeven, die we weigeren. We vragen hem naar een hotel, en hij wijst naar een geel bakstenen gebouw verderop in de straat. Geeft ons een handvol pistachenootjes voor onderweg en wenst ons het allerbeste.

Een spoor van doppen achterlatend, bereiken we het gele bakstenen gebouw, om vast te stellen dat het ons budget te boven gaat. We staan er als beneveld bij – tassen op de grond, kopjes scheef – en worden benaderd door een man die zijn hulp aanbiedt.

Hij is mooi. Lang en lenig, een zachte olijfkleurige huid en ogen vol charme. Hij draait zijn hand in het gebaar dat een vraag stelt. Praat zachtjes, zegt iets wat ik niet begrijp. Ik vertel hem dat we op zoek zijn naar een reizigerspension. Hij sluit zijn ogen, opent ze weer – we zijn er nog steeds – en glimlacht. Buigt. Hand op zijn hart. Pakt onze tassen op en begint de straat af te lopen.

Hij gaat een steegje in, controleert of we nog achter hem aan lopen, glimlacht, loopt verder. Hij stevent de eerste open deur binnen en zet onze bagage in de gang. De tien minuten daarop is hij bezig met kamers inspecteren, toiletten controleren en onderhandelen over de prijs met de eigenaar, voor hij zich weer, verontschuldigend, tot ons richt. 'Niet goed. Vergeef mij.' Hij pakt onze tassen op en loopt het steegje uit, terug naar de hoofdstraat, houdt een taxi aan, opent het portier voor ons, zet onze tassen in de kofferbak en stapt voor in, waar hij met grote betrokkenheid onze situatie met de chauffeur bespreekt. De twee staren in de lucht en proberen, denk ik, een beter pension te verzinnen, tot de chauffeur een idee krijgt, en we ons op weg begeven. De straat uit, links een smalle zijweg in naar een laag bruin huis met een eenbenige man in de deuropening. De twee mannen stappen uit en gebaren dat we in de auto moeten blijven zitten. Ze wisselen een paar woorden met de eenbenige eigenaar en volgen hem de trap op. Ze blijven een paar minuten weg, maar komen stralend terug. Ons portier wordt geopend, onze tassen worden uit de kofferbak gehaald, we worden de trap op geleid, door een hal en dan naar een heel propere kamer met twee eenpersoonsbedden.

'Goed?' vraagt de mooie man. We knikken en bedanken hem. Ian wil de taxi betalen, maar de chauffeur weigert ons geld aan te nemen, alle drie de keren. Beide mannen staan met de hand op het hart en buigen.

Als ze zich omdraaien om te vertrekken, staat de mooie man ineens stil, hij stelt zichzelf een vraag en rommelt in zijn zakken. Vraagt iets aan de eigenaar, die wegschuifelt en terugkeert met pen en papier. Mooie man schrijft zijn naam, Mustafa, en zijn telefoonnummer op, en geeft het papiertje aan Ian.

'Als je problemen hebt,' zegt hij, en hij schudt Ian de hand. Hij glimlacht verlegen, buigt naar me en loopt achterwaarts de deur uit. Ian en ik zetten onze tassen in onze kamer en willen net een dutje gaan doen als er een vreemd geplof bij de deur klinkt. Het is de eigenaar. Hij sleept zichzelf de kamer in op zijn kruk. Hij loopt nog trager dan anders. Hij balanceert een dienblad met thee en koekjes op zijn hand.

Als we een paar uur later weer tevoorschijn komen, zit er een man beneden naast de deur. Hij staat op als hij ons ziet en steekt zijn hand uit naar Ian.

'Hallo, vrienden,' zegt hij. 'Ik hoop dat jullie gezond zijn. Mustafa zegt hallo. Hij heeft spijt dat hij niet bij jullie kan zijn, maar ik ben zijn broer, Hassan. Klaar om te eten?'

Ian kijkt me aan, glimlacht en haalt zijn schouders op. 'Ja, hoor.'

Hassan houdt een taxi aan, opent het achterportier voor

ons – 'Jullie zijn welkom' – en we rijden naar een klein restaurantje aan zee, waar Hassan zwaardviskebab, rijst, yoghurt, salade en cola bestelt, en ons vraagt waarom we hier zijn.

Als we hem vertellen dat we op huwelijksreis zijn, doorboort hij zichzelf bijna met een kebabspies.

'Jammer dat jullie niet twintig jaar eerder naar ons land zijn gekomen,' zegt Hassan, als hij weer kan ademhalen. 'Twintig jaar eerder hier was mooi land, veel mensen kwamen hier op huwelijksreis. Twintig jaar eerder kon je naar disco gaan, of naar bar met muziekjazz, of naar café buiten, of naar zee, om te zwemmen.' Hij wordt ongedurig bij de gedachte eraan.

'Hier was rijk land, geloof mij, we hadden alles. Maar vanaf tijd van revolutie, vanaf die tijd, hier is ons land niet meer. Het is... hoe kan ik zeggen... het is verdriet. We zijn nu arm. Ons geld is nutteloos, en je kan het nergens uitgeven. Voor revolutie hier was zoals Europa, zoveel mooie dingen en pret en rijk. Nu, zie je zelf, is er niks. Onze revolutie heeft ons leven afgepakt.'

Hassan staat op van tafel en rekent af. We lopen naar het water – de zee is vlakbij maar ontoegankelijk – en gaan op een stenen muurtje zitten dat ons afsluit van de herinnering aan een duik.

'Voor de revolutie was hier mooie zee, met veel naast zee en boten. Het was plaats voor huwelijksreis. Veel mensen uit de hele wereld kwamen hier, voor plezier. Toen ik jongen was, zeventien jaar, ontmoette ik meisje uit Emrika. Sandy. Haar vader werkte hier in Iran, hij was geoloog. Ik ontmoette Sandy naast de zee – ze was mooi – en na paar weken samen, kregen we liefde. Maar ze woonde in Teheran, en ik was hier naast de zee, dus na onze vakantie schreven we brieven. We zagen elkaar niet terug, alleen toen we foto's stuurden.'

Hassan pakt zijn portefeuille en pulkt een verweerde foto

uit het leer. Er staat een slungelachtig, rossig meisje in bikini op. Ze houdt een blikje Pepsi-Cola in haar hand en poseert als een model in een advertentie.

'Onze revolutie komen volgend jaar, 1979,' zucht hij, terwijl hij een lange, treurige blik op de foto werpt. 'We schreven daarna wel brieven, maar na paar maanden schreef ze niet meer voor mij. Het is schuld van regering. Ik denk, die maakte haar bang. Toen onze revolutie heel erg werd met doden in straat en gijzelaars in Amerikaanse ambassade, maakte hij heel Emrika bang. Hij maakte zelfs veel Iraniërs bang. Veel mensen verlieten land en wilden vluchten. Hier waren heel fanatieke revolutiemensen, iedereen vocht voor macht in regering. Emrika dacht: Iran is gek geworden! Maar Iraniërs waren dezelfde mensen, enige verschil is dat er paar fanaten met macht zijn. De rest is hetzelfde.' Hij werpt een laatste blik op de foto van Sandy voor hij hem wegbergt in zijn portefeuille.

'Na tijd van revolutie moest ik naar oorlog, je weet wel, onze oorlog met Irak, toen Hoessein ons land binnendrong met hulp van wapens en geld van Emrika, en wij moesten verdedigen. Iedereen moest vechten.'

'Jullie zijn aardige mensen,' zegt Hassan als we teruglopen naar de hoofdweg. 'Ik denk, jullie zijn vriendelijk over onze mensen als je hier komt voor huwelijksreis.'

We rijden zwijgend naar het pension. Hassan brengt ons naar onze kamer en verontschuldigt zich dat we niet naar een disco of een bar of een strand kunnen gaan. Vraagt wat onze plannen voor morgen zijn. Zegt dat hij het jammer vindt dat we zo vroeg weggaan. Hij wenst ons alle goeds voor onze reis, de rest van onze huwelijksreis. En voor een lang en gelukkig leven met elkaar. We bedanken hem, vragen hem of hij Mustafa namens ons wil groeten, en wensen hem welterusten.

Er klinkt een bedeesd klopje op de deur. Het is of middernacht of heel vroeg in de ochtend.

'Mr. Ian?'

Ian staat op, kleedt zich aan en loopt de gang op. Ik hoor stemmen maar ik kan er niks van verstaan. Hij komt een paar minuten later terug, propt iets in zijn tas en kruipt weer in bed.

'Wat was er aan de hand?' fluister ik.

'Dat waren Hassan en Mustafa. Ze hebben ons eten voor morgen in de bus gebracht. En Hassan had Sandy's adres meegenomen, zodat we haar kunnen opzoeken als we weer terug zijn.'

'Waar woont ze?'

'Fort Worth, in Texas. Arme kerel. Hij vroeg of ik Iran nog steeds een goed land voor een huwelijksreis vond. Toen ik ja antwoordde, zei hij dat hij me dankbaar zou zijn als ik dat aan Sandy zou willen doorgeven.'

We zoeken de waarheid

Tussen twee bestemmingen in. Ik kan de hitte van de dag geen minuut langer verdragen. We stappen in Gorgan uit de bus om water te zoeken. Ik heb zoveel gezweet dat de rug van mijn mantel getekend is door zoutvlekken. Water vinden is nu niet gewoon een hoofdzaak, maar mijn enige doel in het leven.

Zodra Ian en ik Engels beginnen te praten, worden we benaderd door twee mannen, die vragen of we hulp nodig hebben.

'Toiletten,' stamel ik, indringend, misschien zelfs grof. De mannen glimlachen en buigen, pakken onze tassen op en gebaren naar een zijstraatje.

Ze lopen voor ons uit, kijken zo nu en dan om en glimlachen dan, vragen waar we vandaan komen – 'O, Canada, heel goed' – en of Iran ons bevalt, of mijn hijab me bevalt. Ian grijnst op deze vraag, en ik doe alsof ik struikel en land met mijn elleboog in zijn rug.

Onze tassen worden voor een vervallen bakstenen gebouw op de grond gezet. Beide mannen geven Ian een hand, en buigen dan, diep, met gesloten ogen, en staan met hun hand op het hart. We bedanken hen, pakken onze tassen op en gaan naar binnen.

Een moskee. Klein, onopvallend, maar een oord van eerbiedige rust. En van toiletten. Ik laat Ian bij de ingang achter met de tassen, plas, was me, houd mijn mond onder het kraantje en ik ben net mijn kleren aan het ordenen als ik hoor hoe iemand hem roept.

'*En-ge-le-si ba-la-did?*' Ians stem, die vraagt of de ander Engels spreekt.

'Een beetje,' luidt het antwoord. 'Ben je moslim?'

Ik buig naar voren, in afwachting van Ians antwoord, maar hoor niets. Alleen de zachte geluiden van een gesprek. En de woorden: *Wacht even, ik ga mijn vrouw halen.*

Ik verlaat het toilet en loop naar Ian in de gang. Naast hem staat een oude man in een lang, bruin gewaad en een witte tulband. Hij glimlacht niet, maar staart in het niets naast me, pakt dan onze tassen op en schuifelt door een smalle opening in de muur. Zodra hij uit het zicht is, barsten we los in een fluisterwedstrijd.

'Wat heb je hem in vredesnaam verteld?'

'Ik heb verteld dat ik christen was.'

'Waaaat? Waarom?'

'Ik weet het niet. Ik dacht dat hij me misschien wilde vragen om samen met hem te bidden.'

'Dat is volgens mij niet echt een sociale activi...'

'Ik had gewoon geen zin om tegen een mollah te liegen dat ik een moslim ben.'

'Je had kunnen zeggen dat je studeerde om mosl...'

'Luister, het bevalt me niet zo om midden in een verdomde theocratie over mijn geloof te liegen, dus laten we het maar...'

De oude man komt terug met onze tassen. 'Kom,' zegt hij. Ian knikt, en we lopen in ganzenmars door de smalle stenen gang.

'Misschien worden we naar een arena gevoerd: hij heeft wel iets van een gladiator,' fluister ik. Ian reageert niet. Hij draait zich alleen met een ruk om en werpt me een blik toe waarin te lezen valt: *Ik dacht dat ik je net een grapje hoorde maken. Zeg me alsjeblieft dat ik me vergiste.* Ik glimlach verontschuldigend en leg de rest van de gang met beide handen op mijn mond af.

De gang komt uit op een grote hof, een hof met zoveel bloemen – sinaasappelbloesem bungelt vlak boven onze neus – dat ik met open mond blijf staan kijken, want elke centimeter van de ruimte is overdacht en in perfecte symmetrie aangelegd. Aan weerskanten van een ondiepe vijver staat een boom; de twee bomen hebben dezelfde hoogte, dezelfde breedte en dezelfde vorm. Identiek. Langs de randen van de hof staan vruchtboompjes, bessenstruiken en bloeiende planten die alle met een ontstellende precisie groeien. Er gaat van deze ruimte zowel iets kalmerends als iets verontrustends uit, zoals van elke ruimte waar de natuur beteugeld is.

Kom, kom, de oude man wenkt ons vanaf de drempel van een stenen gebouwtje. We trekken onze schoenen uit en volgen hem naar een koele kamer van zijn huis. Geen meubels, alleen een dik, karmijnrood tapijt dat aan elke hoek van de kamer snuffelt. Hij brengt twee lange kussens en legt ze op de vloer bij onze voeten. 'Ga zitten.' En hompelt weer naar buiten.

Ian en ik kijken elkaar aan, halen onze schouders op en gaan zitten.

Een uur lang, ongeveer.

Zo nu en dan horen we een ritmisch gedreun, meer een gekletter, en ik begin me af te vragen of naast zijn huis soms een smidse is of het gedeelte van de bazaar waar de blikslagers werken. De mannen die met kleine hamertjes op metaal slaan tot er eten in kan. Ik begin me ook af te vragen wat er van onze mollah is geworden. Is hij weggegaan om ons aan te geven – er zat een christen te plassen in mijn moskee – of haalt hij soms vrienden op om met ons kennis te maken, of verzamelt hij zijn familie of doet hij een dutje? Om een of andere reden doet het er niet toe. Het gaat er nu om dat we in een koele kamer zitten, omringd door bloemen, rustend in de eenvoudige schoonheid van de dag. Domweg ademhalen bezorgt me voor even een mateloos genot.

Ian zit naast me. Over zijn toeren. Ik heb de bron van die angst nog niet kunnen vaststellen, alleen dat hij er is, en dat het moeilijk – onmogelijk – zal zijn om te ontspannen tot we die hebben aangepakt. Met al het gedreun en gekletter en het feit dat we overtuigde christenen zijn, geniet Ian aanzienlijk minder van zijn ademhaling dan ik; hij ademt vooral zwaar. De bloemen doen hem ook niets. Hij heeft troost gezocht in zijn reisgids en herleest de paragrafen over 'Religie en sociale gebruiken', voor het onwaarschijnlijke geval dat hij de passage heeft gemist over de plasmores in een moskee.

De oude man verschijnt in de deuropening en gebaart ons hem te volgen. We lopen naar de bron van het lawaai – Ian draagt het Boek, met zijn vinger bij belangrijke paragrafen – en komen bij een Spartaanse keuken, met een aanrecht vol opgestapelde pannen. Daarnaast is er een lange houten tafel die vol staat met eten: saffraanrijst, groenten en peulvruchten, yoghurt en brood.

'Ga je gang,' zegt de oude man, terwijl hij een van de stoelen naar achteren trekt. 'Ik heb vanochtend te veel eten gekocht. God heeft me jullie gestuurd om er samen van te genieten.'

We gaan aan tafel zitten en verorberen het feestmaal. We eten in stilte, niet omdat we ons opgelaten voelen, maar omdat dat gepast lijkt. Als de maaltijd is beëindigd, stapelen we de borden op aan een kant van de tafel en beginnen een gesprek.

'Jullie zijn Engels?' vraagt de oude man.

'Nee, Canadees.'

'*Ah, vous parlez français alors. Ça c'est bien*,' zegt hij, terwijl hij de reisgids ontwaart en zijn wenkbrauwen optrekt op een manier die inhoudt: mag ik?

'Jullie zijn dus toeristen,' gaat hij verder in vloeiend Frans, terwijl hij door het boek bladert. 'Ik dacht dat jullie pelgrims waren op weg naar Mashhad. Daarom vroeg ik of jullie moslims waren. Wij moslims zijn allemaal pelgrims, we reizen minstens één keer in ons leven naar Mekka en naar andere heiligdommen. Dus is elke pelgrim onze broeder. Maar jullie zijn toeristen. Dat is een ander soort pelgrimage. Je kunt toch nog best naar Mashhad reizen om het mausoleum van imam Reza te bekijken. Dat kan ik jullie aanraden. Er is veel moois, mooier dan in jullie Notre Dame.'

Hij grinnikt en glimlacht tot zijn gezicht één grote reeks rimpeltjes is.

'Waar heeft u Frans leren spreken?' vraagt Ian.

De oude man geeft geen antwoord. Daarvoor is hij te zeer geboeid door de inhoudsopgave. 'Po-li-tiek,' leest hij, met een blik van onderdrukte verrassing. Hij leest de hele paragraaf zonder zijn gezichtsuitdrukking te veranderen. Hij houdt het boek vast met zijn linkerhand en zijn voorhoofd met zijn rechter. Beide handen zien eruit alsof ze in cellofaan zijn verpakt, één en al litteken. Zijn vingers bewegen als hard plastic.

'Dit is een vreemd boek,' zegt hij terwijl hij het over de tafel teruggeeft. 'Het vertelt je alleen wat niet belangrijk is.' De oude man knijpt zijn handen samen tot twee vuisten en legt ze voor zich neer. 'Jullie zijn pelgrims. Jullie zoeken naar waarheid, nietwaar?'

Ian schraapt zijn keel, schuift op zijn stoel en knikt.

'Jullie zijn op een pelgrimstocht, maar het is een reis van het verstand, niet van de ziel. Dat is ons verschil. Als je naar waarheid zoekt, moet je dit boek sluiten. Je moet in de ogen van de mensen kijken. Daar zul je de ziel horen. En als je de ziel hoort, zul je waarheid horen. De rest is...' Hij zoekt in de lucht naar het woord, knijpt zijn ogen toe en kijkt naar het plafond. 'De rest is schijn.'

'Maar vindt u historische feiten dan niet belangrijk?' vraagt Ian onderzoekend, terwijl hij de paragraaf 'Jongste geschiedenis' openslaat en met zijn vinger over de bladzijde glijdt alsof hij aan het snellezen is. 'Er staat hier een hoop dat je toch echt moet weten om er iets van te kunnen begrijpen.'

De oude man glimlacht, niet vrolijk, en spreekt tot het middelpunt van de tafel: 'Iran is geen plaats maar een geest. Overal ter wereld vind je Iraanse mensen: in Australië, Duitsland, Japan, Frankrijk, Canada en Amerika. Onze geest leeft overal. Maar deze grond' – hij tikt met zijn voet op de vloer – 'deze grond is ons thuis, ons hart. Hier kun je ons het meest intens voelen. Hier leeft onze taal.

Jullie boek vertelt dat de sjah een man, een leider van dit land, een koning was, maar dat is niet waar. De sjah was een wolf. Hij was geen Iraniër, zijn voeten hebben nooit deze grond beroerd, ze stonden op marmeren vloeren en in privévliegtuigen en op platforms en verre landen, maar ze hebben dit nooit aangeraakt...' – hij tikt weer op de vloer – 'hij heeft nooit het zweet van zijn voeten op deze droge bodem geplengd. Een man die boven de grond leeft, zal nooit de ziel daarvan voelen. En zo'n man was hij.

De sjah hield niet van zijn volk; hij joeg het op. De sjah was een jager. Hij probeerde onze ziel te doden. Dat vertelt je boek niet.'

Ian haalt zo overdreven diep adem dat zijn neusgaten zich opensperren.

De oude man gaat verder: 'De sjah zei tegen ons volk: *We moeten trots zijn op onze Perzische geschiedenis! – We waren een Grote Beschaving en zullen dat opnieuw worden!* Maar hij was niet trots op ons volk, op de geschiedenis van hun zielen. Nee, hij zei dat we er onbeschaafde gewoonten op na hielden, dat we ons moesten gedragen en kleden zoals de Europeanen. Zijn schurken trokken de straat op en terroriseerden het volk. Ze rukten de vrouwen hun islamitische kleding af, sloegen hen als ze zich verzetten, maakten hen te schande, oude vrouwen zoals mijn moeder, en daarna kwam ze niet meer buiten, en veel vrouwen waren net zo, omdat ze waardig wilden leven, onder het oog van God, en de sjah liet dat niet toe.

De sjah zei tegen ons volk: *We zullen de wereld op de knieën dwingen: we zullen het op twee na machtigste leger ter wereld hebben!* En het volk keek toe. Ze zagen hoe hij tanks kocht en bommenwerpers en helikopters en geweren. Ze zagen hem kopen en kopen en alles maar uitgeven. Ze zagen hoe de dorpen honger leden. Ze zagen hoe hun land vol kwam te staan met de oorlogsmachines – vrienden, ga naar de woestijn en zie hoe het verspilde kapitaal daar weg staat te roesten. Ze zagen de wereld vet worden, en hun moeders mager.

De sjah zei tegen ons volk: *We zullen even rijk worden als de Europeanen – binnen één generatie!* Ze zagen de olie uit de grond opborrelen, ze zagen hoe de wereld belangstelling kreeg, ze zagen de ontwikkeling, zagen het luxeleventje van de rijken. De sjah zei tegen ons volk: *We zullen een tweede Amerika zijn!* En hij liet de mensen geloven dat dit hen gelukkig zou maken. Ze juichten voor de buitenlandse bedrijven die kwamen helpen. Ze juichten en wachtten. Ze zagen hoe de sjah rijk werd. Ze zagen hoe zijn vrienden rijk werden. Ze zagen hoe hij auto's kocht en paleizen bouwde, ze zagen hoe hij villa's kocht in Zwitserland, naar Italië vloog om te winkelen, naar Duitsland voor diners, naar Amerika om tweede huizen te kopen. Ze zagen hoe de olie uit het land van hun ziel bij iedereen behalve bij henzelf terechtkwam. En ze voelden hoe hun geest stierf.

Het volk keek toe, wachtte, en uiteindelijk verhief het zijn stem. Ze stonden op en vroegen: *Waarom wordt de wereld rijk terwijl wij arm blijven? De olie behoort toe aan dit land, en dit land behoort toe aan het volk! Ze stonden op en zeiden: Amerika hoeft ons onze normen en waarden, onze manier van leven niet voor te schrijven! Waarom zijn hun gebruiken beter dan de onze?* Ze stonden op, vrienden, en zeiden: *De sjah is niet onze leider – hij is een van hen! Genoeg!* En je kunt je voorstellen wat er gebeurde: ze werden tot zwijgen gebracht.

Gedood. Gemarteld. Gevangengezet. Verbannen.

Niemand was veilig. Want de jager moet zich sterk voelen. Als hij wordt bedreigd, raakt hij in paniek en wordt hij zo paranoïde dat hij in het wilde weg begint te schieten. Hij schiet op alles wat beweegt, op alles wat ritselt in het duister, op elk geluid. Hij voelt de angst van de opgejaagden – en dat bevalt hem niet.

De mensen durfden niet te praten, de schurken van de sjah luisterden overal mee. De mensen konden niet samenkomen of discussiëren of iets betwijfelen of lezen. De schurken van de sjah waren overal. En vrienden, jullie kennen de angst niet die in je botten leeft als je je tussen zulke monsters bevindt.

Stel je voor dat je in je huis zit. Je bent een onschuldig mens, je mengt je niet in de politiek, je bent arm maar gelukkig. Je zit in je huis met je vrouw, en er wordt op de deur geklopt. Je doet open en er staan twee mannen, vreemdelingen, die je vertellen dat je met hen moet meekomen. Moet. En dus ga je. Je gaat naar hun bureau, en je krijgt te horen wat je hebt gedaan: iemand op je werk heeft je horen klagen over je baas. Je had een dagje vrij gevraagd om je moeder in het ziekenhuis te kunnen bezoeken, maar je baas zei nee omdat het heel druk was op het werk, en je had al te veel vrije dagen genomen. Je kwam terug bij je bureau en vertelde het voorval aan een vriend. En je noemde je baas een tiran. Een tiran! Waarom hebt u dit woord gekozen, meneer? Wat bedoelt u met die uitdrukking? Verkondigde u op uw kantoor dat u in een tirannie leeft? Wou u uw medewerkers tot dergelijke gedachten ophitsen? Bent u een vijand van de staat? Nee? Waarom bent u dan geen lid van de partij van de sjah? Waarom hangen er geen foto's van de sjah bij u thuis?

En al die tijd dat ze deze vragen stellen, trekken ze langzaam je vingernagels uit, een voor een.

De opgejaagden leren te vluchten. Ze vluchten tot ze niet meer kunnen rennen. Ze ademen zwaar en huilen snel. Ze zoeken naar onderdak. Naar een veilige plaats. Ze verlaten hun werk, ze verlaten de straten, ze verlaten de parken en de restaurants en de theaters en de cafés – de schurken van de sjah zijn overal – en ze gaan naar God. In de moskee mogen ze samenkomen, in de moskee mogen ze zwijgen en mediteren, in de moskee mogen ze praten, zielen aanraken, rust vinden. In de moskee leeft hun geest.

En in de moskee horen ze de stem van het gebed en van kalmte en steun en kracht. Ik herinner me nog de gezichten van mannen die naar bandjes van imam Khomeini luisterden, de geheime opnamen die we uit Frankrijk hadden gesmokkeld, en de tranen stroomden over hun wangen, omdat hun ogen hol waren, hol. Ze waren geslagen, gemarteld, vernederd. Maar de imam geloofde in hen, hij gaf hun hoop en kracht. Geloof in zichzelf door de islam. De imam gaf ons volk zijn geest terug. Vrienden, God is groot.'

Allah-u-akbar.

De oude man sluit zijn ogen.

'De handen die je hier ziet,' fluistert hij, terwijl hij zijn glimmende, knokige vingers voor zich ronddraait. 'Deze handen zijn de handen van de opgejaagden. Ze stopten die handen in kokende olie omdat ik de sjah bestreed met woorden. En ik bofte nog. Vele anderen werden vastgeketend op een metalen tafel die steeds heter werd. De braadtafel. We roken onze vrienden, roken hoe ze dood werden gebraden. Vrienden die met hun stem hadden gevochten. Stierven toen hun stemmen stokten.

Je kent de ziel van dit land niet tot je die stemmen kent.'

We zwijgen. Staren naar de handen van deze man, luisteren naar de kreten die onder zijn huid gevangenzitten. Kakkerlakken zo groot als mijn duim komen op onze vuile borden af, maar ze rennen en eten ongestoord.

Ian haalt adem en begint te praten. 'Ik heb alles gehoord wat u hebt gezegd, meer dan u denkt, misschien. En ik wil de gruwelen die u hebt beschreven beslist niet ontkennen, maar u praat erover alsof het niet nog steeds plaatsvindt. Er is, bedoel ik, een reden waarom er overal ter wereld Iraniërs zijn: ze willen hier niet wonen. Als Khomeini hun hun ziel heeft teruggegeven, waarom willen ze dan allemaal in Amerika gaan wonen? We kunnen nergens komen, of er is wel iemand die naar Canad...'

'Je hebt veel over onze revolutie gelezen. Je kent veel feiten en data en cijfers en meningen. Maar je kent haar ziel niet. Ik probeer je over onze revolutie te vertellen, maar je moet rustiger luisteren. Zelfs terwijl ik spreek, schreeuwt je verstand tegen mij. Laat het alsjeblieft luisteren. God heeft je met dat doel hierheen gestuurd.'

De oude man strijkt over zijn baard en sluit zijn ogen.

'Ik heb de stem van de imam gevolgd omdat het de stem van onze ziel was. Ik heb de imam gevolgd naar onze heilige stad Qom en geluisterd naar zijn lessen, en ik heb hem gevolgd in ballingschap. Ik heb vele maanden met de imam in Irak gestudeerd, en ik heb jarenlang in Frankrijk gewoond. Ik heb daar gestudeerd. Ik heb jullie geest aangeraakt.

Het leven van jullie Westen is goed, gemakkelijk, met veel prettige dingen, veel plezier en pret, veel comfort. Elk wezen zoekt deze weg, naar wat het gemakkelijkst en prettigst is, en je ziet het zelfs in de natuur: dieren kiezen liever een uitgesleten pad dan dat ze zelf een nieuw maken; natuurlijk, dat is ook begrijpelijk. Maar het betekent hun ondergang.

Het pad naar de vrijheid vergt discipline, stilte, concentratie, een sterke wil. Het is geen gemakkelijk leventje vol luxe en vermaak en lichamelijk genot. Het is moeilijk. De waardevolste lessen zijn altijd moeilijk. Net zoals de waardevolste levens.

De onverlichte man zal altijd het uitgesleten pad kiezen. Hij zal spel verkiezen boven studie, lawaai boven stilte, gezelschap boven eenzaamheid, een gemakkelijk leven boven een ascetisch leven. Hij zoekt vermaak en plezier, probeert zijn honger te stillen, vult zijn leven met geneugten en gemakken, speeltjes, luxespulletjes. Ze brengen stuk voor stuk genot, maar nooit voldoening, nooit rust. Omdat hij het geluk buiten zichzelf zoekt. En hij denkt dat hij tevreden is wanneer hij het goed heeft.

Maar ik heb tussen deze mensen geleefd, deze mensen van het gemak, met hun huizen en auto's en televisies en eten uit pakjes. Ik heb de ogen van die mensen gezien en, vrienden, ik voelde geen geluk. Genot, ja, maar dat is op elke straathoek te koop. Maar ze zijn niet gelukkig. Ze eten en eten en eten en zijn nooit gevoed. Ze praten over een toekomstige tijd waarin ze gelukkig zullen zijn, wanneer ze dit of dat hebben, of wanneer dat is voltooid, of wanneer ze zich iets bepaalds kunnen veroorloven, of wanneer ze er anders zullen uitzien, of wanneer ze meer tijd zullen hebben, of wanneer ze het prettiger hebben. Maar er is geen vandaag. Vandaag is altijd zonder voldoening.

Jullie Westen praat veel over vrijheid. Vooral vrijheid voor vrouwen, en ze kritiseren ons, zeggen dat we onze vrouwen geen vrijheid geven. Ze praten over vrijheid alsof het een voorwerp is. Alsof het iets is wat je kunt bezitten of kopen of tot wet kunt verheffen. Alsof vrijheid iets is wat buiten mensen bestaat. Vrijheid is niet iets wat je kunt schenken, het kan alleen in mensen worden gevonden. En ik denk dat onze vrouwen in Iran meer vrijheid in hun hart dragen dan de vrouwen in jullie Westen. Mijn vrouw heeft in Amerika gewoond, en ze heeft me verteld dat ze aan honderd vrouwen heeft gevraagd: Ben je gelukkig met jezelf? Ben je in alle opzichten gelukkig met jezelf? Ben je tevreden over wie je bent en hoe je eruitziet en wat je doet? En weet je, mijn vrouw vertelde me dat ze lachten om deze vragen, maar hun ogen waren met schaamte gevuld. Omdat ze wisten dat ze hoorden te zeggen: *Ja, natuurlijk, want ik leef in vrijheid!* Maar ze konden het niet.

In de dood schuilt de kijk op het leven. Ik heb jullie mensen zien sterven. En ze sterven niet vreedzaam. Ze willen niet dood, omdat ze voelen dat ze niet geleefd hebben. Ze hebben niet genoeg gedaan om tevreden te zijn over hun levens. Ze leven vol spijt en doen haastige pogingen om hun levens compleet te maken. Ze accepteren hun dood niet, omdat ze hun leven niet hebben geaccepteerd. Zelfs in de dood zijn hun zielen niet vrij.

Jullie zeggen dat mijn volk niet op zijn eigen grond wil leven, maar ik zeg dat ze voor het gemakkelijke pad kiezen. Ze willen naar Europa en Amerika omdat het leven daar gemakkelijker is. Maar het feit dat ze in Amerika blijven, wil nog niet zeggen dat hun geesten vrij zijn. Het betekent dat het gemakkelijk is om daar te wonen.

In de Islamitische Republiek van Iran leven we niet voor geld. Ons pad is niet het geplaveide pad naar rijkdom, comfort en luiheid. Ons pad is moeilijk, vol lijden en opoffering, maar ons pad leidt naar rust. Ons pad leidt naar God.

De imam heeft ons volk zijn geest teruggegeven. Hij heeft ons de waardigheid van onze ziel teruggegeven. Als mensen dit willen negeren, als ze rijkdom boven spirituele gemoedsrust verkiezen, dan zegt dat iets over hun leegheid. Het zegt niets over dit land.

Als je dit land wilt zien, vriend, moet je je ogen sluiten. Je zult het niet zien tot je met je hart kijkt.'

Allah-u-akbar.

De moëddzin roept de gelovigen op tot het gebed.

Allah-u-akbar.

De oude man staat op en zet de borden in de gootsteen. Loopt naar de deur. We staan op van tafel en volgen hem de hof in, naar onze schoenen en tassen, naar de geur van de bloemen. 'Laat me jullie wat fruit voor onderweg geven,' zegt hij, terwijl hij kleuren plukt uit de bomen rond de hof. 'Aanvaard dit nederige voedsel alsjeblieft als een gift van ons land.'

Allah-u-akbar.

'God is groot, vrienden. Hij biedt jullie rust. Maar je moet zelf kiezen of je die wilt accepteren.'

We lopen samen door de hof en gaan achter elkaar de gang naar de moskee in, die nu gonst van het gebed. De oude man kust Ian op beide wangen en houdt zijn blik vast met een vriendelijke glimlach. Hij sluit zijn ogen en buigt naar me, langzaam. Hand op zijn hart. Verdwijnt in de betegelde ruimte waar een zee van mannen op de knieën valt die met hun voorhoofd de grond aanraken.

Later, alleen. Ik loop door de vuile straten, niet in staat te ademen. Ik ben afgeschermd tegen blikken, klaar om weg te rotten achter een zwaar, zwart masker. Ik masseer mijn handpalmen en mijn armen, in een poging mezelf te voelen, vast te houden, tot leven te wekken.

Hurkende mannen langs de weg verkopen de huiden van pas geslachte schapen. Ze liggen op bloederige hopen, slappe, wollen kadavers, hun poten geknikt en gespreid als die van marionetten. Ik loop erlangs, langs de dieren die uit hun lichaam zijn gesneden, en de stank van rottend vlees blijft achter in mijn mond.

Bekentenis

Het opvallendste aan Abbas zijn zijn tanden. Wat niet wil zeggen dat de rest van hem onopvallend is, maar simpelweg dat hij schitterende tanden heeft. Als ik hem elders had ontmoet, zou ik hebben gedacht dat hij een kapitaal had besteed aan beugels en glim- en glansgoedjes, om maar te zwijgen over de tijd voor de spiegel, werkend aan de presentatie van zijn pakweg twintig perfect gevormde witte ivoren steentjes. Maar we zijn in Iran, waar ijdelheid in het algemeen geen nationaal tijdverdrijf is. Waar de ziel van meer waarde is dan het lichaam. Waar plastische chirurgie geen bedrijfstak is. Waar een gezicht een gezicht is. De glimlach van Abbas is alleen van hem, en het is de mooiste die ik ooit heb gezien.

Naast het fonkelende gezicht van Abbas zit Mohammad, zijn neef, die onnozel glimlacht en giechelt op een schuchtere manier. En voortdurend bloost.

Zojuist heeft Abbas ons uit een linguïstische knoop bevrijd – Ian had een salade als maaltijd besteld en kreeg een kom rauwe uien voorgeschoteld – en hij nodigde ons uit om bij hem en zijn neef aan tafel te komen zitten. Ze overlegden even met de ober, die vervolgens knikte en het restaurant verliet.

'Aandacht voor deze zaak, graag: deze man heeft geen groenten,' legde Abbas uit, waarbij hij beide lettergrepen van *groen-tén* zeer nadrukkelijk uitsprak. 'Maar dit is geen probleem,' vervolgde hij. 'Hij gaat naar zijn huis om wat groenten van zijn moeder te halen. We wachten.'

We wachtten, zoals ons was opgedragen, en wisselden intussen levensverhalen uit. Abbas grijnsde voortdurend, niet de geboetseerde glimlach die uit beleefdheid of verveling wordt opgeplakt, maar een verrukte glimlach van oor tot oor, zowel wanneer hij sprak als wanneer hij luisterde.

Tapijthandelaar, dat is Abbas. Zijn neef Mohammad is tandarts, en heeft de afgelopen vijf jaar in Duitsland gewoond. Heel jammer dat we geen Duits spreken, zegt Mohammad. 'Eindelijk spreek ik Duits, en het is mijn eigen stem. Vele jaren kon ik alleen als een kind praten, veel fouten, kleine woordenschat. Dus ik raakte vaak gefrustreerd, maar nu is het goed. Ik kan mezelf vinden in deze taal, en ik heb eindelijk een paar Duitse vrienden.'

Abbas lacht om de verklaring van zijn neef. Het is een zuivere, oprechte lach. Een verlenging van zijn tanden. Zijn hele lichaam straalt warmte en vreugde uit. 'Iedereen die Mohammad kent, vindt hem aardig, zo is dat, Mohammad. Zo goed, zo grappig. Hij is een goede kerel.' Abbas slaat een arm om de ronde schouders van zijn neef en klopt hem op de rug. 'En vertel,' zegt hij, terwijl hij weer op ons overstapt. 'Wat is de reden voor jullie reis van nu?'

Mohammad vindt ons huwelijksreisantwoord uiterst amusant. Zozeer dat ik me afvraag of hij ons wel gelooft. Abbas gelooft het, dat zie ik aan zijn gezicht. Aan zijn overrompelende uitstraling van plezier. 'En zo is onze reis iets vergelijkbaars,' zegt hij. 'Mohammad komt terug naar Iran om vrouw te zoeken. We bezoeken twee mogelijkheden die onze familie noemde, maar misschien deze zijn niet geslaagd, hè, Mohammad?'

Op Mohammads hele gezicht daalt een blos neer, die zich in zijn hals en onder zijn boord wurmt. Hij giechelt, opgelaten. Haalt zijn schouders op. Gaat verzitten, schraapt zijn keel. 'Een is heel leuk, ook een tandarts, maar ik moet oppassen. Veel vrouwen zoeken alleen een kans om naar Europa te gaan. Ze vinden mij niet aardig, ze vinden mijn paspoort aardig.'

Abbas lacht en lacht tot al zijn tanden zichtbaar zijn. Allemaal. 'Arme Mohammad! O, neef van me!' Hij buigt zich naar hem toe en omhelst hem weer. 'We vinden haar, we vinden haar...'

'In Europa vinden ze dit barbaars, deze manier om een vrouw te zoeken,' zegt Mohammad tegen zijn handen, die sinds we zijn gaan zitten voortdurend aan het friemelen zijn geweest. 'Misschien denken jullie ook zo.'

'Vind *jij* het barbaars?' vraag ik.

Mohammads ogen springen op van de tafel om de mijne te ontmoeten. 'Nee,' en hij kijkt weer omlaag. 'Nee, soms vind ik het barbaars hoe mensen in Europa elkaar ontmoeten, weet je, zo vaak via alcohol of een of andere oppervlakkige ontmoeting, een feestje of zo. Het is zo gemakkelijk om... hoe noem je dat... je als een ander te gedrágen. Ik had een Duitse vriendin, twee jaar waren we samen en ik heb maar een paar kanten van haar gezien, heel goed en aardig, maar alleen aan de buitenkant, vrolijk en blij. Maar ik kon niet zien wie ze in ernst was. Het was altijd maar show voor andere mensen. Toen ze hoorde dat ik naar Iran ging om een Iraanse vrouw te zoeken, zei ze o, typisch een Iraanse man, om een vrouw te zoeken met de hulp van mijn familie enzovoort, maar weet je, nadat we uit elkaar gingen, heeft ze *computer dating* gedaan.' Hier aangekomen, draait hij zich om en probeert het in het Farsi uit te leggen aan de totaal verbijsterde Abbas, die voor het eerst sinds onze kennismaking niet meer glimlacht en met licht geopende mond zit te luisteren. Hij stelt een paar korte vragen, en begint dan weer te giechelen.

'Altijd is het leven van Mohammad zo inter*es*sant!' roept hij, waarbij hij alle vier de lettergrepen van *interessant* nadrukkelijk uitspreekt.

Onze ober komt de voordeur van het restaurant weer binnengezeild met in zijn armen een plastic zak bomvol groenten. 'Jullie groenten!' kondigt Abbas aan, terwijl hij in zijn handen klapt. 'Nu maken ze interessante en heerlijke smaken voor jullie klaar, zoals ik heb geëist.'

Abbas komt de volgende dag rond het middaguur bij ons hotel en put zich glimlachend uit in verontschuldigingen. Mohammad kan niet komen, omdat hij een beslissende ontmoeting met een van de beoogde bruiden en haar familie heeft geregeld. Hij komt vanavond weer bij ons en wil ons graag uitnodigen voor een diner in een goed restaurant. Het zal hem een genoegen zijn.

Ik zal Abbas nog een keer moeten beschrijven, omdat er veel meer opmerkelijk aan hem is dan alleen zijn tanden. Zijn hele gezicht twinkelt. Ogen die tot leven komen als ze je vangen. Of als jij ze vangt. In een land met de textuur van honderd verschillende tinten zwart is iedereen die een guts kleur aan de lucht toevoegt, letterlijk stralend. Een van deze stralende wezens is Abbas. Niet alleen doordat hij een turkoois-met-roze gestreept T-shirt draagt, maar doordat hij het met zoveel plezier lijkt te dragen. En hij heeft er geen moeite mee het vandaag te dragen, bij ons bezoek aan de heilige schrijn van imam Reza, een van de heiligste en, in het verlengde daarvan, plechtigste plaatsen van heel Iran. Ian daarentegen is geheel in het zwart gekleed.

'Zeg, Ian, hoe zit het met jouw kleren?' vraagt Abbas, terwijl hij aan Ians overhemd plukt. 'Zo zwart en zo ernstig. Ben je een hezbollahi of een andere religieuze organisatie?' Dan lacht hij, en maakt *precies* dit geluid: 'Ha ha ha.'

Ian bladert naar de bladzijde in zijn reisgids waarop staat dat mannen en vrouwen *extreem traditioneel* gekleed moeten zijn om het heiligdom te mogen betreden. Abbas pakt het boek en leest vluchtig de bladzijden over Mashhad, de heilige schrijn van imam Reza, 'Tips en aanwijzingen rond culturele gevoeligheden', 'Gevaren en ergernissen'. Kijkt op zonder zijn glimlach te veranderen.

'Waar staat geschreven hoe je Abbas en Mohammad kunt ontmoeten?' zegt hij, met een glimlach die zijn tanden toont. En dan opnieuw: 'Ha ha ha.'

We lopen naar het grafcomplex over een van de hoofdstraten van Mashhad: een brullende, jachtige zesbaansweg vol verkeer, bedrijvigheid en leven. Bij een klein notenhandeltje koopt Abbas voor ons een blikje met de heerlijkste al-sla-je-me-doods die ik ooit heb gegeten. Bereid met boter, legt hij uit. En pistachenootjes. En suiker. En misschien nog iets anders. Ian en ik breken al wandelend stukjes van het notenkrokantje, tot er alleen nog kruimels in het lege blikje rammelen. Als we bij de hekken van het complex aankomen, hebben we allebei een de-dag-na-je-verjaarspartijtje-buikpijn.

'Aandacht voor deze zaak, graag: je moet deze kant op,' zegt Abbas, terwijl hij me in de richting van de vrouweningang leidt. 'En wij deze,' zegt hij tegen Ian. Ik voeg me bij een groep vrouwen die voor de ingang samenklontert, en ik wil juist tussen de gordijnen door stappen als een man die een regenboogkleurige plumeau vasthoudt me iets toeschreeuwt en me wegjaagt met zijn plumeau. Ik draai me verbijsterd om naar Abbas, die een paar glimlachende zinnen met de man wisselt, en nog een paar, en dan nog een paar, tot hij ten slotte een hand op zijn borst legt en terugloopt.

'Het spijt me. Het is mijn verkeerdheid,' legt Abbas uit vanachter een gargantueske grijns. 'Het boek van Ian klopt: vrouwen moeten chador dragen als ze schrijn van imam Reza bezoeken. Heus, je mantel is heel mooi. Maar voor bezoeken aan heilige plaats moet je ook chador hebben. Alsjeblieft, excuseer.'

We gaan terug naar het hotel en ik ontkreukel de chador,

die als een prop onder in mijn tas lag. Ik heb tot nu toe weten te vermijden dat ik hem aan moest, niet uit rebellie of koppige ongehoorzaamheid – hoewel ik tot beide geneigd ben – maar omdat ik met mijn effen zwarte mantel en hoofddoek al tot de behoudender kant van het spectrum behoor. Een kuitlange lentejas met een lichtgekleurde hoofddoek zie je bijna even vaak als mijn outfit, afhankelijk van de stad en de directe omgeving. Het is niet zo dat je nauwelijks chadors ziet, alleen zijn ze allesbehalve verplicht.

En hoe je het ook wendt of keert: het dragen ervan is een regelrechte ramp.

In de eerste plaats kun je bij een chador niet spreken van 'dragen'. Hier geldt 'proberen hem om te houden'. En dat zeg ik echt niet als gefrustreerd groentje, maar als waarnemer van talloze vrouwen die het ding al bijna hun hele leven dragen.

De chador is een levende, wriemelende entiteit, waarvan de geliefdste habitat de vloer is. Een vrouw die zich probeert te bedekken, vecht niet alleen tegen de ware aard van de stof, maar ook tegen de zwaartekracht, die al sinds de vroegste tijden onder één hoedje speelt met de chador. Op het moment dat je de chador aanhebt, op de juiste manier omgewikkeld, waarbij hij alles wat hij moet bedekken bedekt, begint hij aan zijn hardnekkige neergang, kronkelend over het gladde oppervlak van het haar, hopend dat hij veilig in de nek belandt, waar hij een goede springplank voor zijn duik van de schouders vindt. Een ontstellende hoeveelheid energie en concentratie van de draagster wordt opgeslokt door pogingen de voortgang van dit wezen te beperken, het terug te drijven naar zijn positie rond haar gezicht, waar ze het met haar vingers en vuisten beteugelt, of zijn huid tussen haar tanden klemt. Het houdt er niet van zo ingetoomd te worden. Vandaar de niet-aflatende worsteling. Het wezen houdt van een klamme, vochtige omgeving en voedt zich met zweet.

De letterlijke vertaling van chador is 'tent', maar vanuit mijn eigen kampeerervaringen lijkt me dit een slechte vertaling. De zakvormige jas en hoofddoek die ik nu draag, zijn de tent. De chador die eroverheen hangt, voelt meer aan als de flap.

Ik voeg me weer bij Abbas en Ian in de stoffige steeg voor onze *mosaferkhané*, en ze bejubelen mijn verschijning met gelach en bemoedigende opmerkingen. Abbas legt me in opperbeste stemming uit dat de chador gewoon een gebruik is, niet iets waar je zwaar aan moet tillen, niet iets waar je je zorgen om hoeft te maken en niet iets om boos over te worden. En dat ik er heel mooi uitzie. En zijn we dan nu geïnteresseerd in zijn uitleg over de schrijn van imam Reza?

Dit is een van de heiligste plaatsen van de sjiïetische islam, de tak van de islam waarvan de volgelingen geloven dat de rechtmatige opvolger van de profeet Mohammed zijn neef en schoonzoon Ali was. Degenen die dit geloof aanhingen, dat het leiderschap over de moslims binnen de familie van de profeet moest blijven, werden de volgelingen van Ali, de sjiieten. De meerderheid van Mohammeds volgelingen vond echter dat de leider overeenkomstig de stamgewoonten, dus met eenstemmigheid, moest worden gekozen. Dit werden de soennieten, tot op heden de grootste tak van de islam.

We staan nu op de begraafplaats van imam Reza, volgens de sjiïeten de achtste imam, en de kleinzoon van de profeet Mohammed. Imam Reza zou vergiftigd zijn, en werd daarom tot martelaar verheven, in 817. Hij ligt in het hart van het complex begraven, maar de heilige schrijn is verboden gebied voor niet-moslims, dus zullen we ons bezoek tot de omringende gebouwen beperken, waaronder een paar van de mooiste bouwwerken van heel Iran.

Het grafcomplex is het eigendom van een groot en buitensporig rijk consortium. 'Zaken,' legt Abbas uit, 'van mannen van God.' Het is van plan om een groot deel van het stadscentrum op te kopen met als de doel de schrijn, in al zijn glorie, grootschalig te exploiteren. Het consortium, dat uit ruim vijftig bedrijven bestaat die overal in handelen, variërend van biscuittjes tot bloedserum, schenkt ook aan veel goede doelen, en dat gebouw, dat paleis, is voor iedereen toegankelijk, dag en nacht.

Als we weer bij de poort aankomen, mag ik er zonder problemen doorheen en onderga ik een routinefouillering door een extreem verveelde vrouw met koeienadem. Vorig jaar heeft een bom hier 27 mensen gedood. Het gerucht gaat dat twee vrouwen het ding onder hun 'tent' het heiligdom hebben binnengesmokkeld.

Ik passeer de bewaking en stap naar buiten. Doe twee stappen tot ik abrupt tot stilstand wordt gebracht door mijn eerste glimp van het heiligdom.

De glans van het marmer is verblindend. Doet pijn aan de ogen. Iriserend steen, glas, spiegels, turkoois, goud, wit, wit, elke tint wit die je maar kunt bedenken. Ik sta op de bodem van een edelsteen, omgeven door kerven van kleur die schitteren in het licht.

We wandelen langs bogen en tegels tot de stem van de moëddzin zich uitrolt en de lucht verdikt, en de mensen naar het hart van dit wonder trekt.

Abbas glimlacht en gebaart naar de stroom mensen die zich voor het gebed verzamelen. 'Misschien het is interessant als jullie naar moskee gaan om naar aanbidsels te kijken. Ik doe niet zo, maar ik vind het wel leuk. Ik denk altijd: mensen kunnen vertrouwen hebben in God, dat is goed voor ze, als persoonlijke zaak. Ik ben islamitisch, maar op rustige manier, om dezelfde reden waarom ik Farsi praat: het is mijn cultuur. Maar het is interessant voor vreemde, is dat niet zo?'

De grote moskee is weids opgezet, een van de bogen in haar muren geeft toegang tot een grote, onoverdekte binnenplaats. Perzische tapijten bedekken de grond waarop honderden en honderden en honderden gelovigen staan, knielen, buigen, zich onderwerpen. Ze ademen hun gebeden de lucht in.

Een jongetje staat naast zijn vader, rechtop, en reikt tot zijn dij, en leert de choreografie van de islam. Het jongetje probeert er streng en geconcentreerd uit te zien, maar hij is nerveus, zich van zichzelf bewust, onzeker. Hij kijkt vanuit zijn ooghoek naar de andere mannen, gluurt stiekem naar de volgende beweging en volgt die dan, gehaast, een fractie te laat. Het is een gejaagde, springerige dans van devotie, maar het zal beter worden. En het ritme van dit ritueel zal zich in zijn bloed bedden en daar als een reddingslijn voortbestaan. De lijn van zijn leven. Iets waarvoor hij bereid is te sterven.

Bij de achterste rand van de tapijten staat een verzameling benen. Plastic herinneringen aan een achtjarige heilige oorlog. Kunstledematen van bijna-martelaars. Mannen die nu bidden met de hulp van competente mannen. Ze staan, knielen en buigen arm in arm.

Ik laat me meedrijven naar het voor vrouwen bestemde gedeelte: groepjes uitgeknipte gezichten die op zwarte draperieën zijn geplakt. Ik ga bij een groepje tienermeisjes zitten die doen alsof ze in hun gebedenboek lezen maar in werkelijkheid zitten te fluisteren en te giechelen. Ze zien mij en vegen de glimlach van hun gezichtjes, buigen zich over de bladzijden vol tekst en beginnen hun lippen rond de gebeden te bewegen. Een klein meisje in een rode maillot en een minirokje huppelt rond massa's gemantelde vrouwen die zichzelf koelte toewuiven, duizelig van de hitte en de emoties; vrouwen zoals ook zij ooit zal worden, dit meisje. Dit zorgeloze kind van Iran.

Mohammad heeft ons te dineren genodigd in het vijfsterrenhotel van de stad.

Ian, die in het beste geval zeer kieskeurig is wat eten betreft en sinds kort met een pak babyvoeding rondsjouwt, waar hij zich 's ochtends en 's avonds mee voedt, is in de wolken.

Van een afstand lijkt het hotel imposant, in die zin dat het groot is, zo'n vijftien verdiepingen hoog, een lange ronde oprit heeft en een helder verlichte entree. Er heeft zich een groep zeer vrolijke, keurig geklede mensen bij de ingang verzameld, dus er hangt een levendige sfeer. 'Een bruiloftsbijeenkomst, misschien,' vertelt Abbas, die zich uitrekt om de groep te bekijken als we de oprit opgaan.

En een schaap zien.

Wit.

Het ligt op zijn rug, en vecht tegen de drie mannen die het bij de poten en de keel vasthouden. En het ter plekke willen gaan slachten, vlak bij de marmeren entree van het hotel.

'Het bruiloftsdiner,' vertelt Abbas, terwijl hij zijn arm rond Ian slaat, die met o-o-o-pen mond staat te kijken. Ik kan niet horen wat hij vervolgens zegt. Ik heb dit moment aangegrepen om mijn hoofddoek opnieuw te schikken, en wel zo dat hij mijn hele hoofd bedekt.

Achter de deuren van de hoofdingang is een atrium waarvan het uiterlijk overeenkomt met de normen voor een vijfsterrenhotel. Veel spiegels en koper, kroonluchters, plastic planten en slechte kunst. De vloer glanst en wordt overheerst door een ingewikkeld mozaïek met een blinkend verguld randje. In de gekleurde tegeltjes staat met sierlijke letters geschreven: DOOD AAN DE VS. Het is onmogelijk om het hotel binnen te komen zonder erop te gaan staan.

We gaan in het restaurant zitten en krijgen menu's in het Farsi en in het Engels. Uit een van de hoeken van de ruimte deint muzak. Het bedienend personeel staat bij de ingang van de keuken, gek van verveling. Er is verder niemand in het restaurant. Behalve imam Khomeini zelf, zijn opvolger als hoogste geestelijk leider, ayatollah Ali Khamenei, en president Hashemi Rafsanjani, wier portretten aan elke muur hangen.

Mohammad lijkt zich zorgen te maken dat we het eten niet lekker zullen vinden, en zegt telkens: 'Ik hoop dat het lekker is...' terwijl hij het menu doorneemt: salade, soep, shish kebab met rijst, hamburger, pizza, spaghetti met vleessaus, spaghetti met tomatensaus, vis, lamskoteletjes, runderkoteletjes, schaapskoteletjes.

'Ik neem salade en spaghetti. Dat óf de pizza,' kondigt Ian opgetogen aan.

De ober komt onze bestelling opnemen. Verontschuldigt zich dat bepaalde dingen op zijn: salade, soep, hamburger, pizza, spaghetti met vleessaus, spaghetti met tomatensaus, vis, runderkoteletjes. Hij raadt ons het schaap aan. Of de shish kebab, met rijst.

Als Ian nog chagrijniger zou kijken, zou zijn gezicht in tweeën gevouwen zijn. Mohammad is zo bezorgd dat hij er zelfs van is gaan zweten. Abbas en Mohammad bespreken de situatie met de ober, die zijn schouders ophaalt en zijn armen ten hemel heft. *Wat kan ik eraan doen?* gebaart hij. *Ga dan wat groenten halen bij je moeder!* lijken Abbas en Mohammad te zeggen. Maar het is kansloos.

We hobbelen het restaurant weer uit, sjokken weer over DOOD AAN DE VS en lopen naar buiten, over het bebloede trottoir. Abbas rent naar de straat om een taxi aan te houden. De ober heeft ons een gelegenheid aanbevolen die we kunnen proberen, legt Mohammad uit tussen de excuses door, die hij nu met tussenpozen van twee minuten laat horen.

Een uur later zitten we in een helverlichte, met muzak gelardeerde tent aan paarse, plastic tafeltjes pizza en patat te eten. Ian neemt enorme happen van alles tegelijk en spoelt ze weg met grote, hoorbare slurpen cola die zijn wangen hol trekken. Abbas en Mohammad zitten blij te knabbelen, ontspannen omdat hun gasten eindelijk tevreden zijn.

Het tafelgesprek gaat vooral over de aankondiging van vandaag dat er een vaste koers van slechts 3000 riyal voor de Amerikaanse dollar is ingesteld, nog niet eens de helft van wat we kregen toen we aankwamen. De regering heeft die armzalige koers ingesteld om de gierende inflatie een halt toe te roepen en om greep te krijgen op de economie. Ieder die wordt betrapt op wisselen volgens een andere dan de vaste regeringskoers, zal worden terechtgesteld wegens economisch terrorisme.

Hoewel we de enige gasten in het restaurant zijn, vindt Mohammad het zeer gênant om dit in het openbaar te bespreken. Abbas lijkt er totaal niet mee te zitten, al lijkt hij, voorzover ik hem inmiddels ken, zich helemaal nergens druk om te maken. Hij lijkt zich niet bewust van al het lelijks in de wereld, niet op een blinde of naïeve manier, maar meer doordat hij zich niet door die dingen laat raken. Abbas is er zo een voor wie een glas halfvol is.

Mohammad daarentegen is meer een halfleeg-glas-, help-het-is-vast-mijn-schuld-ik-heb-geknoeid-type. Maar op een vertederende manier. In de afgelopen 24 uur ben ik op beiden enorm gesteld geraakt.

We lopen terug naar de *mosaferkhané* en zetten het gesprek over geld voort, *sotto voce*, in onze kamer. Abbas is een en al glimlach en geruststelling. Geen probleem, de nieuwe koers betekent alleen maar dat de dingen iets duurder worden, meer niet. Mohammad beaamt dit, maar wel zorgelijk. Hij denkt na, mompelt iets tegen Abbas, staart naar het plafond, wil iets zeggen, loopt dan naar de deur, doet hem open, kijkt rond in de gang, doet de deur weer dicht, gaat op het bed zitten. En biedt aan ons geld te wisselen tegen de oude koers. Hij weet waar hij naartoe moet voor de oude... (hij stopt zijn gefluister, rekt zich uit naar opzij, staat op, doet de deur open, inspecteert de gang opnieuw, doet de deur dicht, gaat weer zitten en dempt zijn stem nog verder) ... de oude zwartemarktkoers. Hij zou honderd dollar voor ons kunnen wisselen, waar we waarschijnlijk de rest van onze reis genoeg aan hebben. Als we interesse hebben.

Opnieuw biedt een man die we precies één dag kennen, aan om voor ons een wet te overtreden, om een overtreding te begaan waar de doodstraf op staat, opdat Ian en ik, twee zeer geprivilegieerde personen naar wereldnormen gemeten, twee keer zoveel kunnen doen voor honderd dollar. Opdat we wortelsap voor vier cent in plaats van acht cent per glas kunnen kopen. Een kamer in een *mosaferkhané* kunnen nemen voor twee dollar in plaats van vier dollar per nacht. Een twee uur durende vlucht kunnen nemen voor drie dollar in plaats van zes.

Ian accepteert het aanbod. Haalt honderd dollar uit zijn buiktasje en geeft die aan Mohammad; hij bedankt hem en schudt hem de hand. Ze maken een afspraak voor morgen – we gaan eten bij de ouders van Abbas – en geven elkaar een hand.

Na veel welterustens over en weer plof ik op het bed terwijl Ian met onze vrienden naar de deur loopt. Hij komt terug en begint over zijn schema voor morgen: het Heilig Museum en de Moskee van de 72 martelaren 's ochtends, het Nadermuseum 's middags, misschien een vroege lunch bij de pizzatent, de Begraafplaats voor de martelaren 's avonds, en tja, hij zou dat ook de volgende ochtend kunnen doen, voor we naar het busstation gaan... en ondertussen bladert hij in zijn reisgids, terwijl hij mondeling de plaatsen afvinkt die hij al heeft gezien, om er zeker van te zijn dat hij niets heeft gemist.

Ik sta van het bed op en pak mijn chador. Loop naar de deur, draai de deurknop en mijn hoofd om.

'Ik ga een blokje om.'

Ian knikt, zegt 'Mmm...' en slaat weer een bladzijde in zijn boek om.

Knop draait. Deur gaat open. Deur gaat dicht. De gang wijkt tegel voor tegel achter me weg tot ik in het stof sta. De straat. De milde avondlucht. Ik wikkel mezelf in en volg de route die we vanochtend hebben gelopen. Begeef me in de menigte op straat, de pelgrims. Loop mee in hun nachtelijke gang naar het gebed.

Duizenden doosachtige winkeltjes twinkelen in het duister, overal bungelen kale peertjes. Ik stop en koop een handvol ontpitte abrikozen, vers in de zon gedroogd zodat het sap nog onder het vel zit. Mijn tanden verbreken het zonnelaagje en het zachte vruchtvlees knuffelt mijn tong.

Ik sla naar de bazaar af, kom op aangestampt stof. Til het scherm van mijn geest en laat hem de vrije loop, voel alsof elk stukje van me poreus is. Het enige waarvan ik me bewust ben, is hoe mijn huid aanvoelt als een deel van deze mantel. Hoe mijn huid een mantel is.

De steegjes zijn bekleed met profeten. Mannen vol woorden en waarschuwingen en boodschappen voor ons. Luisteren we wel? vragen ze dwingend. Ze stampen met blote voeten op de aarde, wijzen met knokige, artritische vingers naar hun gehoor: een gehoor dat slechts uit ons bestaat, de paar voorbijgangers in de straat.

Een donkerharige man met de schouders van een tijger heft zijn vuist naar de hemel en smeekt. Hij is een en al kracht en vuur en haveloze kleren die ontelbare keren zijn versteld.

Een jonge man, blond, ogen als brokken natte jade. Markant. Hypnotiserend. Spreekt zachtjes. Bezield. Staart naar de hemel pal boven hem. Zingt, chant. Straalt nederigheid uit. Dit zijn zijn lessen.

Een blinde man staat in een lang wit gewaad en zegt niets. Zijn onverzorgde baard rust op zijn borst. Hij leunt op een stok. Blootsvoets, tot een oude man voor hem buigt, en geld in zijn hand en sandalen aan zijn voeten legt. De blinde man maakt een dankbaar, nederig gebaar. Drukt het hoofd van de man tegen zijn borst, kust hem. Daarna kijkt hij op, en staart mij aan. Zijn melkachtige blauwe ogen zacht glanzend van geloof.

Ik knipper en loop door. Plooi me in een groep chadors, langs de bewaking, terug naar de schrijn. Waar de volle maan op de marmeren vloer valt als een spotlicht en de lucht besprenkelt met licht.

Mensen wandelen door de nacht. Gezinnen. Talloze kinderen, die lachen en rond de open binnenplaatsen cirkelen, hun handen in de spiegelende vijvers steken, picknicken. Het zal inmiddels zo'n twee uur 's nachts zijn.

Hoe laat?

Twee uur 's nachts, die kinderen horen in...

Nee, nee. *Hoe* laat? Dit is een staat zonder tijd.

Volgens de islamitische kalender leven we nu in het jaar 1374.

Het is het jaar 1374.

Ik loop naar de moskee, waar tegen de muren in tapijten gewikkelde lichamen liggen. De armste pelgrims, die de gebedskleedjes als dekens gebruiken en onder de adem van God slapen. Ik ga bij hen liggen, strek me uit op de wol en wikkel mezelf in. Alleen tussen vreemdelingen, graaf ik een eenzaamheid uit in deze stille anonimiteit en laat ik mezelf ademen.

Ik zit vast in dunne, strakke touwen van kleur, maar voel me gewichtloos; kan niet bewegen, maar bevind me in elk stukje van de hemel.

Ik moet iets bekennen. Ian is niet mijn man. We zijn zelfs geen geliefden, alleen maar vrienden. Vlak voor we uit Montreal vertrokken, hebben we een valse huwelijksakte gemaakt door die van zijn broer en schoonzusje te kopiëren, en dat document gebruiken we nu om toegelaten te worden in hotels. De meeste eigenaars vragen niks en van degenen die dat wel deden, lazen er twee het papier zeer aandachtig terwijl ze het ondersteboven hielden, dus we hoeven ons geen zorgen te maken of het er wel echt genoeg uitziet. Het enige waar we ons misschien wel zorgen over hadden moeten maken, is het effect dat het kopiëren en uitwissen van namen op een huwelijksakte kan hebben gehad. Tegen de tijd dat Ian en ik in Iran aankwamen, was het huwelijk van zijn broer gestrand.

Voor we samen aan deze reis begonnen, waren Ian en ik al een jaar lang huisgenoten. De eerste paar maanden van onze relatie genoten we vooral van lange weekendontbijten met talloze potten sterke thee, knapperig brood en stapels atlassen. Tijdens de stormachtige winterdagen zaten we urenlang over kaarten gebogen en planden we lange, zware voettochten door afgelegen hoeken van de wereld of reizen over verscheidene continenten.

Het enige probleem was mijn rotsvaste geloof dat reizen iets was wat je alleen deed. En Ians angst om alleen te reizen. Hij wilde naar Bulgarije, al heb ik nog steeds geen idee waarom. We kozen uiteindelijk Iran omdat het het enige land was waar ik nooit alleen zou kunnen komen. En om een hele hoop andere redenen die niets met onze relatie te maken hadden.

Het jaar voor we elkaar ontmoetten, was ik voor de vijfde keer naar Joegoslavië geweest. Ik ging daar onder meer naartoe om vrienden op te zoeken die midden in een oorlog gevangen zaten, maar ook omdat het beeld dat de media van het land gaven – vol barbaren en gespeend van enige menselijkheid – de wereld onleefbaar deed lijken. Ik weigerde te geloven dat er werkelijk zo'n oord van zuiver kwaad bestond, dat dat het einde van het verhaal was. Ik ging erheen omdat ik dacht dat er meer moest zijn. En omdat ik graag naar heiligen zoek waar slechts duivels zouden zijn.

Iran werd om dezelfde reden onze bestemming.

Ian en ik zijn ideale kameraden, we wonen zonder de minste moeite samen, lachen bijna de hele tijd en maken alleen ruzie over mijn voorliefde voor chaos, zoals hij het noemt, en zijn obsessieve pietluttigheid, zoals ik het noem. En we delen een opvallend groot aantal interesses: lange ontbijten, sterke thee, Russische films, moderne dans, muziek uit Lapland en Zuid-Spanje, yoga, op sneeuwschoenen lopen, cognac en een onweerstaanbare voorliefde voor ruige, zelfverzekerde mannen.

Dus Ian, mijn kieskeurige homo-huisgenoot, en ik dartelen nogal illegaal rond in Iran. En niet helemaal gelukkig, al was het maar omdat onze interesses niet zo overeenkwamen als we dachten. Hij is vooral geïnteresseerd in dode dingen (geschiedenis, gebouwen, oorlogen), en ik vooral in levende. Soms betrap ik mezelf erop dat ik wil dat hij oplost, wat niet wil zeggen dat ik hem niet nog steeds een schat vind. Het is alleen zo dat onze verschillen hier onder het woestijnlicht pijnlijk duidelijk zijn geworden, en de dagen van ons armetierige appartementje in Montreal lijken hier een wereld vandaan. Het plan is, en was altijd al, om zodra we Iran verlaten hebben elk onze eigen weg te gaan. Ian wil naar Parijs om mimespeler te worden. Ik ben van plan geen plannen te maken en te zien waar dat me zal brengen.

Abbas haalt ons bij het hotel op en rijdt ons het centrum uit naar de stillere, weelderiger buitenwijken. Mohammad komt wat later, vertelt Abbas. Hij had iets dringends te doen.

De vader van Abbas, een tengere, rustige man, begroet ons als eerste. Zijn zwager, ook tandarts, verwelkomt ons met een vriendelijke, maar ernstige uitdrukking op zijn gezicht. Daarna is de moeder van Abbas aan de beurt; ze gluurt verlegen naar ons, tussen de doeken door die haar bedekken. De stof is lichtgroen met kleine witte bloempjes – ik had vroeger net zulke lakens – en ze heeft een dikke laag bijpassende groene oogschaduw op. Als de stof van haar hoofd glijdt, kan ik zien dat ze haar haar roodblond verft, net als de vrouw van Khomeini deed tot ze weduwe werd.

De vier zusjes van Abbas zijn uitgedost met de overdadigste kapsels, make-up en juwelen die ik heb gezien sinds ik bij een huwelijk op Long Island, New York, was. Grote krullen met grote strikken, grote ringen met grote bergkristallen, grote ceintuurs, grote schouders, grote ogen en grote tanden. Verdorie. Grote tanden. Ik werp een snelle, verschrikte blik op Abbas om zijn glimlach kritisch te bekijken. Ik besluit dat het aangeboren is, de rijke mate waarin deze familie met tandglazuur is bedeeld, en raak zo gespitst op de tanden in de kamer dat mijn zicht onvast wordt en ik iedereen zie met twee of drie paar gebitten.

Ik word me er ook steeds sterker van bewust hoe ik er in vergelijking met hen uitzie: slonzig. Kleine tanden (aangeboren), geen make-up, het lelijkste overhemd ter wereld, een broek die regelrecht uit een archeologische opgraving afkomstig lijkt, een simpele trouwring, en een vlecht van morsige krullen met klitten erin.

Ze staren me allemaal aan, tanderig, en lijken beleefd verbijsterd.

Ik glimlach terug en probeer de gaten in mijn sokken te verbergen door ze discreet in de spleten tussen mijn tenen te proppen.

We gaan in de woonkamer zitten – beter gezegd: we zinken weg, want het meubilair bestaat uit een tiendelige set van namaak Louis XIV-stoelen, die allemaal bollende zittingen hebben die lucht uitblazen als je erop gaat zitten. Het is de eerste keer dat we in een Iraans huis op meubels zitten.

De maaltijd begint met een schaal cakejes, die worden rondgedeeld door een van Abbas' zusjes, dat erop staat dat ik niet één cakeje neem, maar vier. Ik krijg een piepklein bordje en een piepklein vorkje en genoeg cake voor een verjaarspartijtje. De volgende zuster brengt glazen zoet citroenwater, de volgende een schaal met fruit, de volgende een dienblad met thee. Tussen de happen door – hoe meer we eten, hoe meer er wordt aangeboden – wordt er heel wat geglimlacht, maar niet veel meer. Telkens als ik naar de moeder van Abbas kijk (ik voel haar blik op mij rusten als spinachtige vingers), verandert ze haar frons vliegensvlug in een glimlach en zegt ze *Mmm.*

Het diner verloopt iets minder stijfjes, al heb ik het idee dat dit komt doordat we het allemaal te druk hebben met eten om gespannen te zijn. Rijst en aardappels en kebabs en groenten en brood en yoghurt en het getik van bestek tegen versierde borden. Geel met roze en blauwe bloemen omkransen de rand. Twee flesjes cola completeren elk couvert.

Na het diner zakken de mannen, de moeder en ik weg in het woonkamermeubilair, terwijl de borden worden afgewassen en opgeruimd door de zusjes. De zwager, een rustige man met dikke brillenglazen en de frons van een wetenschapper die zichzelf serieus neemt, leunt in zijn stoel naar voren en begint vragen te stellen.

'Wat is de reden van reizen naar Iran?'

Mijn antwoord stelt hem dermate tevreden dat hij achteruitleunt en over zijn kin wrijft.

'Je had voor revolutie moeten komen,' zegt hij, na enig nadenken. 'Economie is nu heel slecht, heel slecht. In sjahtijd was dollar zeventig riyal. Zeventig! Vorige week was hij 5800 riyal en nu, met ingrijpen van regering, is hij drieduizend.

Alles is zo duur voor ons, het ergst voor jonge mensen, ze kunnen niet trouwen of weg uit huis van ouders. Het is te duur. Waarborgsom voor appartementje in Teheran kost vier of vijf jaarsalarissen. Het is onmogelijk.'

'En in de tijd van de sjah?'

Hij lacht en ordent zijn gedachten. 'Het was perfect. In tijd van sjah iedereen was gelukkig, rijk en gezond.'

'Gelukkig, rijk en gezond?'

Hij knikt heftig.

'Iedereen?'

'Ja, iedereen.'

'Nou, dat klinkt fantastisch – gelukkig, rijk en gezond – als een liedje, bijna, maar denk je echt dat het waar is? Er moeten toch een *paar* mensen zijn geweest die dat niet waren. Hoe zit het met de SAVAK? Ik heb gruwelijke verhalen gehoord over de geheime dienst van de sjah, wat die de mensen aande...'

Hij sist afkeurend en werpt zijn hoofd in zijn nek. 'Dat is alleen maar propaganda van deze regering. Ze doden nu zelfs nog meer mensen.'

Een pauze.

'Maar als iedereen gelukkig zou zijn geweest, was er geen revolutie gekomen.'

'Nee,' zegt hij, en hij wrijft in zijn handen. 'Als mensen alles hebben, willen ze altijd meer. Ze werden hebzuchtig. Weet je wat revolutiemannen vertelden? Ze vertelden: "Sjah houdt oliegeld achter voor vrienden – als wij aan macht zijn, leggen we oliegeld voor je deur!"' Hij richt zich tot Abbas en vraagt: 'En lag er ooit oliegeld voor je deur?'

Abbas glimlacht breder en breder tot zijn hele lichaam lacht. 'Nee – ha ha ha – nee – ha. Geen oliegeld voor deur.' Daarna draait hij zich om, misschien in een poging van onderwerp te veranderen, en roept: 'Mijn moeder, ik hou zoveel van haar!'

Zijn zwager negeert hem en gaat verder. 'We wisten niet dat het zo zou worden. Het Iraanse volk verwachtte niet een situatie als deze. Ze wilden alleen maar zijn zoals Europa, met democratie, dat soort dingen.'

'En denk je dat er nu nog een revolutie komt?'

'Nee,' zegt hij, zonder er zelfs maar over na te denken. 'Mensen hebben honger. Hun grootste zorg is, hoe kom ik aan brood om te eten. In deze toestand mensen denken niet aan revolutie. Ze weten dat kwaliteit van leven omlaaggaat na revoluties, en dat kunnen we ons nu niet veroorloven. We kunnen nog steeds niet geloven hoever we afgezakt zijn na deze laatste.' Hij schuift wat en kruist zijn benen onder zijn stoel. 'Niet meer. Dit is nu onze staat. Iedereen weet dat.'

Als de avond tegen zijn eind loopt, vraagt de moeder van Abbas om een groepsfoto. We gaan allemaal aan een kant van de kamer staan, en Ian en ik moeten in elegante stoelen met een hoge rugleuning gaan zitten, terwijl de familie zich naast en achter ons opstelt. De zwager zet de camera klaar, stelt de zelfontspanner in en rent naar de zijkant van de groep om zichzelf nog net op de foto te wurmen. We lachen allemaal, zitten stil – en dan is er een probleem. Er is iets mis met de zelfontspanner. We ademen uit, ontspannen, het probleem wordt verholpen en we nemen onze poses weer aan, lachen, zitten stil, stil – *stil* – er moet nog iets mis zijn. Er staan nu drie mannen met een peinzende blik over de camera gebogen.

Net als we klaar zitten voor de laatste poging, lachen, stil, stil – komt Mohammad binnen – *flits!* – en moeten we het allemaal nog eens overdoen met hem erbij.

'Hier is je geld,' fluistert hij, als we even alleen zijn. 'De hoogste koers die ik kon krijgen was vijfduizend. Nog altijd veel beter dan regering. Ik hoop dat het goed is voor je.' Hij wil net een rolletje bankbiljetten uit zijn jas vissen, als Abbas de actie in de gaten krijgt en zijn mond in een brede glimlach trekt.

'Ha ha ha! Ik zie dat je oliegeld voor mijn deur legt! Ha ha, kijk, snap je wel? Hier is revolutieman, Mohammad! Hij legt oliegeld voor mijn deur! Revolutie werkt! Ha ha ha!'

Siex-miel-yun-do-lur-men

In een bus. Waarin we de afgelopen vijf uur hebben gezeten en waarin we de komende drie nog zullen zijn. Er was woestijn toen we begonnen, en er is beslist ook woestijn nu zo ver als de luchttrillingen ons toestaan te kijken. Het enige wat ik nu wil, is uitvinden of het mogelijk is dat ik via mijn huid urineer, aangezien ik al in geen drie dagen heb geplast. Met opvallend weinig meewarigheid verzekert Ian me dat dit onwaarschijnlijk is. Ik probeer het van me af te zetten, aan iets anders te denken, dus richt ik me nu maar op de vraag wat sneller is: het zweet dat langs mijn armen in mijn handpalmen drupt, of het zweet dat langs mijn benen in mijn schoenen drupt. Of het zweet dat langs mijn gezicht drupt en met een zweefduik van mijn kin naar mijn schoot stort.

Ian, die lieve Ian, zweet helemaal niet. Zijn neus is een tikje vochtig op het puntje, en met de mouwen van zijn lichte katoenen overhemd opgerold, zijn zijn armen zo droog als de wind. Hij praat en lacht met verschillende mensen in de bus en ziet er nu zo zorgeloos en vrolijk uit dat ik hem, geloof ik, haat.

Vandaag draag ik, net zoals alle andere dagen, zwarte leren schoenen, zwarte sokken, wit katoenen ondergoed met blauwe bloemetjes en een piepklein meisjesachtig strikje op de bovenband, een groene katoenen broek, een witte beha met wat kant waarin mijn borst aanvoelt als een afgeschut portaal en metalen haakjes die als nietjes in mijn huid zinken, een katoenen overhemd met lange mouwen, en polyester jas tot op de grond en een zwarte polyester hoofddoek die over mijn voorhoofd is geplooid, achter mijn oren langs loopt en vastgezet is onder mijn kin. Het was 43 graden Celsius toen we in de bus stapten. Maar het is een droge hitte, zoals Ian vanmorgen vertelde, dus die voel je nauwelijks, snap je wel.

Vier uur later. Ik ben in het stadje Tabas, een oase, in een benauwde kamer met een ventilator die niet werkt, en lig naakt op een matras die in een vorig leven een Belgische wafel is geweest. Ik heb mijn huid afgedaan. Ik lig hier en laat lucht het oppervlak van mijn lichaam kietelen. Mijn poriën rekken zich wijd open en nemen gulzige happen lucht, teug na teug, terwijl er zweet naar het oppervlak borrelt. Mijn huid klinkt als een aquarium.

Ian is buiten, bij de toiletten, en wast de zoutvlekken uit mijn broek en mijn mantel. Ik wilde het wel zelf doen, maar deze gelegenheid heeft geen douches of wastafels, alleen gemeenschappelijke toiletten en een pomp in de tuin. En ik kan niet naar buiten zonder dat ik de kleren draag die ik wil wassen.

'We hebben een eetafspraak,' kondigt Ian aan als hij terugkomt. 'In de tuin kwam een man naar me toe die een praatje aanknoopte, heel aardig. Hij is student, lijkt echt een heel aardige vent, hij spreekt uitstekend Engels, en hij komt over een paar uur hierheen met een vriend...'

Ik ben zo druk bezig mijn huid glad te strijken met mijn handen, dat het me niet opvalt dat Ian twee emmers water heeft meegenomen en zich aan het uitkleden is om zich te kunnen wassen.

We spelen met die emmers water als twee kinderen op het strand: we springen er met twee voeten tegelijk in, laten onze billen erin zakken tot onze voeten over de rand bungelen, we spatten, klappen, klateren, spugen en wrijven onze huid met een ruwe wollen doek tot we hem horen zuchten. De vloer staat onder water. We vallen met doorweekte lichamen op bed.

En worden wakker door een klop op de deur. Het zijn de student en zijn vriend, die vertellen dat ze in de tuin op ons zullen wachten. De vloer is helemaal droog. De woestijnlucht heeft het water opgelikt terwijl we lagen te slapen en schenkt het nu aan planten verderop in de richting van de wind.

Het is bijna avond. De hemel is scharlakenrood en de lucht ruikt naar hitte. Bij beide mannen breekt een glimlach door als we in de tuin verschijnen. Ze zijn vriendelijk, rustig, zachtaardig. De jongste, Pirouz, draagt een zwarte spijkerbroek, zwarte leren laarzen en een zwart leren jasje. Ik merk dat ik hem aanstaar. Zijn huid is een stuk donkerder dan die van zijn vriend, ogen met enorme irissen en bijna geen wit, glimlacht op de ingehouden manier waarop ernstige mensen glimlachen als ze iets geestigs horen, rookt. Vriend, Mahmoud, ziet eruit alsof hij in geen weken zon heeft gezien, heeft één dwalend oog, glimlacht en lacht als een klein kind, rookt niet.

We stappen in hun auto, de grootste die ik in Iran heb gezien, en gaan op weg naar de rand van de stad. Ze praten zachtjes met elkaar voorin, en lijken het ergens over eens te worden. We rijden over een lange, rechte weg die ons uit de oase, de woestijn in voert. We rijden nog over deze lange, rechte weg als het laatste lichtje al ver achter ons ligt.

Op de achterbank kijken Ian en ik elkaar aan, zwijgend. Het komt bij me op – heel onverwacht – dat we eigenlijk niets van deze mensen weten, behalve hun namen, wat ons niet veel houvast biedt. Ik leg een hand op de portierknop en vind mezelf behoorlijk geniaal dat ik al van tevoren een ontsnappingsplan bedenk. Ik vind mezelf een stuk minder geniaal als ik mijn plan doordenk en me voorstel hoe mijn in het zwart verpakte lichaam door het zand rolt als een afgedankte autoband. Ik haal mijn hand van de portierknop en sla op mijn wang.

Beide mannen zwijgen. Pirouz leunt met zijn arm op het

raampje en kijkt naar rechts, terwijl zijn vriend rijdt. Er is geen radio. Ik kijk de stilte voorin een paar minuten aan, en probeer dan naar Ian te schreeuwen met de pupillen van mijn ogen, maar hij trekt een vreemd soort vissengezicht en begint roffels op zijn dij te trommelen. Ik staar gefixeerd naar dit getrommel tot er klauwen uit mijn vingertoppen schieten die hem op zijn vingers slaan. Hij kijkt verbaasd en geïrriteerd. Kijkt uit het raampje.

Uiteindelijk stoppen we langs de kant van de weg op een plek die, zelfs volgens plaatselijke begrippen, ver van de bewoonde wereld is. De koplampen onthullen een klein schuurtje langs de weg met kratten die buiten opgestapeld staan en een met stro bedekt palmdak dat zich uitstrekt over een paar tafels en stoelen. De motor wordt afgezet, en de twee mannen overleggen weer. De chauffeur lijkt iets uit te leggen aan Pirouz, die een paar keer knikt en *mmm* zegt voor hij zijn elleboog over de leuning legt om iets tegen ons te zeggen.

'Mahmoud wil graag dat ik jullie vertel dat hij heel blij is dat hij jullie hier kan brengen. Hij vertelt me dat negentien jaar geleden, voor de revolutie, Steve Austen en zijn vrouw van plan waren deze streek te bezoeken, en mijn vriend zou hun chauffeur zijn. Hij wilde ze hiernaartoe brengen, maar een paar weken voor hun bezoek hadden we hier de grote aardbeving, en ze zegden hun reis af. Mijn vriend was zeer teleurgesteld.'

Ik weet dat Ian en ik ons hetzelfde afvragen (we hebben allebei dezelfde blik: verbijsterde opluchting), dus ik besluit de vraag maar te stellen. 'Eh, wie is Steve Austen?'

'Steve Austen??? Weet je niet wie Steve Austen is? Je moet hem kennen, hij is Amerikaan. We konden hier voor revolutie zijn televisieprogramma ontvangen en iedereen keek ernaar. O, het is niet te geloven dat je hem niet kent.'

Pirouz vertaalt dit verbazingwekkende nieuws voor

Mahmoud, die twee keer kijkt en zich omdraait in zijn stoel.

'*Siex-miel-yun-do-lur-men!* Li-Mad-jers-Fara-Fa-set!' Hij gebaart bezorgd naar Pirouz en vraagt hem te vertalen.

'Mahmoud wil dat ik uitleg dat Steve Austen zijn naam in het programma was. Zijn echte naam is Lee Majors en zijn vrouw is Farah Fawcett.'

'O, The Six Million Dollar Man! Steve Austen! De Man van Zes Miljoen! Ja, natuurlijk kennen we dat!'

Mahmoud klapt in zijn handen en lacht. Hij straalt, praat nu razendsnel, trekt aan het shirt van de student om te zorgen dat hij alles vertaalt.

'Oké, oké, ze zouden hier wat opnames maken, en Mahmoud werd uitgekozen om hun chauffeur te zijn omdat hij heeft de mooiste auto van het dorp. Hij zou ze elke dag naar plaats brengen waar ze filmden, of waar ze maar heen wilden. Hij besloot dat hij ze een avond hiernaartoe zou brengen, een van zijn favoriete tenten, maar toen kregen we aardbeving en zegden ze hun reis af. Mahmoud wil graag dat ik jullie vertel dat hij toen heel teleurgesteld was, maar nu is het negentien jaar later, en hij is heel blij dat hij jullie heeft ontmoet en hiernaartoe kan brengen. Jullie zijn als Lee Majors en Farah Fawcett voor hem.'

Er valt een nogal diepe stilte.

'Tja, dat is zeker – *ahem* – het is heel aardig van hem dat hij dat zegt! Vertel Mahmoud maar dat we het heel fijn vinden dat we hem zo blij kunnen maken. Het is ons een eer zijn gasten te zijn.'

Terwijl hij naar de vertaling luistert, sluit Mahmoud zijn ogen en legt hij een hand op zijn hart. Hij stapt uit de auto, opent mijn portier en maakt een lange, diepe buiging als ik op de weg stap. Ian stapt uit aan de andere kant en begint in s-l-ow-ow-ow-ow-ow-mo-tion naar het schuurtje te joggen.

'Ah-ha!' schreeuwt Mahmoud. 'Siex-miel-yun-do-lurmen!' Hij klapt in zijn handen en huppelt achter Ian aan. Ik blijf bij ze achter, moet zo hard lachen dat ik nauwelijks kan lopen.

'Ik vind je man aardig,' zegt Pirouz. 'Maar hij is erg dwaas.'

We gaan aan een van de twee tafeltjes voor de klanten zitten, en onze vrienden wippen het schuurtje in om iets te drinken te kopen. We praten en nippen aan sinaasappellimonade tot het zand om ons heen zwart wordt. We zitten geruime tijd zwijgend bij elkaar, wij vieren, elk voor zich genietend van deze plaats. Ergens in deze duistere woestijn zitten honden boven op rotsen, die hun gejank de leegte in stoten. Er is iets met de nacht in de woestijn. De hemel lijkt op een of andere manier zo laag. En de lucht lijkt vanaf de sterren naar beneden te zijn geblazen. Als ik hier alleen zou zijn, zou ik mijn hoofd achterover gooien en naar de stratosfeer huilen.

'Mahmoud wil jullie nu graag meenemen naar zijn zusje. En daarna gaan we naar huis van mijn moeder om te eten. Mahmoud wilde jullie bij hem thuis uitnodigen, maar mijn moeder is net terug van hadj, heilige pelgrimage naar Mekka, dus moet ze eer krijgen onze buitenlandse gasten te voeden.'

We rijden terug naar het stadje en parkeren in een stoffige straat die wordt omzoomd door hoge stenen muren. Achter een van deze muren is een grote binnenplaats die tolt van de tuinen, fonteinen, vijvers en een huis. Er verschijnt een jonge vrouw in de deuropening, die vervolgens zo vastberaden op ons afstevent dat het lijkt alsof ze sneeuwschoenen draagt. Ze heeft een stralende blik in haar ogen. Ze roept iets naar ons waar de mannen om moeten lachen.

Ze stopt vlak voor mijn neus en kust me op beide wangen. Daarna zie ik haar gezicht langer worden van verrassing als Mahmoud haar vertelt dat we uit Canada komen. Ze hapt naar adem, kust me nog een keer.

'Dit is zusje van Mahmoud, Siwa,' begint Pirouz. 'Ze vertelt dat ze binnen zat te bedenken hoe fijn het zou zijn als ze vanavond gasten had, zo'n mooie avond, en wat gebeurt er: ze kijkt uit raam en wie ziet ze: haar broer, zijn vriend en twee vreemdelingen.'

Er verschijnen nu jongetjes van verschillende lengte op de binnenplaats. Ze schudden Ian een voor een de hand, knikken naar mij en stellen zich voor. Sommigen brengen stoelen mee, eentje een tafel, een ander een kom met fruit, weer een ander een blad met zoetigheden, en dat alles op verzoek van hun moeder, die naast me staat en mijn hand vasthoudt. Ze praat onafgebroken, met een stem als een Engelse hoorn. Elke zin begint met enthousiasme en eindigt met haar tot een glimlach exploderende gezicht. Ze giechelt niet; ze lacht, gemakkelijk.

Haar echtgenoot is een zwijgzame man met het gezicht van iemand die om de haverklap malle gezichten naar kinderen trekt. Hij is mager, zachtaardig en beweegt als een danser. Hij heeft een zwijgende glimlach, die over zijn hele gezicht rimpelt en zelden zijn tanden ontbloot. Nadat hij ons heeft begroet, gaat hij met zijn armen op de borst gekruist langs de kant staan, en slaat grijnzend het gesprek gade.

Als we allemaal zitten, komt een van de jongens binnen met thee. Siwa vraagt Pirouz om goed te luisteren en alles te vertalen. Ze stelt zoveel vragen, de ene meteen na de andere, dat Pirouz haar moet vragen langzamer aan te doen, even te wachten, zodat hij ze allemaal kan onthouden.

'Ze wil weten hoe we elkaar hebben ontmoet,' begint hij, 'dus heb ik haar verteld dat ik terugkwam van het park en een man in de tuin van het reizigerspension zag staan. Toen zag ik dat deze man kleren aan het wassen was, en begreep ik dat het een buitenlander moest zijn, dus ging ik naar hem toe om met hem te praten. Zo is het toch, meneer? Ik leg haar uit dat jullie door onze woestijn reizen en jullie tocht hier onderbreken, in ons oasedorp, maar dat jullie morgen verder zullen gaan, en dat we dus heel erg boffen dat we jullie vandaag hebben ontmoet. Zij vindt ook dat God ons gunstig gezind is geweest. Ze wil ook van alles over jullie werk weten, vooral dat van je vrouw, en over jullie familie, waarom jullie in Iran zijn, wat jullie indruk is van Iran, of dit jullie eerste bezoek is en wanneer jullie terugkomen, want als jullie terugkomen, zijn jullie uitgenodigd om bij haar te logeren.'

Pirouz vertaalt geduldig, maar elk antwoord dat we geven lokt bij Siwa nieuwe vragen uit, en uiteindelijk geeft hij op en gooit zijn handen omhoog. 'Ik vertel haar dat ze zo nieuwsgierig is dat ze vergeet dat jullie haar gasten zijn.'

Daarop duwt Siwa zich op uit haar stoel en biedt ze ons fruit aan, wat we twee keer weigeren voor we het aannemen. Ik pak een abrikoos en leun achterover. Ze stompt tegen mijn arm, lacht en laat twee pruimen, een banaan, een komkommer en een handvol kersen op mijn bord vallen.

Eindelijk is het onze beurt om vragen te stellen. 'Zijn al die jongens haar kinderen?' vraag ik. Ze laat een kakelend lachje horen en zegt iets in het luchtledige.

'Het waren er acht,' verduidelijkt Pirouz. 'Drie kwamen om bij de aardbeving, twee meisjes en een jongen. Dit zijn de vijf die nog over zijn.'

Siwa roept iets naar een van de kleinere jongens. Hij springt naar haar toe en blijft bij de tafel staan, terwijl hij ons zenuwachtig aankijkt. Ze houdt hem vast rond zijn middel. 'Deze heeft hetzelfde gezicht als de dode zoon,' vertelt ze via Pirouz. 'Precies hetzelfde. Telkens als ik naar hem kijk, moet ik glimlachen.'

Ik weet de blik van het jongetje even te vangen en knipoog. Hij geeft een gilletje, slaat beide handen voor zijn mond en verdwijnt achter de rug van een oudere broer, die achter zich reikt en het jongetje op zijn schoot trekt.

Ze is nu ernstiger, rustig, en vraagt iets aan haar man, die knikt, en zijn antwoord bijna fluistert. En ze stelt haar volgende vraag, ze gebaart naar ons. Pirouz strijkt zijn vingers over zijn voorhoofd en kijkt in de verte, en richt zich dan tot Ian.

'Nu moet ik je iets vragen, meneer, maar weet dat je vrij bent om te weigeren, als je dat wilt. Misschien zijn ze niet blij als je nee zegt, maar ik zal het hun dan op mijn eigen manier uitleggen, het is geen probleem.'

Ian kijkt me vliegensvlug aan, gaat verzitten en stamelt: 'J-j-j-ja, natuurlijk.'

'Als het mag, en je hebt er geen problemen mee, en vertel me het alsjeblieft als je ook maar één bezwaar hebt, dan zal ik zeggen dat je niet kunt, maar ze heeft een verzoek, meneer. Ze wil graag pingpongen met je vrouw.'

Er valt een nogal diepe stilte.

'Ze wil graag het spel, het spel, je bedoelt het spel met de – nu meteen? – en met het kleine plastic, ja, net zoals tennis maar dan met een tafel – maar ze heeft haar eigen bat niet...'

'Ik wil dolgraag spelen!'

'Nou, ze wil dolgraag spelen.'

'Ik wil dolgraag spelen,' zeg ik weer, en ik klap in mijn handen. De laatste keer dat ik heb gepingpongd was ik tien jaar oud en hopeloos slecht, maar het idee om nu, onder zulke prachtige en idiote omstandigheden, te spelen vind ik reuze spannend.

Mijn uitdager lijkt nog meer opgewonden te zijn dan ik. Ze springt op uit haar stoel, knijpt in mijn wangen en rent de trap op, het huis in met haar chador achter haar aan wapperend als een parachute.

'Ze moet zich verkleden,' legt Pirouz uit. 'Je kunt je wel voorstellen dat het onmogelijk is te sporten met zulke kleren aan.' Hij buigt naar voren en doet alsof hij een lap zware stof over zijn hoofd drapeert die hij met één hand onder zijn kin vasthoudt, terwijl hij met de andere een backhand nadoet.

We lopen naar het achterste gedeelte van de binnenplaats met alle jongens in ons kielzog. 'Ze is bezeten van dit spel,' lacht Pirouz. 'Ze speelt het elke dag urenlang met de vrouwen uit dit dorp. Ze heeft zelfs een club opgericht, en ze gaat daar elke dag naartoe om te coachen voor pingpong, volleybal, en ik weet niet wat ze allemaal nog meer doen.'

Siwa komt het huis weer uit gesprongen in een outfit die op de mijne lijkt (een mantel en een hoofddoek), en ze houdt mijn hand vast terwijl we lopen. Ze hebben geen gigantisch huis, maar de binnenplaats en tuinen bieden zo'n weelde aan ruimte dat ik het gevoel heb dat ik over de domeinen van een paleis loop.

Achter in de tuin is een kleine betonnen ruimte. Hij kan ooit gebruikt zijn geweest voor de opslag van tuingereedschap, apparatuur, voorraden. Maar nu niet meer. Nu wordt hij gevuld door een supergrote, hemelsblauwe, waterafstotende pingpongtafel van topkwaliteit. De mooiste die ik ooit heb gezien, al heb ik er niet zo bijster veel gezien. Ik krijg een groen batje aangereikt. De mannen zitten aan weerskanten van de tafel, in stilte, de armen over elkaar en de ogen op de bal gericht. We gooien een munt op om uit te maken wie mag serveren. Mijn tegenstandster neemt een startpositie in.

Het spel gaat in het tempo van snelvuur. Er zijn sprongen en duiken, gescharrel en galop, stoten en gestuiter, aanvallen en stormlopen en gegrom. Polsen flitsen, batjes kraken, balletjes worden gesmasht, services tollen van de tafel en stuiten van de muren af. Het potje is snel afgelopen. Ik ben compleet en ondubbelzinnig ingemaakt. Verpletterd en in de pan gehakt. Ik hink naar de zijlijn en val neer op een stoel naast Ian, die mijn ego probeert te lijmen. 'Het moet een vreselijk gevoel zijn om zo vernederd te worden door iemand die twee keer zo oud is als jij en die acht kinderen heeft gebaard,' zegt hij vanuit een mondhoek.

De volgende paar uur kijken we toe hoe Siwa categorisch haar hele familie afslacht. Eerst haar zoons, van de jongste tot de oudste, daarna haar man, maar pas nadat ze ons gevraagd heeft te wedden. Hij grinnikt maar wat terwijl ze het ene na het andere punt behaalt, schudt zijn hoofd terwijl de ballen hem om de oren vliegen en smasht tegen de muur. Tussen de games door roept ze naar ons, om eten aan te bieden. 'Neem nog wat cakejes!' *Dodelijke service die de tegenstander als een wrak achterlaat.* 'Meer thee – onze gasten willen meer thee!' *Mep mep mep game point.* 'Iemand moet nog een komkommer schillen voor mijn Canadese vriendin!' *Slag duik volley volley volley* SMASH *game afgelopen.*

Nu ze ook nog haar man heeft verslagen, gooit Siwa haar batje neer en heft ze twee vuisten in de lucht. Het publiek wordt uitzinnig. Ze lacht tot haar wangen opbollen als ballonnetjes, en vraagt ons dan om alsjeblieft nog wat te eten. Ze vult mijn bord weer met fruit en komt naast me zitten, ik voel de opluchting van Ian, en dus zeg ik: 'Wacht, wacht, wacht, nog één spelletje! Mijn man vertelde me zojuist dat hij ook graag wil spelen.'

Het gezicht van Siwa loopt leeg tot een gespannen uitdrukking. Ze kijkt naar Pirouz, die uitlegt: 'Je bent geen man van eigen bloed. Vrienden, vergeef haar, maar het is geen gebruik bij ons.'

Ian wordt vervolgens uitgenodigd om een van de aanwezige mannen uit te dagen. Hij kiest het jongetje van acht, dat in de deuropening staat.

'*Siex-miel-jun!*' schreeuwt Mahmoud vanaf de zijlijn, waarna er een potje slowmotion-tafeltennis volgt. De spelletjes gaan nog urenlang door. We eten en praten, perfectioneren onze services, eten weer.

'Goed,' zegt Pirouz, 'ik hoop dat jullie het naar je zin hebben gehad in dit gezelschap' – nou en of, verzekeren we hem – 'maar nu moeten we weg. Mijn moeder wacht op ons.'

'Je moeder? Nu?? Maar het is middernacht. Ik dacht niet...'

'Jawel, het spijt me,' onderbreekt Pirouz me, 'jullie hebben veel honger, maar we gaan nu eten. Mijn moeder wacht.'

Siwa en haar gezin lopen met ons mee tot aan de straat en laten ons beloven dat we hen nog eens komen opzoeken voor we vertrekken. Ze kust me op beide wangen en knijpt in mijn handen voor ze me laat gaan. Morgen. Kom alsjeblieft morgen terug. Het hele gezin staat te wuiven bij de deur terwijl we de stoffige straat uitlopen.

Om de hoek, achter een laag lemen muurtje, is het huis van Pirouz, dat veel bescheidener is dan dat van zijn vriend en een buiten-wc heeft. Zijn moeder zit – slapend – in de deuropening als we aankomen. Ze kust me op mijn wang en trekt haar chador strak rond haar gezicht als ze naar Ian knikt. Ze lijkt uitgeput. Ik voel me ellendig. Maar ze heeft een maaltijd voor ons bereid, zoals Pirouz ons helpt herinneren, en ze heeft gewacht.

'Mijn moeder wil dat ik jullie vertel dat het haar een eer is jullie uit te nodigen. Ze is net terug uit Mekka, zoals ik al vertelde, dus is het een grote eer jullie als gast in haar huis te hebben.'

Het huis is donker. We lopen langs een kamer waar een paar kinderen en een oude man uitgestrekt liggen te slapen op dikke tapijten. Aan het eind van de gang opent Pirouz de deur naar een kleine kamer, en we gaan alle drie op de vloer zitten rond een plastic mat.

'Het spijt me dat je moeder zo laat op heeft moeten blijven,' zeg ik. 'Bied haar alsjeblieft onze excuses aan.'

'O, dat hoeft helemaal niet, geen probleem,' antwoordt Pirouz, terwijl hij met zijn hand een wegwuifgebaar maakt. 'Ze vindt het niet erg. Als ze nu niet hoefde te koken, zou ze alleen maar slapen. Ik moet júllie excuses aanbieden omdat we zo laat gaan eten. Jullie zullen wel veel honger hebben. Vergeef me.'

Hij staat op en rommelt door een aantal cassettebandjes, pikt er eentje uit, schudt het in zijn hand en zegt: 'Ja, deze,' en duwt het in het apparaat. 'Ik heb dit in Japan gekocht,' vertelt hij, 'maar het is vooral Amerikaans spul. Misschien herken je het.'

'Japan?'

'Ja, ik heb daar drie jaar gewoond – daar heb ik dit gekocht,' zegt hij, terwijl hij grijnzend zijn leren jasje aantrekt. 'Veel Iraanse mensen gaan daarheen om te werken, maar ik ben er als student geweest, voor mijn vertaaldiploma.'

'Spreek je Japans?'

'Natuurlijk,' lacht hij. 'Vloeiend. Als ik niet op de universiteit ben, werk ik als Japanse tolk in Teheran. Ik werk voor zakenmensen en toeristen, vooral zakenmensen.'

Hij pauzeert even en sluit zijn ogen om naar de muziek te luisteren. Het bandje bevat een verzameling discoliedjes uit de jaren zeventig, gezongen door Aziatische popzangers met onmiskenbare uitspraakproblemen. We luisteren naar 'Deesko Infewno', 'De Ye Dink Em Zexy', 'Satewday Night Fevew'. Gedurende iets wat op een zich herhalende eeuwigheid lijkt, luisteren we in stille overpeinzing naar de lange versie van 'We Aw Fambily'. Als het lied is afgelopen, wekt Pirouz zichzelf weer tot leven en keert hij terug naar Japan.

'Natuurlijk was het heel interessant voor me om in dat land te wonen, maar na drie jaar was het genoeg. De Japanse mensen zijn zo kil en onvriendelijk. De mensen zijn zoals computers, je kunt het je niet voorstellen. Allerlei gebruiken waren zo streng: je moet zus zitten en zo eten en dit zeggen en dat niet zeggen. Zoveel beperkingen in het leven, iedereen gedraagt zich als een robot. Nadat ik daar drie jaar had gewoond, had ik slechts de vingers van één hand nodig om mijn vrienden te tellen, en nu is het vier jaar later en heb ik met geen van hen nog contact. Ik heb ze geschreven, pakjes gestuurd, maar ze reageerden niet, op een enkele keer na. Ik heb een Japanse vriendin aan de universiteit van Teheran, en ze wil niet terug naar haar land. Ze vindt het hier heerlijk.

Ik weet niet hoe jullie over westerse landen denken, maar volgens mij zijn ze eigenlijk niet beter. Natuurlijk kun je er meer dingen kopen, dat staat wel vast, maar alles heeft een prijs, zelfs mensen. Als ik iemand iets wil geven, wil hij weten waarom – misschien betaal ik hem terug voor iets, of misschien wil ik dat hij later iets voor me zal doen. De mensen gebruiken gevoelens als geld. Je bent zo aardig geweest, dus ben ik je iets verschuldigd. Je hebt me dit ding gegeven, dus moet ik aardig voor je zijn. Mensen zijn geen vrienden, ze zijn zaken. Hier gaan we uit van het goede vertrouwen van mensen.'

De deur gaat open, en de moeder van Pirouz komt binnen schuifelen met een groot dienblad met eten in haar handen; haar chador zit rond haar lichaam gewikkeld en wordt door haar tanden vastgehouden zoals het bit van een paard. Ik spring op om haar te helpen, maar ze mompelt alleen maar iets tegen Pirouz. 'Je mag haar niet helpen,' zegt hij. 'Jullie zijn haar gasten.'

Drie borden saffraanrijst en kip, drie kommetjes yoghurt en een stuk brood worden op de mat uitgestald. De oude vrouw wisselt een paar woorden met Pirouz en glimlacht. 'Mijn moeder wil jullie nogmaals bedanken dat jullie naar haar huis zijn gekomen. Ze verontschuldigt zich dat het eten niet zo heel lekker is, maar ze is net terug van de heilige pelgrimage en had niet veel tijd om het klaar te maken.'

Ian en ik noemen elke Farsi-uitdrukking van dankbaarheid die we kennen, een paar keer. Ze glimlacht weer, hijst zichzelf weer op de been en knipoogt naar me voor ze de kamer verlaat.

'Mijn moeder is niet blij met de manier waarop ik leef. Ze vindt dat ik een westerse houding heb en zo. Ze wordt heel boos op me als ik over mijn vriendinnen in Teheran vertel – ik heb er nu twee of drie – en ze zet me steeds onder druk om te trouwen. Zoveel druk, de hele tijd, ik werd er gek van. Drie maanden geleden viel ze me hier zo mee lastig dat ik tegen de deur schopte en zei dat ik er niks meer over wilde horen, en ik vertrok. Het was voor de show, omdat ik niet echt zo boos was, maar ik wou haar gewoon laten ophouden met dat gezeur. Het is nu voor het eerst dat ik haar sinds die keer weer zie.

Het is een eenvoudige maaltijd,' zegt hij, ons uitnodigend om te beginnen. 'Zoals de imam, onze leider, at. Weet je dat hij alleen rijst en yoghurt at? Soms at hij fruit en groenten, ongekookt, maar meestal at hij alleen maar rijst en yoghurt. Hij is zes jaar geleden gestorven.' Pirouz houdt op met eten en sluit zijn ogen, haalt diep adem en gaat verder.

'Hij was een goede man, imam Khomeini, een goede en eerlijke man. Hij heeft nooit iets bezeten, weet je, zelfs niet het kleedje waarop hij zat. Het huis waarin hij woonde was heel klein, en pal naast de moskee. Ja, ik kan zeggen dat hij een zuiver mens was, niet zoals sommige mollahs die we nu hebben, de corrupten. De mensen zeggen dat ze Zwitserse bankrekeningen hebben en in heel grote huizen wonen in het noorden van Teheran. Maar de imam leefde zoals hij ons leerde dat we moesten leven.'

Pirouz eet met kleine beetjes. Een kleine lepel rijst hier, een hapje yoghurt daar. Hij heeft de verfijnde manieren die ik al eerder heb opgemerkt bij de mannen in dit land. De zachte, bijna verwijfde gebaren: de veeg van een hand langs een mond, golvende vingers op een borst, zachtaardig gelach, de bescheiden pose van iemand die afwacht.

'In de tijd van sjah – jullie weten wie sjah was? – nou, toen was het een heel andere tijd dan nu. Compleet anders, eigenlijk. Oké, in bepaalde opzichten, er waren goede dingen, een paar heel westerse manieren en stijlen, maar er was in die tijd geen vrijheid. Er was dictatuur. Je moest altijd laten zien dat je loyaal was en het regime van de sjah steunde. Het was illegaal om er kritiek op te hebben, of op een ander vergelijkbaar systeem. Mijn broer werd louter omdat hij een boek over de Franse Revolutie had geredigeerd, gevangengezet. Hij had het niet eens geschreven! Hij had alleen de Perzische vertaling ervan verzorgd, maar dat was voldoende bewijs dat hij niet trouw was aan het regime van de sjah. We moesten zo stiekem praten, de mensen spraken in een soort codetaal. Alles was een symbool voor iets anders. Zwart betekende dit, nacht betekende dat. Na een tijdje had onze taal zijn vrijheid verloren. Deze symbolen waren als een gevangenis voor woorden. Het hield op een taal te zijn, het werd gereedschap. Er zijn nu natuurlijk nog steeds problemen, maar volgens mij is het nu veel beter.'

Ian vouwt zijn onderlip over zijn tanden, en vraagt dan: 'Je hebt het over gevangenissen in de tijd van de sjah, maar wat vind je dan van de fatwa tegen Salman Rushdie?'

Na nog een laatste hapje yoghurt legt Pirouz zijn lepel neer en duwt hij zijn bord naar het midden van de mat. Hij leunt achterover op zijn handen en houdt zijn hoofd zo dat hij naar de muur boven onze hoofden kijkt. 'Ik kan hem niet verdedigen,' zegt hij behoedzaam. 'De fatwa van de imam was een religieus bevel, zoals je weet, en ik ben geen islamgeleerde, ik ben geen heilig man, dus ik mag er niet over oordelen. Ik ben niet in staat te oordelen. Dat betekent niet dat ik het er wel of niet mee eens ben, het betekent dat ik het niet kan tegenspreken.'

Hij leunt naar voren en strijkt met zijn hand over de stoppels op zijn kin. 'Ik kan ervoor kiezen hierover te zwijgen. Maar ik zal je dit vertellen: als een man onze profeet beledigt, mijn religie, deze bodem van mijn gemeenschap, dan vergeef ik die man niet. Het is een gebrek aan respect. Als ik jou in je gezicht spuug, denk ik ook niet dat je me dat vergeeft. Wat denk je: spreek ik de waarheid?'

‘Laat de borden maar staan,’ zegt Pirouz. ‘Mijn moeder is naar bed gegaan, maar ze zal ze morgen wel schoonmaken,’ zegt hij, als hij ziet hoe ik de borden leegmaak en opstapel. ‘Toe, dit is geen werk voor jou.’

We lopen weer naar buiten, de lange, smalle straat door naar Huize Pingpong. Mahmoud en Siwa’s echtgenoot liggen op een dik tapijt op de veranda en praten zacht murmelend als monniken. Ze glimlachen en veren op als ze ons op de drempel ontdekken en vragen of we lekker gegeten hebben, of we ons goed voelen, of we ons geamuseerd hebben, of we nog wat thee willen, cakejes, of we klaar zijn om naar ons pension terug te gaan. *Ja, ja, ja, nee nee dankjewel, o ja, we zijn, geloof ik, een beetje moe.* Siwa’s echtgenoot draagt een horloge waar mijn oog op valt als hij met zijn vingers over zijn snor strijkt. Het is halfvier ’s ochtends.

We rijden, kronkelen en kruipen door verlaten straatjes met een snelheid die bij het tijdstip past. Insecten knerpen in de lucht en verlenen hem zo textuur. De textuur van een oude, houten schommelstoel met ronde armleuningen en een rug die kraakt. Aan het eind van een steegje rijden we de hoofdstraat van het dorp in, waar onze weg verlicht wordt door lantaarns. Onder aan een van deze douches van licht zit een jongen met zijn rug plat en recht tegen de paal. Zijn benen heeft hij voor zich uitgestrekt en bij de enkels over elkaar geslagen. Hij leest.

‘Het is de tijd van examens,’ legt Pirouz uit. ‘Misschien woont deze jongen in een klein huis met veel mensen. Zij slapen, dus komt hij naar het licht om te studeren.’

Als we in onze kamer aankomen, bedanken we hem opnieuw en spreken we af om elkaar de volgende ochtend weer te treffen. Onze bus naar de andere kant van de woestijn vertrekt om elf uur, dus zullen ze hier om negen uur zijn, hoewel ze eerst voor zeven uur opteerden om meer tijd te hebben voor het eten, voor een bezoek aan het oude gedeelte van het dorp, voor een ontmoeting met andere familieleden, misschien zelfs buren, en de burgemeester.

'Nee, nee, nee, negen uur is uitstekend, heus waar. Maak je geen zorgen over het ontbijt: we hebben eten voor onderweg... Nee, nee, we hebben een wekker, dankjewel... Nee, nee, ik kan verder echt niks bedenken dat we nodig hebben. Nou eh, dank je, maar ik kan echt niet bedenken waarom we je zouden willen bellen tussen nu en negen uur. Oké, het is goed om je telefoonnummer te hebben... Ja, we hebben genoten. Nogmaals dank. We zijn enorm dankbaar... Nee, we willen dolgraag nog een ritje maken, maar we zijn nu alleen een beetje moe. Zelfs bionische mensen hebben slaap nodig.'

We laten ons uitgeput en aangenaam warrig op het bed vallen.

We staan uitgeput en aangenaam warrig op.

Het is halfnegen, maar ik zou zweren dat ik nog niet geslapen heb. Ian en ik nemen een handvol brood uit een plastic tas waar we al dagenlang mee rondsjouwen en gaan op de rand van het bed zitten, met de schouders tegen elkaar aangeleund om overeind te blijven. Als onze blik weer enigszins helder is, omhul ik mijn lichaam en mijn haar, en we wankelen naar buiten om onze tanden te poetsen.

Onze vrienden staan al te wachten in de tuin. Ze glimlachen als ze ons zien en vragen hoe we hebben geslapen. Ze hopen dat we goed zijn uitgerust en voor het geval we trek hebben, hebben ze wat vers brood meegebracht – nog warm van de kolen – wat zachte witte kaas, jam, boter en yoghurt. Of willen we liever iets anders? Ze steken hun handen uitnodigend naar voren, en we gaan met ze in de tuin zitten om te ontbijten.

Na een korte stop bij het huis van de burgemeester (hij is niet thuis, maar we worden binnengenood voor een glas thee door de buurman, die ons voor het hek ziet staan) komen we bij Siwa's voordeur. Ze verwelkomt ons met een mengsel van opgetogen begroetingen en een berisping omdat we zo laat zijn. Haar kinderen staan op van de tapijtjes op de vloer en glimlachen, voor ze het huis in vliegen om eten en thee te halen. Een groepje kinderen verstopt zich achter een paar bladrijke planten bij de visvijver. 'Buurkinderen,' zegt Pirouz, terwijl hij zijn kin in hun richting gooit. Ik sluip naar ze toe als een kat die wil gaan toeslaan, en ze rafelen de lucht met gilletjes en wild gegiechel voor ze over de binnenplaats fladderen, naar de veiligheid van het huis. Een voor een piepen hun gezichtjes achter de gordijnen vandaan. Een klein meisje wacht tot we zitten voor ze de veranda van het huis op sluipt, ineengedoken achter een bananenblad dat ze voor haar gezicht houdt.

'Ze wil weten waarom jullie niet langer blijven,' zegt Pirouz namens Siwa, die naast me zit en haar arm door de mijne heeft gestoken. 'Ze vindt je heel aardig, maar ze wil meer van je weten. Hoe heet je moeder, bijvoorbeeld, en werkt ze? En hoe heb je je man ontmoet? Waarom hebben jullie geen kinderen – deze vraag is heel belangrijk – en doe je aan sport in je eigen land? Haar man wil graag weten of je ooit in Amerika bent geweest, en is het daar gevaarlijk? Hij zegt dat de Amerikaanse regering volgens hem slecht is, maar dat de Amerikaanse mensen heel aardig zijn, maar hij wil weten wat jij vindt, en wat ze van de Iraanse mensen denken, denken ze dat we heel aardig zijn?'

'Tja... eh, mijn moeder heet Susan, en ze is muzieklerares.'

Muziek! Wat voor muziek? Speelt ze zelf een of ander soort muziek? Kan ze pianospelen? Siwa tjilpt als ze opspringt uit haar stoel en haar grinnikende man mee het huis in trekt. Ze komt terug met twee metalen poten en zet ze voor mijn neus in elkaar, haar man volgt met een elektrische piano zo groot als een orka. Uit het niets verschijnen nu verlengsnoeren, en het apparaat is klaar voor gebruik.

Er zit een ritmesectie op het instrument en Siwa stelt deze in op Samba Swing 1 en klopt het ritme mee op mijn rug. De klankknop van het ding is kapot en permanent op klavecimbel blijven staan. De eerste paar minuten fantaseer ik wat rond jazzmelodietjes, maar het klavecimbel trekt me hardnekkig terug naar de zeventiende eeuw, dus ik geef toe. Ik speel het eerste stukje van een partita van Bach (met Samba Swing 1) voor ik met mijn gezicht op de toetsen plof en de stuipen krijg van het lachen.

Meer meer meer! Siwa is zo vol bewondering, volgens Pirouz, dat ze twee van haar zoons de opdracht heeft gegeven in de buurt op zoek te gaan naar een bandrecorder. Een paar minuten later komt er een jongetje terug dat triomfantelijk een apparaat boven zijn hoofd houdt dat wordt vastgekoppeld aan het verlengsnoer. Met haar man! Vraag haar om iets samen met haar man te spelen, alsjeblieft!

Ian en ik beginnen aan een opgesierde versie van 'Chopsticks', bomvol modulaties, trillers en glissandi die aan beide kanten van het keyboard vliegen. De familie staat met open mond om ons heen, als een koor dat uit volle borst zingt. De opgenomen versie wordt nog viermaal afgespeeld voor Siwa hem kust, aan haar borst drukt en opbergt in een zak.

'Ik vrees dat het tijd is voor jullie bus,' zegt Pirouz met een hand op zijn hart.

'Nee nee nee nee nee,' protesteert Siwa, en ze rent weer het huis in. Dit keer komt ze terug met een fototoestel in de ene hand en een chador in de andere. Ze geeft het fototoestel aan haar oudste zoon en trekt me naast haar; ze schikt de lap zwarte stof zo, dat hij over de hoofddoek om haar hoofd en als een gordijn over de mantel rond haar lichaam valt. Op de foto zullen één oog, haar neus en een stukje van een wang te zien zijn.

Zodra de foto is genomen, laat ze haar chador vallen en leidt ze me aan mijn arm naar de achterkant van het huis.

Naar de pingpongruimte. Ik krijg een batje aangereikt en krijg te horen dat ze graag een foto van alleen ons tweeën bij de pingpongtafel wil hebben. 'Ze wil graag dat je je hoofddoek afdoet voor de foto, als je het niet erg vindt. Jij neemt de foto, meneer. Wij wachten buiten op je.'

Zodra de mannen weg zijn, pelt Siwa de hoofddoek van mijn hoofd alsof ze een zwachtel van verbrande huid af haalt. Ze staart naar mijn geplette haar en speelt met mijn krullen: ze draait ze rond haar vingers en trekt ze uit tot ze als kurkentrekkertjes terugspringen tegen mijn hoofdhuid. Als mijn haar mooi genoeg is gemaakt, nemen we groteske strijdhoudingen aan voor de foto, waarna we mijn hoofddoek weer vastklemmen en ons weer bij de mannen buiten voegen.

'We brengen jullie nu naar de bus,' herhaalt Pirouz. 'Jullie moeten de kinderen gedag zeggen, want die passen niet in de auto.' Elk kind biedt ons een handvol fruit aan als afscheidsgeschenk. We stappen in de auto met onze zakken boordevol sinaasappels, komkommers, groene pruimen, dadels en kersen.

Dit is het busstation: de plaats waar de weg eindigt. Pirouz rent een klein gebouwtje binnen om kaartjes voor ons te kopen, terwijl Siwa's man de bus in springt om ervoor te zorgen dat we de beste plaatsen krijgen toegewezen. Er volgt een lange discussie over de richting waarin we zullen reizen, over de kant van de schaduw, bij welke raampjes je de meeste bries hebt, welke plaatsen de beste kussens hebben enzovoort. Mannen en vrouwen krabben op hun hoofd, schuiven raampjes heen en weer, testen de veren van stoelen, tot ze uiteindelijk het derde paar stoelen van voren aan de rechterkant uitkiezen. Een oudere man raapt zijn spullen bijeen van deze plaats, glimlacht naar ons en loopt naar het achtereinde van de bus.

Vlak voordat we afscheid nemen en aan boord willen klimmen, vraagt Ian Pirouz of er chocoladerepen werden verkocht bij het tickethokje. Pirouz vertaalt dit voor Mahmoud en BOEM! de motor van de auto wordt gestart – 'Nee nee nee! Alsjeblieft! Laat maar zitten! Ik vroeg het me alleen maar af! Nee, echt niet!' Maar zijn smeekbedes zijn vruchteloos. De twee mannen scheuren weg van de parkeerplaats, met linten van stof in hun kielzog.

We wachten met Siwa en haar man, die ons aan andere passagiers begint voor te stellen. We wachten en wachten, tot de chauffeur uitlegt dat de bus al een uur over tijd is, en dat we nu echt moeten gaan. Ik geef Siwa twee afscheidskussen en knik naar haar man; Ian schudt zijn hand en knikt naar Siwa. We gaan op onze plaatsen zitten en krijgen onmiddellijk glimlachjes en zonnebloempitten aangeboden door de vrouwen voor ons, en kersen en pistachenoten door de vrouwen achter ons.

De bus kruipt de weg naar de andere kant van de woestijn op, en we hobbelen langs door de zon verzengde huizen met koepelvormige daken die de kleur van brood hebben. Bogen van gebakken aarde. Elk huis wordt afgeschermd door hoge muren van zand, mest, dode schorpioenen en het zweet van vele generaties. Van dit gebied kunnen we slechts een oog, een neus en een stukje van een wang zien.

Net als we ons eens goed installeren voor de reis van vandaag, zwenkt de bus met een ruk uit en worden we uit onze stoelen geslingerd. Een auto heeft ons gesneden. Hij komt gierend tot stilstand en er stuitert een man met een plastic tas naar buiten. Pirouz klimt de bus in, zwetend en puffend, biedt de chauffeur zijn verontschuldigingen aan en geeft ons de tas.

'Vergeef ons dat we zo laat zijn. Sorry, vrienden, maar dit is alles wat we konden vinden.'

In de tas zitten vier soorten chocola, twee van elke soort.

'Vrienden, vergeef ons, maar ons land is niet perfect. We hebben niet zulke dingen als jullie, en misschien is dat moeilijk voor jullie. Maar probeer toch te genieten, het zal ons heel blij maken als jullie genieten. Hou jullie hart in onze mensen, vrienden. We zijn vreemdelingen, maar we proberen aardig te zijn.'

Hij kust Ian op beide wangen, buigt naar me met gesloten ogen en loopt achterwaarts de bus uit met de hand op zijn hart. Mahmoud heeft zijn auto langs de kant van de weg gezet. Hij leunt met zijn elleboog uit het raampje en wuift als een bezetene als we langskomen. *'Tot ziens, Li-Mad-jers-Fa-ra-Fa-set! Tot ziens, siex mielyun!'*

De bus komt langzaam in beweging. De woestijn groeit om ons heen. Mijn huid opent zich en drupt in mijn kleren. Mijn ogen vallen dicht.

Als ik ze een paar uur later opendoe, is het zand in de wijde omgeving gerimpeld door windgolven.

Mister Canada, wij nemen uw vrouw mee

De vrouw achter me tikt me op mijn schouder en geeft me een tas met kersen die met een touwtje zit dichtgebonden. Aan het touwtje hangt een briefje:

In de naam van God. Hallo, lieve vrienden. Wel kom in Iran. Ik heet Afsaneh Hosseiny. Ikben heel blij. Oemdat ik u zie, ik ben wiskundestudent. Ik zal heel blij zijn als ik je naamen ken en je tel nummer. Hoogachtend Afsaneh Hosseiny. Tank u.

Ik keer me om en bedank de vrouw. Ze glimlacht en wijst naar een vrouw achter haar, die naar de andere kant van het middenpad wijst naar een jonge vrouw die bloost en glimlacht, haar chador verlegen voor haar gezicht houdt en wuift.

Ik schrijf terug. Vertel haar dat we toeristen zijn, dat we genieten van ons bezoek aan haar vaderland en dat we op weg zijn naar Yazd. Ik geef haar onze namen en telefoonnummers en bedank haar voor de kersen. Keer me om en glimlach, zwaai en geef het briefje door naar achteren.

Als we de bus uitstappen, komt Afsaneh op ons af en vraagt – bedeesd, met neergeslagen ogen – of ze ons de weg zal wijzen. Dit is haar stad, legt ze uit, dus misschien kan ze helpen. Ik vertel haar dat we een *mosaferkhané* zoeken en ze glimlacht. Pakt mijn hand. Ja, ze kan helpen. Kom alsjeblieft mee. We lopen gearmd naar de hoofdstraat. Ian slentert achter ons aan.

In de taxi houdt ze mijn hand vast, speelt met mijn trouwring, laat me weten dat ik mooi ben, maar te veel zon krijg. Mijn huid wordt bruin, net als de hare. Ze wijst naar haar donkere handen en verbergt ze onder haar mantel. Ze vraagt me of ik alsjeblieft de term 'meisjesnaam' wil uitleggen. Mijn uitleg brengt haar in verwarring. Telkens opnieuw leg ik het uit.

'Maar waar...' begint ze, terwijl ze haar chador voor de honderdste keer sinds we zijn gaan zitten recht trekt. 'Waarom veranderen vrouwen zodat ze de naam van de man hebben? Zij zijn twee afzonderlijke mensen, zo is het toch?'

Ik informeer naar haar studie. Heel moeilijk, vertelt ze me. Maar ze doet erg haar best. Wat gaat ze doen als ze haar wiskundebul heeft? Ze denkt even na. Bloost. 'Naar Canada,' zegt ze.

Afsaneh staat erop de taxi te betalen. Staat erop, staat erop, staat erop. Ze wijst naar een hotel aan de overkant, dan naar haar universiteit aan de andere kant van het plein. Knikt tegen Ian, pakt mijn hand en legt die op haar borst. 'Ga met God,' zegt ze en ze geeft me een kus. Schikt de vele lagen stof om haar lichaam en legt ze over een arm, laat haar boeken op haar heup rusten en waggelt weg.

Ian en ik willen net de straat oversteken als ze me inhaalt. Ze lacht en drukt me iets in de hand, schikt haar gewaad weer, vervolgens haar boeken en neemt afscheid.

Het is een klein potje. Een soort crème. Ik maak het open. Het is make-up. Blanketsel.

'Probleem.'

Het woord is nu zo vaak door zoveel verschillende mensen uitgesproken dat het van de muren begint terug te kaatsen; als het kon, zou ik met een racket uithalen. Ik was hier rond negenen en het is inmiddels bijna tien uur. Ik ging naar de postbeambte toe, deze man hier, en gaf hem mijn envelop. De saffraan die ik naar mijn moeder wil sturen. Ik had hem opengelaten zodat ze het pakje konden controleren, en het adres van mijn moeder was in het Engels gesteld, met het woord 'Canada' er vlak onder herhaald in het Farsi. Ik legde de man uit, in een taal die naar ik vrees meer op zwaar gearticuleerde babytaal dan op Farsi leek, dat ik deze saffraan naar Canada wilde sturen.

'Ca-na-da!' zei hij, met een grijns die zijn wenkbrauwen verhief. 'Canada heel goeoed!'

Ik bedankte hem. Hij liet mijn pakje door zijn handen rollen en riep de man die naast hem aan het werk was; deze hield op waar hij mee bezig was en kwam naar ons toe. Hij groette me met een hoofdknik en las: 'Ca-na-da.' Glimlachte. 'Canada goeoed!'

Twee vrouwen die aan bureaus naast deze man werkten, werden erbij gehaald. 'Canada?' giechelden ze. Een van de vrouwen leunde over het loket en kneep me in mijn wangen. De andere kroop onder het loket door, kwam naast me omhoog en kuste me vier keer op mijn gezicht. Deze vrouw riep verscheidene andere medewerkers aan de andere kant van het kantoor, die allemaal begonnen te stralen. Een paar minuten later zaten we met z'n allen thee te drinken.

De klanten die achter me in de rij stonden, gingen naar huis of sloten zich bij onze groep aan. Niemand vergat me te vertellen dat Canada *goeoed* was en de meesten zeiden het verscheidene malen. De ruim twintig medewerkers zijn allemaal naar me toe gekomen om te vragen hoe het met me was, dan hoe het met mijn man was, mijn moeder, mijn vader, mijn kinderen – wat? niet eentje? maar waarom? – en om zich over mijn pakje te buigen.

Er is bijna een uur verstreken en ik heb nog steeds geen idee wat het probleem is, maar het is groot genoeg om de aandacht van iedereen in het gebouw te trekken, en minstens één iemand van buiten heeft zich bij de schare aangesloten. Mijn pakje bestaat uit een plastic bakje met saffraan, een brief van een velletje en een envelop. Deze voorwerpen zijn allemaal minstens acht keer door minstens acht verschillende mensen apart gewogen, en gezamenlijk door bijna iedereen in het kantoor. Het resultaat is altijd gelijk: druk gepraat, gekrab op hoofden, dan een zeer geduldige en verontschuldigende uitleg aan mij.

'Probleem.'

Mijn geduld raakt op. Ik wilde de Jamé-moskee in de koele ochtenduren bezoeken, maar ik voel de dag neerdalen, een hitte die door mijn kleren heen kruipt, zwaar wordt en de energie uit mijn lichaam wringt. Mijn broek is al vochtig van het zweet. Het sijpelt langs mijn rug, mijn borst, mijn buik, mijn benen. Mijn haren onder de hoofddoek zijn doorweekt. En het is nog geen eens twaalf uur.

Mijn vrienden van de post hebben blijkbaar door dat ik boos ben en er komt weer een rondje thee, ditmaal met koekjes. Ik probeer mijn pakje terug te krijgen, leg uit dat het de moeite niet waard is, echt niet, mijn moeder gebruikt niet eens saffraan, kookt eigenlijk zelden, maar zo gemakkelijk mag ik niet opgeven. Nee nee nee nee, zeggen ze en ze discussiëren verder.

Na nog een aantal eindeloze minuten volgt een golf van enthousiasme en een pandemonium van handgebaren waaruit ik zou kunnen afleiden dat er eindelijk een besluit gaat vallen. Mijn oorspronkelijke envelop wordt weggegooid (met luidruchtige instemming van het kantoor) en wordt vervangen door een iets dikker en tweemaal zo groot exemplaar. De saffraan wordt geopend en in een afzonderlijk zakje gegoten – een zwak protest van een van de andere klanten, maar na een korte discussie gaan ze ermee verder – en het adres wordt overgenomen op de nieuwe envelop, zorgvuldig, nauwgezet, in wat Engels moet voorstellen, al begrijp ik er geen woord van, niet een, zelfs niet als ik ze vijftien centimeter van mijn ogen houd. De jonge man die het klusje heeft uitgevoerd, kijkt zo verzaligd trots naar zijn werk dat ik het niet waag zijn inspanning in twijfel te trekken en het er dus maar bij laat zitten, en aanvaard dat deze ervaring mij mijn pakje gaat kosten.

Tot slot worden plakbandsoorten in allerlei dikten en kleurtjes overwogen vóór het geheel stevig wordt verzegeld met dik, grijs tape. Het nieuwe pakje wordt gewogen en enkele medewerkers zijn kennelijk zo tevreden over het resultaat dat ze een spontane optocht door het kantoor houden. De mannen achter het loket slaan elkaar op de rug en de vrouw naast me klapt in haar handen, lacht en knijpt stevig in mijn borsten.

Ik haal geld onder mijn mantel vandaan en schud met mijn hand om te vragen *hoeveel?* maar de klerk slaat mijn geld af, heft zijn handen in de lucht en sluit zijn ogen. Ik bedank hem en bied het geld nog eens aan, maar hij blijft weigeren en gebaart naar een man links van me, een andere klant, die voor me heeft betaald. Heeft betaald om een pakje naar mijn moeder te sturen. Een pakje, haast ik me eraan toe te voegen, dat zo onleesbaar is geadresseerd dat het geen schijn van kans heeft zijn bestemming te bereiken.

Ik sta daar met mijn mond open en probeer het te begrijpen. Het zou een zeer ernstige belediging zijn als ik het aanbod van deze man weigerde. Maar het zou ronduit absurd zijn als ik hem voor deze, niet geringe kosten liet opdraaien. Ik aarzel voor ik reageer. Terwijl ik wacht op ik weet niet zeker wat. Mijn ogen schieten langs de gezichten om me heen, maar ze kijken allemaal onverstoorbaar, vastberaden. Ik staar in het hart van vreemdelingen.

Ik heb geen keus. In het elegantste Farsi dat ik kan fabriceren, aanvaard ik deze gulheid. Ik bedank de man zo overtuigend mogelijk zonder op mijn knieën te gaan liggen, geef alle anderen blijk van mijn welgemeende appreciatie, verzeker het kantoor in zijn geheel dat Iran goed is, zeer goed, en verlaat het gebouw in opperste verwarring.

Buiten sta ik met mijn gezicht in de zon, die de frisheid van deze morgen tot een herinnering verschroeit.

Als ik mijn ogen opendoe, sta ik midden in een kring van mensen. Ze bekijken me en praten allemaal door elkaar. Ben je ziek? Laat me je helpen, mijn man is arts. Ben je moe? Kom mee naar mijn huis, daar kun je slapen. Heb je honger? Wil je wat thee? Waar is je man? Waar kom je vandaan? Wat vind je van Iran, goed of niet goed? Waarom sta je hier voor het postkantoor met je ogen dicht?

Ik verplaats me van stem naar stem, maar het kost me moeite te antwoorden. Ik verzeker iedereen dat het goed met me gaat, zelfs geen honger of dorst heb, dat ik het alleen een tikje warm heb – verscheidene vrouwen giechelen en trekken aan mijn mantel – waarop ze uit elkaar gaan, glimlachend, en me het beste wensen en bij hen thuis uitnodigen. Een duo blijft staan. De vrouw kent niet meer dan tien woorden Engels, maar ze spreekt ze zo snel uit dat het haast vloeiend klinkt.

'Hallo aangenaam mijn vriend heel goed dank je God hallo aangenaam mijn vriend heel goed dank je God.'

Ze houdt mijn hand al een paar minuten vast en glimlacht onophoudelijk. Haar man vertoont een opmerkelijke gelijkenis met een schildpad, met mismoedige ogen, een hoofd dat boven aan zijn nek lijkt te bungelen en een lichtelijk verdwaasde gezichtsuitdrukking. Hij schijnt geen woord Engels te spreken, maar lijkt zeer onder de indruk van het gemak waarmee zijn vrouw de taal hanteert. 'Lida,' zegt ze, terwijl ze zich op de borst slaat. Ik vertel haar hoe ik heet, maar die naam schijnt haar niet te bevallen, gezien de manier waarop ze haar gezicht vertrekt en *uhh?* zegt. Uiteindelijk dicht ik mezelf de Iraanse naam Haideh toe, waarop Lida een soort verkondiging tot Allah richt en op mijn arm tikt.

Lida wijst naar haar auto en biedt me een lift naar mijn hotel aan, waar ik kan gaan rusten. 'Het is nu warm en het zal alleen maar warmer worden,' zegt ze in langzaam, gearticuleerd Farsi. Om zich ervan te verzekeren dat ik het heb begrepen, veegt ze met haar hand over mijn gezicht en laat ze me mijn eigen zweet zien.

Ik bedank haar en leg uit dat ik gemakkelijk een taxi kan nemen, maar ze blijft het aanbieden, zo vaak dat ik het aanvaard. Prompt springt er een lach op haar gezicht. Ze hijst haar chador op en huppelt naar de auto. Ik loop achter haar aan en wil een van de achterportieren openen. Nee nee nee. We gaan samen, met z'n drieën, voorin zitten. Al heeft de auto kuipstoeltjes.

Terwijl haar man achter het stuur kruipt, perst Lida zich naar het randje van de passagiersstoel en trekt me naast zich. Gezamenlijk beschikken we over zoveel zwarte stof dat ik het idee heb dat we de hele auto zouden kunnen bekleden, maar we brengen alles in orde tot er geen stukje meer van een van ons uit de auto hangt. Lida, die me zo veel mogelijk ruimte wilde geven, is op de versnellingspook gaan zitten. De hele rit door de stad rijden we in de eerste versnelling.

Halverwege zie ik de moskee waar ik heen had gewild voor het postkantoor mijn ochtend opslokte. Terwijl we erlangs rijden, draai ik mijn hoofd om om te kijken naar de betegelde minaretten, de sobere elegantie van de koepels en bogen; de gratie ervan. Lida gilt tegen haar man, stompt met haar vuist tegen het dashboard en wijst naar de moskee. De auto steekt denderend een laan met druk verkeer over – claxons weven in de lucht een deken van klanken – en gaat een stoffige zijstraat in. Als ik weer kan ademhalen, zie ik dat Lida zo intens glimlacht dat haar ogen gesloten zijn. Ze wijst naar het voorwerp van mijn interesse en tikt op mijn doorweekte arm.

We wurmen ons uit de auto en bezoeken de moskee, inclusief het dak en de wintergebedsruimten, waarvoor Schildpadman een klein bedrag betaalt aan een oude man die over het terrein dwaalt. Het uitzicht vanaf het dak trekt mijn blik over de gigantische lap woestijn, waarna hij aan de rand van de aarde blijft bungelen. Omgekeerde hoogtevrees. Ik heb het gevoel dat ik de hemel in val. Ik kalmeer en wijt mijn toestand aan de warmte. Het is minstens veertig graden Celsius.

Ik haal driemaal diep adem en ga uit de zon naar beneden.

Ondergronds, in de duistere stilte van de wintermoskee, zitten we op tapijten en proeven de lucht van beschutting. Hier zitten we als de moëddzin een van z'n vijf dagelijkse oproepen inzet: het gejammer dat oproept tot het gebed. Rust. Respijt van de kwellingen van een wanhopige wereld. Volgelingen komen uit het woestijnzand aangestroomd, wassen hun gezicht, handen, voeten. Ze stromen de moskee binnen als het getij, rijzend en dalend op het kalme ritme van de verering. Lida pakt me bij de hand en neemt me mee achter een gordijn. De afzondering in. Waar een poel van zwarte stof de grond doordrenkt. Zij sluit zich bij de massa vrouwen met chadors aan in de troost van het ritueel en ik ga aan de kant zitten en zie hoe ze haar schandelijke lichaam verbergt voor de ogen van God.

Ik kijk tot het is afgelopen, tot de laatste kreet uit de moeddzin stroomt, tot de stilte voorbij is. Lida staat op en glimlacht, komt naar me toe, legt mijn handen op haar wangen. Ik houd de ronde, bruine echo's van het gebed vast.

Terug in de auto – ik heb ze ervan overtuigd dat de achterbank weliswaar minder spannend, maar in ieder geval koeler is – gaan we weer op weg naar mijn pension en we zijn er nog maar een paar straten van verwijderd als Lida ziet hoe laat het is. Alles in haar reactie wijst erop dat ze door mij te laat zijn voor iets vrij belangrijks, gezien de manier waarop ze met haar vinger op het horloge van haar man tikt en haar hoofd schudt, sissend en roepend. Ik buig naar voren om mijn excuses aan te bieden dat ik ze ophoud, maar Lida wuift door de lucht alsof ze wil zeggen *Maak je geen zorgen* en geeft me een tikje op mijn hoofd. Ik wijs het pension aan, even verderop aan de rechterkant, en nadat ze beiden het bestaan van het pand hebben erkend door ernaar te wijzen, mij om een bevestiging te vragen en te knikken, rijden we er in volle vaart voorbij.

Verscheidene kruispunten verder vraag ik hoe het met mijn pension zit. Ja, ja, ze hebben het gezien, maar kijk eens hoe laat het al is: het is bijna één uur. Ik moet uitgehongerd zijn. We rijden terug de stad in, parkeren voor een restaurant en trekken ons terug uit de zon. Schildpadman bestelt een hele reeks gerechten, die hij met gesloten ogen en een vinger in de lucht opsomt. Fraaie glazen kruiken met een donker vocht worden voor ons neergezet en ik reik naar mijn glas. Op dat moment spreekt Schildpadman zijn eerste woorden tegen me uit:

'Wil je Pipi Zam Zam?'

Ik vraag of hij het wil herhalen.

Hij bevochtigt zijn mond, sluit zijn ogen en spreekt opnieuw, ditmaal langzamer. 'Wil. Je. Pipi. Zam. Zam?'

Uit pure nieuwsgierigheid zeg ik ja.

'In Canada, Coca-Cola,' legt Schildpadman uit terwijl hij mijn glas inschenkt. 'In Iran, Pipi Zam Zam.'

We drinken een hele karaf ijskoude Pipi Zam Zam op voor er iets te eten op tafel verschijnt. En dan komt er ook een blad vol. Drie kommen yoghurt, drie salades, drie porties spinazie met kerrie, drie borden rijst en twaalf shish kebabs zo groot als gladiatorenzwaarden: kip, rundvlees, lamsvlees, zuiglam. Na afloop – het lijkt alsof we alles nauwelijks hebben aangeroerd – heb ik wel zin om een tukje te doen. Ik zak achterover in mijn stoel en wapper met de voorkant van mijn sjaal om wat frisse lucht in de richting van mijn huid te blazen. Dit spoort Schildpadman aan voor de tweede maal deze dag iets te zeggen:

'Hou je van hijab?'

'Of ik het *leuk* vind dit te dragen?' vraag ik met een ongetwijfeld ietwat gekwelde blik.

'Ja. Is het vreugdevol?'

Ik schuif over mijn stoel, inmiddels een compleet zwembad vol zweet. 'Eh, of het vreugdevol is weet ik niet zo zeker, maar het is zeker warmtevol.'

Hij begrijpt me niet.

'Warm,' leg ik uit.

'Warm.' Beiden herhalen het woord hardop en storten zich vervolgens in een lang gesprek. Voor ik het weet is de rekening betaald, de tafel afgeruimd en word ik weer naar de auto getrokken.

Schildpadman is in het restaurant gebleven om te bellen, en Lida en ik zitten hand in hand op de achterbank.

'Warm,' zegt ze en ze wuift me koelte toe door voor mijn neus de bladzijden van de koran te laten flapperen. Ik sluit mijn ogen en adem het briesje door mijn neusgaten in, doe mijn ogen open en kijk hoe het geschrift onder mijn kin fladdert. Ik vraag Lida of zij het ook warm heeft en ze knikt schaapachtig en schikt haar chador. Ze draait het raampje omlaag en laat wat frisse lucht binnen. 'Van God,' zegt ze, terwijl ze naar het briesje wijst.

Schildpadman komt terug en kijkt in het achteruitkijkspiegeltje. 'Hou je van kou?' vraagt hij.

Ik knik, vraag me af waar ik precies mee ingestemd heb en we rijden weg. Weg weg weg, zo ver als maar mogelijk is van mijn pension vandaan zonder te vliegen. Aan de rand van de stad gaan we een zandweg op die maar één kant op gaat: recht vooruit. Recht door de woestijn. Als mijn vrienden de raampjes dichtdraaien, vermoedelijk ter voorbereiding van een tocht door deze zandbak, vind ik dat ik met recht de voor de hand liggende vraag mag stellen: 'Eh, excuseer alstublieft, maar waar gaan we heen?'

'Naar kou,' zegt Schildpadman, met een bochtige buiging in zijn stem die lijkt te willen zeggen: *Wat had je dan gedacht?*

Ik leun achterover op mijn vochtige zitting en probeer de voelbare temperatuursverhoging niet op te merken, terwijl we de weinige bomen en fonteinen van de stad achter ons laten en steeds verder de duinen intrekken die aan alle kanten het uitzicht bepalen.

Schildpadman kijkt om de paar minuten in het achteruitkijkspiegeltje en vraagt 'Warm?' met zo'n oprecht vragende intonatie dat het lijkt alsof hij echt geen vermoeden heeft wat mijn antwoord zal zijn. De eerste paar keren gniffelde ik en zei ik 'Ja', maar als hij dezelfde vraag blijft herhalen, vraag ik me af of ik misschien beter 'nee' kan antwoorden.

Nee. Dat maakt het alleen maar erger. Zijn gezicht verkrampt en we raken bijna van de weg af. (Voorzover het een weg is.) Hij draait zich om in zijn stoel en schudt zijn hoofd tegen Lida, keert zich nog verder om zodat hij mij kan aankijken en de vraag nog eens kan stellen.

'Warm, warm,' verzeker ik hem. 'Heel erg warm.' Hij slaakt een hoorbare zucht van verlichting en buigt zich weer over het stuur. Een paar minuten later kijkt hij weer naar me in het spiegeltje.

'Warm?' vraagt hij.

'Ja,' antwoord ik.

Hij glimlacht, knikt en zijn ogen gaan weer naar de weg.

Hier zit ik, in bange afwachting van dezelfde vraag; het is een beetje alsof ik wacht op een elektrische schok die zeker zal komen. Ik probeer te genieten van het uitzicht – zand zand zand – waarna ik mijn vuisten bal en op mijn tong bijt, zwakjes glimlachend, en probeer niet te vloeken. Lida zit naast me en houdt al mijn gezichtsuitdrukkingen in de gaten. Zo nu en dan veegt ze met haar handpalm over mijn gezicht, veegt het verse zweetgordijn af aan de zitting, zegt 'Warm' en giechelt.

We zijn een uur verder en we rijden nog steeds. Het uitzicht is niet veranderd; het gesprek ook niet. Een paar minuten geleden reden we langs een wandelende man in wapperende witte gewaden. We hebben meer dan een uur gereden zonder iets, al was het maar een cactus, te zien – en desondanks is die man hier aan het wandelen. Vermoedelijk ergens heen. Dat beurt me op.

De horizon prikkelt me met contouren en vormen. Even verderop is een tweesprong. Rechts zijn vage schetsen van een bergketen, misschien, of is dat alleen maar mijn verbeelding? Nee, dat lijkt wel een kleur, iets met een kleur. Groen, groen! Dat moet een of andere oase zijn! O God o God o God o God o Allah, wat het ook is, laat er Pipi Zam Zam zijn.

Bij de tweesprong gaan we rechtsaf richting de kleurrijke tekenen van leven. Ik sluit mijn ogen en zeg hardop 'hallelujah'. En dan. Dan doe ik het ondenkbare. Ik krijg iets in het vizier, een groepje van iets, bouwwerken met koepels, ver weg aan de horizon links van me genesteld, en ik probeer het beter te zien. Wijs en vraag Lida wat dat is, daar in de verte, waarna ik mijn hand vol afschuw terugtrek. Probeer het terug te nemen. Nee nee nee nee nee. Ik ben helemaal niet geïnteresseerd. Nee, echt. Maar het is al te laat. Ze vertelt alles aan haar man.

Ik was vergeten dat alle voorgaande plannen worden afgekapt als ik ergens naar kijk, en dat we daar dan heen gaan.

Voor ik de kans krijg te protesteren, gooit Schilpadman zijn arm over de zitting en rijdt hij achteruit, achteruit achteruit, omkeren, vooruit vooruit vooruit naar de andere weg. Weg – ik denk dat ik dat moet herhalen – wég van de groene heuvels in de verte en richting een handjevol bogen uitgehakt in het zand in de verre uiteinden van de woestijn.

Als ik me van deze zitting kon verplaatsen, zou ik buiten mezelf zijn, maar zoals de zaken er nu voorstaan, zit ik vast in deze kleren alsof ik in een zak ben verpakt. Ik stamel mijn bezwaren, verzeker ze keer op keer dat ik dat niet wil zien, wat het ook is, dat ik alleen maar keek, zelfs niet keek, mijn hoofd alleen maar omdraaide, mijn nek rekte; sterker nog, toen ik met mijn hoofd die kant op zat, hield ik mijn ogen dicht. Maar ik zit in het Engels te brabbelen, waar ze met grote belangstelling en zonder begrip naar luisteren. Ik ben zo onthutst over deze omweg, dat het enige Farsi dat ik uit kan brengen is: 'Nee dank je alsjeblieft nee alsjeblieft nee dank je ik ben heel dankbaar maar nee alsjeblieft nee. Ik heb het heel warm.'

Het is kwart voor vijf, al heeft het minuten geduurd voor ik daarachter was, want mijn ogen lijken zich niet meer scherp te kunnen stellen, zoals ze ook geen diepte meer lijken te kunnen zien of kleuren lijken te kunnen onderscheiden. Alles wat ik zie zit ergens tussen plat en grijs. Zelfs mijn gehoor is zo vriendelijk tekort te schieten, want alles is afgesloten behalve het gebrom van de auto en ongedifferentieerd gebabbel. Ik leef in een nevelige tweedimensionale toestand.

Schildpadman heeft de auto zojuist geparkeerd en ik zit aan het portier te frommelen. Ik breek de deur open en snak zo wanhopig naar frisse lucht dat het lijkt alsof ik zwem. De lucht is helemaal niet fris; ik geloof zelfs dat het hier nog warmer is. Ik sta op zonverschroeide aarde en kijk om me heen. Woestenij. De horizon rimpelt tot een soort ijl, vloeibaar beeld dat in alle richtingen plat is. Hol. Het komt niet doordat mijn gezichtsvermogen tekortschiet, besef ik, maar doordat deze omgeving afstand noch tijd kan vasthouden. Ik klem mijn kaken op elkaar onder de zon en verduur zijn marteling. Geef me over aan het feit dat ik geheel aan zijn genade ben overgeleverd. Geheel. Mijn kleren zitten als een luchtdichte verpakking aan me vast. Als ik de halsdoek van mijn nek pel, hoor ik een sissend geluid.

Lida pakt mijn hand en leidt me naar de enige landformatie die te zien is: een steile rots die eruitziet als een streng voorhoofd met een reeks kleine zandhuisjes die de basis van het rotsgezicht omhelzen als tanden. We wandelen langzaam – mijn benen lijken wel halfgestolde gelatine – en terwijl we omhoogklimmen verschijnen er gezichten, die uit holtes in de achtergrond turen. Ze dragen witte hoofddeksels en hoofddoeken, glimlachen niet, en ratelen als cicades. Mijn vrienden lijken zich er niet om te bekommeren.

In een ruwe poort bij de ingang van de nederzetting zit een man. Hij is zo oud als dit land en net zo afgemat. De man, versleten door tientallen jaren van hitte en honger, draagt een witte, gestikte hoed en heeft niets aan zijn voeten. Zijn voeten zijn die van een olifant: dikke gebarsten voetzolen en nagels als slagtanden. Hij staat niet op maar praat vanaf de grond met ons, terwijl hij zijn voorhoofdshuid in rimpels knijpt.

Al snel steken vrouwen en kinderen hun hoofd en wat daaronder komt om de muurtjes. Ze zijn gehuld in kleur en agitatie. Ik sjok naar ze toe, een steegje in dat me verder de stenen in trekt. De lucht wordt zoeter, zacht en fris. Aan beide kanten van me staan nu vrouwen die me leiden, mijn armen vasthouden, maar ik ben me nauwelijks bewust van hun aanwezigheid. Ik ben daarentegen gefixeerd op de samenstelling van de lucht. Wat is hij zwaar.

Er zitten handen op mijn achterhoofd, die me duwen en gidsen, en zwarte stof van mijn haar pellen. Ik ben in het hart van deze beschaving aangekomen, een frisse holte die verlicht wordt door kaarsen, en ik hoor het geluid van klappen, alsof er leven stukslaat op steen. De vrouwen brengen me naar de achterhoek van deze grot, duwen mijn hoofd zachtjes naar voren tot mijn lippen in een spleet komen vast te zitten. Eerst verslik ik me van schrik, dan drink ik het water dat van deze rots neersijpelt.

Duisternis.

Ik word wakker in een ruimte die is gemaakt van zand en mest, en vol rook staat. Het plafond is een open koepel en onder het gat ligt een smeulend vuur dat sterk naar sandelhout ruikt. De oude man uit de poort staat boven me, opgaand in een bezwering, terwijl Lida mijn hoofd in haar schoot houdt. Ik probeer me te bewegen maar het lukt me niet, probeer te spreken maar merk dat ik er de kracht niet voor heb. Mijn ogen verheffen zich naar de hemel en ik val weer in een zwart gat.

Ditmaal word ik bij bewustzijn gebracht door een briesje.

Ik lig buiten uitgestrekt op een tapijt dat naar eeuwen ruikt. De zon staat laag, hij is groot en lieflijk, afgetekend tegen de aarde in roze- en mauvetinten en honderd bruinschakeringen. Ik ga rechtop zitten vanonder een laag zand en betast mijn hoofd als een wond boven op mijn hals. Lida brengt brood en thee. Ik eet langzaam, met kleine hapjes. Elk hapje lijkt een maaltijd. Verscheidene vrouwen brengen me koele, natte kleren en zoutkorrels die prikken als ik ze onder mijn tong leg. Als mijn hoofd helderder wordt, zie ik Schildpadman bij de auto staan en de tank vullen met een plasticfles uit de kofferbak. Lida trekt haar wenkbrauwen op en knikt naar hem. Klaar? Beduidt ze en ze helpt me overeind. We hobbelen de stoffige heuvels af en zwaaien naar de gemeenschap die samengekomen is bij de poort. Schildpadman glimlacht en houdt de deur voor me open. 'Warm?' vraagt hij, en ergens peur ik de kracht vandaan om te glimlachen.

Ik val weer in slaap en verwacht in mijn pension te ontwaken. In plaats daarvan word ik wakker in volstrekte duisternis aan de kant van de weg. Lida geeft me nu eens klapjes op mijn hand, verzorgt dan weer de onversaagde haarlokken die ontsnapt zijn aan mijn hoofddoek. Ze helpt me behoedzaam van de achterbank en mijn lichaam begint schokkend te rillen. We zijn niet meer in de woestijn. De lucht is aangenaam. En ik hoor een rivier.

Lida neemt me bij de hand en leidt me langs de kant van de weg. Aan alle kanten staan bomen. Ik voel hun ademhaling en ik struikel over een bosje, waardoor mijn mantel de regen van eerder vandaag opzuigt. We komen bij een lemen muur waarlangs we van de weg af lopen, een heuveltje af dieper het groen in. Naar een tafereel waar mijn ogen van uitpuilen.

Ze staan als standbeelden rond de vijver. Minstens tien, handen op hun heupen of op de schouders van anderen. Ze kijken me aan, staren, en hun gezichtsuitdrukking is leeg. In de vijver drijven meloenen en andere grote vruchten, roodbladige bloempjes en drijfkaarsjes die zachtjes op het oppervlak deinen. Lida pakt mijn hand en leidt me naar de vijver, doopt mijn vingers in het water en veegt druppels over mijn gezicht.

'Koud,' zegt ze en ze kust me.

De groep glimlacht nu, de kinderen giechelen en brengen me eten: noten en fruit en snoep en koekjes. Schildpadman stelt me zijn familieleden een voor een voor: vader, moeder, grootmoeder, oudste zoon, jongste zoon, oudste dochter, jongste dochter, broer, schoonzus, nicht, neef. Nadat iedereen een buiging heeft gemaakt of me een hand heeft gegeven, vertelt Schildpadman aan de groep dat we elkaar in het postkantoor hebben ontmoet, naar de moskee zijn geweest, daarna naar een restaurant, toen naar een zoroastrische gebedsplaats waar ik bijna doodging (hij imiteert hoe ik flauwviel, waar iedereen om moet lachen), en daarom zijn we zo laat. Haar man…

Alleen door het horen van het woord begint mijn maag te branden. Ik sla mijn hand voor mijn opengesperde mond. Hij moet nu doodongerust zijn. We hadden 's middags in het pension afgesproken, maar ik was helemaal in de war geraakt. Hij moet buiten zichzelf zijn. 'Ik moet gaan, alstublieft, mijn man zal zich grote zorgen maken…'

'Geen probleem,' zegt Schildpadman met trotse zelfverzekerdheid. Gebruikmakend van een mengelmoes van Farsi en mime, laat hij weten: eten – telefoon – pension – echtgenoot.

'Heb je mijn pension vanuit het restaurant gebeld?'

Hij knikt.

'Maar hij spreekt geen Farsi. Hij zal het niet hebben begrepen.'

Schildpadman doet zijn ogen dicht en glimlacht zedig. 'Geen Farsi – Engels.' Hij schraapt zijn keel, steekt zijn wijsvinger in de lucht en herhaalt zijn boodschap: 'Mister Canada,' proclameert hij. 'Wij nemen uw vrouw mee. Wij maken haar koud.'

Het klopt: plotseling heb ik het door en door koud. Dichter bij de dood dan een paar uur geleden. Ik maak mijn hand los van die van Lida en sta op. Ik leg in Farsi, Engels, mime en hysterie uit dat we onmiddellijk moeten vertrekken, we moeten echt gaan, het was een prachtige dag, heel koud, dank u, maar mijn man zal heel erg ongerust zijn en ik moet ogenblikkelijk terug.

Schildpadman zegt iets tegen zijn vader, die over zijn kin wrijft en knikt. De twee lopen zonder iets te zeggen weg. Een paar minuten later hoor ik een auto starten.

'Je man,' legt Lida uit. 'Ze gaan je man halen.'

'Rijden ze helemaal naar de stad terug om Ian hierheen te halen?'

Lida knikt en geeft me een tikje op mijn hand.

'Maar hoe lang duurt dat wel niet?'

Ze haalt haar schouders op en vraagt het aan haar schoonmoeder.

'Vier uur misschien.'

Ik probeer me de toestand voor te stellen waarin Ian spoedig verzeild zal raken. IJsberend (ongetwijfeld) door het pension, nadat hij (ongetwijfeld) de hele dag geprobeerd heeft ergens een soort beambte te vinden om me op te sporen. En dan benaderd worden door twee mannen die hij nooit eerder heeft gezien, van wie eentje zegt: 'Mister Canada. Wij hebben uw vrouw. Kom mee.'

Maar ik ben niet meer in staat tot een woedeuitbarsting. Ik heb geen energie voor ruzie. Ik ben nauwelijks in staat ontdaan te zijn. Ik vind de toestand zelfs zo door en door absurd dat ik moet lachen. En als ik eenmaal ben begonnen met lachen, kan ik er niet meer mee ophouden. Ik lach tot iedereen om me heen meedoet, Lida het hardst, schuddebuikend van verlichting.

'Jij bent heel gelukkig,' zegt Lida tegen me. 'Jij houdt veel van jouw man.'

De hemel barst open en bevrijdt zich van de druk van de dag. De kinderen gillen en springen het tweekamerhuis achter de vijver in. Bij de volgende donderslag krijsen ze als speenvarkens. Lida en haar schoonzus halen de vruchten uit de vijver en als we bij het huis aankomen zijn we doorweekt.

De moeder van Schildpadman geeft ons droge kleren en trekt me de keuken in zodat ik me kan verkleden. Ik heb een zwart T-shirt, een gele blouse, een groene broek, rode sokken en een paarse hoofddoek gekregen. Plus een wit beddenlaken om me te bedekken. Gemummificeerd loop ik de grote kamer weer in, waar ik met goedkeurende glimlachjes word begroet.

'Geen mannen,' zegt Lida en ze trekt het laken van me af.

Ze legt het op de hoek van het tapijt en wijst ernaar om zich ervan te verzekeren dat ik heb gezien waar het ligt. 'Voor mannen,' zegt ze en ze wijst er nog eens naar.

De jonge kinderen komen een voor een binnen en storten zich op mijn schoot, telkens met iets te eten voor me. Ze giechelen en maken grapjes, zingen iets wat kinderliedjes lijken en gillen bij elke donderslag. De twee oudere meisjes zitten een beetje opzij te leren en lezen hun lessen hardop, zich schijnbaar onbewust van het lawaai en de opwinding om hen heen. Ik nestel me op het tapijt en val als een blok in slaap.

Als ik wakker word, ben ik een zeewezen. De kinderen liggen in zeesterformatie om me heen. Ze liggen op hun buik, steunend op hun ellebogen, kin in de hand, kuiltjes in de wangen van het glimlachen.

'Ik heet Mitra,' zegt de oudste van mijn zeesterarmen. 'Ik ben veertien jaar. Hoe oud is jij?'

Mijn antwoord lijkt haar te bevallen. Ze wijst naar mijn trouwring en vraagt: 'Hoe oud?'

'Hoe oud ik was toen ik trouwde?'

Ze knikt.

'Zesentwintig,' vertel ik haar. En alle twaalf ogen in de kamer worden tweemaal zo groot als normaal.

'*Zesentwintig?*' vraagt ze in het Engels, daarna in het Farsi, tot slot in gebarentaal. 'Zesentwintig? Twintig en zes?'

Ik knik haar ongeloof de kamer uit.

'Ik trouw,' zegt Mitra terwijl ze zich opricht. Ze haalt een zwaar verkreukelde foto uit haar zak en biedt me die vol trots aan. Op de foto staat ze in een opzichtige jurk, met zoveel make-up op haar gezicht dat het geglazuurd lijkt, en haar haren dansend op haar schouders in strakke lange krullen. Naast haar zit een man die driemaal zo oud is als zij.

'Ben je getrouwd?'

Ze knikt.

'Waarom woon je dan niet bij je man?'

Ze aarzelt, bijt op haar onderlip, buigt zich naar me toe en fluistert: 'Ik ga als mijn bloeden begint.'

Mitra's nicht gaat overeind zitten en pakt haar schoolboek.

'Ik heet Farah. Ik ben dertien jaar. Ik leer jouw taal. Wil je lezen?'

Ze doet haar schoolboek open bij een les, getiteld 'A Day in London', nestelt zich naast me en legt haar hoofd op mijn schouder. Mitra gaat achter Farah zitten en begint met de haren van haar nicht te spelen. Een ander kind strekt zich uit en legt zijn hoofd op mijn been. Het jongste kind van de familie, nog geen twee jaar oud, installeert zich op mijn schoot en leunt met zijn gezicht in mijn borst.

Ik lees: 'We zijn in Londen. Het regent. Het is heel koud. Iedereen is bedroefd omdat het weer zo slecht is. De kerken zijn leeg, maar de winkels zijn vol. De meeste mensen rijden in een auto, maar die zijn heel duur. Veel mensen hebben niets te eten. De koningin draagt veel juwelen.'

Als ik opkijk, zijn alle kinderen behalve Mitra en Farah in slaap gevallen.

'Ben jij in Londen geweest?' vraagt Farah.

'Ja, ik ben weleens in Londen geweest.'

'En het heeft waarheid?'

Ik laat mijn ogen nog eens over het verhaaltje dwalen. 'Nou, ja, ik denk wel dat al die dingen waar zijn, maar het is niet...'

'Mijn vader wonen in Engeland,' gaat Farah verder. 'Ik zal daar snel wonen.'

'Is je vader een Engelsman?'

'Nee,' zegt ze. 'Wacht even.'

Farah roept haar moeder, die met een grote envelop de keuken uitkomt. Ze lacht trots. 'Engeland!' kwettert ze, en ze klopt zich op de borst en geeft haar kinderen een klopje op het hoofd: Farah en het ventje dat op mijn been ligt te slapen. De envelop bevat verscheidene kopieën van goedgekeurde immigratieformulieren en een foto van een man die de broer van Schildpadman moet, móét, zijn. Hij straalt en houdt een Engels paspoort als een trofee in zijn hand.

'We verhuizen over een maand naar Engeland,' zegt Farah schuchter. 'Zeg mij alsjeblieft: word ik gelukkig?'

De twee nichten kijken me bij deze vraag aandachtig aan. Ze leunen tegen elkaar, verstrengelen hun armen en benen, onschuldig, liefdevol, en ik kijk ze aan, hun identieke ogen en glimlach, en probeer me voor te stellen hoe hun levens uiteen zullen lopen. Mitra, die op haar veertiende getrouwd is, terwijl haar nicht aan een bestaan in Engeland begint. Mitra, die van school af gaat om kinderen te baren, terwijl Farah naar school gaat, Engels leert, in Londen opgroeit, misschien gaat studeren. Ik bekijk de zachte gezichten van de twee meisjes en probeer me een ontmoeting tussen hen voor te stellen, over tien jaar. Farah komt terug voor een bezoek. Ze zal modieus gekleed gaan en minachtend een chador dragen; ze zal beschaafd Engels spreken en moeite hebben met haar moedertaal; haar mond zal er niet meer naar staan. Ze zal willen filosoferen bij een kop koffie, zal gewend zijn geraakt haar zegje te kunnen doen, ze zal diverse vriendschappen hebben gesloten en een gebroken hart hebben gehad dat haar van streek maar ook onafhankelijk heeft gemaakt, ze zal succes hebben gehad, benijdenswaardig zijn.

Zij en Mitra zullen elkaar aangapen als ze elkaar na zoveel jaar weer zien. Ze zullen elkaar omhelzen en terugstappen, omhelzen en terugstappen en elkaar keer op keer op de wang zoenen. Dan zullen ze tegenover elkaar gaan zitten en zich afvragen hoe het komt dat de ander zo oud is geworden. Mitra zal vier kinderen hebben; nee, vijf; en dat, die kinderen, zal ze in haar gezicht met zich meedragen. Ze zal dikke, sterke armen hebben, vereelte handen, en ze zal snel huilen, niet omdat ze treurig is, maar omdat haar emoties niet achter haar verstand zullen schuilen. Farah zal geschokt zijn bij de aanblik van haar oude vriendin en ze zal het dieptriest vinden, haar bestaan, al die kinderen, dat gekook, dat bidden en zorgen; die verspilling. Het zal een aangenaam maar opgelaten bezoek zijn, op een voor beiden onverwachte manier geforceerd. Farah zal een excuus vinden om de rest van haar vakantie in Teheran te blijven en keert terug naar Engeland zonder Mitra nog eens te zien. Ze zullen altijd nichten zijn, maar nooit vriendinnen, want beiden zullen over een wijsheid beschikken die de ander niet kan begrijpen.

De meisjes staren me aan en wachten op een antwoord.

'Ja,' zeg ik. 'Jullie zullen allebei gelukkig zijn.'

Ze draaien hun gezichten naar elkaar toe en glimlachen. Leunen naar elkaar toe en drukken hun neuzen tegen elkaar, waarna ze lachend achterover op het tapijt vallen.

'Je hebt honger,' zegt Lida, die gebogen met een kom dadels en een glas water de kamer in komt. Ze knielt en neemt de immigratiepapieren uit mijn hand. 'Niet Londen gaan! Londen goeoed nee!' Lida geeft haar nicht een tikje met het bundeltje. Farah giechelt en rolt opzij. Mitra pakt mijn hoofddoek en mept haar nicht ermee, die zogenaamd huilt van de pijn. De kinderen zijn inmiddels allemaal wakker, en delen nu hun eigen portie klappen en stompen uit en kruipen rond als dartele kwalletjes. Farahs moeder is uit de keuken gekomen om te kijken wat de oorzaak van het gegil is, maar ze krijgt een kussen in haar gezicht voor ze de kans heeft gehad ons tot zwijgen te brengen.

Even later wordt elk los kussen, laken, hoofddoek, schoen en boek door de kamer gegooid. Sommige kinderen lachen zo hard dat ze er hoestbuien van krijgen, andere schreeuwen zich schor. Ik lig te gillen en te krijsen en word genadeloos gekieteld door Mitra en Farah. Ik gil 'hou op! hou op! *hou oo-ooop!*'

... als Ian in de deuropening verschijnt.

Ik weet niet waarom niemand van ons hem weet op te vangen. Er is natuurlijk de schok van het weerzien, de chaos van het schijngevecht waarin ik verwikkeld ben, en het schuldgevoel als ik hem hoor zeggen: 'O, mijn god, ik dacht dat je dood was.' Maar ik weet niet waarom we allemaal gewoon toekijken terwijl zijn hele lichaam zich ontspant en midden op het tapijt ineenzinkt. Ik kan alleen zeggen dat het zo is, en iedereen lijkt zich daar nogal schuldig over te voelen.

Gelukkig lijkt hij dat niet te merken. Hij wordt wakker met zijn hoofd op een kussen, omringd door voedsel en gelukwensers. We doorlopen eerst het 'ik dacht dat je naar het postkantoor zou gaan' ... 'dat is ook zo, maar toen kwam ik deze aardige mensen tegen', en geven ons dan over aan een heerlijke maaltijd met aubergine, eieren, aardappels, spinazie, saffraanrijst en Pipi Zam Zam. Zodra de maaltijd voorbij is, staat Schildpadman op en bedankt de hele familie ons voor onze komst.

Even voor het ochtendgloren zijn we in de stad. Schildpadman en zijn vader wekken de pensionhouder, die Ian breed toelacht en hem een klap op zijn rug geeft – *zie je wel, ik zei je toch dat alles in orde zou zijn met haar* – en het hele verhaal van onze gastheren te horen krijgt. We wisselen de gepaste handdrukken en buigingen uit, slepen ons over de binnenplaats naar onze kamer en vallen met kleren aan op bed.

Het mooiste theehuis van Iran

De gang weerkaatst het gestamp van mijn voetstappen op de trap.

'*Schiet op!*' roep ik tegen Ian en ik druk mijn neus tegen het raam in een uiterste inspanning iets te zien. Niets. Ik stap naar achteren en pak mijn mantel bijeen. '*Schiet op, volgens mij komen ze eraan!*' Ik doe mijn hoofddoek goed, vorm een lage zonneklep over mijn ogen, prop loshangende krullen uit het zicht, en hou met mijn tanden de stof bij elkaar terwijl ik in mijn zakken graai, graai, graai naar – daar heb ik 'm – de klem om hem onder mijn kin vast te zetten. '*Ik hoor ze – wat ben je in 's hemelsnaam aan het doen?*' Ik vlieg nog een trap af, naar een kapot raam en steek een kant van mijn gezicht een centimeter door het gat. Aan het eind van de straat staat een groepje, maar ik zou een stuk van mijn neus moeten afsnijden aan het gebroken glas om het beter te kunnen zien. '*Verhef je dierbare derrière en kom hierhe...*' Een tweetal komt van de straat aangelopen en komt mijn richting de trap op. Ik deins van het raam naar achteren en maan mezelf tot kalmte.

'*Salaam*,' zeggen we tegen elkaar. De vrouw gniffelt verlegen en laat haar chador aan de voorkant openvallen. De man houdt zijn hand op zijn borst en buigt het hoofd. Het zijn onze buren van de andere kant van de gang.

Ian komt de trap af gehobbeld en we lopen zo snel naar het eind van de straat dat er voortdurend hopen zwarte stof tussen mijn benen vast komen te zitten. Het verkeer wordt tegengehouden. Aan beide kanten van de laan heeft zich een menigte gevormd, maar het is een iele menigte, het is eigenlijk overdreven het een menigte te noemen. De meeste voorbijgangers lijken niet in de gaten te hebben wat er op straat gebeurt. We sluiten ons aan bij de groep geïnteresseerde toeschouwers en kijken naar de processie die langzaam op ons afkomt.

De optocht wordt voorafgegaan door een vrachtauto met luidsprekers. Erachter loopt een man met een microfoon, die de jammerklachten van het gebed tot verdraaiens toe door de luidsprekers jaagt. Achter hem schrijden en deinen talloze rijen mannen die zijn oproepen beantwoorden met een monotoon lied. Ze zijn geheel in het zwart gekleed en de meesten hebben pasgeschoren hoofden. Iedere man draagt een bundel kettingen aan een houten handvat. Sommigen dragen twee gesels, in elke hand een. Met regelmatige tussenpozen in hun lied worden de kettingen over de ene schouder, vervolgens over de andere schouder geslagen. Voorwaarts, achterwaarts. Telkens opnieuw. De bewegingen zijn gechoreografeerd en gerepeteerd: je rechtervoet naar voren en de kettingen over je linkerschouder. Rechtervoet achterwaarts, kettingen over de rechterschouder. Rechts, *klap*, links, *klap*, twee stappen vooruit, en opnieuw.

Bij sommigen is het hemd bij de schouder gescheurd, bij anderen is op de plaats waar de kettingen neerkomen een glanzend stuk ontstaan. Aan het eind van elk groepje mannen lopen een paar jongens met kindermaat gesel (veel minder kettingen met kleinere schakels). Het zijn piepkleine jochies met spichtige armpjes en beentjes, sommige hebben een grote grijns op hun gezicht, andere vertonen de onverstoorbare blik van een kikker. Ze volgen in het voetspoor van de volwassenen voor hen, sommigen giechelen en zitten hun vriendjes achterna, anderen leggen de kettingen op hun rug als een zak vuile was en zingen gebeden tot hun armen zijn uitgerust.

De meeste flagellanten ogen verre van enthousiast, hoewel er vooraan een handjevol levendige meppers loopt. Bij een man is het hemd opengescheurd zodat je de bloedige plek van de geseling kunt zien, een wond die hij telkens verergert door op de rauwe huid te slaan. Hij geeft zich vol hartstocht over aan deze uiting van lijden, ontberingen, zelfverloochening. Hij loopt in Gods richting. Zo ziet hij eruit.

Ze zeggen dat deze gelovigen geen pijn lijden door deze exercitie, het zijn de toeschouwers die pijn lijden.

Het laatste is in elk geval waar.

Dit is Ashura, de herdenking van het martelaarschap van imam Hussein, derde imam van de sjiïeten en kleinzoon van de profeet. Hussein en zijn volgelingen vonden in 680 n.Chr. de dood in de slag bij Kerbala en dit verlies wordt jaarlijks op deze dag herdacht door vrome sjiïeten.

De indrukwekkendste zelfkastijding, wordt ons verteld door een man rechts van ons, vindt plaats in Isfahan, waar bij sommigen uiteindelijk het bloed over het gezicht stroomt. 'Hier in Yazd,' vervolgt hij, 'doen een heleboel mensen het voor de show.'

We werpen nog een laatste blik op de optocht – geen foto's – en gaan een zijstraat in. In Kerman is alles gesloten, geen greintje voedsel te zien. We lopen en lopen en lopen, tot we aan de rand van de stad zijn. Ian moppert, en mijn schoenen lopen langzaam aan vol zweet. We krijgen steeds meer honger en dorst en we worden steeds onverdraagzamer. Het geluid van de optochten in de buurt (ze trekken uit alle hoeken van Kerman in de richting van de belangrijkste moskee) irriteert ons allebei.

Alles is gesloten op één winkeltje na. De deur staat op een kier en een metalen tralierooster is een stukje opgetrokken. Er brandt licht en er klinkt een mannenstem. We bukken onder het rooster door en steken ons hoofd naar binnen. De eigenaar kijkt ons verbaasd aan en zegt dat hij gesloten is. Zegt allerlei dingen die ik niet begrijp en wil ons helemaal buitensluiten, tot Ian in het Engels een smeekbede tot hem richt. Vertelt dat we vreselijke honger hebben, wijst op zijn maag en knort.

Op dat moment duikt een andere, veel jongere man op vanachter de toonbank. Hij ziet eruit als een hippe Amerikaanse tiener met gladgekamd haar en mijns ondanks snak ik naar adem en staar ik hem aan.

We gapen elkaar aan – de ogen van de jongeman schieten van Ian naar mij alsof hij naar een tenniswedstrijd kijkt – en wachten tot de ander iets zegt. Ten slotte blijven zijn ogen rusten op Ian.

'Amerikaan?'

'Canadees.'

Hij legt zijn armen op de toonbank. 'Ho-ly-shit...' zegt hij, elke lettergreep even sterk benadrukkend. Hij kijkt naar beneden en schudt zijn hoofd, werpt het vervolgens weer naar achteren alsof hij het net in een ton met koud water hield en naar lucht moest happen. Gelach. Een levendige, Woody Woodpecker-achtige lach die zijn leeftijd verraadt. Jong. Hij springt over de toonbank en ploft met zijn leren laarzen naast ons neer. 'Aangenaam. Ik ben Tip,' zegt hij tegen me met uitgestrekte hand. Ik pak hem vast, maar schud zijn hand met groot onbehagen. Het is de eerste keer sinds weken dat een man (afgezien van Ian) me aanraakt. Het voelt zo gek, zo onbeschaamd, op een vreemde manier respectloos. Ik trek mijn hand vlug terug, veeg hem af aan mijn doek – ja, echt – en kijk een andere kant op.

Ian lacht en geeft hem een hand. 'Aangenaam. Nou...' zegt hij en hij schraapt zijn keel. 'Volgens mij ben jij de eerste Tip die we hier tegenkomen.'

'Dat zal wel,' zegt Tip, terwijl hij een hand door zijn gestileerde, met gel doordrenkte haren strijkt. 'Ik heet eigenlijk Abdullah, maar dat konden ze in Amerika niet uitspreken, ze zeiden altijd Abd*oe*la en dat soort onzin, en op een gegeven moment noemde mijn vriendin me Tip, als een bijnaam, en toen ben ik me zo maar gaan noemen. Hoe heten jullie?'

Ian en ik zijn te verbouwereerd om te antwoorden. Tip vult de stilte op.

'Ik schrok me wild toen jullie binnenkwamen, ik bedoel, jullie zijn net echte Iraniërs in die zwarte kleren en zo. En toen jullie Engels begonnen te praten, werd ik helemaal hysterisch. Ik heb in hotels in Teheran en zo wel buitenlanders ontmoet, maar ik bedoel, zijn jullie van de ambassade of zo?'

'Toeristen,' zeg ik als een robot. De overgang van de flagellatieoptocht naar dit gesprek heeft mijn verstand vermalen tot rotini.

'Toeristen?' Tip lacht en schudt zijn hoofd, terwijl hij ons gesprek vertaalt voor de winkelier en de verleidelijkste pose aanneemt die ik in maanden heb gezien: zijn heup zijwaarts gericht, duimen in de riemlussen van zijn strakke, blauwe spijkerbroek. Het is vreemd hem zo te zien staan, zo geposeerd, zo zelfverzekerd. Zo gebeeldhouwd. Zo aanwezig.

De winkelier mompelt iets tegen Tip en knikt in onze richting. Tip vertaalt: 'Mijn vriend hier wil weten waarom jullie hier zijn, ik bedoel, zijn jullie op weg naar India of zo?'

'Nee, we reizen gewoon door Iran. We zijn op huwelijksreis.'

Tip spuugt een lach op de grond. 'Jongens, jullie zijn compleet gék.' Hij gnuift en vertaalt het voor de winkelier, die op zijn voorhoofd krabt en om verduidelijking vraagt. Twee keer. Hij kijkt ons versteld aan, glimlacht en stelt zich voor.

'Karim,' zegt hij terwijl hij Ian een hand geeft. 'Karim,' herhaalt hij, terwijl hij met gesloten ogen een buiging voor me maakt.

De twee mannen zeggen wat tegen elkaar en pakken vervolgens spullen van de schappen in de winkel die ze in een zak stoppen.

'Ik nodig je bij mij thuis te eten,' zegt Tip en hij tuurt ons aan vanonder zijn pony, die voortdurend voor zijn ogen valt. 'Vandaag begint Ashura, dus alles is dicht. Het is net alsof de hele stad gesloten is.' We kruipen onder het rooster door en volgen hem naar het eind van de straat. 'Ik heb een motor, dus we moeten een taxi voor jullie vinden en elkaar daar ontmoeten. Ik moet even wat fruit bij mijn vriend halen, dus als jullie er eerder zijn, moet je gewoon buiten wachten.'

Tip houdt een taxi aan, wijst de chauffeur de weg, onderhandelt over de prijs, en betaalt.

'Oké,' zegt hij en hij legt een hand op Ians schouder. 'Ik zie jullie over een minuut of tien bij mij thuis.'

Tips flat is onberispelijk. On-be-ris-pe-lijk. Alles op zijn plaats. Het is allemaal – de vloer, de tegels, de tafels – niet gewoon schoon, maar kraak. Toch heeft de woning iets aangenaam knus. Het is een woning die goed is onderhouden. Verzorgd.

'Woon je hier in je eentje?' vraag ik. Omdat ik een seksist ben.

'Ja, ik woon hier nu zo'n zes maanden. Hier, ga zitten,' zegt hij terwijl hij een van de stoelen bij de eettafel naar achteren schuift. Ian en ik gaan zitten en kijken naar de muren. Posters van auto's, zonsondergangen, plastic bloemen en een Disney-achtige tekening van een krijger die de grootste wand van de flat overheerst. Naast de telefoon ligt een keurig gedrukt briefje:

Dagelijks 15 minuten trainen
Eenmaal per week planten water geven
Om de dag schoonmaken
Overbodige uitgaven beperken

'Hoe lang heb je in Amerika gewoond?' roept Ian in de richting van de keuken.

'Ongeveer twaalf jaar,' antwoordt hij. 'En drie maanden.'

'En hoe oud ben je nu?'

'Twintig.' Tip komt de kamer in om placemats en glazen neer te zetten, en komt vervolgens weer terug met bestek en borden, die hij een voor een met een theedoek afveegt voor hij ze op tafel zet. 'Een paar minuutjes,' zegt hij met een verlegen knikje. Ik loop achter hem aan de keuken in en vraag of ik kan helpen bij de lunch. Hij draait zich om en glimlacht. 'Dankjewel,' zegt hij en pakt mijn arm vast. 'Ik denk dat ik het wel aankan.' Het is een mooie, oprechte glimlach. Zijn ogen lijken op malachietkristallen.

Tip is het volgende halfuur bezig in de keuken, en vult de tafel vervolgens met een spinazie-yoghurtsalade, een schotel met walnoten en witte kaas, en een schaal met tomaten en paprika's die hij in reepjes heeft gesneden en geschikt, net zoals mijn oma altijd deed. 'Ik hoop dat je dit drankje lekker vindt,' zegt hij terwijl hij een perzikkleurige vloeistof uit een glazen kruik schenkt. 'Ik heb het gemaakt van geraspte meloen en rozenwater. Zeg het gerust als je het niet lekker vindt, dat geeft niks. Niet domweg drinken.' Hij giechelt als een kind.

'Waarom ben je teruggegaan naar Iran?' Ian neemt een slok. 'O, god, het is heerlijk...'

'Dank je.' Tip gniffelt en neemt zelf ook een slokje. 'Ik ben teruggegaan omdat mijn ouders teruggingen. 't Was niet echt mijn keus. We woonden in een écht mooi deel van LA. Er zaten meer dan vijfduizend leerlingen op mijn highschool, en er waren allerlei tennisbanen en gigantische zwembaden.' Hij lacht en schudt zijn hoofd. 'Echt waanzinnig.' Vult onze glazen weer.

'Het was mijn vader die hier weer heen wilde. Mijn moeder vond het best, ze had hier familie en zo, maar ik wist het eigenlijk niet, ik bedoel, ik wist geen reet van Iran. Mijn vrienden waren allemaal Amerikanen. Ik dacht dat het best tof zou zijn hier een tijdje op bezoek te gaan, want ik was net van school af en wat maakt 't uit, ik bedoel, ik zou toch niet gaan studeren.' Tip morst een beetje yoghurt op zijn placemat; hij loopt ermee naar de keuken, veegt hem schoon, maakt hem droog en legt hem weer neer. Zet zijn bord terug. Begint weer te eten.

'De eerste maand was het geweldig, ik bedoel allerlei etentjes met familie en zo. We zaten de hele tijd in Noord-Teheran, dus het leek, nou ja het leek een béétje op Amerika, en ik vond het wel best, maar na een maand wilde ik echt terug. Mijn vader vond het niet goed. Hij zei dat het góéd voor me zou zijn als ik bleef en dit land zou leren kénnen, hoe de mensen hier leven, en toen zei hij dat hij mijn ticket niet zou betalen. We kregen knallende ruzie, hij schreeuwde tegen me dat Amerika me had vergiftigd en hij zei dat ik nergens waardering voor had, en daar ging de revolutie over. Ik was laaiend op hem. Hij was altijd al streng, strenger dan de vaders van mijn vrienden, maar in Amerika kon ik een heleboel flikken, denk ik. Ik zit hier nu drie jaar en ik kan helemaal niks flikken.'

Hij grijnst.

'Hebben jullie genoeg gehad? Ik kan theezetten of zo. Ik heb heerlijke koekjes, die koop ik altijd. Ik heb een keer een heel pak in één dag opgegeten.' Hij glimlacht ondeugend en begint de borden af te ruimen. Ik loop achter hem aan met een stapel schalen. 'O, geweldig, dankjewel. Wil je deze meenemen?' Hij geeft me drie kleine glazen. 'Daaruit drinken ze hier thee. Ik vind ze prettiger dan die grote mokken die ze in Amerika gebruiken. Weet je wel, hier krijg je een klein beetje, maar dat is echt lekker. Daar krijg je zo'n grote lading, maar het smaakt naar niks.' Hij lacht en zijn ogen vernauwen zich weer tot kristallen.

We nippen van de thee en knabbelen op volkorenkoekjes.

Tip staart naar de tafel terwijl hij praat. 'Toen ik eenmaal had besloten om in m'n eentje naar Amerika terug te gaan, ging ik op de Britse ambassade informeren hoe ik een Amerikaans visum kon krijgen. Ik had mijn groene kaart en zo, maar ik had een of ander stempel nodig en – *shit* – ze pakten mijn paspoort en ze maakten er een *gat* in.' Hij spert zijn ogen open alsof hij er opnieuw naar zit te kijken. 'Ik kan niet onder woorden brengen wat dat voor gevoel gaf, het was alsof...' Hij pakt de voorkant van zijn hemd vast. 'Het was als iemand die net... weet je wel... alsof ik hier compleet in de val zat, weet je wel?' Hij neemt nog een koekje en leunt achterover in zijn stoel.

'Daarna moest ik twee jaar in militaire dienst om het land uit te mogen, iedere man moet hier twee jaar in dienst, dus ik ging in die...'

De telefoon gaat. Tip neemt op. Zegt snel iets. Legt de hoorn op de haak. Gaat verder.

'Ja, dus ik ging in dienst en daarna mocht ik weg, maar ik had geld nodig, voor een vliegticket en zo; daarom heb ik een tijdje als vertaler gewerkt, ik kreeg zo'n drie dollar per dag, wat hier best aardig is, maar shit, met drie dollar per dag zou ik hier voor eeuwig zitten, dus ging ik werken als boorder. Dat is in een uraniummijn en daar werken voornamelijk vluchtelingen, vooral Afghanen, dus daar heb ik een tijdje geboord, maar ik maakte dat ik wegkwam toen ze het uranium begonnen te delven, want er waren geen veiligheidsmaatregelen, geen bescherming. Het is absoluut radioactieve zooi, en die kerels halen het er gewoon in hun eigen kleren uit, sommigen zonder schoenen aan. Alleen degenen die echt wanhopig waren, bleven bij het afscheiden. Iedereen die er een greintje verstand van had, maakte dattie wegkwam.' Hij slurpt zijn thee op. 'Zin in een kaartspelletje of zo?'

We ruimen de tafel af en Tip pakt een stok kaarten uit de kast. Ian gaat naar het toilet. Terwijl hij weg is, belt iemand aan de voordeur. 'O,' zegt Tip en hij loopt weer naar de kast. Ritselt met wat papier of plastic en komt naar buiten met een opgerolde krant. 'Ik ben zo terug.' Ik hoor hem de trap af rennen, iemand binnenlaten en eventjes praten in het trapportaal. De voordeur gaat weer open, de man gaat naar buiten. Tip struint de trap weer op en komt met een in vetvrij papier verpakte hamburger de kamer in.

Of nee, het is een pak geld.

Hij telt het snel en vakkundig en laat elk biljet dat hij van de stapel pelt, klappen. Hij loopt terug naar de kast en begraaft het geld ergens achterin. Sluit de kast. Gaat zitten. Begint te schudden. Ian komt terug van het toilet.

'Dus je gaat weg bij de uraniummijn,' begint Ian.

'Ja,' antwoordt Tip en hij geeft ieder zeven kaarten.

'En wat doe je nu?' Ian pakt de kaarten en sorteert ze. 'Wat spelen we?'

'Laten we rummy doen.' Tip pakt zijn eigen kaarten. 'Ik doe allerlei klusjes.'

'En kun je genoeg sparen voor een vliegticket?' vraagt Ian. De telefoon gaat weer. Tip staat op en neemt op.

'*Salaam*, pappa!'

Het is een kort maar levendig gesprek, in een hoog tempo en met veel gelach. Hij hangt op.

'Dat was mijn vader. We kunnen nu heel goed met elkaar opschieten. Ik heb hem niet verteld dat ik spaar voor mijn terugreis naar Amerika. Dat zou hem zwaar teleurstellen. Daarom vertel ik hem alleen hoe het met me gaat en zo. Wie begint?'

We doen een paar potjes. De telefoon gaat opnieuw. Tip neemt op. Spreekt kort. Gaat weer zitten. We spelen tot iemand aan de voordeur belt. 'Sorry.' Tip staat op en loopt naar de kast, ritselt met papier en plastic en loopt de flat uit met een opgerolde krant.

'Weet jij wat erin zit?' fluister ik.

'Waarin?' Ian kijkt op uit zijn kaarten.

'In de krant waar hij net mee wegliep.'

'Nee, wat dan?'

'Ik weet het niet, maar let op wat hij ervoor terugkrijgt.'

We horen de buitendeur dichtgaan en Tip springt de trap op. Hij komt weer boven met een handvol biljetten, maar deze keer telt hij ze achter de kastdeur. We horen ze alleen klappen. Hij verbergt het geld diep in de kast en gaat weer zitten.

'Ben ik aan de beurt?' zegt hij nonchalant.

Ian en ik lachen hem toe en hij grijnst zelfvoldaan.

'Wat? Ben ik al geweest?'

'Ik weet 't niet zeker.'

'O,' zegt hij, terwijl hij de aflegstapel eventjes doorneemt. 'Ik ben vergeten wat ik het laatst heb weggegooid...'

'Wat verkoop je?'

'Wat bedoel je?' Tip kijkt snel op met een blik vol onschuldige verwarring op zijn gezicht.

'Wat verkoop je?'

Tip glimlacht en sorteert zijn kaarten.

'Kom nou,' zeg ik lachend. 'Denk je echt dat we geloven dat je kranten uit je kast verkoopt?'

Tip kijkt ons om beurten aan. Glimlacht. 'Opium,' zegt hij, waarna hij met kinderlijke opwinding zegt: 'Wil je het zien?'

Ian en ik kijken elkaar aan en halen onze schouders op. We staan op en gaan naar de kast. Tip rommelt wat in een stapel kleren, wikkelt diverse lagen plastic los en haalt er een staaf opium ter grootte van een pepperoni uit.

'Hiervoor krijg je ongeveer drie jaar cel,' zegt hij rustig.

'Drie maar?' vraagt Ian, die het opium aanstaart alsof het leeft.

Tip schudt van het lachen. 'Drie is genoeg, geloof me maar.' Hij pakt het in, verbergt het weer en sluit de kast. We gaan aan tafel zitten en nemen onze kaarten op.

'Goed,' zegt Tip. 'Wie was er nou aan de beurt?'

De rest van de middag kaarten we. Tot Tip voorstelt te gaan wandelen. 'Laat me alleen even een ander hemd aantrekken.' Hij opent de deur van de kamer ernaast en haalt een keurig gevouwen hemd uit een kast. 'O, trouwens... dit is mijn kamer.' Hij laat de deur openstaan en we gaan naar binnen, kijken rond. Het is hier net zo netjes als in de rest van de flat, nog meer foto's van auto's aan de muren, én nog een poster met de stripachtige krijger.

'Wie is die vent?' vraagt Ian. 'In de woonkamer hangt nog een foto van hem.'

Tip knoopt een hemd met lange mouwen dicht over zijn T-shirt. 'Dat is Hossein. Hij was een van de imams, een van de grote leiders. Hij is de reden dat buiten iedereen zichzelf tot moes slaat. Ik heb die poster alleen gekocht voor het Komiteh; dat zijn een soort, ik weet niet hoe jullie die noemen, zoiets als de revolutiepolitie of zo. Ze zorgen ervoor dat iedereen zich aan de islamitische wet houdt, weet je wel. Ze hebben me nog maar één keer lastiggevallen, een paar maanden geleden, toen ik in boxershorts over straat liep. Ik liep er hierbinnen gewoon in rond, en toen moest ik iets uit de winkel hebben en ik was glad vergeten dat ik in mijn onderbroek liep. Ik ging gewoon naar buiten. Ik merkte het pas toen twee kerels naar me toe kwamen en allerlei vragen begonnen te stellen, en toen wilden ze mijn flat zien, maar ze keken alleen eventjes rond en vonden niets. Ze stelden allerlei vragen over de revolutie en de koran en zo, maar ik had geluk. Mijn vader heeft me veel over dat soort dingen verteld, zodat ik wist wat ik moest zeggen, en ze gingen weer weg. Maar de volgende dag ben ik dit gaan kopen.' Hij tikt met zijn vinger tegen de poster en lacht. 'Staat goed.'

Op de plank boven zijn hoofd ligt alleen een doosje condooms, in het midden van de plank en rechtop, zoals je een fotolijstje neerzet. Ian tikt met zijn vinger tegen het doosje. 'En dit?'

Tip lacht, het gegniffel van een toffe gozer, en steekt zijn duimen door zijn riemlusjes. 'Die is leeg.' Hij leidt ons de kamer uit en sluit de deur. 'Ik heb ze allemaal gebruikt.'

'Is dat, eh...' Ian zoekt naar de juiste woorden om de vraag te stellen. 'Het verbaast me een beetje dat je zoveel gelegenheid hebt, gezien... Ik bedoel, niet dat je niet *aantrekkelijk* bent, maar gewoon...'

Tip draait zich om en kijkt Ian aan met een verbaasde glimlach.

Ian stamelt verder terwijl we de flat uitgaan, draait zich op de trap voortdurend om om zich nader te verklaren. Tip doet de zware buitendeur open, slaat een arm om Ian en leidt hem naar het trottoir. 'Je bedoelt, waar kan een vent in een stad als deze een potje neuken?'

Ian zucht, ontspant zich. 'Eerlijk gezegd, já.'

Terwijl we het oude deel van de stad inlopen, houdt Tip kalm een onverstoorbare monoloog die waarschijnlijk deels louterend en deels didactisch is. Terwijl hij praat, kijkt hij naar de grond, als een cowboy sloffend door de stoffige straten. 'Er zijn hier veel, zeg maar, progressieve gezinnen, weet je wel, en wat de regering ook zegt of de mollahs, mensen blijven gewoon ménsen. Weet je wel, jullie zien hier waarschijnlijk al die meisjes lopen die helemaal bedekt zijn en jullie denken dat die helemaal niet aan seks denken en dat soort dingen, maar er gebeurt hier heel wat, ik bedoel, je kunt aan de manier waarop een meisje naar je kijkt zien wat voor type het is, en dus wordt er heel wat gekeken, snap je wel, en zijn er een hoop stiekeme dingen die je kunt doen om iemand te krijgen, maar voor sommige meisjes is het wel moeilijk, hoor. Het is een absoluut gigantisch risico voor hen als ze iets doen. Sommigen zeggen dat het net een gevangenis is, al die controle en die verplichte chador en zo. Ik bedoel, het is voor ons ook klote, maar de meisjes hebben het het moeilijkst.'

Tip leidt ons via enkele smalle steegjes naar een deel van de stad dat aan de geschiedenis lijkt prijsgegeven. 'Ik kom hier vaak,' zegt hij, terwijl hij zijn blik door de leegte laat ronddwalen en lacht. We lopen naar een binnenhof met adobebogen en ruimte. 'Weet je wat ik zo mooi vind?' zegt hij, terwijl hij tegen een van de lemen muren leunt. 'Duizenden jaren geleden woonden hier al mensen, maar je kunt gewoon...' hij schraapt over de ruwe muur en laat ons het stof op zijn vingertoppen zien '... en het zit zo aan je hand. Soms vraag ik me af waarom het niet gewoon instort. 't Is net alsof de tijd deze plaats met rust laat.' Hij steekt zijn handen in zijn zakken en recht zijn armen. Glimlacht en tuurt door zijn wimpers in de verte. 'Kom. Ik zal jullie een prachtige deur laten zien.'

Aan het eind van een steeg hurkt als een grijze, oude kluizenaar de deur. Dik en versleten. Grendels als vuisten. Een koperen klink die glimt van het vet op de handen van de eigenaar. Het is een oeroude schepping. Gemaakt met wijsheid en respect. En hier zit hij nu, niet bereid te sterven.

'Ik ga in Amerika een huis met zo'n deur bouwen.' Hij laat zijn vingers over het hout glijden en houdt het gigantische deurslot in zijn handpalm. 'Je wilt misschien wel weten waar de sleutel is. Soms neus ik rond tussen de oude sleutels die ze in de bazaar verkopen, ik heb er een paar gekocht, maar ik heb de sleutel hiervoor niet gevonden. Ik zou 't fantastisch vinden als ik 'm vond en naar binnen kon.' Hij laat het slot los en klopt met zijn vuist op het hout. 'Als ik erin kon, zou het waarschijnlijk één grote deceptie zijn. Er zal wel alleen een kamer met niks erin zijn, en in mijn fantasie staat het er vol met allerlei fraaie troep.'

We laten de ruïnes achter ons en lopen terug naar de moderne bazaar. We zigzaggen langs de opgerolde tapijten en open zakken met specerijen en lopen over een geplaveide trap naar een ruimte onder de grond. Het is meteen koud. De lucht is vochtig en ruikt naar kardemom.

'Dit is het mooiste theehuis van Iran,' zegt Tip, die ons begeleidt naar een kamer die mijn ogen pas op de plaats laat maken. Gewelfde, witte, bakstenen plafonds bespikkeld met kleuren en allerlei lichtschakeringen. Mozaïekfiguren op de muren. Dikke stenen platen onder onze voeten. We lopen naar het midden van de kamer, waar boven een klein, rond vijvertje een platform hangt. Op het platform staat een achthoekige tafel met lage bankjes. We gaan zitten. Kijken omhoog naar het hoogste punt van het plafond en kijken omlaag naar perzikkleurige krullen. Er zwemmen goudvissen onder ons.

'Ik ga effe kijken wat er te eten is,' zegt Tip en hij maakt een verre sprong terug naar de vloer. Ik kijk hoe hij wegloopt, de mannen bij de samovar begroet, handen schudt, knikt en gebaren maakt. Het lijkt erop dat ze elkaar kennen, zoals ze daar rustig staan te babbelen en vriendelijk glimlachen. Ik zie hoe Tip een hand op zijn borst legt en nederig buigt, dankbaar, schaapachtig; zoals ik zoveel Iraniërs heb zien doen. Ik vraag me af of hij beseft hoe veel van die gebaren hem eigen zijn geworden, hoe veel van die hebbelijkheden inmiddels met hem zijn vergroeid en als vanzelf tot leven komen als hij praat.

Ik geniet ervan naar die pratende mannen te kijken. Ik geniet van de manier waarop ze zo ontspannen staan, zonder op hun hoede te zijn. Hoe zal hij staan als hij weer in Amerika is, vraag ik me af. Zal hij dan nog steeds die lichte gratie hebben die hij nu heeft – op dit eenvoudige, prachtige ogenblik – of zal hij zich aan zijn omgeving aanpassen en leren weer als een bulldog te staan?

Hij draait in onze richting en knikt. Glimlacht. Draait zich weer om naar zijn vrienden en tikt weer tegen zijn borst.

'Ze komen met van alles en nog wat. Ik hoop dat je het lekker vindt. En ik betaal – geen gemaar.' Hij gaat naast Ian zitten en kijkt ons een voor een aan. 'Hoe zit 't nou met jullie?

Zijn jullie echt op huwelijksreis of zit je me gewoon te belazeren?'

We glimlachen en onthullen ons geheim.

De volgende dag gaan we naar Tip om bij hem thuis te lunchen. Als hij genoeg tijd heeft voor de voorbereiding, zo verzekert hij ons, is hij eigenlijk best een goede kok. En hij heeft gelijk. Saffraanrijst met geroosterde groenten, gebakken aardappeltjes en een kip die zo zacht en zoet is dat het me moeite kost erop te kauwen zonder te grommen. Tip verricht twee opiumtransacties onder het eten en nog eentje tijdens de thee. Een goede dag, fluistert hij, terwijl hij nog een koekje in zijn thee doopt.

Als de tafel is afgeruimd en de afwas is gedaan en opgeruimd, besluiten we een paar rondjes blackjack te spelen voor we erop uitgaan. In plaats van pokerfiches nemen we Tips lievelingskoekjes. Elke speler kan zijn/haar geld op elk gewenst moment opeten, maar er kan niet worden geleend bij de bank. We graaien het pak volkorenkoekjes leeg.

We spelen bijna een uur, tot de fiches gaan verbrokkelen en de tafel bezaaid is met kruimels. 'Oké,' lacht Tip, die met een natte doek de tafel afneemt en de kruimels in zijn handpalm opvangt. 'Genoeg illegale praktijken. Laten we naar buiten gaan. Net buiten de stad ligt een fantastisch heiligdom dat ik jullie wil laten zien.'

Hij sluit de deur van zijn kamer en trekt een katoenen broek en een hemd met lange mouwen aan. Ik doe mijn mantel en halsdoek om, plus de chador die ik op Tips advies heb meegenomen. Ian rolt zijn mouwen naar beneden.

'We kunnen een stuk met de taxi gaan, en dan in het dorp vragen of iemand ons verder wil brengen.' Tip doet de deur van zijn flat op slot en stampt als een kind de trap af.

De taxi brengt ons naar een klein, stoffig dorpje op ongeveer een halfuur rijden van de stad. Tip betaalt, na een, twee, drie keer aanbieden, waarna hij ons vraagt aan de kant van de weg te wachten terwijl hij vervoer gaat zoeken. We zien hem van de ene naar de andere winkel gaan, die hij telkens verlaat met verlegen knikjes en dankjewels, hand op de borst. Op een gegeven moment verdwijnt hij in een zijstraatje en blijft hij vrij lang weg. Ik begin me af te vragen wat er aan de hand is. Ian zit in zijn reisgids te lezen.

Tip verschijnt weer aan het begin van de straat met een jongetje naast hem. Nee. Geen jongen. Een piep-, piepkleine man. En dan bedoel ik ook klein: hij komt tot Tips middel. Tip zegt dat dit onze chauffeur is en de man buigt, sierlijk en beminnelijk, en stelt zich voor: Mehdi.

Mehdi glimlacht onophoudelijk en heeft een heliumstem waardoor al zijn woorden als vreugdekreetjes klinken. Als hij wat zegt, schieten mijn wenkbrauwen automatisch omhoog en moet ik glimlachen.

We persen ons in de cabine van zijn truck en zitten op de bank, die zo ver mogelijk naar achter is geschoven, zodat Mehdi staande achter het stuur kan rijden. De truck heeft de perfecte afmeting en vorm voor hem, aangezien hij net groot genoeg is om over het stuur te turen terwijl hij zijn voet voorwaarts zet en op het gaspedaal drukt. Ongeveer halverwege de straat maant een man de truck tot stilstand. Mehdi springt op zijn rechtervoet en trapt met zijn linkervoet op de rem. Doet de deur open en laat zijn vriend erin. De man begroet ons en zet zich neer op de chauffeursplaats achter Mehdi, die tussen de benen van zijn vriend staat en verderrijdt. De twee mannen praten en lachen, zo nu en dan haalt Mehdi een hand van het stuur en slaat hij zijn vriend op zijn knie. Aan het eind van het dorp zwaait de man zijn rechterbeen weer over de bank en stapt hij aan de chauffeurskant naar buiten.

Het heiligdom zelf is niet bijzonder, al zit het vol met mensen die daar anders over denken. Horden rouwenden drommen in en uit het gebouw; de kreten van pijn zijn vanaf de straat te horen. 'Ze huilen niet echt om de man die hier begraven ligt, ik weet trouwens toch niet meer wiens graf dit is. Het gaat allemaal om Karbala,' legt Tip uit. 'Dat was waar Hossein – die vent wiens afbeelding in mijn flat hangt – dat is de plaats waar hij en al zijn aanhangers in de pan werden gehakt. Dat is zo'n beetje het mooiste verhaal voor sjiïeten.' Hij staart naar de massa en schudt zijn hoofd. ''t Is wonderlijk, weet je. Dat bloedbad vond iets van tweeduizend jaar geleden plaats. Imam Hossein – hij was Ali's zoon, de kleinzoon van de profeet Mohammed – zit daar in Karbala met al zijn vriendjes, de sjiïeten, en bám! Ze worden gewoon compleet afgeslacht door een gigantisch leger soennieten, alleen zeg je nooit "afgeslacht", je moet zeggen "gemarteld". Dát is nou iemand die sterft voor God. Sjiïeten zijn daar dol op. 't Is zoiets als dat je iets ergs overkomt, je zoon overlijdt bijvoorbeeld en, *jezus*, in een land als dit heeft bijna iedereen wel een zoon of broer verloren, en dus ben je bedroefd, maar dan denk je gewoon, oké, hij moet wel een martelaar zijn geweest, hij heeft het daarboven bij God nu geweldig, en opeens is het goed, nog steeds treurig, maar nou kun je het aanvaarden of zoiets.'

We gaan naar binnen, ik door de vrouweningang, Tip en Ian door de manneningang, en we spreken af elkaar over een halfuur bij de truck te zien.

Ik ben de enige die niet huilt in de met mozaïeken betegelde ruimte. Nee, dat is niet waar. Verspreid over de ruimte staan groepjes jonge meisjes die gewoon bedroefd, maar wel onder de indruk lijken zijn, al zouden ze waarschijnlijk in tranen kunnen uitbarsten als iemand erom vroeg. De opgepropte mensenmassa sleept zich naar een grote vergulde kooi. Als we naderbij komen, zie ik de sierlijke kist achter de tralies. De vrouwen om me heen zijn buiten zichzelf van verdriet. Ze huilen en jammeren en vegen de pijn uit hun ogen. Sommigen houden een boodschap in hun vuist geklemd. Die duwen ze tussen de tralies door, zo dicht mogelijk bij de kist. Ik stel me zo voor dat de vrouwen zeggen: geef deze boodschap alsjeblieft door aan God.

Aan de andere kant van de kooi staan de mannen. Ik tuur door de tralies naar hun gezichten. Gesloten ogen, fluisterende lippen, een uitdrukking van onderwerping en gratie. Een man pakt de kooi met twee handen vast en laat zijn hoofd tegen de tralies rusten. Hij sluit zijn ogen en begint zijn gebed te prevelen, dan knippert hij met zijn ogen, deinst achteruit en barst in snikken uit.

Ik trek mijn chador strak om mijn gezicht en pers me uit de massa naar een koele hoek van de ruimte. Ik zit. Ik heb het gevoel dat mijn ogen een periscoop zijn die uit dit pak steekt en me in staat stelt te zien, te turen, te observeren – onopgemerkt.

Aan de rand van de kamer gaat een weduwe naast een mollah zitten – de enige mannen die aan deze kant van het heiligdom mogen komen – die met de benen over elkaar zit met een koran op zijn schoot. Hij draait zich naar haar om en begint zachtjes, vriendelijk tegen haar te praten, zonder enige gezichtsuitdrukking of gebaar. De vrouw huilt en huilt, ze schudt met haar hoofd en trekt haar witte sluier steeds verder over haar gezicht. Ze draait hem om haar vingers en bijt erop.

Het gesprek duurt niet meer dan enkele minuten en is afgelopen als de weduwe een handvol verkreukelde biljetten aan de man met de tulband geeft. Hij sluit zijn ogen en buigt zijn hoofd, stopt het geld onder zijn *aba.* De weduwe staat moeizaam op en waggelt weg. Een jonge vrouw met een afhangende lip vlijt zich op dezelfde plaats op de grond neer en er begint een nieuwe adviessessie.

Buiten staan de jongens te trappelen om te gaan; eigenlijk

is Ian de ongeduldige, Tip schijnt niet te weten wat onrust is. Mehdi heeft een grote groep mannen een lift naar de stad beloofd. Ze weten zich ternauwernood in de bak van de truck te wringen, maar ze geven met hun handen te kennen dat er nog wel een paar bij kunnen. Mehdi gaat op een drafje terug naar het heiligdom en biedt een achtkoppig gezin vervoer aan. Ze slaan het aanbod een, twee keer af, en aanvaarden het vervolgens hoffelijk. Ik heb geen idee hoe ze plaats vinden voor hun lichamen, maar het lukt ze, op een klein kind na, dat voorin bij ons komt zitten. De dreumes gaat op mijn schoot zitten en lacht, en schurkt vervolgens tegen me aan alsof hij me al sinds zijn geboorte kent.

Op de terugweg naar de stad passeren we een man met één been op een fiets. Het is een gek gezicht. Dat heb ik nog nooit gezien. Ian volgt de fietser met zijn ogen en kijkt me aan. 'Zag je dat? Ik vraag me af of dat prachtig of treurig is.'

Mehdi vraagt aan Tip wat Ian zei. Tip vertelt het hem en vertaalt daarna Mehdi's antwoord: 'Allebei. Je voelt je treurig en de man voelt zich prachtig.'

Een paar kilometer verderop loopt een man in z'n eentje. Mehdi remt af en zegt tegen Tip dat hij moet vragen of de man mee wil rijden. Ik heb geen idee hoe we hem erbij moeten proppen, tot ik zie dat Mehdi het portier aan zijn kant opendoet en zich tegen het stuur aan perst. De man knikt en bedankt ons, springt naar binnen en gaat zoals hem wordt opgedragen achter Mehdi op de chauffeursplaats zitten. Terwijl Mehdi de truck weer de weg op draait, vraagt hij Tip opnieuw te vertalen:

'Misschien is een man met zulke korte beentjes een beetje zielig in de ogen van sommigen, maar ik moet God danken voor dit prachtige geschenk. Ik zal altijd één iemand meer kunnen helpen dan de man met lange benen.' Hij tovert een brede, rimpelige glimlach op zijn gezicht en geeft de lifter een tikje op zijn scheenbeen.

Terwijl we terugslingeren naar de stad, wordt de weg breder en harder. We rijden nu over een vierbaansweg, gescheiden door een middenberm van gras. Er staan drie koeien te grazen, en een geit. De kleine jongen op mijn schoot beweegt in zijn slaap en begint in mijn hals te snurken. Zacht gesnurk dat meer klinkt als spinnen. Een paar seconden later remt Mehdi midden op een recht stuk af. Een klein ventje op een driewieler probeert vier banen vol verkeer over te steken. Aan beide kanten remmen auto's af. De driewieler steekt over. Het verkeer trekt op.

Mehdi zet ons in het centrum af en weigert een, twee, drie keer van wie dan ook geld aan te nemen. 'Dat is een van die dingen van de mensen hier,' legt Tip uit. 'Een goed, echt genereus mens te zijn is zeg maar belangrijker dan wat dan ook, zéker belangrijker dan geld verdienen.' Hij draait zich om en kijkt naar Mehdi, die naast zijn truck met een paar passagiers staat te lachen. 'Dat mag ik wel.'

Tip loopt met ons terug naar ons pension. De flagellantenoptochten kronkelen nog steeds door de slagaders van de stad op weg naar de centrale moskee. In het zwart geklede mannen met kettingen.

De straten buigen door onder de rouw. Gebouwen en deuropeningen zijn bekleed met zwart fluweel. Hier rijdt geen verkeer. Je hoort alleen het melancholieke gegons van de gebeden en het gegil en gelach van kinderen die op de stoep spelen en de optocht bekijken.

Voor de moskeeën langs de route zijn Perzische tapijten over de weg gelegd. De mannen houden halt, geven hun geselende armen rust en bidden gezamenlijk nadat ze hun lichaam vol littekens naar de grond hebben gebogen. Ze worden in het gebed voorgegaan door een jong ventje met de stem en gevoeligheid van een geoefend zanger. Een klagende toon die glanst als een pauw. Het is een hypnotiserend tafereel, deze massa zwarte lichamen die als veren in karmozijnrode blokken in het stof vallen, terwijl een jongensstem de lucht met licht vervult.

'Is dit treurig of prachtig?' vraagt Ian.

Tip haalt zijn schouders op en stopt zijn handen in zijn zakken. 'Misschien allebei.'

Hij zet ons af bij ons pension en biedt onophoudelijk zijn excuses aan dat hij ons niet mee uit eten neemt. Hij moet over minder dan een uur de nachtbus naar Teheran halen. Dat heeft hij zijn vader beloofd.

'Ik geef jullie mijn beide adressen: mijn adres hier en dat van mijn neef in Californië,' zegt Tip met het puntje van de pen in zijn mond. 'Hopelijk zit ik daar binnenkort. Mijn neef heeft een videowinkel en zo, en hij heeft me beloofd dat ik bij hem kan werken als ik terugkom, weet je, het verdient niet geweldig maar 't is vrij gemakkelijk, veel vrije tijd. Misschien kunnen jullie een keertje langskomen. Ik koop een auto en ga gewoon de hele tijd naar het strand, ik ga weer surfen. We kunnen uitgaan en feestvieren.' Hij geeft ons de adressen en knipoogt.

'Denk je niet dat je dit gaat missen als je uiteindelijk teruggaat naar Amerika?'

Tip lacht en steekt de pen weer in zijn zak. Kijkt me recht in de ogen en glimlacht intens en breeduit. 'Om de dooie dood niet.'

Hij geeft Ian een hand en slaat hem op zijn arm. Kijkt naar mij en glimlacht. Buigt. Hand op zijn borst. Hij zet een paar stappen achteruit, draait zich om en zwaait. 'Hé! Niet vergeten te schrijven, hoor!'

~

Op weg naar het busstation kopen we yoghurt en sap. Omdat de winkelier een jonge vrouw aan het helpen is, neuzen we wat rond tussen de stapels bonen in blik en aubergine-pulp. Op een gegeven moment hoort de winkelier ons Engels spreken en hij zwijgt halverwege een zin om te luisteren. Onze blikken kruisen en hij wendt zich weer tot zijn klant; hij fluistert enkele woorden tegen haar en gaat verder met zijn werk. Ik hoor haar het woord *hand* in het Engels fluisteren en ik kijk opnieuw in hun richting. Deze keer glimlachen ze allebei, de vrouw betaalt en de winkelier verdwijnt in een achterkamertje. Een paar seconden later komt hij terug en hij stapt op Ian af.

'Hand!' beveelt hij. 'Hand! Hand!'

Ian fronst zijn wenkbrauwen en tilt langzaam zijn hand op. De winkelier pakt Ians vingertoppen en trekt die naar zich toe, met de handpalm omhoog. Dan verschijnt zijn gesloten vuist van achter zijn rug, hij legt die in Ians handpalm, opent zijn vuist, vinger voor vinger, en loopt weg. Ian blijft staan met een handvol verse pistachenootjes.

Het is vroeg. De lucht is fris en ruikt naar slapende bloemen. De palmbomen voor onze kamer worden geboend door vaal licht. Je hoort de planten gapen, insecten met hun tanden op bladeren tikken, de hitte neervallen op de voetstappen van gisteren. Deze dag zal de aarde dansen.

Ik geniet van de buitenlucht. Hij is roze en kleurt mijn wangen, verleidt mijn neus met de geur van brood en trekt mijn tanden bloot. Ik lach tegen een verschroeiende zon en begin te wandelen. Mijn lichaam is een anonieme mantel, een onbeduidend voertuig. Het handelt doelbewust, beweegt om me te vervoeren, stelt me in staat in mijn gedachten te lopen. Ik woon hier gewichtloos in mijn ogen. Ik breng mijn dagen luierend naast deze spiegelende baden door en kijk hoe de wereld in mijn hoofd fonkelt.

Ik loop in een labyrint vol stof, door de lege bazaars en steegjes van Bam, die dwalen en kronkelen als wortels op zoek naar water en verse natte grond. Water kabbelt in kanalen langs het pad. Ik ben gewikkeld in dit geluid: de lachkreetjes van kiezelsteentjes en vochtige aarde.

Zwarte wolken stromen uit deuropeningen. Ze houden kinderhandjes vast, die zich verspreiden en gniffelen en springen, terwijl ze op denkbeeldige speelgoedpaardjes over het pad rijden. Deze wolken zijn vrouwen, net als ik, zwarte figuurtjes die de morgen achtervolgen. Onze blikken kruisen en houden elkaar vast. *Salaam.* Ik voel hun ademhaling terwijl ze rustig door de ruimte voorbijtrekken en ze keren zich om omdat ze zien dat ik een vreemdeling ben, en ze wuiven met hun tanden.

In bepaalde hoeken van het labyrint staan ook mannen. Maar ze laten me onberoerd, met hun blik en met hun gedachten. Ze gaan me in hun dwalingen voorbij. Ze staren naar muren, vliegend stof, hun eigen gedachten. Ik heb 't gevoel dat ik vandaag onzichtbaar ben. Sommige mensen zouden het vrijheid noemen.

Ik wandel verder tot de aarde haar zweet in mijn voeten perst. Tot ik me weer van mijn lichaam bewust word. Tot mijn gedachten mijn borst in worden gesleurd.

Wat heb ik opeens een honger.

Naast een kind met een uitgestrekte arm liggen bergen gedroogde vruchten. Ik stop mijn zakken vol met dadels en bied drie keer geld aan voor het hoffelijk wordt aangenomen door de jongen die ze verkoopt. De dadels hebben de vorm, het uiterlijk en de textuur van tropische kakkerlakken, maar ze smelten als warme chocola in mijn mond en ik neem grote happen tegelijk, terwijl ik wandelend de skeletjes in mijn handen spuug.

Naar de rand van de stad, naar de resten van een Middeleeuws kasteel dat gebouwd is met de aarde uit de wijde omtrek. Het maakt me heel klein. Het torent boven me uit, zodat ik mijn hoofd in mijn nek moet leggen om de hoogte te kunnen taxeren. Het staat daar krachtig, elegant in zijn dode staat. De muren zijn grimmig en bedekt met getande randen. Zo dik als de tijd.

Ik ben alleen. Zodat mijn fantasie vrij spel heeft.

Ik strijk met mijn handen over door zon gebarsten muren, korrelig en snakkend naar het vet van levende huid. Mijn tong glijdt over de rondingen van deuropeningen, bogen die tegen mijn lippen knarsen en me door de eeuwen heen opgestapeld zand laten proeven. Mijn ogen zakken weg in de kleur van deze ruïne en worden terracotta kraaltjes, die glad en hard tegen mijn oogleden duwen als ik knipper.

Er staat een vos. Hij staat roerloos met zijn oren gebold in de wind; dan buigt hij zijn kop, stapt voorzichtig tussen de verbrokkelende muren door en verdwijnt, zich afwendend van de geur van leven in de omgeving.

Ik ga verder langs de fluisteringen van het verleden. Ik betreed de vernielde woningen van de doden, loop door vestingwerken en borstweringen, beklim aquaducten die hol klinken door de echo's van water.

De lucht zucht en het begint te regenen. Ik kijk omhoog, doe mijn mond open en vul mijn lichaam met water. De grond wordt dikker. De kleuren worden voller, terwijl de druppels aan mijn wimpers hangen en op mijn ogen uiteenspatten. Ik trek mijn mantel boven mijn knieën en daal van de kasteelmuur af. Ik glijd uit over een opstapje en verlies mijn evenwicht. Doordat ik gevangen zit in een gewaad dat mijn lichaam insnoert, kan ik niets anders doen dan vallen en rollen, en terwijl ik naar beneden slip en glijd – plof – neem ik stukjes vervallen muur mee. Dan zit ik op de vloer van deze lege wereld en voel ik de regen op mijn gesluierde hoofd beuken en doorsijpelen tot op mijn haar.

Het giet nu. Ik kruip naar een overwelfde schuilplaats en

buig ineen, met mijn armen om mijn knieën, houd de moed erin, zing kampvuurliedjes en slaapliedjes, luister naar een weeklagende moëddzin in de verte. Ik zit daar, en wacht tot de regen het kasteel neerslaat en mij naar de zee spoelt.

Zoveel bespottelijks

Het kantoor waar de visa worden verlengd in Shiraz moet daarnaast wel enkele andere taken hebben. Anders kan ik niet verklaren waarom het er zo druk is: de enige toerist die ik de afgelopen twee maanden ben tegengekomen is Ian. We gaan zitten en stellen ons erop in dat we hier de hele dag moeten wachten. Hoffelijk, uiteraard.

De dienstdoende ambtenaar zit achter een bureau en praat heel veel. Hij wordt aan alle kanten belaagd, maar dat schijnt hem niet te deren. Hij stuurt die mensen niet weg, hij vraagt ze niet of ze niet meer over hem heen willen hangen. Hij hoort zoveel mogelijk van hen aan en ziet er buitengewoon geduldig uit.

Ik kijk naar hem tot ik het protocol doorheb (hoe meer je over hem heen leunt, hoe sneller je wordt geholpen), en ik loop naar het bureau met de formulieren voor de verlenging van onze visa en onze foto's. Hij glimlacht, knikt en vraagt iemand twee stoelen te halen, zodat Ian en ik voor hem kunnen plaatsnemen.

Daar zitten we tot er nog maar twee vrouwen bij het bureau staan, aan beide zijden van de man één, en beiden leunen zo ver over het papier op het bureau dat de man het niet meer kan zien. Uiteindelijk houdt hij het niet langer uit, hij slaat zijn handen op het bureau en vraagt de vrouwen buiten te wachten. Hij puft en steunt met zijn hoofd op zijn handen. Staart naar het papier op het bureau. Vervolgens naar ons.

Deze man kan ons morgen het land uit schoppen. En ik wil nog niet weg. Ik glimlach.

Hij puft nog eens. 'Uit welk land?'
'Canada.'
Hij kijkt op zijn papieren. 'Alstublieft,' hij gebaart dat we ons over zijn bureau moeten buigen. 'Kunt u het begrijpen?' Hij laat ons een telegram zien: ULT/SON NEG. KLEINE LAESIE. NIET NOODZ. ABNORM. POS. DIAG: NIERSTEEN.
Ian en ik lezen het telegram, eerst zwijgend, dan hardop. We heffen ons hoofd en kijken de kamer rond.
'Is dit het bureau voor verlenging van visa?'
De man knikt. 'Alstublieft. Wat betekent het?' vraagt hij en hij wijst op het woord 'NEG'.
'Negatief. De ultrasone test was negatief.'
De man knikt en wijst op LAESIE. Ian legt het uit. Dan het woord NIER. 'Eh... dit,' zegt Ian, terwijl hij op zijn zij wijst. 'Je hebt er twee...'
De man kijkt verward. Ik pak een stukje papier en teken de vorm van een nier. De man tuit zijn lippen. Roept de twee vrouwen het kantoor weer in en legt hun alles uit.
Ze glimlachen en knikken, glimlachen en knikken. Leunen ver over het bureau en knijpen me in mijn wangen. Zo hard dat het pijn doet. Glimlachen en lachen, knijpen nog eens in mijn wangen en praten tegen Ian alsof hij een verlosser is.
De verlenging van de visa is zo gepiept. Geen ondervraging, niet het verwachte kruisverhoor. Slechts deze vraag terwijl we de deur uitlopen: 'Houdt u van hijab?'
Ik glimlach en zwijg. Dat is het eenvoudigste antwoord.

We proberen een taxi aan te houden, maar ze zijn allemaal vol of gaan niet de goede kant op. Uiteindelijk stopt er eentje die bereid is ons mee te nemen, maar op onze vraag noemt hij een prijs die veel hoger ligt dan wat we moesten betalen om hier te komen, dus we beginnen te pingelen. Pingelen, pingelen, pingelen, tot we de aandacht trekken van diverse mannen op het trottoir die zich sterk maken voor onze zaak. De laatste man die ons komt helpen leunt de auto in, zegt iets ondubbelzinnigs en smijt het portier dicht, dan glimlacht hij naar ons, buigt zijn hoofd en wijst naar zijn auto.

Hij zal ons brengen, legt hij uit. Maar eerst moeten we zijn moeder ophalen.

Zijn moeder is een uitgelaten vrouw met de kordaatheid van iemand die *dingen voor elkaar krijgt.* Ze ratelt aan een stuk door nog ver voor ze bij de auto is, onderwijl haar handen rond en boven haar hoofd zwaaiend. Als ze eenmaal voorin heeft plaatsgenomen en aan ons is voorgesteld, kijkt ze me recht aan en zegt dat ik met haar zoon moet trouwen.

Ik wijs naar Ian.

Wat doet hij? vraagt ze, alsof Ian onzichtbaar is.

Hij is schrijver, vertel ik haar.

Ze kijkt naar Ian, laat een luide *pffft* horen en wuift hem weg als een vieze geur. Dan stelt ze het nog eens voor: trouw met mijn zoon, fluistert ze. Hij is arts. En hij speelt piano. Ze lacht, buigt haar bovenlichaam over de stoel en knijpt in mijn wang.

Ian legt onze plannen uit aan de dokter: dat we op weg zijn naar het graf van de grote dichter Hafez, dus het zou geweldig zijn als hij ons op loopafstand daarvan zou kunnen afzetten.

De dokter vertaalt het voor zijn moeder. Ze laat een *tss* horen en laat haar arm weer over de zitting hangen om uit te leggen dat onze plannen zijn gewijzigd, wat we ook van plan waren. We gaan met z'n allen naar haar woning. Hafez is al zeshonderd jaar dood, dus we hoeven ons niet te haasten om zijn graf te zien. Zij daarentegen is 72 en kan morgen dood neervallen.

Gedurende de eerste zeven uur van ons bezoek bekijken we video's: de bruiloft van haar jongste dochter, de bruiloft van haar oudste zoon, een illegale kopie van de film *Ghost* (met Demi Moore en Patrick Swayze) die duidelijk iets te vaak is gekopieerd: een constant sneeuwbeeld met af en toe een schaduw die op een figuur op het scherm wijst, en geen geluid. De laatste video is een concert van de dokter. Terwijl we naar deze video kijken, port de moeder van de dokter me voortdurend aan en wijst naar het scherm, hoewel ik al kijk. Haar zoon zit heftig te schommelen achter de piano en vertolkt een buitengewoon weelderige versie van 'Some Enchanted Evening'. Zijn moeder kijkt me aan, trekt haar wenkbrauwen op, wijst op mijn trouwring en knikt overredend.

'Heeft u film *Not Without My Daughter* gezien?' vraagt de dokter zachtjes, schaapachtig.

'Nee, maar ik heb erover gehoord.'

'U kent hem?'

'Ja.'

'Geef alstublieft antwoord: wat is doel van die film?'

'Het doel?'

'Ja. Is het een soort propaganda voor Amerika?'

'Nou, het was geen overheidsfilm...'

'... maar het is erg overdreven. Niet echt Iraans leven.'

'De meeste Amerikaanse films zijn overdreven. Zo zijn ze nu eenmaal.'

'Maar Amerikaanse volk gelooft slechte dingen over Iran.'

'Misschien wel, maar ik geloof niet dat *Not Without My Daughter* daar helemaal schuldig aan is. Dat komt meer door wat men leest over terrorisme en fundam...'

'Maar dat zijn iets van regering, niet van mensen. Ik denk regering Amerika doet aan veel soorten terrorisme, bijvoorbeeld in Amerika Zuid: Chili. Amerika Midden: Nicaragua, El Salvador, veel oorlog en groepsterrorisme. Vietnam ook hetzelfde. Ze doden veel onschuldigen, alleen omdat die regering is niet hetzelfde als Amerika. Maar dat is iets van regering, niet van mensen. In Iran we kennen dat verschil. Wij zeggen, soms is regering van Amerika niet goed, maar mensen van Amerika goed. Dit zijn heel belangrijk. Wij zien ook films uit Amerika, misschien over slechte mensen met wapens en drugs en misdaad en regeringen met liegers en corrupten, maar wij zeggen, dit is film, iets van fantasie, misschien iets van waar, maar weinig.'

Zijn moeder schreeuwt boven haar zoon uit en eist dat hij vertaalt wat hij zegt. Hij vertelt haar dat we het over *Not Without My Daughter* hebben, een film over een Amerikaanse vrouw die met een Iraanse man trouwt. Als ze een bezoek aan zijn land brengen, verandert het karakter van de man in dat van een gewelddadig, fundamentalistisch monster. Hij slaat haar, gijzelt haar in hun huis, en zij ziet zich gedwongen stiekem met haar dochter het land te ontvluchten.

Als de moeder van de dokter hoort dat we dit bespraken, foetert ze haar zoon uit en bedekt ze mijn oren met haar handen.

Het eten is klaar. De vier zusters van de dokter zijn er sinds onze komst aan bezig geweest.

'Willen jullie wat wijn?' vraagt de dokter ons.

'Eh, wijn?'

'Ja,' zegt hij, terwijl hij een effen groene fles vanachter een boekenplank tevoorschijn haalt. 'Ik heb alleen rode.'

'Eh... lekker.'

Hij schenkt drie glazen in.

'Hoe verboden is dit?' vraagt Ian, die naar zijn glas kijkt alsof het zo zal ontploffen.

De dokter haalt zijn schouders op en kijkt blasé. 'Niet erg. Vijftig zweepslagen misschien.'

We heffen onze glazen en proosten. Ian zet zonder een slok te hebben genomen zijn glas meteen weer neer. Ik slok het vocht zo haastig op dat de *gloep!* aan de andere kant van de kamer hoorbaar is.

'Houden jullie van Meatloaf?' vraagt de dokter.

'O, ja. Dat lijkt me heerlijk,' zegt ik, verbaasd dat je in een Iraans huis zulk boers Amerikaans eten kan krijgen.

De dokter loopt naar zijn cassetterecorder en zet een te vaak illegaal gekopieerde band van een Meatloaf-plaat uit de jaren zeventig op.

'En hoeveel zweepslagen voor het beluisteren van Amerikaanse muziek?' piept Ian.

De dokter glimlacht en neemt nog een slokje wijn. 'Een paar maar.'

Als we klaar zijn met eten, is het bijna middernacht. De moeder van de dokter nodigt ons uit morgen terug te komen, maar ik leg haar uit – want Ian en ik hebben er beiden behoefte aan alleen te zijn – dat we morgen een drukke dag hebben en dat we daarna vertrekken uit Shiraz.

Vertrekken? vraagt ze.

Ik knik. Bedank haar voor de enige dag en het heerlijke eten.

Vertrekken? vraagt ze opnieuw.

Ja.

Ze slaat dubbel van het lachen. '*Niet vertrekken!*' roept ze. '*Niet zonder mijn dokter!*' Ze lacht en lacht en lacht. Zo hard dat ze even moet gaan zitten. Haar zoon schaamt zich zo dat zijn wangen ervan gloeien. Zijn moeder zucht, veegt haar ogen af en kust me. Ze knikt naar Ian en zegt iets tegen de dokter.

'Mijn moeder zegt, wees niet beledigd, meneer. Zij is mijn moeder. Alle moeders zijn hetzelfde.'

In m'n eentje in een moskee. Tegels van turkoois en het geel van eidooiers. Beigetinten van zonverbrand zand. Tekstpatronen draaien en wervelen om elkaar heen, kronkelend en duikend, krullend tot wijnranken en bloemen en tranen die uit de nok van de koepel neervallen en groter worden naarmate ze de muren naderen. De tempel snottert.

Ik sta in het midden, kijk omhoog in de koepel, strek mijn armen zijwaarts en draai draai draai draai zodat de kleuren in elkaar overlopen tot het lijkt alsof ik in water ben gedoken, en terwijl de vormen vervagen en mijn ogen loensen, wervel ik door de lege ruimte en probeer ik overeind te blijven, gillend en hijgend, en ik smak tegen die koude, harde muren die hun echo's naar me terug kraken tot mijn achterwerk op de stenen vloer stuitert en de ruimte zich vult met geschater.

Het geluid waar God waarschijnlijk naar verlangt.

~

Het is de zesde gedenkdag van de grootste begrafenis ter wereld. De dag waarop tien miljoen vaten vol droefheid de verschroeide straten troostten met hun tranen. Ze slaan met hun vuisten op hun hoofd, met hun voeten stampen ze de pijn weg. Want dit kan het lichaam niet verdragen, de pijn van verlies. De rouwer weeklaagt uit noodzaak. Weeklaagt om de man wiens woorden het bestaan van een natie vormden, wiens onderricht de tijd ontsteeg en het geloof, de deugd en de trots weer tot leven bracht. De man wiens ogen het ongeloof doorboorden, wiens onverbiddelijke blik de Amerikanen als honden op de vlucht joeg. Khomeini's gezicht was zichtbaar op de maan die de hemel verlichtte op de avond van zijn terugkeer uit ballingschap. Zo'n man verloren zij zes jaar geleden.

Naar verluidt.

De televisie in de zitkamer van ons pension vertoont beelden van huilende massa's mannen en vrouwen die hun handen ten hemel heffen op zoek naar kracht om dit verdriet te dragen. Ze grijpen naar geesten.

De waard komt binnen, kijkt een paar minuten, en haalt dan zijn schouders en lippen tegen ons op. 'Ze proberen er bedroefd uit te zien,' zegt hij en hij vraagt ons hem te volgen. Aan de muur hangen portretten van imam Khomeini, de opperleider Khamenei en president Rafsanjani. Ze hangen net als in alle pensions, winkels, kantoren en restaurants in het land: in aflopende volgorde. Imam Khomeini's portret hangt bovenaan. Een of twee centimeter daar linksonder hangt zijn opvolger Khamenei, terwijl Rafsanjani's baardeloze gezicht de derde plaats op het podium inneemt. De waard gaat achter zijn bureau zitten, wrijft met zijn vinger langs zijn neus en trekt een wenkbrauw op tegen Ian. Ian betaalt voor nog een nacht en steekt hem een stok kaarten toe die we uit Istanbul hebben meegenomen.

(De vorige avond, toen we op weg waren naar onze kamer om te gaan slapen, riep dezelfde man ons in zijn kantoor en begon hij een soort charade te spelen door stukjes papier te scheuren en vorstelijk te gaan zitten als een koning op zijn troon. Hoe verbaasder we keken, hoe uitzinniger hij werd, tot we hem eindelijk, nadat hij zo vaak tot tien had geteld dat ik dacht dat hij volkomen gek was geworden, begrepen. Hoewel het verbod op schaken onlangs was opgeheven, zijn kaarten nog steeds illegaal en daarom zeer in trek. We hebben geleerd op een beschutte plaats zachtjes te schudden.)

De waard geeft Ian een hand en grijnst tot zijn ogen beginnen te glinsteren, pakt de speelkaarten en stopt ze in zijn zak. Hij kijkt met knipperende ogen naar de televisie – beelden van tierende mannen die met hun vuisten naar de hemel schudden – en hij maakt een *ssjt*-gebaar, terwijl hij naar ons lacht als een ondeugend kind. Ian en ik houden onze handen voor onze mond, trekken onze schouders naar voren en lopen op onze tenen naar buiten.

Ik zit vanmorgen strak ingepakt; mijn neus komt uit zwarte stof tevoorschijn als een wangzakeekhoorn uit een holletje. Hij trilt, want er hangt iets teers in de lucht, een wankel evenwicht. Ik ben gespannen vandaag. Ian, die bang is de licht ontvlambare gevoeligheden van de mensen op deze rouwdag te laten ontbranden, draagt om dezelfde reden een zwart hemd en een zwarte broek (zijn vroomheidspak).

De winkels zijn gesloten, de straten hol, er is weinig verkeer, dat desondanks gewoontegetrouw levensbedreigend is. Onze lichamen aarzelen, knikken, buigen, springen en stappen tussen de auto's door tot we stevig met twee voeten aan de overkant van de straat staan en verder wandelen. We gaan richting centrum, op zoek naar eten en rouwenden om imam Khomeini.

Een wolk van emoties omgeeft de hoofdmoskee, die zich voorbereidt op een drukke gebedsdag. Er worden dikke Perzische tapijten uitgerold op het plein om de knieën van de rouwenden te beschermen, mannen verzamelen zich bij fonteinen om de onzuiverheden van een onvolmaakte wereld af te spoelen. We ontwijken de grote menigte, ervan overtuigd dat we zelfs door onze tred verraden dat we hier als ongelovigen voor het spektakel zijn, maar onze kleding verschaft ons anonimiteit en niemand merkt ons op. Toch zitten we hier verkeerd. Onze aanwezigheid lijkt oneerbiedig. Wat het ook is. We trekken ons terug door de slingerende steegjes van de bazaar, naar zachter licht. En dan horen we ze.

Het is het geluid uit mijn kindertijd. Het geluid van laat ontbijten, grofwollen rokken, klitten die met de punt van een penseel worden ontward en in vlechten worden gedraaid, de pikzwarte nerven in glanzend hout en boeken met flinterdunne bladzijden. Dat geluid. Het is even vaag als een ademhaling, maar toch is het het enige wat we horen. Het stijgt uit boven het verkeer en maakt golven van de lucht. Het trekt ons naar zich toe als een geur.

We lopen enkele minuten zwijgend als in trance, naderen steeds dichter, tot we bij een hoge stenen muur staan. 'Het komt hierachter vandaan,' zeg ik, terwijl ik een stap naar achteren zet en naar de glasstukjes op de muur kijk.

'Ja, ik zie een klok! Het is bijna onvoorstelbaar, vooral vandaag, maar daar zie ik iets wat op een opening lijkt, een hek, het zal wel gesloten zijn, maar hé, kijk, de deuren staan open. Laten we er iets dichter naar toe gaan, we gluren even naar binnen en *o*...'

In de deuropening kijken we recht in de engelachtige blik van een man, met baard, in een wit gewaad, een reep paarse stof hangt als een sjaal over zijn schouders, en hij heeft een boord met stinkdierstrepen om zijn nek. Hij staat met open armen voor een gewelfd gebouw.

Welkom.

De uitdrukking van de man verandert als we over de binnenplaats naar hem toelopen: er verschijnen plooien van achterdocht en onzekerheid op zijn voorhoofd. Maar hij verandert zijn houding niet en gebaart naar de open deur naast hem.

Welkom.

We wisselen begroetingen, knikjes en standaardantwoorden, en volgen hem de schemerige stilte van een kerk in.

Dit is een eigenaardig gebouw. Het heeft de weergalmende vorm van een moskee, met onopgesmukte gewelven en een koepel als het kale hoofd van een monnik, maar met de formele opstelling van het interieur die het christendom van zijn dienaren eist. De apsis is gemaakt van zandkleurige stenen. Arabeske versieringen krullen er in een sierlijke eenvoud omheen, met kruisen van turkooizen tegels in het ontwerp gesponnen. Door de gebrandschilderde ramen valt het zonlicht in ruiten van blauw, rood en groen. Door de ingehouden elegantie van het geheel glimlach ik en zucht ik diep. Het ruikt hier naar schaduw in de zomer.

We gaan op de tiende en laatste kerkbank zitten en leggen onze handen in onze schoot, ongemakkelijk. Er zitten diverse rijen mensen voor ons. Ik tel 23 achterhoofden, negen met hoofddoek, veertien behaard. Zes kinderen die nog niet tot mijn navel komen, spelen in het gangpad; een van hen draagt een T-shirt met het woord 'clown' op zijn borst. De klokken laten een laatste oproep horen en we luisteren naar de stilte die erop volgt. De geestelijke gaat voor het altaar staan en gaat het christelijk huis voor in gebed.

De geestelijke schijnt bijzonder goed te zijn, want hij spreekt langdurig zonder dat de aandacht van zijn gehoor verslapt, en met een indrukwekkend, dynamisch stembereik. Dat is aanvankelijk voldoende om van deze dienst te genieten als van een vocaal concert, maar woorden zonder betekenis worden al snel saai, en na een halfuur ebt mijn enthousiasme weg. En dan wordt er gezongen, zo kreupel en vals als ik zelden heb gehoord. De melodie sterft menigmaal halverwege de frase weg en wordt hersteld door een vrouw met getuite lippen die zo hard als ze kan vals zingt. De hele ceremonie is zelfs zo cerebraal, ontbeert zozeer hartstocht en geestdrift, dat het onmogelijk is over iets anders dan mijn eigen opperste verveling te jubelen. Ik ben jaloers op de kinderen die zich hebben losgemaakt van hun ouders en nu als duiven de kerk in en uit vliegen. Ian geeft me een briefje waarop staat: 'Allah Schmallah – zie je in het hotel, oké, tentenkop?' Hij knijpt ertussenuit voor ik kan besluiten of ik met hem mee wil.

Niet lang daarna is de dienst afgelopen en de schrale gemeenschap sijpelt langs, onder het voorbijgaan nieuwsgierige blikken op mij werpend. Ik zie dat de geestelijke ook naar mij kijkt terwijl hij een paar woorden wisselt met een dame in een roze jas. Ze knikt en komt vervolgens glimlachend op me af.

'Neem me niet kwalijk, maar ben je een buitenlandse? Canada? O, Dios mio! Je komt bijna uit mijn land! Ik kom uit Mexico! Welkom, welkom! Onze predikant wilde graag weten wie jullie zijn – waar is je man? – zwart gekleed, zo ernstig, hij dacht dat jullie misschien moslimfanaten waren!'

Een gierende lach doet haar lichaam schudden en perst tranen naar de randen van haar ogen. Ze is groter dan het leven: een luide, vriendelijke stem die direct inneemt, gebaren als van een vlaggenseiner, grote ogen als biljartballen en een lach die beide rijen tanden blootlegt. Behalve haar roze mantel, op zichzelf al een statement, draagt ze een felroze hoofddoek met een kleurrijke rand losjes om haar hoofd. Haar blonde haren komen er aan alle kanten onderuit.

'*Aiiii!* Zo grappig, fundamentalisten uit Canada! Maar waarom ben je zo zwart? Ik weet 't: je bent bang voor dit land, ik weet het! Mijn familie was ook bang, te veel televisie, stomme boeken, en onbekend met onze werkelijke toestand; toen kwamen ze op bezoek en ik liet ze zien dat het niet was zoals ze dachten, zoveel vriendelijkheid en goedheid, en nu begrijpen ze het veel beter, jij zult spoedig net zo zijn, ja! O! Ik heb een idee! Ik denk dat je misschien moe bent van je reizen en een tijdje tot rust wilt komen in onze stad, en zie je, je kunt hier blijven want we zoeken een organist voor onze kerk! Je kunt het leren! Ik woon hier negentien jaar, ja, ik zie dat je verbaasd bent, en er zijn hier zulke goede mensen, mijn man bijvoorbeeld, de aardigste man ter wereld, we hebben elkaar in Amerika ontmoet, daar werkte mijn vader, maar hij had niet gedacht dat zijn dochter een Iraanse man zou tegenkomen, hiiiie hiiiie hiiiie, en nu woon ik hier negentien jaar, twee prachtige kinderen – maar hoe heet jij? Ik heet Esperanza en jij bent mijn vriendin, maar iedereen van onze kerk wil je nu ontmoeten, loop even met me mee en ik stel je voor aan onze prachtige mensen, we zijn een kleine groep, maar dit zijn de besten, dat denk ik ja, dit zijn Khosro en Jahan – ik vertel ze dat je onze nieuwe organist bent – en Hossein en Farhang en Kamran en dit is onze predikant, ik noem hem *el guapo* [de spetter], hiiie hiiie hiiie, en hij komt uit Armenië, hij is hier nog maar een paar jaar, een heel goede man, we zijn erg op hem gesteld, tijdens de revolutie hadden we ook een predikant uit Armenië, maar op een nacht werd zijn keel doorgesneden door een paar idioten, arme man, en zijn vrouw, heel aardige dame, zij kwam uit Amerika, en zij ging daarna terug naar huis, dat kan ik begrijpen, en dit zijn Siwa en Lida en óh... je moet mijn vriendin Emma leren kennen, die komt uit Engeland, dus jullie kunnen eindeloos in jullie eigen taal praten!'

Ik word teruggesleurd naar de ingang van de kerk, terwijl mijn hoofd nog tolt van de nieuwe introducties, naar een ernstig persoon gekleed in een lichtblauwe jas en een sjaal die strak om haar kin zit. Ik word voorgesteld als een christelijke vriendin uit Canada – de rimpels van de vrouw ontplooien tot een vermoeide glimlach – en krijg de opdracht levensgeschiedenissen uit te wisselen terwijl Esperanza naar de predikant terugloopt om hem ervan te verzekeren dat ik een ongevaarlijke toerist ben.

'Toerist?! Goeie god.' Emma huivert, glimlacht dan wat onnozel. 'O jé, neem me niet kwalijk, je ziet wel dat ik geen trouwe kerkganger ben. Ik ga pas sinds drie jaar weer naar de kerk. Het is vandaag Pinksteren, zie je, ik vond dat ik toch iets moest doen... toerist? Hoe zit dat?'

Ik leg het aan haar uit.

'Ik zou je aan mijn dochter moeten voorstellen,' zegt ze, terwijl ze naar de ruimte tussen ons staart. 'Ze sterft elke avond van verveling. Ze is zestien, het arme kind, er is hier niets voor haar... ze komen zo met gebakjes. Het is vandaag Pinksteren, zie je...'

Ik keer me om en kijk in de richting van eten; Emma's dochter overlatend aan de verveling. Er komt een man met een blad vol cakejes en hij staat erop dat ik er vier neem. Hij staat erop. Een andere man brengt glazen orangeade; hij wijst erop en zegt 'CA-NA-DA', waarna hij in lachen uitbarst.

'Dat is de orangeade,' legt Emma uit. 'Dat wordt hier Canada genoemd, maar ik heb geen idee waarom. Die man vroeg me of het een nationale drank is in jouw land, maar ik heb hem verteld dat dat niet het geval is, en hij vraagt zich af of Canada beroemd is om zijn orangeade. En of je kinderen hebt. Hij probeert aardig te zijn, hoor. Ze proberen allemaal alleen maar aardig te zijn.'

Nadat hun vragen zijn beantwoord, maken de mannen een diepe buiging alvorens verder rond te gaan met de gebakjes en Canada.

'Wat zeg je? O, ik woon hier nu, eh, 22 jaar. Ik heb alles wel zo'n beetje gezien.' Emma grinnikt en rolt met haar ogen, terwijl ze haar armen om haar ribben houdt. Ze heeft een scherpe mond en vale ogen, haar gelaatsuitdrukkingen zijn weloverwogen en afgepast. 'Het is nu veel beter dan vroeger,' mijmert ze, terwijl ze haar ogen laat dwalen over de bomen op het binnenplein waar wij staan. 'We kunnen nu bijna net zoveel doen als voor de revolutie. Iedereen zegt de goede oude tijd te missen, maar ze missen alleen de televisie, stomme Amerikaanse talkshows, Europese series. Ze hebben niet meer de vrijheid volmondig achterlijk te zijn, dat is alles. Ik weet nog hoe de mannen naar me loerden. Ik hoefde maar een broek en een leuke blouse aan te trekken om de mannen gek te maken. Als de hijab uiteindelijk zou worden opgeheven, doe ik de sjaal misschien af, maar deze houd ik,' zegt ze stellig, terwijl ze aan haar mantel trekt.

Esperanza komt terug met nog meer cakejes.

'En ik zie dat mijn vriendin Emma je helemaal voor zichzelf houdt! *El guapo* heet je welkom, hiiie hiiie hiiie, maar hij dacht dat jij en je man volgelingen van imam Khomeini waren die naar onze kerk kwamen om rotzooi te trappen, heb je gehoord over vandaag, de gedenkdag van zijn prachtige dood? *Aiii*, ik ben zo slecht! Maar ik zal je iets waars over mezelf vertellen: ik zit niet in señor Khomeini's fanclub, o nee! Ik weet niet wat ik zal doen als ik hem in de hemel tegenkom, o, ik zal zo boos zijn!! Hiiie hiiie hiiie...'

'Daar hoef je je geen zorgen over te maken,' onderbreekt Emma haar. 'God zorgt ervoor dat hij blijft waar hij thuishoort.' De twee gniffelen met hun handen voor hun mond en smaken het genoegen van verboden heiligschennis, waarna ze hun lippen naar binnen trekken alsof ze betrapt worden bij iets heel onfatsoenlijks.

'Ik weet nog dat ik me symbolisch moest bekeren tot de islam voor ik ging trouwen.' Emma lacht. 'Ik sprak toen nog geen Farsi, daarom ging ik samen met mijn schoonzusje en we zaten met z'n tweeën achter een gordijntje terwijl de mollah allerlei dingen zei die ik niet begreep. Ik denk dat we eigenlijk hadden moeten bidden, maar we zaten alleen maar te giechelen. Maar het leek hem niks te kunnen schelen, hij krabbelde gewoon de naam van weer een bekeerling neer en weg waren we.'

'Ik heb mijn twee kinderen laten dopen toen ik mijn familie in Mexico opzocht,' fluistert Esperanza met een grijns van oor tot oor. 'Soms gaan ze met me mee hier naartoe, maar ik dwing ze niet, nee, maar elke zondag zeg ik heel opgewekt, hallo, lieve kinderen van me, gaat er iemand mee naar de kerk met hun eenzame moeder? En soms, weet je wel? Dan gaan ze mee! En dat is prachtig, en soms blijven ze liever thuis, zoals vandaag, dus ik ben niet zo gelukkig. Je moet ze leren kennen! Eerst breng ik Emma thuis en dan kun je haar dochter Maryam zien, daarna kom je in mijn Mexicaanse huis eten, o ja! Maar eerst moet je de rest van ons terrein zien!'

We wandelen over het kleine maar fraaie terrein, bekijken het verblijf van de predikant, een prachtige rozentuin en het voormalig christelijk ziekenhuis (het huidige moslimziekenhuis).

'Er zijn hier zoveel bommen van de Iraki's gevallen! Ik weet 't nog goed, weet jij 't nog, Emma? Hier viel er een, en hier.' Ze wijst naar hoeken van het terrein. 'En zoooo dicht bij onze prachtige kerk, maar onze kleurenramen, die gingen niet kapot, geen een! Het was een wonder...' ze kust haar hand en schudt die naar de hemel '... het was zeker een wonder van God! Hoe kunnen kleine ramen zo blijven, zo gaaf, als er hier bommen vallen? Mijn zoon zegt dat het gewoon stevig glas is, zo dik als kamelentanden, maar ik weet zeker dat het een wonder was.'

We verlaten de kerk nadat we de leden van de congregatie een voor een hebben begroet. Een autoportier wordt voor me opengehouden. Ik zit in de auto en trek me terug uit het gesprek en teken met het zwartste deel van mijn oog denkbeeldige contouren van mijn nieuwe vrienden. Ik kleur ze in met de intonatie van hun stemmen en gelach, teken hun verhalen als het geraamte van hun levens. Ze gebaren het karakter van zichzelf, Emma met de streken van een fijn, dun penseel, en Esperanza met een kwast die alle kanten uit staat.

De auto draait een smal straatje in waar jongens lopen te spelen. Als ze onze auto zien, pakt een jongetje de bal en de anderen gaan als speelgoedsoldaatjes op een rijtje aan de kant staan; ze knikken en glimlachen terwijl we langsrijden. Ik voel me eventjes buitengewoon vorstelijk. We parkeren de auto op straat en gaan door een hoge poort – die hier net zo kenmerkend voor de huizen is als bij ons de tuin – naar Emma's flat. Zodra we binnen zijn, gaan de hoofddoeken af. Emma hangt haar mantel in een kast. Ik gooi de mijne over de rug van een stoel. 'Ik kan mijn mantel niet uitdoen,' giert

Esperanza. 'Het is deze maanden zo warm, dat ik er niets onder aanheb! Hiiie hiiie hiiie...'

Emma gaat ons naar de woonkamer voor, en verdwijnt dan om wat te eten te halen. We zitten op corduroy meubelen en kijken naar kale muren, luisteren naar het gemompel van een geduldige mannenstem in de kamer ernaast.

'Dat is Maryams privé-leraar,' legt Emma uit als ze terugkomt met een blad vol watermeloen. 'Ze heeft net twee uur wiskunde gehad. Een van de vier verschillende lessen per week, het arme kind. Ze doet niets anders dan studeren. Er is niets anders voor haar.'

Emma's voorhoofd is het centrum van schuldgevoel geworden; bezorgdheid kruipt tussen diepe rimpels op haar gezicht en in haar nek; ze heeft geen reservehuid. Ze zet de schaal met fruit voor me neer en ik duik er met twee handen in. Meloensap sijpelt in mijn handpalmen, vormt beekjes op mijn arm en druipt van mijn elleboog af. Emma gaat aan het uiteinde van een sofa zitten en gaat verder.

'Ze heeft gewoon school en daarnaast moet ze ook nog Arabisch, koranlessen, godsdienst en civiele dienst doen. Ik ben ervan overtuigd dat ze daar zo moe van wordt. Ze heeft een privé-leraar voor Arabisch en koranlessen, en nog een voor scheikunde. Het is te veel, maar alle kinderen hebben dat. Ik wou dat ze iets kon leren wat ze leuk vindt. Wist je dat er in de schoolbibliotheek niet eens Engelse klassiekers te vinden zijn?'

Esperanza schraapt haar keel en gaat kaarsrecht zitten. 'Je vertelt zo'n vreselijk verhaal, Emma! O, lieve vriendin, geloof niet dat het voor onze kinderen zo beroerd is. Misschien heeft Maryams school geen goede bibliotheek, dan moet ze naar de school van mijn kinderen gaan. Er zijn andere scholen. En zoveel studie? Het is waar, het zijn allemaal goede leerlingen, ze leren veel dingen, maar zo erg? Ik geloof het niet. Ze mogen sporten bijvoorb...'

'Ze heeft geprobeerd te sporten! Ze ging naar een van de meisjessportscholen – er zijn er twéé in deze stad en meer dan vijftig voor jongens – en ze werd weggestuurd omdat ze een T-shirt en korte broek droeg! Er staan grote hoge muren omheen, geen man te zien, maar ze zeiden tegen haar dat ze onfatsoenlijk gekleed was! O, ze was woest toen ze thuiskwam, ze zei dat ze dit land haatte en wilde...'

'Dat is gewoon de leeftijd! Mijn kinderen zeggen ook weleens zulke dingen, die horen ze denk ik van hun vrienden, domme dingen. Alle tieners zijn gedurende een bepaalde tijd ongelukkig, maar wij mogen ons gelukkig prijzen dat we lieve kinderen met goede manieren hebben en goede scholen. Met hun opleiding kunnen ze straks overal naartoe waar ze willen, maar ze zullen terugkomen...'

'Het is inderdaad zo dat Maryam het voortdurend over haar nichten in Engeland heeft. Ze vindt haar leeftijdgenootjes hier zo kinderachtig en dom. En als ze vergelijken wat ze op school leren, dat is gewoon bespotte... Wat zeg je? Maar natuurlijk, ik heb er over gedácht terug te gaan, maar dat kan niet. Mijn man is namelijk arts en hij zou daar geen goede baan kunnen vinden. Zijn toekomst is hier veel beter.'

Emma zit met rechte armen ineengedoken, ellebogen gestrekt, vuisten op haar knieën. Een eigenaardige, onhandige positie. Ik kijk naar haar. Zoals haar ogen nooit tot rust komen als ze praat.

'Het is ons hier te veel, dat geef ik toe, maar Engeland is ook niet meer hetzelfde als toen ik er twintig jaar geleden vertrok. Er is... kijk, er is nu bijna te veel vrijheid; er lijken wel helemaal geen waarden meer te zijn. Als ik hoor wat voor problemen mijn zusjes met hun dochters hebben...' haar ogen draaien naar het plafond '... God, ik ben zo dánkbaar dat ik hier woon. Twee nichten van me hebben anorexia, eentje is zwanger op haar zestiende, hun beste vriendinnen hebben een abortus gehad en hebben drugsproblemen en ze zijn állemaal opgegroeid met de obsessie dat ze er verleidelijk moeten uitzien om zich vrouw te mogen noemen. Waarom, waarom? Waarom kleden en gedragen ze zich zo? Voor een willekeurige vent op straat? En dan hebben ze het over mijn arme arme Maryam, die hier zo onderdrukt wordt, o, ik kan ze wel vermoorden! Ze hebben gewoon niet in de gaten hoe vreselijk slecht hun eigen bestaan is! Natuurlijk zijn ze vrij, maar ten koste waarvan? Ze worden vreselijk gemanipuleerd… ik kan het nauwelijks aanzien. En toch vinden zij het zo tragisch dat mijn dochter opgroeit in Iran…'

Emma zit inmiddels niet meer onhandig. Haar hoofd steunt op haar handpalm, met haar andere hand houdt ze haar bovenbeen vast en ze heeft haar benen over elkaar geslagen. Haar blik is op een punt op het tapijt gericht. Ze knippert hevig met haar ogen, zoals mensen die genoeg hebben van het geruzie.

'Hetzelfde in Mexico! Zoveel problemen voor de jongeren! Roken en drugs en tieners, ze hebben geen respect! We horen over zulke grote problemen in Amerika: de scholen barsten van de wapens en de leerlingen hebben geen respect! Hier luisteren de jongeren en onze scholen zijn zeer goede plaatsen…'

'Ja, oké, maar ik stel het niet op prijs dat ik een chador moet dragen als ik naar de school ga om met een van Maryams leraren te praten. Dat is nog niet zo lang het geval, vroeger kon ik volstaan met een mantel…'

'Wat zeg je daar voor rare dingen, Emma! Ik ga gewoon zo naar de school van mijn kinderen…' Esperanza strijkt met haar dikke vingers haar mantel glad op haar schoot. 'En ik word daar goed ontvangen, volgens mij wil je alleen naar slechte dingen kijken…'

Een schuifdeur naar de andere kamer gaat open. Een keurige man met een stapeltje boeken onder zijn arm glimlacht en knikt – geen oogcontact – en stapt in de richting van de voordeur, gevolgd door een jong meisje dat de kamer monstert en achter haar gast aan gaat. Emma staat op en volgt ze naar de deuropening, praat eventjes met de privé-leraar, bedankt hem en wenst hem een prettige avond.

Esperanza buigt zich naar me toe als Emma de kamer uit is. 'Je zult zien dat ze misschien negatieve dingen denken,' fluistert ze. 'Ze vertrouwen niet genoeg op God.'

Emma komt terug met Maryam, die vriendelijk kijkt, zonder te glimlachen. Ze is tenger, net als haar moeder, maar ze heeft een steviger huid en schouders die kracht en vastberadenheid verraden. Haar Iraanse bloed moet vlak langs haar botten stromen, want aan het oppervlak is het niet te zien; haar gelaatskleur is gehouwen uit albast. Ze loopt op me af, begroet me met een stralende glimlach en ik sta op om haar een hand te geven.

'Gaat u alstublieft zitten,' zegt ze, terwijl ze me een stevige hand geeft. Ze loopt met zelfverzekerde elegantie en gaat aan de andere kant van de kamer op de grond zitten. Ik kan mijn ogen niet afhouden van haar waardigheid.

'Mijn moeder vertelde me dat u reist,' zegt ze met een dikke, volle stem. 'Mag ik u vragen waarom u juist hier wilt reizen?'

Ik leg het haar uit.

'Heeft u geen moeilijkheden gehad, problemen met de autoriteiten?'

Esperanza werpt me een veelbetekenende blik toe en wendt haar blik weer naar haar schoot.

'Dat overkomt mij zelfs zo nu en dan, en ik begrijp de gebruiken. Afgelopen zomer,' zegt ze, terwijl ze me recht aankijkt met haar grote ogen, 'zaten we in het noorden aan de kust van de Kaspische Zee – bent u daar al geweest? Ja, prachtig, hè? De ouders van mijn vader hebben daar een zomerhuis, aan zee, en daar gaan we tijdens de schoolvakanties meestal naar toe. Het was de eerste dag van de zomervakantie, ik fietste langs de zee en daarbij raakte mijn mantel steeds verstrikt in de pedalen.' Ze gaat staan om het voor te doen.

'Dus ik stroopte hem op, tot hier, vlak boven mijn knieën. Nou, nog geen tien minuten later werd ik aangehouden door twee mannen – heeft u weleens gehoord van het Komiteh? Dat is een fanatieke groep. Ja, die mannen waren van die groep en ze zeiden dat ik onmiddellijk moest afstappen, dat ik niet mocht fietsen omdat ik een vrouw ben. Ik hield halt en vroeg hun waarom ik niet mocht fietsen; in de koran rijden vrouwen páárd.' Ze lacht en kijkt naar haar moeder, wier mond zich heeft ontspannen in een glimlach.

'Nou, dat verraste ze een beetje en een van hen zei zo ongeveer dat dat in oorlogstijd was, dat weet ik niet meer precies, ze mompelden gewoon wat, maar toen zeiden ze dat ik dat kon vergeten want het échte probleem was dat mijn hijab onbetamelijk was. Ik droeg een hoofddoek en een mantel, wat heel goed kan, alleen hij was opgebonden, weet u wel, boven mijn knieën.' Ze laat het nog eens zien.

'Ik haalde dus voor de tweede keer de koran aan, want daar staat niet precies in wat er bedekt moet zijn, alleen dat een vrouw zedig gekleed moet zijn, en dat was ik. Maar ze werden kwaad en ik wist dat het er niet echt toe deed wat de koran zei, het enige wat ertoe deed was wat die kerels vonden; uiteindelijk brachten ze me thuis en zeiden tegen mijn vader dat hij beter op mij moest letten, en mijn vader stemde daarmee in en bedankte de mannen dat ze mij hadden gered, maar toen ze weg waren, lachte hij gewoon en zei hij dat hij trots was. Maar ik mag niet fietsen! Die staat daar maar oud te worden, net als ik.'

Ze lacht, een korte hortende grinnik, maar al snel stokt haar stem door boosheid en vervalt ze in stilzwijgen. Emma's ogen schieten naar een plekje op het tapijt. Esperanza schraapt haar keel, veegt traanbuizen met een babyvinger. Maryam leunt voorover en grijpt een schijf watermeloen, lacht als het sap van haar hand op de tafel druppelt. Ze loopt van de kamer naar de keuken, komt terug met een theedoek, veegt de kliederboel weg, brengt de theedoek terug, komt terug, gaat zitten. Ze lijkt niet bekend te zijn met de onhandige houding en gebaren van iemand die midden in de puberteit zit. Het is bijzonder iemand te zien die hier zo stevig in haar schoenen staat. Het woord *pienter* ligt me op de lippen, terwijl ik naar haar kijk, en ik huiver bij de gedachte aan mezelf op die leeftijd, toen huid en haar van levensbelang waren.

'U ziet, al mijn koranlessen zijn de moeite waard,' zegt Maryam glimlachend. 'Ze houden me op z'n minst uit de gevangenis.'

'Is dat zo?'

'Zoveel bespottelijks!' roept Esperanza, waarna ze uitbarst. 'Dat is maar een verhaaltje, en liep ze gevaar? Nee! Het is heel overdreven! Er zijn hier andere gebruiken, ja, en dus geen fietsen voor meisjes, mijn dochter vindt ook niet leuk, maar ze heeft twee schoenen, ze kan toch wandelen! En ik, ik had in Mexico geen ficts, dus het is geen probleem voor mij, belangrijker is dat we gelukkig zijn! God geeft ons zoveel moois, we moeten niet altijd aan fietsen en hijab denken...'

'Behalve als we worden gearresteerd omdat...'

'Niet gearresteerd! De meisjes op die leeftijd zijn zo onnozel! Ze arresteerden je niet! Alleen om je te waarschuwen en je ouders te vertellen. Er zijn alleen maar verhalen van gearresteerden, oké, misschien namen ze een tijdje na hun revolutie een paar vrouwen zonder behoorlijke hijab mee, maar alleen naar een kantoor waar ze moesten beloven het nooit weer te doen, punt uit!'

Ik vertel Esperanza over een boek dat ik heb gelezen voor ik uit Canada vertrok. De interviews erin met vrouwen die zweepslagen hadden gekregen wegens onfatsoenlijk gedrag: gebruik van nagellak of lippenstift, haren die onder een sjaal uitsteken. Maar ze zit zo hard te lachen dat ze nauwelijks luistert.

'Ik geloof er niets van! Hahahaha... van wie is dat boek? Volgens mij zijn sommige mensen bereid alles op te schrijven om geld te verdienen! Hahahaha...'

'Het kan echt gebeurd zijn!' houdt Maryam vol. 'Zulke dingen gebeurden écht tien jaar geleden, ik weet nog dat daarover werd gepraat. Zulke dingen gebeuren nu niet meer, maar tijdens de revolutie kan het echt zijn voorgekomen.'

'Wat gebeurt er nu?'

'Vanwege nagellak of lippenstift? O, dan gebeurt er nu niets, het is veel minder streng, sommige meisjes dragen zelfs een spijkerbroek onder hun mantel. Op een keer was ik met mijn grootmoeder in Teheran en toen zagen we een meisje met open schoenen, een soort sandalen, en ze had nagellak op haar tenen!' Maryams gezicht sputtert van ongeloof. 'Volgens mij zijn ze in Teheran vrijer. Als een meisje dat hier zou doen, zouden ze haar oppakken en haar handen in een doos met...' ze worstelt met het Engelse woord en wendt zich tot haar moeder, die souffleert: '... met kakkerlakken stoppen.'

'O, onnozel kind! Dat zeggen ze alleen maar om je bang te maken! Dat zijn maar verhalen, en Amerikaanse vrouwen luisteren en zetten zulke verhalen in hun boeken! Hahahaha... ik heb medelijden met mensen die slechte dingen moeten zeggen over andere mensen om geld te verdienen. Ken je Betty Mahmoody?'

Ze beginnen allemaal te kreunen en slaan zich tegelijkertijd voor het hoofd, alsof de beweging is gechoreografeerd.

'Ken je dat smerige boek, *Not Without My Daughter*? O, dat is een domme vrouw, ik vraag God vergiffenis voor deze woorden, maar het is waar. En er is ook een film van! Mijn familie gaf me de video en ik werd zo boos! Ze is nu vast een rijke vrouw. Ze verdient miljoenen dollars door heel Amerika te vertellen hoe slecht dit land wel niet is. Maar het is niet waar...'

'Ik heb het gelezen,' zegt Emma zodanig dat elk woord een

klap in de lucht is. 'Ik denk niet dat ze liegt, maar ze komt op mij over als een buitengewoon domme vrouw, ze geeft zelfs toe dat ze naïef was, nergens van op de hoogte, deed geen enkele poging de plaatselijke gewoonten te begrijpen. Ze kon nog niet eens alle feiten behoorlijk op een rijtje zetten toen ze dat boek schreef, dat ze trouwens niet eens zelf schreef, dat deed een ghostwriter, dezelfde die dat vreselijke boek over Turkije schreef, hoe heet het. ... *Midnight Express* – ook een bijzonder anti-islamitisch boek, voorzover ik heb begrepen. Er stonden zoveel feitelijke fouten in, haar schrijver was hier duidelijk nooit geweest! In het allereerste hoofdstuk kun je al zien wat voor iemand ze is. Ze gaf die mensen niet eens een kans, terwijl ze zo vriendelijk zijn, je hebt ze ontmoet, je staat ervan versteld zo vriendelijk als ze zijn. Een van de eerste dingen die de familie van haar echtgenoot deed, was een schaap slachten in haar aanwezigheid, voor een feestmaal om haar komst te vieren, dat doet men hier als blijk van groot respect, het werd gedaan om haar welkom te heten, niet om haar bang te maken en haar afkeer op te wekken, maar dat begreep die arme Betty helemaal niet, 't is toch wat! Had ze maar een gréintje cultureel gevoel gehad...'

'Als we het alleen maar hebben over die Betty, stijgt het bloed naar mijn kaken.' Esperanza houdt haar hand nog steeds op haar voorhoofd. 'Het is een treurig verhaal, ja natuurlijk, maar er zijn heel veel gelukkige verhalen, vertelt ze dat? Nee!' Haar handen rusten nu op haar borst. 'Schrijft ze over mij en mijn schat van een echtgenoot – je zult hem zien, we gaan nu naar mijn huis,' zegt ze terwijl ze opstaat. 'Nee, het is niets voor een boek, zulke verhalen. Alleen van een slecht verhaal maken ze een film. Je wordt niet rijk van goede verhalen.'

'Dat is zeker waar,' zegt Emma, die ook opstaat. 'Er is niemand die belangstelling heeft voor mijn lieve, beminnelijke echtgenoot of voor een van zijn lieve, beminnelijke broers en vrienden. Niemand maakt een film over mij, of een van de tientallen buitenlandse vrouwen die ik ken, die hier wonen omdat we dat wíllen, en er zijn er heel wat meer zoals wij dan als Betty.'

We lopen gezamenlijk naar de deur. Terwijl ik me inpak om naar buiten te gaan, lacht Maryam om mijn streng zwarte gewaad.

'U ziet eruit als een zeer goede moslim! U zult wel heel bedroefd zijn om imam Khomeini' (glimlacht langdurig) 'en morgen is het weer een feestdag, maar ik weet niet zeker of het een vrolijke of een droevige feestdag is. Zet 's ochtends de televisie maar aan en kijk of de mensen huilen of lachen.'

Emma lacht mee met haar dochter.

'Er zijn zoveel feestdagen dat het moeilijk is ze uit elkaar te houden. En sommige zijn veranderlijke feestdagen, zoals Ramadan, dus er komt een jaar dat een rouwdag samenvalt met een vrolijke gebeurtenis, zoals Khomeini's geboortedag. Mijn man maakt er al grappen over hoe ze dat zullen vieren.' Ze jammert en slaat zich op de borst, daarna knipt ze met een blije grijns met haar vingers in de lucht. Slaan (jammeren), knippen (glimlachen), slaan, knippen, slaan, knippen.

'Zie je hoe leuk het is om hier te wonen?' Maryam rolt met haar ogen en kijkt naar de muur. 'Veel geluk bij uw reizen,' zegt ze nadat ze me op beide wangen heeft gekust.

En ik wens haar ook geluk, al weet ik niet zeker waarom.

Esperanza's auto. Onderweg probeer ik me dit land als mijn thuis voor te stellen. Wat onmogelijk is, ik weet het. Maar ik doe het toch.

Terwijl ik zit te fantaseren, hoor ik zweempjes van Esperanza's monoloog. Zo prachtig als het weer hier is, ze mag zich gelukkig prijzen te wonen in een land met zulk fijn weer, anders dan ik, die het leven van een ijsco leidt, in en uit een koude omgeving. Zo vriendelijk en edelmoedig als de Iraniërs zijn. Zo lekker als sommige Iraanse gerechten zijn, zoals kip met een saus van granaatappelsap en walnoten...

Enzovoort.

Ik kijk naar haar. Haar onuitwisbare glimlach. Haar vastberadenheid. Haar toewijding. En ik laat haar stemming over de mijne glijden, laat me terugdrijven, ver terug, naar herinneringen aan Mexico. Herinneringen aan die onvermoeibare Mexicaanse vitaliteit, de kunst van zelfs de allerarmsten te genieten van de rijkdom van een ander, genoegen te scheppen in de glimlach van een ander, in het wonder van kinderen, in het eenvoudige wonder van het bestaan. Het leven te beschouwen als een geschenk waarvan je moet genieten. In welke vorm het ook aangeboden wordt.

We komen bij de poort die haar huis versluiert.

'Nu zijn we in Mexico, hiiie hiiie hiiie,' zegt ze, nadat ze de poort heeft geopend en de auto binnenplaatsstenen op heeft gereden. Poort gesloten. Hoofddoeken af. We lopen een trap op naar haar huis en ze houdt even halt voor ze de voordeur opent.

'Mijn kinderen zijn ook onnozele tieners,' fluistert ze. 'Zij zeggen soms ook negatieve dingen, maar dat is de leeftijd. Mijn dochter veertien, mijn zoon zeventien. Ze worden wel verstandig als ze ouder zijn. Maar nu zijn ze...'

Onderbroken door een meisje dat met het openen van de deur in ons gesprek binnenvalt. Haar glimlach toont beide rijen tanden, piepkleine tanden, tanden waardoor ze jonger lijkt. Lange, donkerbruine haren, kaneelkleurige huid.

'*Buenas tardes!* Dit is mijn dochter! Shaadi, dit is mijn nieuwe vriendin uit Canada.' (Kleine tandjes worden zichtbaar om een zucht van ongeloof te slaken.)

De verklaring gaat verder in huis en op Spaans over. Waar we elkaar hebben ontmoet, wat ik hier doe, dat mijn man op mij wacht in ons hotel. Shaadi blijft glimlachen. Ze kijkt naar mijn gezicht alsof ze het aanraakt. Haar moeder excuseert zich en loopt weg om zich te verkleden. Ik doe mijn mantel uit en ga op een sofa bij het raam zitten. Shaadi zit naast me. En pakt mijn hand.

'Bent u reiziger?' Ik knik. Ze glimlacht. Knijpt in mijn hand. 'Mag ik u alstublieft een vraagje stellen?' Ik knik. Ze glimlacht. Knijpt in mijn hand. 'Waarom komt u in dit verloren land?'

'Ik zie dat je vriendschap hebt gesloten met mijn dochter! Mijn dochter heeft ook gereisd, naar Mexico en Turkije, dus jullie kunnen het over veel dingen hebben! Maar eerst moeten we het hebben over ons eten – hiiie hiiie hiiie – want er is niet zoveel te eten in huis, maar dat is geen probleem, we maken wat aardappels, wat salade… o ja, ik heb een goed idee: als mijn man en zoon thuiskomen, vraag ik of ze wat hamburgers gaan halen, is dat een goed idee? Er is hier vlakbij een restaurant waar we hamburgers kunnen bestellen en mee naar huis nemen… we hebben zoveel goede dingen in dit land!'

Esperanza's ogen gaan wijd open en kleven zich vast aan het raam.

'Daar komen ze al!'

De poort gaat open en er lopen twee mannen door, de een zo mank dat zijn hele bovenlichaam bij elke stap wankelt. Eerder de mankheid door een ziekte dan door letsel. Esperanza rent naar de voordeur en roept iets tegen de mannen, die lachen.

'Ik zeg tegen ze dat ze me moeten helpen met koken, hiiie hiiie hiiie…'

De manke man komt als eerste binnen en buigt voor me met zijn hand op zijn borst.

'Dit is mijn man, Hassan, je kunt prima Engels met hem praten, hij heeft vier jaar in Amerika gewoond, en dit is mijn zoon, Majid,' zegt ze over de lange, stevige jongen achter hem. Hij mompelt iets tegen zijn moeder en zij vertaalt:

'Hij vraagt of je hem alsjeblieft Mario wilt noemen, dat is zijn Mexicaanse naam, want hij wil na de middelbare school misschien in Mexico gaan studeren, hiiie hiiie hiiie, maar nu gaat hij naar restaurant om hamburgers te halen.'

De mannen buigen opnieuw en gaan weer naar buiten. We kijken ze na vanuit de deuropening, haar man hinkend als een kapotte pop.

'Nu begrijp je waarom ik onmogelijk naar Mexico kan terugkeren,' zegt Esperanza, terwijl ze naar de keuken loopt. 'Mijn man is niet sterk genoeg om naar een ander land te verhuizen en daar te gaan werken, dus ik moet me gelukkig prijzen dat ik hier zit. En dat is niet moeilijk met zo'n lieve man, aardige vrienden, mooi weer, heerlijk eten, maar onder ons...' ze trekt haar schouders op en tempert haar stem '... ons Mexicaanse eten is veel, veel beter, hiiie hiiie hiiie...'

'Natuurlijk,' zegt Shaadi, die aardappels zit te schillen. 'In Mexico zijn veel dingen beter. De meeste dingen.' Ze lacht nu. 'Alles is beter in Mexico! *Viva Mexico!*' Ze roept het richting het plafond en ze schudt het aardappelmesje in de lucht. We lachen nu alle drie.

'*Bueno*, mijn mooie Mexicana, maak jij wat gebakken aardappels en een salade? En ik ga bij onze gast zitten, goed?'

We laten Shaadi alleen en gaan weer naar de zitkamer.

'Het is normaal van Mexico te houden,' zegt Esperanza, terwijl we op de sofa gaan zitten. 'Ik hou natuurlijk ook van Mexico, dat is mijn vaderland, en soms is het lastig hier te wonen, reken maar, vooral tijdens de oorlog, toen ik soms hier op deze stoel zat en de bommen zag vallen op de stad, *aiiii*! O, ik wilde weg! Soms zag ik zelfs de raketten overvliegen...' ze tekent met haar vinger een boog boven haar hoofd '... en ik heb zoveel gebeden! Je zag hoe vriendelijk de Heer voor onze kerk was, mijn kinderen geloven niet dat het een wonder was met ons gekleurde glas, mijn zoon zegt dat het gewoon dik glas is, maar ik weet dat het een wonder was en daarom bad ik om nog een wonder om mijn huis te sparen, maar ik wist niet hoeveel wonderen de Heer kan doen! In die tijd was het dus moeilijk hier te zijn, maar ik denk dat het in oorlogstijd in elk land moeilijk is. Ik weet dat je me wil vragen naar hijab en zo, daarom moet ik je vertellen over mijn lieve man, zo edelmoedig, hij wist dat het moeilijk voor me was altijd deze hijab te dragen, maar op een dag werd ik boos dat ik me altijd moest bedekken en ik gilde als een Mexicana, *aaiiiii*, en ik zei, ik wil hier weg! En ik gooide mijn kleren naar mijn arme man en ik zei, draag jij dit pak maar eens een dag, één dag, en zeg dan dat dit geen hel is, hiiie hiiie hiiie.'

Ze legt haar hand op haar mond, maar blijft lachen. 'En mijn man was zo begripvol en daarom probeert hij ook warme kleren te dragen, zodat ik me niet zo alleen voel, en nu is het zomer en je ziet dat hij een jasje draagt, hiiie hiiie hiiie. Maar dat was niet zo aardig, wat ik over de hel zei, en ik bood hem mijn excuses aan, en aan God, en nu ben ik hier heel gelukkig. Beiden zorgen dat ik gelukkig kan zijn.'

De mannen komen terug met een zak vol hamburgers, die Esperanza naast Shaadi's salade en gebakken aardappels op borden legt. Haar echtgenoot bidt en we zetten ons aan een maaltijd die van alles wat Iran te bieden heeft McDonald's het dichtst benadert. Het is een indringende ervaring. Ik zit bijna de hele maaltijd te kijken hoe het gezin zich vermaakt, de manier waarop broer en zus samen lachen en leven, en grappen, woorden, de taal van dit land delen. Ik staar naar de gedachten en gevoelens van deze Mexicaans-Iraanse kinderen en ik probeer me voor te stellen hoe hun bloed aanvoelt. Ik klim in Esperanza's geloof en stel me de wereld voor vanuit die positie. En aan 't eind van de maaltijd luister ik naar haar man, die me vol trots vertelt hoeveel hij van haar houdt.

Na het eten zeg ik: 'Het is al laat. Mijn man maakt zich vast zorgen. Ik moet terug naar mijn pension. Nee, echt, ik moet gaan.'

Er volgen afscheidsgroeten, maar geen gelukwensen deze keer. Het heeft niets met geluk te maken, besef ik.

De straten zijn nu leeg, als Esperanza me terugbrengt. De geur van saffraanrijst maakt kussentjes van de lucht, aangename kussentjes waar ik mijn hoofd op wil laten rusten. Op het melkwitte licht van de maan na is de hemel donker. En Esperanza's tanden, geëmailleerde sterren, die lichtjaren verwijderd hiervandaan fonkelen. Terwijl we het centrum naderen, vraagt ze me opnieuw of ik geen organist in hun kerk wil worden.

Hiiie hiiie hiiie.

Ik wijs het pension aan en ze houdt voor de deur stil. Ze pakt mijn hand en zegt tegen me dat ik op een dag God zal kennen en gelukkig zal zijn.

Ik bedank haar voor het eten. We nemen afscheid en geven elkaar een kus en ik wuif haar na vanaf de straat. Ik klim de trap naar het pension op en word verdoofd door het gejammer en de gebeden uit de televisie, die nu naar de straat gericht op het bureau van de waard staat. Hij staat zo hard dat het geluid er verscheurd en vervormd uitkomt. De kamer van de waard is er vlak achter. De deur staat op een kier. Ik gluur in het smalle reepje licht en zie hoe hij en Ian in een kaartspel opgaan; de televisie moet het geluid van het schudden maskeren voor eventuele voorbijlopende rouwenden.

Ik ben medeplichtig door niet tussenbeide te komen, ga voor de televisie zitten, stop puntjes sjaal in mijn oren. En bekijk de treurigheid. Devotie en treurigheid. Kijk ernaar tot het over mijn hele rug sijpelt. Tot het in me jammert. Zo diep in me jammert dat ik mijn huid niet meer voel. Ik voel me gewichtloos, gedragen door een geest van droefenis en vreugde, door de stemmen en jammerklachten van het geloof. Ik drijf mijn geest binnen, naar een taal zonder woorden, naar een schemerige stilte, waar ik kan rusten.

Als ik wakker word – Ians hand op mijn arm – heb ik het gevoel dat ik dit land heb aangeraakt.

Drie vrouwen achter me horen mijn verzoek om telefonische verbinding met Canada. Ze aaien mijn gezicht, gluren onder de achterkant van mijn hoofddoek om mijn haren te zien. Glimlachen en lachen en geven een tikje op mijn wangen.

We gaan zitten en wachten op een internationale verbinding. Tweeënhalf uur lang.

'Canada!' roept de klerk vanachter de balie. '*Cabine chahar!*'

Ik haast me naar telefooncabine vier, pak de hoorn en wacht op de verbinding. Ik hoor de lege lijn, hoe mijn ademhaling in een vacuüm zucht. Ik voel mijn hart bonzen in mijn keel, hoor de snelheid ervan, wat wil ik thuis graag voelen.

Ze is natuurlijk buiten, het is daar nu avond – nee rond het middaguur. Augustus, dat betekent verse maïskolven die babytandjes in de boter achterlaten. Dikke plakken tomaat uit de tuin, jurkjes zonder mouwen en haar dat nog nat is van de vijver. Ze eet vast buiten. Maïs, tomaten en een kolossale salade met een dressing waarvan je dagen later nog naar knoflook ruikt. Buiten op de veranda achter, waar ze de heuvel kan zien, de zonnebloemen, de blauwe gaaien die de mezen alle kanten op commanderen. Omringd door honden: Sox, Alex, Sebastian, Mugs, die als parlementsleden om haar heen zitten – ze is per slot van rekening de kamervoorzitster – en de katten, Figleaf en Foliage, die zich als koorddansers op het lattenwerk hebben neergevlijd of naast de honden liggen, klaar om uit te halen naar de eerste staart die het waagt te bewegen. Zit te eten. Als er een windje staat, zullen de populieren flakkeren als staken van crêpepapier – *sssjjt* – om de aarde tot zwijgen te manen. De lucht ruikt naar... ik weet het niet zeker. Ik sluit mijn ogen en probeer het me voor te stellen. Lukt niet. Ik ruik deze telefoon, de laatste dertig mensen die erin hebben geschreeuwd, de lucht van vuiligheid en zweet en gesmoorde kwartjes van metaal en rubber en glas.

'Canada?' De stem van de telefonist.

'Ja, ja. *Baleh*.'

'Ogenblikje.'

Ik sluit mijn ogen. Wacht tot hij de eerste keer overgaat. Ze zet haar bord neer. Een halfgegeten maïskolf op een van oma's karmijnrode borden. Hij gaat voor de tweede keer over. Open de hordeur, spring over de ventilator. Derde rinkel. Struikel over Figleaf, die haar naar binnen is gevolgd, en neem op. Vierde rinkel.

'Sorry, ik kan uw telefoontje nu niet aannemen. Spreek uw naam en telefoonnummer in, dan bel ik zo snel mogelijk terug.'

Ik hou de hoorn met twee handen vast. Druk mijn hoofd tegen het glas. Wacht op die verdomde pieptoon.

'Hallo, met mij. Alles gaat goed. Ik belde alleen om...' Mijn stem breekt. 'Ik dacht gewoon...' Ik bijt in mijn wang en haal diep adem. 'Misschien bel ik later nog eens, maar het is een bezoeking om te telefoneren...'

De lijn is verbroken. Dat moet het zijn, anders heeft iemand een spijker in mijn maag geslagen. Ik leg de hoorn langzaam, onhandig op de haak. Pijn. Leun tegen de deur tot die openvalt. Stap de openlucht van het postkantoor in. Loop naar de balie. Wacht tot de telefoonkosten zijn berekend. Probeer adem te halen.

'Canada,' zegt de klerk. 'Canada heel goed.'

Ik tover een dun glimlachje op mijn gezicht. Bedank hem.

'Ik ga naar Canada,' zegt hij grijnzend.

Ik knik. Betaal voor het telefoontje. Sta op het punt het gebouw te verlaten als een van de wangknijpsters me bij de arm pakt en vraagt te wachten. De andere twee zijn hun echtgenoten aan het halen en komen zo terug. Wil ik alsjeblieft wachten?

We gaan zwijgend zitten. Ik vraag me af waar mijn moeder is, ik probeer me voor te stellen waar ze kan zijn, waarom ze niet opnam. Ik begin me af te vragen of er iets is gebeurd, misschien is ze gevallen, is ze uitgegleden op de heuvel en heeft ze haar been gebroken, en kan ze niet naar huis kruipen, zit ze daar uren, misschien dagen in de regen, en o god, ik moet iemand bellen om een kijkje te nemen…

Ik word uit mijn neurotische lethargie gestoten door de andere twee wangknijpsters, die voor me staan met hun echtgenoten en van alles vragen over emigratie naar Canada. Ze stellen gedetailleerde vragen over de immigratieprocedures, willen weten wat ik van illegale binnenkomst vind. Moeten ze hun paspoorten in het vliegtuig wel of niet verscheuren? Hoeveel geld hebben ze nodig voor een behoorlijk bestaan? Moeten ze solliciteren als ingenieur of zakenman?

Ik kan ze niet helpen, kan geen enkele vraag beantwoorden. Ik weet alleen wat andere immigranten me hebben verteld. Dat het nooit helemaal als thuis is, hoeveel geld ze ook hebben en hoe mooi het leven en de stad en het weer ook zijn, en niemand weet waarom het ene stukje aarde anders ruikt dan het andere, maar dat is nu eenmaal zo en hoe eigen het ook wordt, het zal altijd aarde zijn, nooit geaard zijn. Je komt daar – dat andere land – en je stelt vast dat thuis diep in je binnenste zit en slechts door een chirurgische ingreep voorgoed kan worden verwijderd, gecompliceerde emotionele chirurgie, en negen op de tien keer zijn er onverwachte complicaties en ontstaan er bloedingen en littekens en een doffe pijn, als een krampscheut die opflakkert op koude, vochtige dagen of warme dagen, mooie zomerdagen als het er allemaal prachtig uitziet behalve als het waait. En zelfs de bomen spreken een andere taal.

Ik glimlach de ernstige gezichten van de mannen toe. Geef ze de naam van iemand die ik ken op de Canadese ambassade in Damascus die hun vragen kan beantwoorden. Wens ze succes. En geluk. Ik verlaat het gebouw, de zon slaat me op mijn zwarte rug en ik wandel naar mijn hotel, luisterend of ik bladeren hoor.

Een engel op het vliegveld

De Perzische Golf. Een hitte waardoor ik ga tandenknarsen en knipperen, waardoor ik verschrompel, terwijl ik erin getrokken word, terwijl mijn lijf uitgewrongen wordt in mijn kleren. Diarree van de poriën. 48 graden. Zo'n hoge luchtvochtigheid dat een sok binnen een paar minuten doorweekt zou zijn als ik hem uit mijn tas zou halen. De sokken aan mijn voeten zijn al uren doorweekt.

We zoeken een bed voor de nacht. Sjokken. Lijden. Het lijkt wel alsof ik op mijn knieën loop, maar als ik naar beneden kijk zie ik mijn gestrekte benen. De tas in mijn hand lijkt wel een zwerfkei. Geen kamer in het eerste pension. Noch in het tweede, het derde of het vierde. In het vijfde stinkt het zo naar pis en zwavel dat het pijn doet. Ik steek mijn hoofd door een gat in de muur om naar een kamer te vragen. Ja, ze hebben er een, maar geen water. Dan moeten we de openbare douches aan het eind van de straat gebruiken.

Bezwijk.

Benen van een pasgeboren veulen. Geknakt en verfrommeld onder me. Kan niet staan. Kan mijn gewicht op mijn ledematen niet meer in evenwicht houden. In elkaar gezakt als een tent zonder tentstokken. Ian hurkt neer met wat water, biedt aan met me naar beneden te strompelen, weg van die lucht, terug naar de straat. Ik sta op, verman me en zie een door koplampen verlichte ree: een man die geschokt zijn mond open laten zakken. Dan begint hij langzaam, langzaam te glimlachen. Tot al zijn tanden zichtbaar zijn. 'Jullie Engels spreken,' zegt hij met hese stem. We knikken. Hij springt van zijn stoel en hurkt naast ons. 'Ik ben Amir. Ik heb een Noorse vriendin.' Hij haalt een foto uit zijn borstzak. Een pasfoto van een blanke vrouw in een sari. 'Dit hotel is een tikje vreselijk, laat mij jullie alsjeblieft andere gelegenheid bezorgen.'

Amir draagt onze tassen. Ian en ik strompelen achter hem aan de trap af. 'Jullie hebben al te veel gelopen voor dit weer. Meneer, je begrijpt niet hoe warm het is voor een vrouw in die kleren. Het is heel gevaarlijk. Te veel zweten. Je moet heel veel drinken om het zweet te vervangen. Het is ook niet goed op dit tijdstip te lopen, het warmste moment. Blijf hier in schaduw wachten terwijl ik gelegenheid voor je zoek.'

Amir komt terug met twee mogelijkheden. Een heel mooi hotel met airconditioning en douche op de kamer. Dit kost dertig dollar. Een ander hotel is niet zo mooi, met 'afkoelfan' en douches in de grote hal, maar veel goedkoper, achtduizend riyal. Minder dan drie dollar.

Amir brengt ons naar het goedkopere onderkomen en zegt dat hij ons komt ophalen als het wat is afgekoeld. 'Slaap,' zegt hij. 'Dat is het beste voor je lichaam.' We volgen zijn raad op, maar eerst gaan we ons een voor een wassen in de douche beneden in de hal. Zodra ik de kraan dichtdraai, begin ik weer te zweten. Mijn kleren liggen in een vochtige hoop in een hoek van de betegelde ruimte en ik vind de gedachte dat ik ze voor de tocht door de gang allemaal weer moet aantrekken zo deprimerend dat ik besluit tot het ondenkbare. Ik hou mijn plastic douchesandalen aan, glij mijn drijfnatte lichaam in mijn mantel, knoop hem dicht tot mijn knieën, bind mijn sjaal om mijn haren, die zo nat zijn dat het water aangenaam in mijn nek druppelt. Ik doe de deur open en sta klaar om zo door de gang te wandelen. Bloot tot mijn enkels.

Ik ben op een derde van de hal als er twee mannen uit het trappenhuis stappen. Ik zie dat ze me zien, mijn blote tenen, mijn enkels, het onderste deel van mijn schenen; ze reageren alsof ze een elektrische schok hebben opgelopen; kijken een andere kant op; lopen naar hun kamer; werpen nog één blik terwijl ze hun deur dichtdoen. Ik houd halt en voel me naakt en beschaamd.

Amir wekt ons met een zacht klopje. 'Hallo?' fluistert hij. 'Slapen jullie? Het weer is nu veel prettiger, goed om te wandelen.'

Ian rolt zijn bed uit en kreunt. 'Ogenblikje.'

Ik ga rechtop zitten en stel vast dat mijn schedel boven mijn slapen is gebarsten. Barsten die ik met mijn vingers kan voelen. Ik durf het te zweren. Mijn oogholten zijn uitgehakt met een pikhouweel, en degeen die dat heeft gedaan, heeft mijn lippen er meteen ook maar afgescheurd.

'Hebben we vandaag al iets gegeten?' vraagt Ian, terwijl hij zijn nek masseert.

'Watermeloen.'

'Dat was gisteren.'

'O. Dan is het antwoord nee.'

Het is avond. De temperatuur is gezakt van 48 graden naar iets onder de veertig. Op de promenade langs het water is het vol met mensen die een avondwandelingetje maken of op weg zijn naar de bazaar. Amir neemt ons mee naar een smerig restaurant waar vis wordt verkocht die zo uit de haven komt. Hij bestelt een eigenaardige verzameling kronkelige dingetjes waar hij flinke hoeveelheden zout overheen strooit. 'Eet dit op, daarna gaan we naar mijn huis om een heleboel suiker te drinken. Dan zul je je beter voelen.'

We volgen zijn advies op. Hij kijkt zo bezorgd dat we hem niet willen teleurstellen. Als het laatste stuk zompig vlees verdwenen is, betaalt Amir de rekening. Nee nee nee. Hij stáát erop. We bedanken hem en wandelen verder over de promenade.

'Hier,' hij wijst naar een keet met een palmdak aan de rand

van het water. 'Dit is mijn zaak die ik met vriend ben begonnen. Het is klein koffiehuis, maar leuk.' Hij geeft de mannen die buiten bij de samovar zitten een hand en stelt ons voor, daarna brengt hij ons naar een bankje met uitzicht over de Golf. 'Willen jullie thee?' vraagt Amir. We knikken. 'Mooi,' zegt hij. 'Dat is ons enige product.'

We drinken het ene na het andere glas zoete, zwarte thee, gekruid met kardemom, kaneel, sinaasappelschil en gember. Na elk glas voel ik me wat minder uitgeput. Ik kom langzaam weer tot leven.

'Ik heb dit recept uit India. Daar heb ik tien jaar gewoond, vier jaar met mijn vriendin.' Hij haalt de foto uit zijn borstzak en laat die opnieuw aan ons zien. 'We waren vier jaar samen in India. Ik kocht en verkocht: zijde, handwerk, paspoorten. Goed leven. Na vier jaar mocht mijn vriendin naar school in Engeland, en ik ging terug naar Iran. Mijn moeder had slecht hart, ik wilde haar zien, maar het betekende ook militaire dienst. Ik heb het twee jaar gedaan, maar ik was als een dier in kooi, ik werd gewoon gek en wilde eruit. Altijd maakte ik plannen hoe ik eruit zou komen. Het was net de gevangenis.'

Amir ziet dat onze glazen leeg zijn en seint zijn vriend om meer.

'Na de militaire dienst ik kwam hier in Bandar-é Abbas. In mijn geboortedorp is geen werk, daarom vroeg mijn vriend uit de dienst of ik hier kwam en we begonnen dit koffiehuis voor mijn Indiase kruidenthee, maar na maand vroeg zakenman of ik voor hem wilde werken, elektronica en keukenapparatuur uit Dubai smokkelen met grote winst. Eerst was het oké, maar na twintig dagen liet onze regering dollar dalen. Eerst kon ik acht- of negenduizend riyal kopen voor dollar. Nu maar drieduizend. Ik verloor alles. Tweeduizend dollar. Al mijn spaargeld.' Hij haalt diep adem en drinkt zijn thee op.

'Mijn vriendin wacht in India tot ik mijn paspoort heb, dat duurt na militaire dienst ongeveer een jaar. Ze wacht ook tot ik wat geld heb verdiend; ik heb dat nodig voor reis en om samen zaak te beginnen. Ik heb haar gebeld toen ik al mijn dollars had verloren. Ik zei haar niet op mij te wachten, maar ze wil heel graag bij mij zijn. Ze zegt dat ze hier wil komen, moslim wil worden. U ziet ze stuurt me haar foto waarop ze als moslim eruitziet met iets over haar haren. Ze wil heel graag bij mij zijn, maar ik weet ze kan hier niet gelukkig zijn. Ik weet het is niet het goede leven.' Hij staart naar de foto en steekt hem weer in zijn zak.

Een schooiertje duikt op, een kleine, haveloze jongen met een tweede huid van vuil. Hij talmt bij een lege tafel, zijn hoofd schommelt heen en weer en hij doet zijn uiterste best ons niet recht aan te kijken. Hij loopt op blote voeten. Zijn haar zit tegen zijn hoofd aangeplakt. Amir roept hem en de jongen nadert schuchter, met neergeslagen ogen en een hand op een kant van zijn gezicht. Amir haalt een handvol biljetten uit zijn zak en geeft die aan de jongen. De jongen pakt het geld en draait zich om. Hij heeft het keramische gezicht van iemand die gehuild heeft tot er geen tranen meer waren.

'Hij komt uit Pakistan,' legt Amir uit. 'Zijn vader is overleden en zijn moeder is hertrouwd. De man wilde geen kinderen van ander, dus zij moet ervan af. Dat is heel gebruikelijk in die landen. Deze jongen weet niet hoe hij in Iran terecht is gekomen of hoe lang hij hier al is. Nu slaapt hij op straat, dus ik probeer hem te helpen. Soms probeert iemand zijn deken te stelen, soms pakt de politie hem op, dus ik probeer te helpen. Ik geef hem geld voor wat eten of ik geef hem wat voedsel om te verkopen, maar hij vraagt er nooit om. Staat alleen zoals jullie net zagen, hopend dat ik hem help. Ik ken iemand met fabriek in Pakistan, misschien kan hij daar gelukkig worden, in zijn vaderland.'

We kijken de jongen na die op weg gaat naar de bazaar en

die ineenkrimpt voor iedereen die hem nadert, alsof hij zich voorbereidt op een klap.

'Als ik hem help terug te keren naar Pakistan,' zegt Amir met een geforceerde glimlach, 'zal God mij zeker een goed leven bezorgen.' Hij roept zijn vriend en bestelt nog wat thee. Knippert met zijn ogen en kijkt naar de zee.

We liften in de laadbak van een bestelauto naar het vliegveld. Hij zit vol met vrouwen met helderrode puntige maskers waardoor ze op kardinalen lijken. (De vogels, niet de mannen.) Ze dragen ook sjaals, deze vogelvrouwen, net als de rest van hun kleding in heldere kleuren: nogal onthullende stroken stof en strakke, met kralen bestikte leggings. En ze dragen sandalen. Ik zit de hele rit naar hun tenen te staren.

We zetten ze af bij de haven, waar de misdadigste figuren die ik óóit heb gezien passagiers en smokkelaars in lange houten motorboten de Golf overvaren. Deze wateren schijnen zo vol te zitten met haaien dat je nauwelijks de kans krijgt te merken dat je overboord bent gevallen. Ik zie onze bootsman van de tocht gisteren naar Hormoz, een van de Golf-eilanden: zijn turende gezicht met littekens, de lange, donkere sjaal rond zijn voorhoofd. Hij beheerst deze wateren en weet het. Een man van zeeroverskaliber.

Terwijl we de buitenwijken van Bandar-é Abbas binnenrijden, wakkert de wind aan en schieten er vlagen stof over de weg. Als we bij het vliegveld zijn aangekomen, heb ik mijn hoofddoek strak over mijn gezicht getrokken en voel ik het zand tegen mijn tanden knarsen. Ian hoest en beschermt zijn ogen, en hij probeert de chauffeur wat geld te geven. De chauffeur draait het raampje omlaag en een stofwolk waait in zijn gezicht. Hij bedankt één keer voor Ians geld – *hoest hoest* – bedankt opnieuw – *hoest veegt zand uit ogen* – en neemt het aan als Ian het voor de derde keer aanbiedt. Draait het raampje dicht en rijdt weg.

Ian en ik worstelen tegen de wind in. De palmbomen op de parkeerplaats buigen en krullen als Slinkies. Vuilnis vliegt om ons heen en kleeft vast aan auto's en muren. Een paar minuten nadat we in de terminal zijn aangekomen, valt de elektriciteit uit en worden de ramen ondoorzichtig. We horen het geluid van honderd vuistjes tegen glas. Ruiten die met vliegend zand worden bekogeld.

Alle vliegtuigen blijven aan de grond. Al het grondtransport is blind en onbeweeglijk. Het is pas elf uur 's ochtends, maar om de een of andere reden weten we allemaal dat we hier zullen moeten overnachten.

In een kiosk worden kranten, pamfletten van islamitische geleerden en posters van Khomeini, geestelijk leider Khamenei, president Rafsanjani, imam Hossein en diverse voetbalsterren verkocht. Ik koop een gids voor goed bidden voor kinderen, geïllustreerd met foto's van een vroom peutermeisje in een wit schort. Er zijn maar een paar banken in het gebouw en die zijn allemaal bezet. Er is geen restaurant of wachtkamer. Maar er zijn gebedskamers, afgescheiden, en ik weet dat er kleden zullen zijn om op te rusten.

De vrouwenmoskee is zoals ik hoopte een ruimte met een roodwollen vloer. Vrouwen zitten naast elkaar tegen de muren, met hun rug tegen de muur, terwijl hun kinderen als circusdieren over het midden van het vloerkleed rollen. Veel vrouwen hebben hun hoofddoek afgedaan, zich ontdaan van hun gewaden, sommigen geven borstvoeding. Het is er ongelooflijk warm en bedompt. De zandstorm heeft elke eventuele ventilatie verstopt. Het voelt en ruikt hier als in een kleedkamer.

Ik strek me uit en wikkel mijn kleren af. Veeg het zweet met mijn hoofddoek van mijn gezicht, mijn hals, mijn borst, daarna gebruik ik hem om mezelf weer vocht toe te dienen door hem in mijn mond te stoppen en erop te zuigen. Het is zo heet dat het onmogelijk is je op wat dan ook te concentreren. Ik ga zitten, net als alle andere vrouwen, en kijk naar de kinderen. Dommel weg. Probeer geen honger te voelen.

Zo nu en dan waagt iemand zich naar buiten om de toestand te peilen. Telkens keren ze met dezelfde uitdrukking op hun gezicht terug: opgetrokken wenkbrauwen en een blik vol uitgeputte berusting. Soms een smeekbede aan Allah, maar meestal niet. De storm woedt uren aaneen. Dan begint de schoonmaak, het verplaatsen van het zand: het wordt uit het gebouw geschept, van de startbaan, van de vliegtuigen geveegd en uit alle gaten en kieren. Van tijd tot tijd komt Ian bij de deur van de vrouwenmoskee staan om de laatste ontwikkelingen door het gordijn te roepen. Inclusief het nieuws dat hij mogelijk voetschimmel krijgt.

Om elf uur die avond zijn er nog meer mensen gekomen, die hoopten een avondvlucht te kunnen nemen, maar er is nog niets gaande. Het gebouw zwelt en broeit met meer mensenlichamen. Ik ga weer naar de vrouwenmoskee en probeer me uit te strekken, maar er rennen steeds kinderen over mijn benen en er komen steeds meer vrouwen bij. Ik ga zitten en neem zo min mogelijk ruimte in beslag. Ian kondigt vanachter het gordijn aan dat er wordt gezegd dat de vluchten spoedig zullen worden hervat, en dat hij honger heeft en chagrijnig is.

'Je zou toch denken dat ze iets bedachten om hier wat eten te krijgen,' bromt hij.

'Waarom denk je dat?'

Hij puft en stampt weg.

Er staat een vrouw bij de deuropening. Ze kwam een paar minuten geleden binnen en keek rond – waarschijnlijk vroeg ze zich af of ze het aankon hier te zitten en realiseerde ze zich dat ze nergens anders op het vliegveld kon gaan zitten. Nu staart ze me aan. De Engelssprekende. En ze begint een gesprek met haar ogen. *Wat een troep, dat geloof je toch niet? Wat moeten we doen? De hitte is met geen pen te beschrijven. Mag ik naast je gaan zitten?* Ik schuif wat op en maak plaats voor haar. Ze gaat zitten en maakt haar kleren los, wuift zichzelf lucht toe met een flapje van haar hoofddoek, glimlacht en stelt zich voor.

Fereshté stelt alle standaardvragen – *waarvandaan? wat doe je hier? wat? waarom?* – en ze let goed op de andere vrouwen in de ruimte om te zien of er iemand naar ons luistert.

'En hoe is je hijab?' vraagt ze.

'Heel erg warm.'

Fereshté werpt haar hoofd in haar nek en lacht. 'Ja, natuurlijk is het warm. Maar is het moeilijk voor je?'

Ik vraag of het voor haar moeilijk is.

'Natuurlijk, maar ik moet me aanpassen. Op mijn werk – ik ben laborante – draag ik een witte jas en een lichtere hoofddoek, maar hier is het erg warm en moet ik een dikke jas dragen, net als jij.' Ze zucht en wuift zichzelf koelte toe. 'Zelfs die jonge meisjes, volgens de islam moeten ze op hun negende beginnen. En de mannen...' ze haalt haar schouders op en kijkt naar het plafond '... die zijn vrij. Alleen maar een hemd. Heel prettig. Soms...' Ze leunt naar me over en fluistert. 'Soms denk ik dat God een man is.'

Fereshté kijkt me aan, let op mijn reactie, voor ze begint te lachen. Werpt een blik over haar schouder en kijkt glimlachend door de ruimte. Stelt voor dat we buiten gaan wandelen. De zon is ondergegaan en misschien staat er een briesje.

Het lijkt me heerlijk, maar weet ze zeker dat we tijd genoeg hebben? Zouden de vluchten niet ieder ogenblik worden hervat?

'O, nee,' lacht ze. 'Maak je maar geen zorgen. Ik hoorde medewerkers zeggen dat de eerste vlucht om halfvier vannacht vertrekt.' We knopen onze kleren dicht en bereiden ons voor om te vertrekken. 'En waarschijnlijk geven ze het eerste vliegtuig aan de familie van martelaren.'

We lopen weg van het vliegveld naar de woestijn. Aan de rand van de parkeerplaats zie ik hoe Ian is neergeploft naast een tiental andere mannen. Hij ziet ons niet; we gaan op in de nacht. We lopen en lopen en lopen. Weg van de lichten en het lawaai naar een stukje zand, waar we gaan zitten. Liggen. Kijken naar de sterren.

'Ik geneer me dat je mijn land zo moet zien,' fluistert ze. 'Er valt zoveel slechts te zien, misschien vind je het wel een idioot land, vol slechte mensen. En het is waar dat er veel slechts is... Je hebt natuurlijk gehoord van onze revolutie... nou, ik steunde die revolutie, maar ik wist niet dat het hiertoe zou leiden. Er waren misschien maar een paar mensen die dat vermoedden. In de tijd van de sjah was ons land zo kunstmatig, heel rijk en mooi, maar vanbinnen was het net rot fruit, het stortte gewoon in, zonder kracht of smaak. We leefden alleen voor iets uiterlijks. Na de revolutie is alles anders. Veel dingen zijn veel slechter, o, veel slechter, maar sommige dingen, een paar belangrijke dingen zijn goed. Het is een moeilijk bestaan, maar sommige dingen zijn oprechter. De mensen zijn duidelijker, minder kunstmatig. Het is zo gek nu daarover te denken, de tijd van de sjah, want in die tijd was het leven zo anders. Religie was bijna iets als een protest, zelfs het dragen van de chador was zo ongeveer revolutionair, dat lijkt nu belachelijk, maar je moet begrijpen dat we ons dit nooit hadden voorgesteld. Dit resultaat.' Ze kromt haar handen voor haar oog, zodat haar vuisten een telescoop vormen, en kijkt naar de hemel. 'Ik had nooit gedacht dat ik zo zou leven, in zo'n land. Dit is Gods wereld niet, hier, waar ik woon. Daar ben ik nog steeds naar op zoek.'

Ze buigt zich naar me toe en strijkt over mijn wang met de achterkant van haar hand. 'Zachte, jonge huid,' zegt ze en ze glimlacht. Trekt haar hand terug naar haar eigen gezicht en legt hem als een kussen onder haar hoofd. 'Jij woont in een zacht, jong land. Dat bepaalt je gezicht.'

We liggen op onze zij in het donker en bekijken elkaars ogen. De verhalen die ze bevatten. Ze verschuift haar hoofd en trekt haar hand weer tevoorschijn. Reikt er weer mee naar mijn wang, daarna trippelt ze met haar vingertoppen over mijn voorhoofd, mijn neus, mijn lippen; schuift dichterbij en volgt de rondingen van mijn oor, trekt aan mijn hoofddoek en draait haar vingers door mijn haar. Ik sluit mijn ogen en ruik haar geur, haar zweet; het ruikt bijna net als de woestijn. Ze leunt naar achteren en glimlacht. Gaat op haar rug liggen en keert terug naar de sterren.

'Weet je wat interessant is?' Ze fluistert, al is er niemand in de buurt. 'God heeft dit niet bedoeld.' Ze heeft een arm over haar gezicht geslagen, waardoor haar stem gesmoord wordt. 'Hij bedoelt niet deze wijze, de manier waarop het hier is. Deze zwarte schaamte, zoveel angst en woede en moordpartijen. Na de revolutie heeft de imam de wet veranderd zodat meisjes al op hun negende kunnen worden geëxecuteerd; voor jongens is de executieleeftijd zestien. En erger nog...' ze tilt haar arm op en laat haar vingertoppen op haar ogen rusten '... heb je weleens gehoord van het *mut'a*-huwelijk?' Ik vraag of ze de 'tijdelijke' huwelijken bedoelt, die van staatswege goedgekeurde regelingen die soms maar 24 uur duren; die bekendstaan als 'legale prostitutie'.

'Ja,' zucht ze en ze gooit haar arm weer over haar gezicht. Spreekt zacht, langzaam, mat. 'Ze gebruikten de *mut'a* voor executies. In de begindagen van de revolutie werden duizenden meisjes gearresteerd omdat ze oppositiegroepen aanhingen of omdat ze de islamitische wet overtraden, en ze werden ter dood veroordeeld. Die mensen, die fanaten, geloven dat een meisje dat maagd is hoe dan ook in de hemel komt en ze wilden niet dat deze gevangen meisjes in de hemel kwamen, en daarom regelden ze *mut'a*-huwelijken met sommige bewakers, en die mannen – tijdelijke "echtgenoten" – verkrachtten deze meisjes voor ze werden geëxecuteerd. En die mannen...' Ze draait zich om en zegt met zulke verbeten kaken dat ze wel van hout lijken: '... hebben het over *God.* God.'

Ze spreekt het laatste woord uit als een echo, een hol geluid dat in de leegte tuimelt en sterft.

We kijken naar de sterren.

En ze zingt voor me. Zachtjes. Liedjes uit haar kindertijd. Melancholieke, zangerige melodietjes die klinken als de zachte rimpelingen die het getij op het zand achterlaten.

Als haar korrelige stem fluisterend tot zwijgen komt, draait ze zich om en vraagt: Waar kijk ik naar, wat zie ik? Ik wijs naar het diepe, stille licht van een planeet. Jupiter. Met een verrekijker, vertel ik haar, kun je de manen ervan zien. Ze tuurt geconcentreerd en probeert het zich voor te stellen. 'Hoe zien ze eruit?' vraagt ze. En ik probeer me te herinneren wanneer ik ze, langgeleden, voor het eerst zag. Liggend op de steiger met mijn tenen in het meer, poedelnaakt na het zwemmen op een zwoele juliavond, met de plastic kijker tegen mijn ogen. Ik denk dat ik dichter bij de hemel wilde komen. En daar had je het. Die matrijs van schitterend wit licht. Ik weet eigenlijk niet of het manen waren, de dingen die ik zag. Het waren manen of engelen. Bundels gebogen licht hangend in een baan rond de gloed.

'En alsjeblieft,' vraagt ze. 'Vertel me alsjeblieft over engelen.'

Terwijl ik praat, houdt ze mijn hand vast. Sluit haar ogen. Glimlacht een vage, lichte glimlach en wiegt zichzelf, zachtjes, in het zand.

De kleur van oud bloed

Acht bruggen overspannen deze rivier. Acht sierlijke stukken raken het land aan beide kanten aan.

Acht bruggen die net zo oud zijn als de gedachte dat we dankzij steen over water kunnen lopen.

Bezie dit wonder: ik loop over water.

Ik zit in een kleine, achthoekige kamer, een theehuis onder een brug. Ik ben een trol die thee drinkt in een kamer met acht wanden. En ergens vind ik dat iets schitterends hebben.

Het ligt er vol met kleden en het staat er bol van donkere warme lucht. Ik leun tegen kussens met kwastjes die ruiken naar rook en kruiden en een volk dat ik nooit zal begrijpen.

Ik bekijk de anderen in de kamer, de mannen, hoe ze zo ongegeneerd luieren. Prachtig. Ik bekijk de vorm van hun borst, kijk naar de contouren van hun benen in hun broek. Verzink mijn ogen in hun dikke, donkere haar. Geniet van het schouwspel der schoonheid.

En wend mijn blik af, naar de rivier.

Ik zit erbij als een gezwollen spons. Onder het zweet en uitgeput van het verholen bestaan. Ik moet deze mannen tegen zichzelf beschermen. Moet ze behoeden voor de verlokking. Zij kunnen hun verlangens niet in bedwang houden, zoals ik. Dus moet ik mezelf omhullen. Want zij zijn niet sterk.

Zoals ik.

'O! o! o, ik ben buiten adem! O, geef me een ogenblik om op adem te komen, goede vriend! Ik loop zo hard om je welkom te heten dat de lucht uit me verdwijnt! Mijn ademhaling is te zwaar! Hoor je het niet een beetje piepen? O, ja! Luister, mijn vriend, als ik ademhaal: *puf puf piiiep puf puf.* Een paar kleine piepjes, volgens mij hoor je ze wel. Haha! En o jeetje! Er is ook wat zweet op mij! O, jee! Ik wil je een hand geven en ik zie dat er wat vocht is! Alsjeblieft, ik vraag je vergeving! Ik wil je alleen hallo wensen! Welkom, mijn vriend!'

Ik was op weg naar een theehuis, om te luieren op dikke geweven kussens en te zuigen op suikerklontjes, toen ik ze zag: kruisen in een warme metalen poort. Deuren naar Christus. Ik strekte me uit om het beter te zien.

De poort werd aan beide zijden omgeven door stenen muren die te hoog waren om op te klimmen. En gesloten. Een zwaar ijzeren slot dat naar het middelpunt van de aarde zonk. Ik belde aan en werd begroet door een vage intercomstem.

'Ik ben toerist,' zei ik in vormelijk Farsi tegen het kastje. 'Is dit een kerk?' De intercom zweeg. Ik deed mijn hoofddoek voor de honderdenderde keer die ochtend goed en stak een van zweet doordrenkte krul weg toen ik het *schuifel slip schuifel schuifel* hoorde van iemand die op veel te grote pantoffels loopt.

Een sleutel werd in de holle deur gestoken en rinkelde als kiezeltjes die van een helling af rollen. Een klink werd losgemaakt en de poort zwaaide open naar het gesloten gezicht van een jongen.

'Hallo, ik ben toerist uit Canada,' herhaalde ik in het Farsi. 'Is dit een kerk?' De jongen keek verward, keerde zich om en liep met babypasjes achteruit de binnenplaats over en tien treden op naar een huis; één pantoffel bleef midden op de plaats achter, de tweede op trede nummer vier.

Een paar minuten later verscheen een man in de deuropening die me met een reuzenzwaai begroette, waarbij hij met zijn hele arm als een vlag boven zijn hoofd wapperde. 'Hallo, vriend! Wacht alsjeblieft maar een paar minuten! Ik moet wat kleren voor mijn voeten zoeken!' En dook het huis weer in en zwaaide opnieuw, deze keer met in elke hand een schoen. Hij friemelde onhandig aan de veters, haastte zich de trap af, ondertussen zijn haar kammend met zijn vingers, liep tot halverwege de trap, wierp zijn armen in de lucht en stormde de trap weer op, met twee treden tegelijk. 'Mijn sleutels... haha ... ik kom zo vlug dat ik vergat mijn sleutels bij me te hebben!'

Hij is zonder twijfel de levendigste en uitbundigste persoon die ik ooit heb ontmoet, niet op een manier waardoor ik me in het dichtstbijzijnde donkere hoekje wil terugtrekken; integendeel: op een manier die me uit mezelf trekt, zijn wereld van enthousiasme binnen. Dit is een man die geheel in de ban is van de kunst van het leven.

'O, mijn ademhaling wordt nu rustiger, aaahh. Ik ben net terug van een dienst in andere kerk, veel grotere, heb je hem gezien aan de andere kant van de stad?' (Geen pauze.) 'Je moet hem een keer gaan bekijken! Heel mooi, en weet je, we doen een volledige dienst, zelfs al zijn we maar met tien, en ze lachen ons uit, die geheime politie, ik weet dat ze lachen, maar wij gaan door. Misschien denken ze dat we compleet gek zijn dat we de volledige dienst doen voor vandaag maar acht mensen, maar we doen het! Haha! Het is niet verboden, die dienst, maar ze vinden het natuurlijk niet leuk. Ze hopen dat we er misschien gewoon mee ophouden, maar we laten het niet. Nee! Ik ben als een hond met een grote mond. Ik blijf zeggen, ook als ze het niet leuk vinden wat ik zeg!

Ga alsjeblieft mee naar onze kerk, een kleintje, ja, maar o zo mooi. Eerst deur openmaken... hij blijft een beetje... vastzitten mijn sleutel... aha, zo... ga je gang ik stap na jou.'

Het is een klein kerkje met een bescheiden altaar, een alkoof met lage banken tegen de wand en plafonds vol gebeden. We lopen zwijgend naar het eind van het gangpad.

'Heel mooi gebrandschilderd glas,' fluister ik.

'Zie je hoeveel moois! Het is iets heel bijzonders. Kom, kom! Zie je die daar in de hoek? Dat brak door Irakese bommen – o, ze gooiden hun bommen overal – en wat deed ik? Huilen om de schade? Nee! Ik verzamelde alle stukjes gekleurd glas en vond een ambachtsman, weet je wel, een oude, die doet zulk zorgvuldig werk, en hij maakte het raam weer zo mooi! Kijk, kijk mijn vriend, kijk hoe mooi! Misschien zeg je, o, ik zie verschil met andere ramen, oké! Ook ik zie wat kleine verschillen, maar dat vind ik niet zo belangrijk. Belangrijk is hoe we ons voelen en de mensen als ze hier komen, kijken naar dit werk van mijn ambachtsman en weet je hoe ze zich voelen, vriend?' (Geen pauze.) 'Ze voelen zich natuurlijk heel goed! Goed voelen ze zich!'

Terwijl ik omhoogkijk naar het gekleurde licht, glijdt mijn hoofddoek van mijn hoofd. Ik vang hem op voor hij valt en klem hem weer vast onder mijn kin.

'Alsjeblieft, je mag je grote zwarte hoed wel afdoen – haha, zo noem ik dat pak – want ik weet wel dat die moslims tegen je zeggen dat je altijd bedekt moet zijn, o ja, we mogen geen haren van vrouwen zien! Waarom? Haha! Ken je hun uitleg? Ze zeggen iets heel geks over sterke trillingen die van haren van vrouwen komen en mannen gek maken. Wat een gekkigheden toch! O, mijn vriend, hier ben je op christelijke bodem, dus doe alsof je in huis bent.'

Op weg naar buiten trek ik mijn sjaal af en veeg er het zweet mee van mijn nek. Buiten voel ik me onverwacht naakt. Kwetsbaar. Na maanden in dit land, maanden waarin ik leefde onder de beschermende anonimiteit van deze omhulling, kost het opeens moeite me op mijn gemak te voelen zonder. Mijn schedel tintelt in de zon. Alsof mijn haar brandt.

De kinderen op de binnenplaats houden op met spelen als we er aankomen. Een lange, slungelige jongen met rode haren glimlacht en bloost tot in zijn nek. Een jong meisje neemt me van top tot teen op, rent naar haar oudere broer en fluistert iets in zijn oor. De kleine jongen die de poort voor me opende, houdt een rode bal voor zijn borst. Zijn armpjes passen er net niet omheen. Hij kijkt naar de grond en slaat zijn ogen langzaam op, steeds hoger, naar de mijne, dan springt zijn blik naar opzij en laat hij de bal vallen.

Mijn vriend paradeert richting het huis maar houdt halverwege halt. 'O, mijn werkplaats!' Zijn handen schieten naar zijn hoofd en hij gebaart de andere kant op, draait zich om en loopt voor me uit. 'Ik wil je laten zien – ja, dat is goed idee, ik heb daar veel interessante dingen, sommige dingen, bijvoorbeeld gereedschap en, eh, dingen als gereedschap en – hier kun je het zien met de ogen in je eigen hoofd.'

Het is een onberispelijk opgeruimd schuurtje, elke hamer heeft zijn eigen plaats, geen spijker slingert rond. Een wand is bedekt met een paar honderd sleutels. Door de manier waarop het licht er van achteren op valt, lijken het wel iriserende dakspanen of schubben. De muur lijkt op de zijkant van een reusachtige vis. 'En als je mijn buizen wilt zien,' zegt hij, terwijl hij zijn arm zijwaarts werpt en wijst naar de grootste collectie leidingen die ik ooit heb gezien. Chroomstukken die naar alle hoeken uitsteken. Een gigantische metalen haarbal.

'Ik heb een hulpje, blinde jongen, zo goed, zo'n goede werker. Ik geef hem gereedschap, laat hem een klusje zien, hij doet het zo aardig, ja zo aardig doet hij het. Niet een halfuur, oké, misschien twee uur, maar hij is geen, steelt niet van me, nee! Laat zo'n gedachte zelfs niet in je opkomen! Hij is goed en ik ben blij voor hem.' Hij sluit de schuur met een zwaar hangslot, keert zich om en bekijkt zijn terrein.

'O, zo weinig te zien, mijn vriend, soms is het droevig voor me. Zoveel hadden we vroeger, zoveel dingen geconfisqueerd: christelijk ziekenhuis hadden we, twee blindenscholen, een weeshuis. Na de revolutie pikten ze telkens kleine beetjes in. Over onze scholen zeiden ze dat het tegen de islamitische wet was jongens en meisjes bij elkaar te hebben, maar ik zei tegen ze het zijn blinde kinderen! Ze kunnen anderen niet zien! Nee, ze wisten niet wat ze daarop moesten zeggen, ze stonden maar naar mij te kijken met geen tanden in hun mond!' Hij lacht en schudt zijn hoofd. Ik doe mijn mantel helemaal uit en hang hem over mijn arm. Mijn overhemd wordt hard in de zon.

'Eerst was ons christelijke ziekenhuis daar. Ze braken het zonder reden af en toen begonnen ze dit te bouwen, hun eigen ziekenhuis, hier.' Hij wijst met zijn duim naar een geraamte van metalen steunbalken, een gebouw in zijn eerste stadium. 'Ze zijn tien jaar geleden begonnen, het wordt heel groot en mooi, zulke dingen zeiden ze, maar je ziet dat we hier een stroompje hebben, dat zagen ze niet, het loopt pal onder hun zo mooie ziekenhuis.' Hij hurkt naast het beekje en krabt met zijn middelvinger in de vochtige grond. Het soort aarde waar je mooie zandtaartjes van kunt maken. 'En dus dit is natuurlijk geen goede plaats om te bouwen, het is zelfs onmogelijk, dus kunnen ze niet bouwen. Een verstandige mollah, een slimme – ja, echt, sommige zijn slim, ze kennen de waarheid – zei dat dit probleem kwam door gestolen grond en een goede moslim kan niet bouwen op gestolen grond. Dus laten ze het gewoon zo achter, en nu moeten we telkens naar zulke lelijke dingen kijken als we met onze kinderen naar buiten gaan om te spelen. O, ik kan je zoveel vertellen. Je ogen zullen zo groot als eieren worden als je ze hoort!'

Hij praat in zo'n hoog tempo verder dat hij zijn eigen woorden of zinnen onderbreekt om van het ene verhaal in het andere te tuimelen. De details sijpelen uit beide mondhoeken. Zijn ogen dansen tussen herinnering en heden.

'Vertellen ze jou van tolerantie? Haha! Als ze hier zulke dingen komen vertellen, geef ik ze mijn lijst, lijst met alles wat ze hebben geconfisqueerd en dat bezorgt ze, eh, gaatjes in hun borst, en dan is het afgelopen, hun gepraat. O, maar het wordt beter, die tolerantie, ook ik moet de waarheid spreken. We doen onze dienst elke vrijdag, op zondag werken de mensen, en kerkschool voor kinders ook op vrijdag, jullie noemen dat zondagschool – haha, vrijdag-zondagschool – dat doet mijn vrouw, je zult haar zo ontmoeten. Tolerantie is dus beter, ja, ik geloof het wel, maar de economie, o mijn vriend, ons geld is als dode bladeren op natte grond. Niets kun je ermee kopen. Mijn ouders kwamen hierheen om hun land te ontvluchten – misschien hoor je Russisch of Grieks accent in mijn Engels? – en kijk nou eens naar ons: wij zijn zelfde zelfde.'

Boven aan de trap houdt hij halt voor hij de deur naar zijn huis opent. 'Ik nodig je uit in ons huis, waar ik woon met mijn gezin. Ik vraag jou niet of jij een goed iemand bent. Dat zie ik al: je hart zit in je ogen.'

In de gang verschijnt een lange, blonde vrouw. Haar gezicht is warm en getekend, als een gezicht dat moet werken voor zijn geluk. Ze komt naar ons toe en lacht met haar man mee als hij met drukke gebaren uitlegt wat we hebben gedaan. Haar lach wordt beperkt door haar eigen gezicht. Haar kin vertoont ernstige littekens en houdt de huid aan één kant van haar kaak strakgespannen. Dat betekent dat het waarschijnlijk eenvoudiger is niet te glimlachen, dat het geen natuurlijke stand is. Het betekent dat haar lach kostbaar is.

'Je kunt mijn vrouw in het Engels aanspreken. Zij is goed in die taal. Zelfs als ze haar naam noemt, oefent ze deze taal: mijn vrouw heet Karen. Haha! Laat me mijn vriend introduceren – o, mijn hemel, door al mijn gepraat weet ik je naam niet! O, dat is niet beleefd van mij. Vergeef me alsjeblieft! Maar mijn vrouw is gewend aan mij.'

‘Aangenaam kennis te maken,’ zegt ze lachend. ‘Waar kom jij vandaan?’

Karen, verneem ik in de loop van de volgende paar minuten, komt uit het gat Marion in Arkansas en woont al 26 jaar in Iran. Vanaf haar achttiende voelde ze een roeping hier missiewerk te doen, maar het werd haar als vrouw alleen afgeraden. Ze besloot daarom hier verpleegkunde te studeren (in die tijd gaven de universiteiten lessen in het Engels) en het missiewerk ernaast te doen. Hoewel ze van oorsprong baptist was, ging ze bij de Anglicaanse bijbelstudiegroep aan de universiteit, omdat er geen andere was.

‘Ik ook, ik ging er alleen bij omdat er geen alternatief was! Mijn ouders waren uiteraard orthodox, maar ik, mij kon het niet schelen. Wij zijn niet zo dat we zeggen, o, jij bent zus en ik ben zo, mijn manier is beter dan de jouwe, nee! We zijn allemaal christenen. We lezen allemaal hetzelfde boek, oké, een paar verschillen, maar ik denk die zijn niet zo belangrijk. Het belangrijkste is dat we genieten en dat we wijn delen – aha! Ja! O, wat slim van me om daaraan te denken! Ja, mijn vriend, we zullen samen wijn drinken!’

Hij springt op uit zijn stoel en schiet de kamer uit. Karen kijkt naar de deur en lacht, slaat haar ogen neer en glimlacht. ‘We leerden elkaar kennen bij de bijbellessen,’ zegt ze, ‘en trouwden na ons afstuderen.’

‘Zoveel stouts!’ roept hij vanuit de kamer ernaast. ‘Iedereen bij die bijbellessen vormde koppels, weet je wel, paren, en aan het eind van het jaar waren we allemaal een koppel, en de arme predikant wist niet wat hij gedaan had. Hij probeerde boos te worden, te zeggen dit is niet het doel van de bijbelstudiegroep, deze romances, maar hij was in werkelijkheid heel gelukkig voor ons.’

Drie wijnglazen worden op tafel gezet.

‘Voor we de wijn delen, moet ik je eerst vertellen over de

vrouw die me leerde hem te maken. Luister, mijn vriend: het was kort na de revolutie, in moeilijke jaren, en ik zat in gevangenis – ja, dat is ander verhaal dat ik je later zal vertellen – en daarom zat mijn vrouw hier alleen, met paar andere buitenlandse vrouwen en kinderen, en ze hadden veel problemen met revolutiemensen, die hen voortdurend lastigvielen, dingen probeerden te confisqueren, van ons stalen. Op een keer vielen ze mijn vrouw aan, misschien zie je wel een paar littekens op haar kin, en een bevriende dokter herstelde het, zo mooi.' Karen legt haar hand op de arm van haar man en glimlacht zover haar huid het toelaat. Hij pakt haar hand, kust deze en strijkt ermee over zijn wang.

'Ze scholden ons voor alles en nog wat uit: vuile christenen, Engelse spionnen en zo. Na de revolutie waren we alles! In die tijd zetten ze mij in de gevangenis en daardoor stonden mijn vrouw en paar andere buitenlandse vrouwen alleen voor deze problemen, en oude joodse vrouw uit de buurt, van misschien wel tachtig jaar, zij kwam helpen. Ze was enkele jaren bevriend, geen heel goede vriend, maar ze kwam hier wel bij hen slapen en helpen verdedigen. Ze hadden geen verwarming, ik heb deze buizen later gebouwd,' vertelt hij, en hij wijst naar een verwarmingssysteem dat langs de hoek van een muur loopt. 'Weet je nog mijn buizen in werkplaats? Ik maak er zulke mooie dingen mee,' lacht hij en hij wrijft zijn nagels over zijn mouw, en hij gooit zijn hoofd bulderend in zijn nek.

'In die tijd er was geen verwarming en die oude joodse vrouw nam gaskachels mee en ze sliepen allemaal samen in deze kamer, de vrouwen en kinderen. De revolutiemensen veroorzaakten zoveel problemen, maar ze vocht gewoon zo hard voor ons dat ze niet ophield behalve om haar mond met meer lucht te vullen om ruzie te kunnen maken. Ze probeerden mijn gereedschap in te pikken, ze probeerden alles van me in te pikken, maar zij vocht als zes honden om alles te behouden, ja mijn vriend!

Na een jaar en een half, toen ik vrij raakte dankzij Terry Waite – dank God voor hem – bleef ze bij ons wonen, en toen ging ze wijn maken. Je weet dat Khomeini zorgde dat wijn werd verboden: hij sloot vier wijnfabrieken in de stad en opende een miljoen fabriekjes in de kelders van de mensen. Echt! Nu zijn we allemaal professionele wijnmakers, soms houden we wedstrijden, mijn vrienden en ik, maar de joden maakten al wijn voor de wijnfabrieken werden gesloten. Maar die joden letten heel goed op hun kennis, die geven ze niet zomaar aan iedereen door, ze zijn voorzichtig, te voorzichtig voor mij – *haha* – dus alleen ik ging met onze oude vrouw mee als ze wijn ging maken. Ik ging met haar mee als ze druiven ging kopen, wat van deze, wat van die, meer van die daar. Ik keek toe en droeg die dingen naar de auto, maar *ooho!* ik leerde ook! En later keek ik naar haar tussen die pulp van druiven, maar ze wilde me niet vertellen wat ze deed – nee! Dit was een geheim, maar toch kwam ik erachter. En een jaar, toen de jaren op deze wereld haar zwaar werden, deed ik het alleen, maar ik was onzeker! Ik kocht wat van deze druiven en wat van die, maar ik was als een blinde hond, ik voelde alleen met mijn poten. Na tijdje ze wilde mijn werk zien, dus we zetten haar in rolstoel en we gingen naar kelder waar we al dat persen hadden gedaan, en zelfs daar – o, ze was een vechtster! – zelfs toen zei ze dit is fout en dat is fout, en weet je wat er gebeurde? Toen de wijn klaar was, overleed ze.

Het was heel moeilijk haar te begraven. Ik ging dagelijks naar instanties en ik zei: ik heb dode christelijke vrouw in mijn huis – als ik joodse had gezegd, was het nog erger geworden, daarom zei ik dat ze christen was – en wat moet ik met haar doen als jullie onze begraafplaats sluiten? In die tijd lag ze in kelder, ja! En volgens mij vond ze dat wel fijn. Het was goed, ja, en uiteindelijk mochten we haar begraven en de kerk was vol vol! De mensen hielden van haar, ja, goede vrouw.' Hij pakt een stoffige, groene fles en schenkt drie glazen wijn in met de kleur van oud bloed. 'Voor jou, jij kunt het overal krijgen, dus voor jou het is niets, maar voor ons het is goud, ja, goud. Mijn vriend, wil je zo goed zijn mijn wijn met ons te delen en op deze goede vrouw te drinken?'

De wijn is muskaatachtig en heeft de textuur van gelooid leer. Het is pure ambrozijn. Ik drink hem met gesloten ogen en denk aan overleden vrouwen in kelders.

Ik doe mijn ogen open en mijn blik valt op een borduurwerk van een kind aan de muur. Tussen geborduurde bloemen en patroontjes staat het woord *Vrij*.

'Mijn nicht heeft dat mooie ding voor me gemaakt. Dat was om mijn vrijlating uit gevangenis te vieren, dat hebben we net als nu gevierd, met vrienden en familie.

'Heel moeilijke tijd,' zegt hij nadat hij zijn glas schielijk heeft leeggedronken en onder zijn stoel heeft gezet. 'We hadden enorme problemen, er waren executies op straat! O, het was tijd van bloed. Voor ze me meenamen, we hielpen veel mensen vertrekken. Ik vervoerde elke week mensen stiekem in mijn auto, buitenlandse mensen, missionarissen, nonnen, ik verborg ze in mijn auto en bracht ze naar vliegveld van Teheran, zoveel mensen! Het was riskante tijd. De bisschop vertrok nadat ze zijn zoon hadden vermoord, ze vermoordden ook de secretaris van bisschop, toen kreeg andere predikant mes in zijn keel – maar dat waren gekken die dat deden, geen mensen van regering, we weten niet wie het was, maar we hebben vermoedens. Zulke slechte tijden! Dagenlang heb ik deze arme mensen verborgen en naar vliegveld gereden tot iedereen was vertrokken. Zo zijn wij bewaarders van deze kerk geworden, want ik ben geen predikant, o nee, mijn vriend, nee! Ik ben boer en mijn vrouw, zij is verpleegster. Maar we hebben beloofd op kerk te letten tot onze vrienden terugkeren, en nu zijn er al vijftien jaar verstreken en we zijn nog steeds hier en we houden elke vrijdag een dienst, complete dienst, ook al zijn er maar acht mensen zoals die ochtend!

Maar in die tijd arresteerden ze me – waarom? Haha! Dat weet ik nog steeds niet! Anderhalf jaar hielden ze me vast en ik weet nog steeds niet wat ik heb gedaan! Ze vroegen me naar Teheran te komen om papieren voor twee van mijn medewerkers op te halen, maar zodra ik daar aankwam wist ik dat ik in problemen was. Ze stopten me in auto, BMW, en reden Teheran uit om van auto te wisselen en naar gevangenis te rijden, en daar beschuldigden ze me van alles! Spioneren voor CIA en Engelsen en dat ik vijf paspoorten had – mijn vriend, ik heb er niet eens één! O, het was heel slechte grap. Ze stopten me dus in gevangenis en daar zat ik een jaar en een half. Ze zullen ons zeker vermoorden, zo negatief dacht ik, en ik was misschien wel beetje erg somber. We waren met z'n negenen, als groep, sommigen kende ik al lang, anderen waren vreemdelingen. Eentje was dokter uit Engeland, vlak bij mijn cel, en dat was heel slimme man, we werden vrienden, en na paar maanden werden we ook vriendelijk met enkele bewakers. Ze lieten ons zelfs een kleine transistorradio hebben, en ik vroeg of ze mijn vriend een bijbel wilden geven en dat deden ze. Aardige mannen. Ja, overal zijn aardige mensen, geloof me, mijn vriend.

En zo luisterden we altijd naar de BBC over die man, Terry Waite, en hoe hij voor ons streed. We hoorden van zijn reizen en vernamen nieuws over onze situatie en weet je wat? Die revolutiemannen beschuldigden ons ervan spionnen van de CIA te zijn en ze vertelden dat ze documenten over ons hadden gevonden in Amerikaanse ambassade, maar ze hadden ze zo slecht vervalst, vol spelfouten! Stel je voor! En die zogenaamde spionagedocumenten waren in zulk slecht Engels dat mr. Terry Waite gewoon zei, dat kun je niet menen van die beschuldigingen, het is een grap. En hij vloog terug naar Europa.

Hierna werd onze situatie beter en met Kerstmis ze zeiden dat we onze familie mochten bellen, gewoon om te zeggen dat we nog leefden. Karen was zwanger van deze zoon,' zegt hij met een hand op Karens buik en de andere wijzend op de oudere jongen die in zijn slaapkamer zat te lezen. 'Ik riep tegen ze ohoe! en we waren heel blij dat we die stemmen weer in onze oren hadden.' Karen lacht en valt hoofdschuddend naar achteren in haar stoel.

'Toen kreeg Engelse dokter ook toestemming, maar hij moest natuurlijk bellen naar Engeland, dus dat bespraken ze, en wij vonden het verschrikkelijk want wij hadden met onze familie kunnen praten en de arme dokter misschien niet, maar uiteindelijk gaven ze toestemming en hij belde eerst huis van zijn oudste zoon, maar geen antwoord, en toen zijn tweede zoon en daar trof hij zijn hele gezin. O, hij was heel gelukkig en had heimwee, en ik had met hem te doen.

We gingen weer naar onze cel en, eh, we wasten ons gezicht met tranen, we hadden heel schone wangen. Toen luisterden we naar de BBC en weet je wat? Ze vertelden alles op radio! Ze hadden het over ons en over onze gevangenis en ons telefoontje naar onze familie! Ooooh! We waren zo zenuwachtig dat we hele nacht niet sliepen! Nu zijn ze zeker over onze spionage of ten minste onze banden met belangrijke mensen! Stel je voor: we bellen een keer naar Engeland en het wordt gemeld door de BBC! Nee, we sliepen niet, we praatten aldoor over hoe we onze arme dokter konden redden, we wisten dat ze hem zo konden vermoorden en ze legden mensen allemaal bij elkaar op zoroastrisch graf zodat de vogels ze opaten, dus niemand zal ons ooit vinden.

De volgende dag kwamen ze heel boos aanzetten over dat BBC-programma, maar onze dokter was zo slim, hij zei tegen die boze mannen dat hij zijn tweede zoon had gevraagd BBC informatie over ons te geven, om te laten zien hoe aardig ze waren, ons goed behandelden, dat zei hij allemaal en na lange tijd en met rode wangen van boosheid vergaven ze hem. Hahaha. Zo'n slimmerd.

Paar maanden later ze brachten ons van deze gevangenis naar oud paleis in Teheran, en daar was het natuurlijk veel beter en we werden gelukkig, want ze zullen ons zeker vrijlaten. Het was dezelfde plaats waar Amerikaanse gijzelaars zaten, je weet wel die arme mensen, ik heb vaak voor ze gebeden. Nooit heb ik ze gezien, maar op een keer de bewakers brachten ons naar een kamer om ons te ondervragen en toen vond ik papiertje in achterkant van stoel. Er stond iets op in het Engels, een puntentelling, en we dachten het was van die Amerikanen die spelletje speelden. Ze verveelden zich heel erg. Stel je voor je moet 444 dagen wachten tot je naar huis mag. Dat was fijn gevoel, te weten we zaten in hetzelfde gebouw als zij, want we wisten dat ze Amerikanen niet zouden vermoorden, ze maakten natuurlijk afspraak met Amerikaanse regering, en we kregen nu goed te eten, dus onze stemming was als dat snoep dat je opblaast – ja, klapgom,' herhaalt hij nadat Karen hem heeft gesouffleerd. 'We voelden ons als klapgom. Na Amerikanen waren wij eerste bevrijde groep, twee weken later. Terry Waite heeft ons bevrijd – de hemel zij dank voor hem.'

Ik had nooit gedacht dat de Britse onderhandelaar zo dichtbij kon zijn, maar op dit moment kan ik me voorstellen dat Terry Waite bij ons in de kamer zit en deze wijn met ons drinkt. Ik weet nog dat hij op televisie op het nieuws was, dat hij van het ene naar het andere land in het Midden-Oosten vloog, schijnbaar onvatbaar voor het politieke schaakspel om hem heen. Tot ook hij werd ontvoerd, tijdens een ontmoeting met de islamitische Jihad, een ondergrondse groep extremistische sjiïeten, en vijf jaar gevangen werd gehouden.

Karen staat op en zegt iets in het Farsi. Ze glimlacht en knipoogt tegen me, strijkt, de kamer uitlopend, door het haar van haar man. Hij veert weer op en zegt: 'Nu krijgen we brood. Wil je zo goed zijn brood met ons gezin te delen?'

Onze glazen worden bijgeschonken voor we naar de keuken gaan, waar de drie kinderen rond de tafel zitten en Karen pannen van het vuur haalt. 'Excuus voor het eten. Als we hadden geweten dat je kwam, had ik iets speciaals klaargemaakt.'

Als Karen Farsi spreekt, wat ze zelfs tegen haar kinderen doet, kleurt haar zuidelijke, lijzige uitspraak de taal op een eigenaardige en onnavolgbare manier. Ik luister er een paar minuten naar en stel vast dat Farsi van zichzelf een taal van diepe groen- en bruintinten is en dat Karen het in helderrode klanken verpakt. Nu moedigt ze haar kinderen aan ons in het Engels toe te spreken, maar ze blozen en kijken naar hun bord; ze fluisteren tegen elkaar achter zenuwachtige grijnslachjes en zitten op hun handen.

'Je hebt dus kennisgemaakt met mijn kinders,' zegt hij als hij met twee extra stoelen de keuken in komt. 'Praten ze Engels tegen je? Ze leren het nu op school en ze worden boos tegen hun moeder omdat zij altijd Farsi tegen hen spreekt. Engels is heel moeilijk voor hen en daarom zeggen ze dat het fout van moeder is die hun hele leven mijn taal spreekt.'

Karen haalt haar schouders op en slaat haar ogen op naar het plafond. 'Hij was degene die in het Farsi tegen mij begon te praten...'

'O, mijn vriend, natuurlijk! Ik moet dat doen! Ik vond haar heel erg leuk, maar toen ze haar gekke Engels sprak, begreep ik alleen paar kleine woordjes, bijvoorbeeld *de*, en meer van zulke kleine woorden! Nee, mijn vriend, ik wilde meer grote woorden gebruiken en daarom gaf ik haar paar woorden uit mijn taal, en dat was gemakkelijker voor mij om te begrijpen. Nu spreekt zij Farsi – ooooh – meer beter dan ik. Zulke mooie dingen bouwt zij met deze taal, ik moet elke dag lachen om die bouwsels.'

De telefoon gaat, hij trekt zijn wenkbrauwen op tot het stil is, en neemt op. Het is een kort gesprek. Het eindigt met een standaardafscheid en het neerleggen van de hoorn, dan zucht hij en kijkt glimlachend om zich heen.

'Onze telefoontjes, ze luisteren ze af, weet je. Wat mij betreft, ik geloof niet ik ben zo interessant als zij denken, dus ik stel hun spionnen altijd teleur. Soms ik hoor zelfs hun ademhaling tijdens gesprek, en dan denken ze dat ik het niet merk – haha! Op een keer ik sprak met vriend en midden in gesprek vroeg de ene spion aan een andere spion, *Wat zei hij?* zo hard dat mijn vriend en ik begonnen te lachen. Stel je voor! Spionnen die zo hard fluisteren dat we horen wat ze zeggen! O, mijn vriend, ik kan je zoveel verhalen vertellen!'

Karen maant ons te beginnen voor het eten koud wordt, maar niet voor een 'dank voor deze spijzen...' in het Engels is uitgesproken.

'Het spijt me verschrikkelijk van het eten, er zijn allerlei soorten knoflook en geen vlees.'

'Ik ben dol op knoflook!' zeg ik, waarop mijn gastheer zijn stoel naar achteren schuift, zijn handen ten hemel heft en uitroept: 'Ze houdt zelfs van knoflook – prijs de Heer!' Hij springt uit zijn stoel een kast achter hem in, rommelt een paar seconden en verschijnt als een soort goochelaar met een bol knoflook in zijn hand. Op dezelfde manier waarop hij een hostie zou vasthouden. Hij duwt zijn bord met rijst en aubergine naar het midden van de tafel en begint de knoflook te pellen. Na de achtste of negende teen zegt Karen dat dat misschien wel voldoende is, maar hij wuift haar weg en pelt verder; hij gooit de gepelde tenen in een kom en plukt de rest van de velletjes van de bol.

'Eet alsjeblieft op! Dat telefoontje was een vriend die belde over iets wat ik vandaag moet doen. Gisteren ging ik naar rechtbank om papieren te regelen, maar mollahs, weet je wel, religieuze mannen van moslims, zeiden nee, het is niet mogelijk, en daarom ik ging naar vriend om te vragen hoeveel ze wilden hebben. Ik wist dat ze geld wilden, maar ik wist niet hoeveel! Ik ben niet zo goed in, jullie noemen het omkopen, dus ik vraag aan mijn vrienden, hoeveel moet ik geven! O, niet allen, sommigen zijn goed, maar zoveel mollahs zijn slecht, ze nemen alles aan voor hun eigen handen, en de mensen worden ontevreden over hen. Mollahs zijn als maffia, ze controleren alles vanaf het achterste.' Hij leunt over de tafel en zet een kom met verse knoflook voor mijn neus. Ik bedank hem en begin de tenen als snoepjes op te peuzelen. Hij neemt een hapje van zijn bord en ontploft opnieuw.

'Ken je verhaal over onze Allerhoogste Leider, geestelijk leider Khamenei, hoe hij Groot-Ayatollah werd? O, ik maak hier grapjes over met mijn moslimvrienden, en we lachen samen, want zelfs zij weten dat het beetje raar is. Het was toen de oude Allerhoogste Geestelijk Leider Khomeini – ik denk hij is beroemd in jouw land? – eh, hij lag op sterven en ze moesten hem vervangen, maar het moet Groot-Ayatollah zijn die hem vervangt, en politieke mensen wilden natuurlijk iemand van hen, niet zomaar iemand, dus wat deden ze? Ze zeiden, hallo vriend, we willen dat jij onze nieuwe Geestelijk Leider wordt, dus vandaag ben jij Groot-Ayatollah – zomaar! En daarom maak ik grapjes met mijn moslimvrienden en vraag ik: wat heb je nodig om te worden Groot-Ayatollah, jaren van zware studie en geestelijke ontwikkeling? Nee – je hoeft alleen maar op avond naar bed te gaan en als je geluk hebt vertellen je vrienden je volgende morgen, jij bent Groot-Ayatollah! Hahahahaha.' Hij neemt twee happen en een slok wijn.

'Ze denken dat ik vijf paspoorten heb! Maar ik heb er geen, niet één! Ze denken dat ik weg wil uit dit land, maar ik wil niet weg, dit is mijn wieg waar ik mijn beide voeten neerzet, dus ik neem geen paspoort van ambassade. Maar vorige week ze belden om te vertellen dat ik paspoort kan krijgen, na maar vijftien jaar van vragen! Maar ik ben niet gegaan! En nu zitten ze op hun kantoor en vragen ze elkaar *Waarom komt die gekke christen zijn paspoort niet afhalen, nu we hem er eindelijk een geven?* Ik breng ze in de war! Misschien zal ik het op een dag aannemen, maar eerst laat ik mijn zoon en dochter naar Amerika gaan om te studeren, misschien ik neem het dan aan. Maar ik wil helemaal niet zo graag weg als zij denken.'

De oudste twee kinderen zeggen iets tegen hun vader, terwijl ze de laatste lepels rijst in hun mond stoppen en hun borden schoonmaken. Ze glimlachen tegen elkaar, en tegen mij, en vragen hun moeder te vertalen.

'Ze zeggen dat ze hééél graag weg willen,' zegt Karen terwijl ze nog wat rijst op het bord van haar jongste zoon schept. 'Ze hebben het erover naar Amerika te gaan en na hun studie nooit meer terug te keren.'

'Misschien ja! Natuurlijk willen ze graag in dat beroemde land wonen, Amerika, maar misschien zullen ze hun vaderland missen – ik weet het niet! Misschien ontdekken ze dingen in Amerika die ze niet leuk vinden...'

Hij wordt onderbroken door zijn dochter, die haar hoofd naar achteren gooit en een *tss* laat horen. Ze staat op en begint de vuile borden op te stapelen, gebaart tegen haar oudere broer dat hij ze naar de gootsteen moet dragen. De jongste verorbert zijn laatste mondvol rijst, glijdt van zijn stoel af en hobbelt naar de gootsteen, met het bestek op zijn bord balancerend. Een voor een kussen ze hun moeder en bedanken haar voor het middagmaal, kussen hun vader op zijn voorhoofd, geven me een hand, en rennen weer naar buiten de zon in.

'Het komt niet door vervolgingen,' legt Karen uit als de voordeur dicht is. 'Het komt gewoon doordat ze vaak genoeg bij mijn familie zijn geweest om het allemaal te zien. Ze zijn hier niet ongelukkig, maar ze weten drommels goed dat er meer is, en daarvoor wil iedereen wel vertrekken, als je het mij vraagt.'

'Wilde jij nooit weggaan?'

Ze lacht en wisselt een glimlach uit met haar echtgenoot, die in zijn handen klapt en opstaat, de gootsteen vol laat lopen en begint af te wassen. 'Mijn familie vond het idioot dat ik bleef, maar echt, ik heb er zelfs niet over gepeinsd terug te gaan. Hier was mijn leven, weet je wel, de mensen hadden me hier nodig, ik was voorbestemd hier te zijn. Ik heb er gewoon nooit over gedacht weg te gaan, dit is mijn thuis. Maar ik begrijp best dat mijn kinderen weg willen, we moeten ze gewoon laten gaan en kunnen alleen maar hopen dat ze willen terugkomen.'

'Belangrijk is ze zijn gelukkig. Natuurlijk ik wil dat ze hier gelukkig zijn, maar goed, als ze in Amerika willen studeren, en we hebben zulke mogelijkheid, ze kunnen dat doen. We vertrouwen op God, dat Hij hen zal leiden. En misschien op een dag ik ga naar dat kantoor met die verwarde mensen en ik haal mijn paspoort en we zullen onze kinders in Amerika opzoeken!'

De uren erna zitten we rond de tafel te praten, thee te drinken, te lachen, verhalen te vertellen. Als ik me in mezelf terugtrek en naar de stemmen luister, heb ik het gevoel dat ik ergens tussen het diepe zuiden van Amerika en Siberië ben. Wat misschien ook wel zo is. De lucht is een dik doek vol verhalen: landschappen van politiek en geesten, portretten van inspiratie.

De verhalen komen bij de poort tot een eind, waar ik me bedek en me voorbereid op de buitenwereld. Karen tilt het diepe slot uit de grond en kust me op beide wangen. Haar man pakt mijn hand en schudt deze liefdevol en opgetogen.

'Vaarwel, mijn vriend. We zullen je niet vergeten. Je bent een goed mens, dat je mijn land komt bezoeken. Ik ben daar dankbaar voor. God zegene je! Je hebt ons veel glimlachen gebracht!'

Er zit een grijns op mijn gezicht die er uren zal blijven zitten, ik voel mijn armen langs me zwaaien alsof ik aan het dansen ben. Ik ben lichter dan ik in maanden ben geweest, geschraagd door de bezieling en pracht van die mensen. Ik stop bij een rivier en sluit mijn ogen, ik lach als ik terugdenk aan alle verhalen van vandaag. Dan buig ik mijn hoofd en murmel de woorden *dankjewel*. En voel hoe ik een heel klein beetje boven de grond zweef.

Martelaar, ik niet

Uren aaneen schommelen en duiken we door het platteland. We dalen af naar het laagste, warmste en droogste punt van het land, waarna we langzaam maar zeker tussen vriendelijke, groene heuvels weer naar boven komen.

De minibus zet ons in Sanandaj af langs de kant van de weg. Ian rommelt door zijn tas op zoek naar een kaart en ik begin het straatbordje voor onze neus hardop uit te spellen. *En-ghe-la-be. An-ghe-lab*. Ian heeft de kaart nog niet eens gevonden of we worden al benaderd door een tienerjongen met een wollen jumpsuit met een brede, bruine sjerp om zijn middel. Zijn ogen hebben de kleur van de laagste noten op een cello. Zijn wimpers zijn zo lang dat ik ze tegen mijn gezicht voel strijken als hij met zijn ogen knippert.

Hij geeft Ian een hand, legt een hand op zijn borst en buigt voor me.

'Canada,' antwoordt Ian. 'Wij komen uit Canada.'

De gezichtsuitdrukking van de jongen vertrekt als hij dat hoort. Deze verandert van schok in verrukking, in bezorgdheid, weer even terug naar schok, opnieuw halthoudend bij verrukking en eindigend bij verwarring.

Hij beweegt zijn rechterhand zo dat het lijkt alsof hij aan een denkbeeldige deurknop wrikt en vraagt ons wat we hier doen. Als ik hem vertel dat we op zoek zijn naar een pension, glimlacht de jongen, waarna hij dezelfde opeenvolging van gezichtsuitdrukkingen vertoont. Hij neemt mijn tas in de ene hand, Ians hand in de andere en brengt ons naar de kant van de weg. Hij houdt een taxi aan, opent het achterportier voor me, geeft Ian een klapje op zijn rug als hij instapt, en gaat voorin zitten.

We rijden een minuut of tien. De jongen kijkt om de zoveel tijd om en glimlacht. Voor het overige kijkt hij in de zijspiegel. De jongen beduidt de chauffeur te stoppen en voor we weten wat er gebeurt, neemt de chauffeur geld aan van de jongen, dat hij in een zakje op het dashboard stopt. Als we de chauffeur wat geld proberen te geven, weigert hij en wijst naar de jongen, dus we stappen de taxi uit, bedanken de jongen, zeer zeer bedankt, we zijn zeer dankbaar, maar nee nee, wij betalen, en proberen hem het geld te geven. Hij glimlacht, heft zijn handen in de lucht, toont zijn handpalmen en legt beide handen op zijn hart. Onze tassen worden van het trottoir gepakt en naar de deur van het hotel gebracht. De jongen zet ze op het bordes en maakt een diepe buiging voor me. Hij pakt Ians hoofd met beide handen vast, gaat op zijn tenen staan en kust hem op beide wangen.

We roepen hem na terwijl hij de trap af springt, de straat op. Hij draait zich niet om. We kijken hoe hij verdwijnt in de massa op het trottoir en we zwaaien als hij de hoek omslaat. Hij ziet ons niet. We staan op het bordes en blijven kijken tot de gezichten op straat in schaduwen veranderen. Uiteindelijk komt een man het hotel uit die ons twee glazen kardemomthee geeft.

De samosa's zijn gloeiend heet en worden ons voorgezet door een prepuberale jongen die eruitziet als een beest uit de dierentuin. Hij is dun, futloos. Hij beweegt traag, onvoorzichtig, gewend aan het leven om hem heen. De klank van onze taal maakt niets in hem los. Het is de moeite niet belangstelling te tonen. Terwijl hij de broodjes bakt, spat een druppel hete olie uit de pan op zijn arm. Zijn ogen verraden slechts een lichte huivering en vallen terug in de holte van zijn lichaam. Hij overhandigt ons de samosa's. We overhandigen hem geld. Hij aanvaardt het en gooit het onder een doek. Zegt niets. We bedanken hem een aantal keer. Hij zegt niets. Hij wendt zijn ogen nooit van zijn werk af. Hij schudt korrels door de pan; de olie sist, veroorzaakt hitte en rookwalmen in zijn gezicht. Hij reageert niet. Hij is een kind, maar is al van ouderdom gestorven.

Een eindje verderop staan twee kleine jongens – piepklein – aan de kant van de weg plat brood te verkopen. Een oudere jongen brengt een jongere de eerste verkooptechnieken bij; hij herschikt de stapels brood van de jongere zodat de beschadigde exemplaren niet in het oog vallen. Op een smerige, haveloze doek liggen tien platte broden die behandeld worden door een smerig, haveloos jochie van vijf. Naast hen staat een meisje zonder voortanden met hazelnootkleurige krullen die door de wind in de knoop zijn geraakt. Ze glimlacht tegen me en strijkt met haar handpalm, met uitgestrekte vingers, de haren uit haar gezicht. Ze heeft een mandje bij zich met iets wat op gedroogde bessen lijkt. Ze zegt tegen me dat ze 'toet' zijn en laat me er een proeven. Braamrozijnen. Ik koop twee handjesvol en betaal haar de prijs die ze tweemaal op beide handen heeft berekend. Ze legt het geld in haar mandje, schenkt me een glimlach die al haar geen-tanden laat zien en knippert met beide ogen tegen me.

Ian stoot me wakker. 'We zijn er bijna.'

De bus slingert door de buitenwijken van Qom, Irans heiligste stad. Volgens sommigen de ziel ervan. Dit is het centrum van het sjiïeten-fundamentalisme, de bakermat van Khomeini's leer, onderwijs en prediking. Zijn discipelen bevinden zich hier en leven met zijn uitspraken in hun hart overeenkomstig zijn boodschap. Hier zag de islamitische revolutie het levenslicht. Dit is de bloedbron, nog steeds.

'Die man aan de andere kant van het pad nodigt ons uit voor vannacht,' fluistert Ian. 'Maar ik ga hoe dan ook de avond níet bij hem doorbrengen. Hij heeft me duizenden vragen gesteld, ik word gek van hem.'

Ik leun voorover en kijk langs het middenpad. Een jonge bebaarde man glimlacht, een brede, sullige glimlach. Ik glimlach terug.

'Niks tegen hem zeggen. Hij is gek,' fluistert Ian. 'We gaan niet naar hem toe. We gaan-verdomme-niet-naar-hem-toe.'

De bus houdt halt onder aan een brede, stenen brug. Aan de overkant van het droge kadaver van een rivier staat een schitterend heiligdom, Hazrat-é Masumeh: de begraafplaats van Fatima, de zuster van imam Reza. De gouden koepel stijgt boven de nevel uit en straalt in het zonlicht. Tussen al dit stof en de hitte en saaie omgeving ziet het bouwwerk er sprookjesachtig uit.

'Is Hazrat-é Masumeh,' zegt de man van de overkant van het middenpad. Hij is na ons de bus uitgestapt en naar voren gesprongen om zich bij ons aan te sluiten. 'Ik heel dankbaar. Mijn huis is als jouw huis, deze nacht.'

Ian snuift en kijkt een andere kant op. 'Dank u wel, maar mijn vrouw en ik zoeken een *mosaferkhané*. We hebben uw hulp niet nodig.'

De man glimlacht en sluit zijn ogen. Biedt ons zijn hulp aan bij onze zoektocht. Stelt zich voor – Ali – en buigt. Strekt zijn arm zijwaarts – deze kant op alstublieft – en glimlacht. Ian klemt zijn kaken op elkaar en vouwt zijn armen over elkaar voor zijn borst.

Op dat moment, na maanden van babyvoeding en nooit iets helemáál goed, heb ik tabak van Ians kieskeurige gezanik. Ik wend me tot Ali en glimlach. 'Het zou ons een eer zijn bij u te gast te zijn.'

Ali bijt zich van opwinding op de lippen. Zijn ogen worden tweemaal zo groot en hij maakt een eigenaardig verstikt geluid. Hij bevestigt keer op keer dat we ermee hebben ingestemd bij hem te gast te zijn en bij elke bevestiging raak ik er steeds meer van overtuigd dat Ian gelijk heeft. Deze vent is getikt.

Maar afzeggen is inmiddels ondenkbaar.

Hij is de gastheer bij uitstek: hij draagt onze bagage, controleert om de twee of drie minuten of we wel tevreden zijn en niets tekortkomen. Hij loopt als een lijfwacht voor ons uit, baant voor ons een weg door de menigte waarbij hij tegen de andere voetgangers knikt en ze uitlegt dat ze voorzichtig moeten zijn met zijn buitenlandse gasten. Canadezen. Toeristen. Bezoekers aan ons land.

Zo nu en dan glimlacht iemand. De meesten kijken een andere kant op. Net zoals Khomeini zijn ogen afwendde tijdens de reis naar zijn huis in ballingschap buiten Parijs, opdat hij niet bezoedeld zou worden door de aanblik van westerse waarden. Buiten het heiligdom houdt een mollah de hand vast van zijn dochter, een klein meisje van vier of vijf jaar met een mini-chador, die zij strak onder haar kin houdt. De man met de tulband mompelt onder het voorbijgaan iets tegen me wat ik niet begrijp.

'Deze man praat over jouw naaktheid,' legt Ali uit. 'Hij is heilig man, houdt niet van westers kleding.'

Ik bekijk mezelf. Naar mijn zwarte mantel tot de grond die alles bedekt behalve een piepklein stukje van mijn donkere sokken en zwarte schoenen. Ik voel langs de rand van mijn zwarte doek of er onwillige krullen uitsteken, maar die zijn allemaal weggestopt. 'Mijn naaktheid?'

Ali glimlacht. 'God wil dat vrouw niet als westers bedekt is, maar als in islam. Jouw kleding heeft westerse stijl. Islamitische kleding is chador, anders dan westers.'

Ineens zie ik dat alle vrouwen en meisjes over hun andere

kleding een chador dragen. Dat ik vergeleken met hen vrij elegant gekleed ben. En dat het grootste verschil tussen onze kleding wordt bepaald door de houding die deze ons toestaat. Mijn hoofddoek is vastgeklemd, mijn gewaad dichtgeknoopt, ik heb mijn handen vrij; ik kan mijn hoofd rechtop houden, ben vrij om te bewegen. Het moeilijkste van een chador is hem aan te houden. Als je rechtop gaat staan met losse handen, valt hij af.

Veel mannen gaan ook in een gewaad gehuld, in de zandkleurige *aba*, die bescheidenheid en eenvoud verraadt; hun haar is vaak bedekt door een tulband: een witte om aan te geven dat ze wijze geleerden van de islam zijn, of een zwarte, het teken van een directe afstammeling van de profeet.

Ali brengt ons via de smalle paadjes van de bazaar naar zijn huis, een klein gebouw met een plat dak aan het eind van een stoffige straat. Hij springt de trap op en kondigt onze komst aan, biedt ons een zitplaats aan op de grond in de woonkamer en excuseert zich. Verdwijnt achter in het huis. Vrouwenstemmen, kookgeluiden. Ali verschijnt weer. Glimlacht. Hij heeft de grootste tanden die ik ooit heb gezien, eerder slagtanden dan tanden, echt, waardoor zijn glimlach het grootste deel van zijn gezicht in beslag neemt. En een reactie eist.

Ik glimlach terug.

We zitten samen op de grond, glimlachen tegen elkaar, tot er een *pssst* uit de achterkamer klinkt. Ali springt op, glimlacht, verontschuldigt zich, verdwijnt en komt terug met thee.

We drinken.

Een paar minuten later klinkt er weer gefluister uit de achterkamer. Ali verontschuldigt zich weer, staat op en keert terug met een blad vol noten en fruit.

We eten.

Als we klaar zijn, roept Ali iets over zijn schouder. Er volgt een fluisterende reactie, wat vaag gegiechel, waarna een jonge vrouw verschijnt, gewikkeld in wit katoen met een patroon van bundels roze en blauwe bloemen. Ze wikkelt het om haar gezicht zodat maar één oog zichtbaar is.

'Mijn zuster,' zegt Ali. 'Zij is verlegen voor bezoeker.'

Ik sta op om haar te begroeten, evenals Ian, en ze geeft me een hand – *salaam* – bedekt haar gezicht en trekt zich terug in de keuken.

Ali glimlacht. 'Ik ben heel gelukkig!' verklaart hij. 'Ik ben heel gelukkig dat jullie thee nemen in huis mijn, eten in huis mijn! God is groot! Alles wat God brengt is heel mooi!' Hij lijkt aangeslagen door de emotie. Houdt zijn hand op zijn hart terwijl hij zijn credo uitspreekt. 'God is Een! Ik ben heel gelukkig!'

Hij staat op en loopt naar een kast, haalt er een versleten fotoalbum uit en legt het voor ons op de grond. Het zijn foto's van hem als jongeman, misschien zes of acht jaar jonger dan hij nu is. Foto's van de jonge Ali met een witte hoofddoek om zijn hoofd, brullend met zijn vuist in de lucht; foto's van de jonge Ali met een groep jongens rond een tank; van de jonge Ali met een machinegeweer; van de jonge Ali en een groep jongens in een loopgraaf; van de jonge Ali die helpt een bazooka te laden.

'Weten jullie van oorlog tegen Irak?' vraagt Ali glimlachend. Oprecht glimlachend. 'Oorlog op manier van God, wil van God.' Hij gaat weer naar het begin van het album en laat ons de foto's nog eens bekijken. En hij vertelt over het front met iets wat alleen oorlogsvreugde kan worden genoemd.

'Ik wil zo graag vechten in oorlog!' Zijn ogen sperren open van opwinding. 'Oorlog op manier van God! Ik was maar veertien en soldaat moet achttien zijn. Het was heel moeilijk voor mij!' Hij wijst naar de foto van zichzelf met hoofddoek, glimlacht en schudt zijn hoofd bij de herinnering eraan.

'Hier ben ik *basiji*. Ik kan geen soldaat zijn, dus ik moet als *basiji* vechten.'

'De vrijwilligersbrigades?'

Hij begrijpt het niet. 'Ik niet soldaat, soldaat moet achttien jaar zijn. Voor *basiji* zestien.'

'En hoe oud ben je daar?'

Ali glimlacht. 'Veertien. Maar ik zeg ik moet zestien jaar zijn om te vechten op manier van God.' Hij slaat de bladzij om. 'Hier is tijd van voorbereiding. Deze...' hij wijst naar een jongen die er zelfs nog jonger uitziet '... deze is *shaheed*.'

'Martelaar.'

'Ja, martelaar.' Hij glimlacht, heel diep. 'En deze...' hij wijst op een broodmagere, blonde jongen met een ondeugende grijns '... ook martelaar.' Ali glimlacht en wordt enthousiaster. Begint de bladzijden sneller om te slaan. 'Hij, ook martelaar. Ook hij. En hij. En hij. Misschien twintig of veertig van mijn vrienden zijn martelaar.' Hij zucht. 'Ik wou dat ik martelaar was.'

'Wilde je sterven?'

Ali wijst naar het plafond. 'Veel beter leven, voor altijd bij God.'

Ik kijk de foto's voor de derde keer door, en bekijk elk gezicht, elk jong, onbevreesd, toegewijd gezicht.

'Het was oorlog met Amerika, dit is waarheid. Saddam Hoessein alleen...' Hij legt zijn hand op zijn gezicht.

'Een masker.'

'Ja, masker voor regering Amerika. Ze zeggen nee, maar ik weet dat ze geven aan Irak heel veel geld, en wapens. Ze vechten zelfs met vliegtuigen Amerika. Ik zag ze in oosten Irak. Soldaten Irak komen voor ons, toen ik zag het vliegtuig...' hij kijkt naar het plafond alsof hij het ogenblik voor zich ziet '... en ik letters zag: "US" op vliegtuig. Het liet bom áchter mij vallen, op brug. Toen terug naar Irak.' Hij kijkt ons aan en houdt vol. 'Ik met eigen ogen zíen.'

Hij zwijgt even en glimlacht. 'Na veertig maanden oorlog, ik ga terug naar mijn familie.'

'Veertig maanden! Ik dacht dat mannen maar twee jaar in dienst moesten. Waarom bleef je veertig maanden?'

Ali haalt zijn schouders op, kijkt voor het eerst die dag droevig. 'Oorlog afgelopen. Ik wil vechten, maar ik moet naar huis.'

'Omdat je geen martelaar was?'

Hij buigt zijn hoofd. 'Nee, martelaar, ik niet.'

Ali heeft besloten dat we de nacht moeten doorbrengen bij een van zijn zusters thuis. Ze is net getrouwd en heeft een veel mooiere woning. En een televisie. We zullen daar gelukkiger zijn.

We gaan met de bus naar een nieuwbouwwijk aan de rand van Qom. Het is grimmig woestijnlandschap: ruw, bitter stof en een hitte die metalig aanvoelt.

Twee meisjes, gekleed in eenvoudige mantels en hoofddoeken, komen tegen elkaar aangeleund en giechelend op ons af. Een van hen draagt iets heel geks op haar gezicht.

Een zonnebril.

Als de meisjes ons voorbijlopen, legt Ali een hand op zijn borst en verzucht hij: 'Ik spijt voor haar. Willen westerse vorm.'

Bij de volgende poort gaan we naar binnen.

Ali's zus, Khawla, is pienter, vrolijk, vol humor en jeugdige energie. Wat niet zo gek is, want ze is veertien jaar.

Haar chador (die ze net als haar zuster zelfs binnen draagt) is van licht gebloemd katoen. Ze draagt hem van voren open en over haar arm geworpen, zo'n beetje als een Indiase sari. Ze friemelt er vrijwel onophoudelijk aan om er maar voor te zorgen dat haar haren onzichtbaar blijven, maar het schijnt haar niet te deren dat haar strakke gele T-shirt zo'n ongehinderd zicht op haar borsten biedt dat zelfs ik er heimelijk naar kijk.

Khawla leidt me eerst rond door het huis (badkamer, naaikamer, keuken), daarna laat ze me alle keukenkastjes zien. Potten en pannen en borden en een assortiment dweilen, die een voor een voor mijn kijkgenot worden opengevouwen.

Als ze voetstappen hoort in het trapportaal, kijkt ze stralend op. Ze pakt mijn hand en neemt me weer mee naar de woonkamer, waar haar man wordt voorgesteld aan Ian. *Salaam.* En aan mij.

Hij is verlegen en heeft een zachte stem, en lijkt opgetogen maar in de war dat hij onze gastheer is. Hij spreekt geen woord Engels en nodigt ons uit televisie te kijken. Ali glimlacht en installeert ons in de woonkamer. Nu ik erover nadenk, geloof ik niet dat hij ooit is opgehouden met glimlachen sinds we hem vanmiddag hebben ontmoet.

We zitten op een kleed in de hoek van de kamer tegen kussens geleund televisie te kijken, terwijl Khawla het eten klaarmaakt. De televisie vertoont de rechtszaak tegen drie vrouwen die ervan verdacht worden bommen te hebben geplaatst bij het heiligdom van imam Reza in Mashhad en Khomeini's heiligdom vlak bij Qom. 'Die vrouwen woonden in Duitsland,' legt Ali uit. 'Zij slechte dingen geleerd.' En wat zal er met hen gebeuren als ze schuldig worden bevonden? Ali bespreekt dit met zijn zwager. 'We weten dat ze schuldig worden, ze doden, dus hangen ze. In Westen kan rijke man zonder probleem doden. Geld is wet.'

Ian begint te spreken. 'In werkelijkheid is het een stuk ingewikkelder dan...'

'Krant schrijft erover.'

'Nou, je moet maar eens kijken wat onze kranten over Iran schrijven,' kaatst Ian terug.

'Maar krant in Westen is van rijke mensen. Je kunt niet geloven. Ze praten uit rijke plaats. Daar is geen waarheid. Sommige senatoren in Amerika willen oorlog in Golfstaat. Ze willen Golfstaat controleren vanwege olie. Zij zijn heel bang van islam, maar wij zijn niet bang. Wij weten dat het is goed, want aan eind islam is God. Aan eind Amerika is alleen geld.'

Het eten wordt opgediend als Ali's familie arriveert. Zijn vader heeft vers brood bij zich van zijn werk in de bakkerswinkel en ziet er zo moe uit als je kunt verwachten van iemand die de hele dag voortdurend in die reusachtige open ovens moet leunen, voor het vuur moet zorgen en dunne reepjes deeg op de stenen moet leggen, de platte broden er met een pook uit moet halen en ze op een rooster aan de straat moet leggen om af te koelen, waar de mensen in de openlucht staan te wachten omdat het daar minder warm is. Maar een graad of veertig.

Hij gaat zitten en vraagt Khawla de airconditioning aan te zetten, een apparaat van Russische makelij in het raam dat lucht door een laag vochtige stro blaast. Ali's moeder en zuster zijn er ook, maar die zijn zo verlegen en bedekt dat het wel lijkt alsof je naast een hoop wasgoed zit. Khawla holt met borden en schalen en kommetjes de keuken in en uit. Telkens als ze iets op het tafelkleed zet, schuift ze haar chador over haar hoofd naar achteren, waardoor de volgorde van de gebeurtenissen aldus is: dragen, gerecht neerzetten, handen naar het hoofd om het haar te bedekken, gaan staan, chador goed doen over de rest van het lichaam, flappen over de arm gooien, teruglopen om nog meer eten te halen. Deze handelingen verricht ze minstens tien keer.

Tijdens de maaltijd blijft Ali's vader klagen over de warmte, maar hij doet het zodanig dat iedereen moet lachen, want hij glimlacht en brult in de ruimte en schudt zijn vuist tegen Khawla. Elke keer slaat ze giechelend dubbel, waarna ze opspringt en aan de airconditioning friemelt, haar vuist ertegen schudt en haar vaders woorden tegen het apparaat herhaalt.

Na het eten zit Ali's vader met een paar vragen. Hij weet dat het Westen veel problemen kent, maar welke zijn volgens ons de grootste? Hij heeft een stuk in de krant gelezen over zwangerschap onder tieners. Hoe denken wij daarover?

'Uw dochter is op haar veertiende getrouwd, dus waarschijnlijk zal zij ook als tiener zwanger zijn.'

De drie mannen glimlachen. Dat is iets heel anders, leggen ze uit. Zij is getrouwd, dus zal zij kinderen hebben met haar man en hun beider families. In het Westen zijn die meisjes niet getrouwd. Hun kinderen groeien op zonder vaders of familie. Daardoor krijgen ze drugs- en misdaadproblemen.

Volgens Ali's vader is het grootste probleem van het Westen dat er geen religieus leiderschap in de regering is. Als er geen God in de regering is, is er geen God in het volk. En dan krijg je drugs en misdaad en baby's zonder liefde van een familie. Wie zijn de leiders van ons land? Zijn het eenvoudige, arme mensen die leven volgens Gods woord?

'Eh, het zijn voornamelijk advocaten.'

'Mijn vader heeft andere vraag,' zegt Ali tegen ons. 'In krant staat artikel over mensen Amerika, dat zegt: veel mensen moeten pil eten tegen droefheid. Mijn vader vraagt, wat is reden droefheid?'

'Dat verschilt.'

'Krant schrijft dat mensen Amerika heel veel werken, als ziekte. Het is droefheid voor mensen die werken, ook voor familie. Mijn vader stelt vraag: Amerika heel rijk. Waarom zoveel werken?'

Ali is gebleven en zal hier ook overnachten. Voor we de slaapmatjes uitrollen, laat Ali ons weten dat ze moeten bidden. Ian en ik zitten in de hoek van de kamer terwijl Ali, Khawla en haar man met het gezicht naar Mekka gaan staan en zich ter aarde werpen. Ze staan en knielen en buigen, staan en knielen en buigen, staan en knielen en buigen. En dit ritueel heeft voor mij iets kalmerends. Op Ian heeft het precies het tegenovergestelde effect, want hij ergert zich zo over de hele avond dat hij zich gedwongen voelt keer op keer met zachte stem te herhalen waarom alle beweringen van Ali's vader onjuist waren, voortkwamen uit misleiding, verkeerde informatie en gebrek aan perspectief en empirische gegevens. Ik luister met één oor en probeer met mijn andere stilte te vinden.

Khawla en ik slapen met al onze kleren aan (nog steeds heeft niemand me gevraagd mijn mantel af te doen) aan de ene kant van de kamer. Ali, Khawla's man en Ian liggen aan de andere kant.

Als ik wakker word, ligt Ian nog te slapen en zijn de anderen vertrokken. Op weg naar het toilet zie ik Ali en Khawla gehurkt op de keukenvloer zitten. Ali springt op.

'Goedemorgen! Ik heel gelukkig!'

Khawla glimlacht en zet water op voor thee. Als Ian is opgestaan en zich heeft gewassen, gaan we ontbijten. Tijdens het eten zwijgt Ali, maar zodra hij ziet dat we klaar zijn, barst hij los in een glimlach en trotse aankondiging:

'Wij willen naar imam Khomeini gaan!'

'Is die niet dood?'

Ali lacht, en kijkt meteen beschaamd. 'Ja, mijn vriend heeft auto. We gaan...' Hij zoekt het juiste woord.

'Naar het heiligdom? De plaats waar hij begraven ligt?'

'Ja! Ja ja! Jullie klaar?'

Voor het huis staat een auto klaar. De chauffeur, Mahmoud, stapt uit en buigt, geeft Ian een hand en doet het achterportier voor ons open. Opent het opnieuw als we bij het heiligdom van imam Khomeini zijn aangekomen.

Het voldoet helemaal niet aan mijn verwachtingen. Helemaal niet zo sierlijk, extravagant, groot, maar er wordt nog aan gebouwd, dus het kan allemaal nog veranderen. Vanbuiten zou het van alles kunnen zijn, een fabriek zelfs. Bij de ingang is een zwembadje, waar naakte kinderen badderen en lachen. We gaan door gescheiden deuren naar binnen, geven onze schoenen af bij een balie en bukken onder fluwelen gordijnen door.

Binnen ziet het eruit als een chique rolschaatsbaan. De muren en plafonds zijn kaal, de vloeren zijn van glimmend marmer. Je hoort één geluid: gegil. Het gegil van kinderen, van kinderen die door het gebouw rennen, op hun sokken over de gladde vloeren glijden en de tijd van hun leven hebben. Een bende vijfjarigen speelt tikkertje. Een klein ventje voor ons sleurt zijn krijsende broertje mee aan zijn enkels.

In het midden van de ruimte bevindt zich een sobere rijstepapkleurige doodskist. Ali is zo geroerd door de nabijheid van de Vader van de Revolutie dat hij Mahmouds hand moet vasthouden om te kalmeren.

Naast Khomeini's doodskist staat een nog eenvoudiger, kale houten kist.

'Ahmad.' Ali legt het uit, vechtend tegen de tranen. Khomeini's zoon, door de minder vromen 'Huilende Ahmad' genoemd, zat altijd naast zijn vader te huilen om de pracht van zijn woorden als de imam toespraken hield. Zij rusten nu samen.

We halen onze schoenen op en gaan het heiligdom weer uit zoals Khomeini het graag had gewild: gescheiden. Als we buiten weer samenkomen, is Ali weer de oude: 'Ik ben bedroefd dat ik niet bij imam ben, maar ik moet hier zijn.' Hij gebaart naar de grond. Glimlacht. 'Nu gaan we naar plaats martelaar.'

Als we de parkeerplaats bij het heiligdom afrijden, scheurt er op volle snelheid een open jeep langs. De rode hoofddoek van de jonge vrouw aan het stuur zit zo ver naar achteren dat die vrijwel op haar schouders valt. Zij is de trotse bezitster van een grote haardos – een gróte haardos – rinkelende sieraden en zulke felle lippenstift dat me die vanaf de overkant duidelijk opvalt. Er zitten nog twee vrouwen in de jeep, in een vergelijkbare outfit. De vrouw achterin leunt voorover tussen haar vriendinnen, en ze lachen en zingen mee met de klanken die uit hun luidsprekers dreunen en in de lucht achter hen wegsterven. De muziek van U2.

Ali mompelt iets tegen Mahmoud en wendt zich naar ons. 'Geen zorgen. Die vrouwen zijn satanisch,' legt hij uit.

De Martelaren-begraafplaats is de grootste die ik ooit heb gezien. Rij na rij na rij na rij na rij na rij. Naar alle kanten, zo ver het oog reikt. Een boomgaard van stenen. Hier groeien legenden over het martelaarschap.

We wandelen door de gangen van grafstenen. Op de meeste prijkt bovenop een foto in een lijstje. Gezichten die verbleken door de hitte van de aarde. Veel grafstenen hebben op de achterkant een foto van een koppige en vastberaden Khomeini. De eigenaar van deze levens.

Ik dwaal van de groep af en loop in m'n eentje de rijen langs, kijkend naar de versmelting van gezichten. Er zijn foto's van jongens met grote oren, sommige met een ruime kraag en een uitgelaten lach, sommige houden hun hoofd een tikje scheef, zoals de schoolfotograaf je liet poseren, en er is een jongen die opgewonden telefoneert. Dik krullend haar, een open grijns die aantoont dat hij lacht. Ik bekijk de foto's, de mannen, de jongens, en ik vorm levens achter hun ogen. Hun holle, anonieme ogen. De ogen van zogenaamde *gevallenen.*

Een oude man betreedt de rij waar ik sta. Hij hurkt neer naast een van de stenen en begint te praten, te fluisteren. Wat zou hij zijn zoon vertellen, vraag ik me af. Dat hij van hem houdt? Hem mist? Dat hij nog steeds aan hem denkt, aan hoe zijn gezicht ging stralen als hij lachte? Dat hij zijn stem soms in zijn gedachten hoort? Nog steeds het gevoel heeft dat hij gewoon een tijdje weg is, dat hij terug zal komen, en dat ze dan alles wat er is gebeurd kunnen bespreken. O, je moeder zal zo blij zijn als ze je ziet...

De man staat op. Tuurt, drukt zijn lippen op elkaar en legt zijn hand onder zijn gezicht. Hij draait zich om en ziet mij staan, ook iemand die rouwt, neemt hij aan. Hij buigt zijn hoofd. Legt een hand op zijn hart.

Ik doe hetzelfde. Een volstrekt loos gebaar. Ik houd mijn hand op mijn hart nog lang nadat de man is vertrokken. Ik laat hem daar rusten, wezenloos, tot mijn hand koud aanvoelt op mijn borst.

De *Iran News* van vandaag, een van de twee Engelstalige kranten in het land, heeft een speciaal katern over Canada: drie artikelen, stuk voor stuk goed onderbouwd en goed geschreven. Het eerste luidt 'Opnieuw een mensenrechtenschending in koloniaal Canada' en gaat over de lage vluchten van de NAVO boven Innu-gemeenschappen en traditionele jachtgebieden in Labrador. Het tweede, onder de kop 'Drugs, prostitutie en misdaad', staat vol met cijfers over de groei ervan, in het bijzonder onder tieners. Het laatste artikel, zonder titel, is een verstandige verhandeling over de onmogelijkheid voor Canadese vrouwen alleen in het donker te lopen, hun angst voor aanranding en verkrachting, en het gebrek aan vrijheid als gevolg daarvan.

In het amusementskatern van de krant staan de tv-programma's van de dag.

National Network, Channel One:

12.30 uur	*Focus on Family*
13.01 uur	*Call to Prayer*
13.06 uur	*Focus on Family*
14.00 uur	*News*
14.30 uur	*Focus on Family*

Geen van de drie medewerkers achter de balie lijkt te weten wanneer de volgende trein naar Teheran vertrekt. Een van hen zoekt al twintig minuten naar een dienstregeling. De andere twee hebben het station verlaten nadat ze met ons naar de rand van het spoor zijn gelopen, naar beide kanten hebben gekeken en hun schouders hebben opgehaald.

Ik ben te moe om dit grappig te vinden. Te uitgeput om verder te vragen. Ik sjok maar wat rond door een verlaten, vervallen station en val buiten neer op een kapot bankje. Mijn haar komt tevoorschijn, maar ik doe geen moeite het te bedekken. Ik zit erbij als een stoere bink. Sla mijn armen over de rug van de bank. Staar een man aan die rondhangt bij de ingang van het station. Staar hem aan. Tot hij verdwijnt.

Ian ploft naast me neer met slecht nieuws. De eerste trein vertrekt over drie dagen. Misschien. Niemand schijnt het zeker te weten. Vanavond gaat er een trein, maar die is alleen voor militairen en familieleden van martelaars. 'Mag ik je er even aan herinneren dat het jouw idee was naar dit kloteland te gaan?' bromt hij.

Ik reageer niet. Heb er de puf niet voor. Door de bedwantsen en het verkeer en de muskieten en de ramen die niet dicht konden, de vochtige matrassen waar een legertje slangen in leek te zitten en de groep vrouwen die om drie uur 's nachts op de gang thee aan het zetten waren, hebben we allebei niet geslapen afgelopen nacht. Het is halverwege de middag, veertig graden en we hebben sinds gisteren niets gegeten. En ik ben ongesteld. Zit hier deze bank zelfs te bevlekken met een rode tint.

Ik reageer zelfs niet als de man die ik een paar minuten geleden heb weggekeken, weer opdoemt en op ons afkomt. Blijf met mijn benen wijd op de bank hangen, doe mijn hoofddoek niet goed, trek rustig verder aan mijn lip en laat die tegen mijn tanden veren.

De man staat voor ons en buigt, een hand op zijn borst, in zijn andere hand twee aluminium bakjes afgedekt met papier. Hij geeft de bakjes aan Ian, buigt opnieuw, draait zich om en loopt de straat uit.

Ian haalt het papiertje eraf en kijkt wat erin zit. 'Wie was die vent?'

'Kweenie. Ik zag hem net in het station.'

Ian geeft me een van de bakjes. Het is warm. En tot de rand gevuld met rijst, linzen, vlees en friet.

'*Merci!*' roepen we.

De man keert zich om en buigt. Hand op zijn borst.

Ademhalen als daad

Teheran is bij lange na niet zo'n vreselijke stad als wel wordt beweerd. Tenzij je per se adem wilt halen, want dan is het een stedelijke nachtmerrie.

De stad Teheran kent strenge verkeersregels om opstoppingen tegen te gaan: er zijn rijvergunningen voor bepaalde districten op bepaalde tijdstippen en er gelden zware restricties op verkeer tijdens de spitsuren.

Het werkt niet.

Ik kan me geen lastiger manier voorstellen om zuurstof binnen te krijgen dan je op een hoek in Zuid-Teheran overgeven aan de daad van het ademhalen. Vooral als je astma hebt.

Dat heb ik. En mijn inhaler – mijn nerd-gas, zoals Ian het eerbiedig noemt – is al weken leeg. Zonder dat ding ademhalen is zo goed als onmogelijk want er is vrijwel niets om te inhaleren behalve ozon, koolmonoxide, lood, cadmium en stikstofmonoxide. Daarom zit ik met mijn gezicht in mijn arm naar adem te snakken, te hoesten en te kokhalzen. Ian zit met zijn benen over elkaar naast me en wiebelt met een been als een dolgedraaide hijskraan. Zich nergens van bewust. Opgetogen in een grote stad te zijn. Verliest maar al te graag uit het oog dat het kosmopolitisch bestaan vaak ten koste gaat van de eenvoudiger genoegens des levens. Zoals ademhalen.

Teherans bus nr. 32 komt in zicht door de dampen. Ik wil net achter Ian naar binnen klimmen als iemand me bij de arm pakt. 'Jij moet met mij hier naar achter,' zegt de vrouw (in het Engels) en ze trekt me naar het einde van de halte. We gaan via de achterdeur naar binnen en gaan bij de metalen stang staan die de seksen scheidt. Ian wuift voorin naar me. Hij staat ingeklemd tussen andere mannen in het gangpad. Ik zwaai terug en ga naast de vrouw zitten die me naar binnen hielp.

'We hebben tot nu toe steeds met minibussen of taxi's gereisd,' leg ik uit. 'Ik wist niet...'

'... je wist niet dat je een soort dier bent dat ze achterin houden?' zegt ze, terwijl ze uit het raam kijkt.

Ze is Duits. Vet accent. Haar ogen zijn bleekblauw en haar huid is blank; buitengewoon blank. Geen glimlach.

'Werk je hier?' vraag ik.

Ze wendt zich af van het raam maar niet naar mij. 'Nee. Ik mag niet werken. Mijn man staat het niet toe. Ik woon hier alleen maar. Sinds tien jaar ben ik hier. Ik kan niet weg en mijn kinderen, *ach* dat is weer iets...'

'Hoe oud zijn je kinderen?'

'Twee zonen, een van acht en een van vijf. Maar sinds twee jaar zie ik ze niet meer, alleen in het park waar ze soms komen, en soms op school, want ik ken een van hun onderwijzers en zij helpt me. Ze wonen bij hun vader. Hij laat me niet bij hen.' Ze knippert met haar ogen en kijkt weer uit het raam, maar ze kijkt niet echt: ze staart in de leegte.

Of ik het nu wil of niet, mijn oog valt op de twee mannen die over de tussenstang voor ons leunen. Ze staan te flikflooien als minnaars, fluisteren, giechelen, houden handjes vast, strijken door elkaars haren, aaien met hun handen over de armen en borst van de ander. Niemand slaat er acht op. Behalve ik, tot de Duitse opnieuw het woord neemt.

'Mijn man heeft een nieuwe vrouw, maar hij gunt mij geen scheiding, en daarom moet hij iets tekenen waardoor ik mag gaan werken. Maar hij weigert te tekenen. Mijn familie in Duitsland stuurt me daarom wat geld, maar ik kan toch niets doen.'

'Kun je niet teruggaan naar Duitsland?'

Ze kijkt me voor het eerst aan. 'Ik kan wel terug, maar ik mag mijn kinderen niet meenemen. Ik ga weleens mensen opzoeken in Duitsland, maar dan wil ik mijn kinderen zien, ik wil dat ze mij zien en dus moet ik hier weer naartoe.' Ze kijkt naar de mannenafdeling. 'Je vriend wenkt je.'

Ik kijk op en zie Ian zwaaien en naar buiten wijzen. Bij de volgende halte moeten we eruit. Ik verzamel moed en maak me gereed op te staan. Weet absoluut niet wat ik moet zeggen.

Ik wacht tot de deuren opengaan en pak de magere arm van de vrouw. 'Kinderen vergeten hun moeder nooit,' zeg ik en ik huiver inwendig. Banaal. Kil. Beter kan ik niet bedenken.

Ze beweegt niet. Haar gezicht vertrekt tot een flauwe glimlach, en ze kijkt een andere kant op.

Er is een Indiaas restaurant aan het eind van de straat waar het Centrum voor Verkoop van Documenten van het Amerikaanse Spionnenhol (de voormalige Amerikaanse ambassade) is. Het is vrij duur, ongeveer drie dollar voor ons samen, maar we zijn in een tikje dikdoenerige stemming.

Het is een fantastische avond, fris en winderig, en we zitten aan een van de tafeltjes op de achterplaats. Ik sluit mijn ogen en leun naar achteren, luister hoe de bladeren ruisen in de wind. Mijn lichaam trilt. Doet ineens pijn.

De bomen brengen het geluid van thuis.

Ik ga rechtop zitten als de ober arriveert en we bestellen alles wat op de kaart staat. Samosa's, mulligatawny, sag paneer, daal, bhanji bharta, aloo gobi, kip dhansak, pulao, nan, raita, mangochutney, ingelegde limoen. En chai. De ober glimlacht en neemt de menukaarten terug.

De tafeltjes staan dicht op elkaar. Dicht genoeg om elk gesprek gemakkelijk af te luisteren, maar de gasten ogen ontspannen en onverschillig. Deze tent maakt deel uit van het Teheran dat schijnbaar niet bij Iran hoort. Het is het Teheran van make-up en designmantels, veel zichtbaar opgestoken haar, nagellak, sieraden en groepjes jonge mensen die overduidelijk aan het stappen zijn. Het is ook het Teheran van bomen en groen, grote huizen achter hoge muren, brede straten met weinig auto's – maar mooie – en betrekkelijke rust. Lucht die valt in te ademen.

Een paar tafels verderop zit een man voortdurend naar mij te kijken. Naar ons, neem ik aan, maar ik ben degene die hem ziet, zodat het lijkt alsof hij naar mij kijkt. En dat is een gek gevoel. Je bekeken te voelen. Er gaat iets elegants van hem uit: kalme aandacht en kracht. En hij is markant. Chocoladekleurige Indiase huid en een klein baardje, ronde zwarte bril en lippen die hij telkens natmaakt voor hij iets zegt. Arabisch. Hij en zijn vrienden (drie mannen) spreken Arabisch.

Ik wend me weer tot Ian, die in slaap is gevallen met zijn hoofd naar achteren en zijn mond open. Als ik hem zo bekijk, zijn bleke gezicht en zijn ruwe huid, valt me op, of ik dat nu wil of niet, dat hij sterk op kwark lijkt. De soep arriveert. Ian komt weer tot leven. We slurpen de hele kom binnen luttele seconden naar binnen. Beginnen aan de samosa's.

De wind wakkert aan en blaast de doek van mijn hoofd. Ik buig me voorover om hem te pakken en hou halt. Sluit mijn ogen. Voel voor het eerst sinds maanden de wind door mijn haren strijken. Ik ga recht zitten en bind de doek weer om, losjes, van voren open. Zodat ik hier de wind tegen mijn hals kan voelen. Mijn chocolademan kijkt naar me. Hij glimlacht.

We eten met onze handen, rijst en spinazie en kaas en aubergine en kip en yoghurt tussen vettig, geroosterd brood, als hij opstaat en met zijn vrienden vertrekt. En vervolgens

terugkomt. Loopt recht op ons tafeltje af.
'Excuseer, maar zijn jullie toevallig buitenlanders?'
Engels accent. Krasserige stem.
'Ik meende u Engels te horen praten. Mag ik even bij u komen zitten? Ik heb al zo lang geen Engels meer gesproken... o, nee, dank u. Ik heb net een hele maaltijd op... ik spreek tegenwoordig alleen nog maar Farsi en Arabisch...'
De kip en linzen komen eraan, met rijst.
'Ik studeer in Qom. Ik studeer islam, al is het in deze fase voornamelijk een talenstudie: Farsi natuurlijk, en Arabisch, want de koran moet men zoals u weet in de oorspronkelijke taal lezen. Bent u moslims? Nee, dat dacht ik al. Hoe bevalt uw hijab u? Is het lastig voor u of kunt u er de vrijheid in vinden? Goh, het is prettig mijn eigen taal weer eens te spreken...'
Aubergine, aardappels en chutney.
'Ik ben pas sinds ongeveer een jaar moslim. Vroeger was ik musicus. Ik speelde keyboard in een band. We speelden bij grote feesten in loodsen en zo. Seks en drugs en rock-'n-roll... u kent dat wel. Na een tijdje vond ik dat er toch echt iets ontbrak aan mijn leven. Dus toen werd ik een nazi.'
Ingelegde limoen.
'Ik sloot me aan bij een groep die zich vooral met ethische kwesties bezighield en we besloten ons op een van die Aziatische seksshops te richten. Er zat er een bij mij in de straat. Maar in plaats van dat we slim waren en gewoon met de eigenaar gingen praten om hem te vragen de zaak te sluiten, besloten we de winkel in brand te steken. Ik was een van de voornaamste denkers in de groep, dus ik gaf de opdracht. Er volgde een rechtszaak en zo, de man had vrij ernstige brandwonden opgelopen, maar wat voor mij de doorslag gaf was een brief van zijn achtjarige dochtertje. Er stond maar één woord in: *waarom*? Verder niks, waarom? Nou, daardoor stortte mijn wereld in, alles waarin ik geloofde. Daarna werd ik communist.'

Spinaziemoes en kaasbrokjes.

'Tegen die tijd zat ik op de universiteit en ging ik allerlei boeken over dat onderwerp lezen. Een deel ervan sprak me echt aan, maar ik hield het gevoel dat er iets ontbrak. Toen liet een van mijn hoogleraren me de brief van imam Khomeini aan Gorbatsjov zien. Ik weet niet of jullie die ooit hebben gelezen, maar ik las hem die dag en ik stond echt versteld. Ik dacht bij mezelf, hoe kan dat kleine, oude mannetje daar in Qom zoveel weten over de wereldpolitiek? Er staat een zin in waarin hij zegt dat hij de botten van het communisme hoort breken, en dat was nog voor de Berlijnse Muur viel.'

Groenige yoghurt.

'Daarom ging ik met een mollah in Londen praten en die legde me een paar dingen uit, maar in hoofdzaak zei hij tegen me dat ik naar huis moest gaan en moest lezen en er zelf over moest nadenken. Daar had ik ontzag voor. In mijn ervaring zijn er een heleboel mensen die je het liefst precies vertellen wat je moet denken, maar hij moedigde me aan zelfstandig te denken. Ik verliet daarop de universiteit en ging stapels boeken lezen van islamitische geleerden, en op een dag besloot ik, boem! zomaar ineens, besloot ik naar Qom te gaan op de vijfde gedenkdag van imam Khomeini's dood. En dat deed het hem. Dat was een jaar geleden en ik sta nu op het punt een bezoek aan het thuisfront te brengen.

Ik heb nog zo'n negen jaar studie voor de boeg. Er zijn islamitische geleerden die hun hele leven wijden aan de bestudering van de islam. Maar ik niet. Ik ga waarschijnlijk weer naar de computers. Ik ben computerprogrammeur van beroep.'

Een pauze. En mijn eerste vraag.

'Of ik hier permanent zou willen wonen? Jezus, nee! Ik ben in Engeland opgegroeid, niet in de Derde Wereld!'

Hij staat op.

'Ik moet gaan. Mijn vrienden wachten binnen op me. Ik wil ze niet te lang laten wachten. Luister, het was enig een praatje met jullie te maken, echt geweldig. Geniet van de rest van jullie verblijf hier en ik raad je aan naar Qom te gaan, als je de kans krijgt. Kan een ommekeer in je leven veroorzaken.' Hij geeft Ian een hand en knikt naar mij.

'Zijn we al geweest,' zegt Ian monotoon.

'O, nou ja, niet iedereen vindt het mooi.' Hij loopt de binnenplaats over en keert zich om. 'Kop op!'

Thee.

De Canadese ambassade is een van de lelijkste gebouwen die je je kunt voorstellen. Ze wordt omringd door even lelijke gebouwen, zodat ze aardig harmonieert.

Ian overhandigt een pakje biljetten en de taxichauffeur kijkt beledigd. Rolt met zijn ogen en haalt zijn schouders op, waarna hij tweemaal zoveel vraagt als Ian aanbiedt. We vergelijken het ritje met andere taxiritten die we in de stad hebben gemaakt en blijven bij ons aanbod. De chauffeur is boos. Wij ook. Dit is de eerste keer sinds onze aankomst dat iemand ons probeert af te zetten. Ian biedt het geld voor de derde keer tevergeefs aan. Geërgerd begaan we een culturele faux pas en stappen de taxi uit voor we tot een vergelijk zijn gekomen, wat de chauffeur ertoe aanzet achter ons aan te komen en diverse mensen op het trottoir om hun mening te vragen. Hij verzamelt een quorum om zich heen van vier ongeïnteresseerde voorbijgangers, en onze situatie wordt besproken. Twee mannen zijn kennelijk van mening dat ons oorspronkelijke aanbod aan de lage kant van redelijk was. De andere twee vinden dat wij gelijk hebben en dat we voet bij stuk moeten houden. Wat het bod van de chauffeur betreft, alle vier vinden dat hij een paar tomans moet zakken. Hij protesteert, roept er nog een paar mensen bij en legt het meningsverschil van a tot z uit.

Op dat moment kan het me geen bal meer schelen of die vent ons wel of niet wil afzetten. Als het zo belangrijk voor hem is, dan zijn de twaalf cent waar we over bakkeleien zijn rechtmatig eigendom, niet het mijne. Omdat het me niet kan schelen. Het enige wat mij nu iets kan schelen, is een stapel enveloppen in dit afschuwelijke gebouw. Blauwgestreepte enveloppen met mijn naam erop. Misschien zelfs een pakje. De eerste post sinds vijf maanden.

Ian heeft zich zo sterk aangepast aan de economische verhoudingen dat die twaalf cent hem echt net zoveel kunnen schelen als de taxichauffeur. Uiteindelijk weet ik hem ervan te overtuigen het verschil te delen en met mij mee te gaan om onze post te halen. Bij het woord 'post' houdt hij zijn hoofd scheef als een hond die zijn naam hoort roepen. Hij betaalt de chauffeur en we steken de straat over naar de ambassade.

'Ik wilde gewoon niet dat hij dacht dat ik een of andere rijke westerling met een heleboel dollars ben,' zegt Ian.

'Maar je bent een rijke westerling met een heleboel dollars.'

Er staat een massa Iraniërs buiten bij een loket aan de zijkant te wachten op informatie over visa en emigratie naar Canada. Meer dan vijftig mensen. Over een halfuur zullen er nog vijftig bij gekomen zijn. De ambassade verwerkt de aanvragen hier niet meer, verstrekt alleen informatie over de procedure. Een paar jaar geleden deed het (onjuiste) gerucht de ronde dat een Canadese immigratiebeambte van de ambassade in Damascus in Teheran was om aanvragen te verwerken. Er kwamen zoveel mensen op af dat er buiten het gebouw een oproer ontstond.

Ian en ik lopen langs de menigte en beklimmen de hoofdtrap. We laten ons paspoort zien aan de bewapende bewaker bij de deur en mogen door de dubbel gesloten deuren. We melden ons bij een vrouw achter kogelvrij glas, en zij glimlacht en zet de intercom aan. 'Gaat u zitten. Er komt zo iemand aan.'

Ik ben zo opgewonden dat ik bijna incontinent word. Ik bereid me voor op mogelijk slecht nieuws, mogelijk goed nieuws, mogelijke berichten van allerlei vrienden en familieleden. Bereid me er ook op voor de wel-schrijvers te aanbidden en de niet-schrijvers niet te verachten, degenen die niet beseffen wat communicatie voor de afgesnedene betekent: dat het de ultieme vorm van voeding is, dat het de ziel redt van uithongering. Ik zal proberen de mensen die dit niet weten niet te verachten. Het is niet hun fout.

Ian is even opgewonden, maar over iets anders: nieuws. Tijdschriften, *Maclean's*, *Globe and Mails*, berichtgeving van de federale overheid over de toestand van het land. Hij slaat de bladzijden zo snel mogelijk om, om zoveel mogelijk informatie op te nemen. Ik ben ervan overtuigd dat hij zo meteen de bladzijden gulzig in zijn mond gaat proppen.

Een deur gaat open en een vrouw met een vet Amerikaans accent roept ons van de andere kant van de ruimte toe: 'Het werd tijd dat jullie kwamen. Als jullie je post niet snel waren komen ophalen, hadden we jullie doodgewaand.' Ze lacht en gebaart ons te komen. 'Kom maar. Er ligt een heel pakket voor jullie.'

Ian pakt een armvol kranten om in de lift te lezen. Ik vraag naar het toilet.

'Ik ben Mary Jo,' zegt ze en ze overhandigt ons over haar bureau een archiefmapje vol brieven. 'We hebben ons afgevraagd wie jullie in 's hemelsnaam waren. We hebben zelfs een fax van een van jullie ouders gekregen met het verzoek naar jullie te zoeken. Toen ik die onder ogen kreeg, keek ik even rond in het kantoor en zei *nee, ze zijn nergens te bekennen.* Jullie kunnen ze maar beter snel bellen. Als ze de afgelopen twintig jaar tv hebben gekeken, denken ze dat jullie zijn ontvoerd of zo.' Ze lacht schuddend met haar schouders en biedt ons iets te drinken aan.

Zodra ze de kamer uit is, scheuren we als uitgehongerde katten de enveloppen open. In de wetenschap dat ik alles voor het eind van de dag nog minstens tien keer zal herlezen, lees ik de pagina's een voor een alleen diagonaal door op belangrijke informatie. Alle opwindende zinnen lees ik hardop voor. Ian en ik zitten allebei hardop voor te lezen uit verschillende brieven als Mary Jo terugkeert en naar een collega aan de andere kant van de gang roept: 'Hé, Chris, kom eens hier! Hier zitten een paar Canadezen om gezelschap verlegen!'

Chris is aardig. Aardig aardig aardig aardig. Ik was vergeten hoe aardig Canadezen kunnen zijn. Met het grootste enthousiasme mengen ze zich in het gesprek, werpen je allerlei aanmoedigende blikken toe en laten *wauws* en *geweldigs* horen tot ze een manier vinden om het gesprek te beëindigen of je aan een ander over te dragen, zodat ze zich weer op hun oude bezigheden kunnen storten. 'Hier, Tony!' roept Chris tegen een collega die voorbijloopt. 'Je moet eens komen praten met deze reizigers.' En tegen ons: 'Tony ontfermt zich over jullie. Heel leuk je gesproken te hebben.'

Tony zit hier nu drie jaar, vertelt hij ons. En hij heeft alleen Shiraz en Isfahan gezien. Hij en zijn vrouw hebben besloten deze post met een jaar te verlengen. Ze hebben het hier echt heel erg naar hun zin: groot huis, zwembad, huishoudster. En ze krijgen een ongemakstoeslag omdat ze hier zijn gestationeerd, dus het is een goede investering.

'Oké, genoeg geweest. Je kunt morgen met ze verder praten.' Mary Jo laat Tony uit en sluit de deur. 'Hufter,' mompelt ze en ze schudt haar hoofd. 'Niemand geeft míj ongemakstoeslag omdat ik hier ben... Hé, wisten jullie dat het morgen 1 juli is? Er is een grote partij bij de ambassadeur, er zijn drank en mensen in korte broeken, de hele reutemeteut, er wonen hier een paar leuke Canadezen, ook een paar sukkels, boekhouders zoals die vent, maar wat maakt 't uit, die heb je in elk land, hoe dan ook, jullie ambassadeur is tof, zijn vrouw is ook echt aardig. Het wordt leuk. Dit is de route naar mijn huis. Kom rond drieën, dan kun je met mijn man en mij meerijden.'

We nemen een bus naar Noord-Teheran en gaan volgens Mary Jo's aanwijzingen naar haar huis. Ze verwelkomt ons met een Amerikaanse standaardbegroeting – 'Heb je het gemakkelijk kunnen vinden?' – en laat ons binnen. 'Kom, doe je apenpak uit,' zegt ze terwijl ze mijn hoofddoek en mantel aanneemt. 'Kom binnen.'

We stappen een ruime woonkamer binnen, waar vier tienerachtige kinderen op de sofa hangen en televisiekijken. 'Dat zijn mijn kinderen. Lust je wat pistachenootjes? Gisteren was de burgemeester van Rafsanjan hier en die nam een hele berg mee. Moet je zien.' Ze komt aanzetten met een kom zo groot als een watermeloen. 'En dit is nog maar de helft.'

Ian en ik zijn te geschokt om antwoord te geven. Geschokt, van afschuw vervuld, gebiologeerd, gehypnotiseerd. Door de vrouwen op tv. Luciferfiguurtjes die in hun ondergoed door de lucht springen. Het is een muziekvideo. Ik ka-ka-ka-kan het niet geloven, mijn god, het is niet alleen de kleding of het gebrek eraan of het geheupwieg of het gewentel of het opgestoken haar of de naar achteren gestoken kont of wat dan ook. Het is hun blik. Ik was vergeten hoe vrouwen eruitzien als hun wereld draait om een sexy uiterlijk. Ik was vergeten hoe eenzaam het oogt. Hoe pijnlijk het is ernaar te kijken.

Mary Jo's kinderen lijken verveeld en niet onder de indruk. Een voor een komen ze overeind, drentelen wat rond door het huis in strakke spijkerbroeken en footballtruien, terwijl ze dat afstandelijke, verlegen gebrom laten horen van kinderen die... om eerlijk te zijn, ik weet niet waarom ze dat doen.

De jongste drentelt bij de deur en probeert de aandacht van zijn moeder te vangen. Ze negeert hem tot hij begint te jammeren, waarop zij hem afsnauwt. De jongen stampt en gromt in een soort miniatuurdriftbui en Mary Jo stuurt hem opnieuw weg. Verontschuldigt zich tegen ons. 'Hij wil geld, maar ik heb hem zijn zakgeld al gegeven. Nu speel ik de moslimvrouw en zeg dat hij het met zijn vader moet overleggen.'

De taal in het huis is Farsi en Mary Jo spreekt dat net zoals ze Engels spreekt: luid en met honderd kilometer per uur. De eerste pakweg twintig jaar van haar leven heeft ze in Kansas doorgebracht. Nadat ze haar man op de universiteit had leren kennen en met hem was meegegaan naar Iran, bracht ze de volgende pakweg twintig jaar hier door. 'En dat waren twintig vreemde jaren, kan ik je verzekeren.'

Mary Jo laat ons het huis zien: ze leidt ons door alle zeer ruime kamers, wijst op de bijzonderste tapijten – 'in Amerika zou je voor die daar ongeveer twintigduizend dollar moeten betalen' – laat ons het zwembad zien (omringd door muren van vier meter) en de satellietschotel. Als ik haar vertel dat ik dacht dat satellietschotels illegaal waren, kijkt ze nonchalant. 'O, ja, maar je kunt hem vanaf de straat niet op het balkon zien staan. Wil je televisiekijken? We hebben alles: CNN, BBC, MTV. Als je eerder was gekomen, hadden we een video kunnen bekijken. We hebben alles wat je maar wilt.' Ze leidt ons weer naar de woonkamer en we zetten ons neer met opnieuw een handvol pistachenootjes.

Haar oudste zoon staat op en excuseert zich zodra we zitten. 'Hij schaamt zich dat zijn Engels niet perfect is,' legt Mary Jo uit. 'Sinds kort wordt hij kwaad op me omdat ik altijd Farsi tegen hem spreek, maar het is raar om Engels tegen ze te praten, alsof ik dan niet echt tegen ze praat. Zij zijn Iraans. Dat is hun taal.

'Weet je wat hij tegenwoordig doet?' fluistert Mary Jo. 'Hij draagt graag een spijkerbroek, maar die mogen de kinderen op school niet dragen. De laatste paar weken gaat hij in zijn schoolbroek naar buiten, en voor hij langs de meisjesschool komt trekt hij zijn spijkerbroek eroverheen aan zodat alle meisjes hem kunnen zien, en als hij dan weer uit het zicht is, trekt hij 'm weer uit en loopt hij verder in zijn gewone broek. Een vriendin van me zag hem dat doen. Ze kwam het me vertellen en we hebben hier zitten lachen tot we er buikpijn van hadden.'

Ik vraag haar naar de rest van haar familie.

'Toen de revolutie uitbrak, vonden mijn ouders me volslagen idioot dat ik hier bleef. Ze zetten hun tv aan en zagen een scherm vol gekken, daarna belden ze me op en vroegen of ik naar huis kwam. Ik zei tegen ze: Mam, pap, ik ben net in mijn spijkerbroek naar de Amerikaanse ambassade gelopen om een kijkje te nemen. Misschien zitten er gijzelaars binnen, maar buiten is alles prima, iedereen is heel aardig tegen me.

Het was waar. Elke Iraniër die ik kende was me heel dankbaar dat ik er niet tussenuit kneep. Weet je, al die Amerikanen woonden hier toen er gemakkelijk veel geld viel te verdienen, maar niemand bleef toen de sjah was vertrokken. Ze smeerden 'm gewoon en lieten de Iraniërs met de gebakken peren zitten. Het is bij alle revoluties hetzelfde. Die mensen laten niets heel van een land, plunderen alle grondstoffen, tot de autochtonen ontdekken dat "ontwikkeling" eigenlijk "klaplopen" betekent, en dan ontdekken ze dat ze honger lijden, terwijl de buitenlanders zelfs nog rijker zijn dan eerst, en dan slaan ze met z'n allen op tilt. Zodra het een zootje wordt, smeert iedereen 'm en zeggen ze dat het een binnenlands probleem is. Wat mij betreft, als je weg gaat zodra het een zootje wordt, had je hier helemaal niet moeten komen.'

Mijn blik wordt voortdurend naar de tv getrokken. Er wordt een concert van Madonna uitgezonden.

'Het is nu haast niet voor te stellen, maar in het begin van de revolutie wist niemand wat er zou gebeuren. Ik bedoel, de communisten dachten dat ze er misschien voordeel bij zouden hebben, de moejahedin deden er in het begin ook volop aan mee. We zaten allemaal te wachten op een soort geweldige democratie. Niemand wist dat het zo zou worden, ik in elk geval niet. In het begin zeiden ze dat vrouwen de hijab moesten dragen om steun te betuigen aan de revolutie, of zo. Voor je het wist moest je een hoofddoek dragen om een overheidsgebouw in te kunnen. Ik ging die zomer op vakantie naar Amerika en toen ik terugvloog moest ik het hele zootje aan om het vliegveld af te komen. Ik geloofde mijn oren gewoon niet.

Mijn familie werd daarna helemaal gek. Ze waren ervan overtuigd dat we omkwamen van de honger en als ik zei, luister mam, *kalmeer* – we hebben alles wat we nodig hebben, dacht ze dat ik loog om haar minder ongelukkig te maken. Uiteindelijk heb ik mijn koelkast opengezet, een foto gemaakt en die opgestuurd.'

Mary Jo's man komt thuis. Hij is een tengere, zacht sprekende man met glinsterend zwarte ogen en een snor. Hij stelt zich voor, begroet zijn kinderen met een aanhaling – hand op een schouder, klapje op de rug, aai over de bol – en excuseert zich. Hij moet zich verkleden voor het feest. Hij mompelt iets tegen Mary Jo en gaat grijnzend naar boven.

'Hij zegt dat hij zich mooi moet maken voor Canada.' Mary Jo kijkt hem na op de trap en lacht. 'Een paar jaar geleden zag mijn familie een film over Iran op tv en vanaf dat moment waren ze er zeker van dat hij me sloeg. Kun je het geloven? Ik zei, pap, ik heb net een Amerikaanse film gezien over een man die dronken wordt en zijn kinderen slaat; betekent dat dat alle Amerikaanse mannen dat doen? Het is onzin, ik zweer 't je.'

Mary Jo's man zwiert de trap af en maakt een grootse theatrale entree in een smoking. Zelfs ik, die gewoonlijk allergisch reageer op een pak, ben onder de indruk.

'Ik vrees dat wij tamelijk slecht afsteken,' zegt Ian. 'Dit zijn onze enige kleren.'

'O, god, je ziet er prima uit.' Mary Jo wuift ons weg en loopt richting deur. 'Het zou informeel zijn. Hij doet dat alleen om indruk te maken.' Haar man glimlacht en probeert onschuldig te kijken. We gaan de straat op en Mary Jo gooit haar armen in de lucht en keert zich om. 'Zwemkleding! Dat hebben jullie natuurlijk niet. Ik pak wel iets van de kinderen.'

De ambassadeurswoning is precies zoals ik verwachtte. Toen ik het woord 'ambassadeurswoning' hoorde, zag ik meteen een bepaald soort huis voor me. En zo is het precies.

Hoge muren met glaspunten erop, een brede grootse ingang bemand door keurige bewakers. Veel gazons, veel bomen, veel tuin, het zwembad, zoals beloofd, en zelfs een stenen fontein die tegen de wind in staat te pissen. Het huis vertoont de interieurversie van wat ik net heb beschreven. Onberispelijk meubilair dat gemaakt is om naar te kijken, veel spiegels en pastelschilderijen, niet om naar te kijken, lampen en kroonluchters, een statige trap.

De ambassadeur en zijn vrouw zijn ook precies zoals ik me had voorgesteld toen ik de woorden 'de ambassadeur en zijn vrouw' hoorde. Hij is lang en lijkt zo uit een postordercatalogus te zijn weggelopen. Zij is lang en lijkt zo uit een postordercatalogus te zijn weggelopen. Blond, allebei. Geen van beiden van zichzelf. En aardig. Aardig aardig aardig aardig aardig. We zijn allemaal zo heftig aan het glimlachen dat we elkaar rimpels bezorgen.

We worden naar een damestoilet gebracht dat groter is

dan alle appartementen die ik ooit heb bewoond en er wordt ons gevraagd onze jassen op te hangen en buiten een cocktail te komen drinken. We zijn nu in Canada, wordt ons glimlachend verteld.

Ik hang mijn jas aan het rek en kijk naar mezelf; het beeld van mezelf; de muur met passpiegels voor me. Ik ben verrast over wat ik zie, hoe grof ik eruitzie, hoe versleten, hoe ruw. Hoe weinig verfijnd. Ik ga met mijn handen naar mijn haar en trek het elastiek eruit, maak mijn vlecht los, slag na slag, mijn dikke, weerbarstige haar – materiaal van hoorns. Ik duw tegen de huid op mijn gezicht, kijk hoe dat zich vervormt, kijk wat voor vreselijk plaatje ik van mezelf kan maken. Spat water tegen mijn gezicht. Gebruik de voorkant van mijn hemd als handdoek. Ga rechtop staan. Moet gaan.

Cocktails.

Ian kletst met een groepje Canadezen op het terras. Ik krijg een tafel met flessen in het vizier en neem aan dat dat de bar is. De man die inschenkt is de donkerste man van iedereen, in een wit pak, net als alle andere assistenten. Ik geloof dat we hen geen bedienden meer noemen.

Ik vraag om een biertje en hij knikt. Ik begin te kwijlen als hij inschenkt. Zo erg zelfs dat ik verscheidene keren moet slikken voor hij klaar is. Hij legt een servetje onder het glas en ik bedank hem op de manier waaraan ik gewend ben geraakt. Drie of vier keer, met mijn hand op mijn hart.

Ik draai me om en laat mijn ogen over de groep dwalen. Groepjes informeel netjes geklede mensen nippen van hun gekoelde drankjes en babbelen. Ik krom mijn tenen in mijn schoenen en kauw op mijn lip. Besluit hier vast een slokje te nemen voor ik me in het feestgedruis stort. Ik hef het glas naar mijn mond en neem een reuzenslok, laat het vocht over mijn tong glijden en slik het door. Met afschuw. Het smaakt naar appelsap dat door een sok is gezeefd.

Ik trek een zuur gezicht en wend me weer tot de bediende.

Ik zeg tegen hem dat ik van gedachten ben veranderd: geeft u maar een glas wijn.

Na een slok besluit ik over te stappen op wodka-tonic. Ik drink er een terwijl ik bij de bar sta en neem een tweede mee naar een stoel in de schaduw. Een andere donkere man in een wit pak komt op me af met een enorm dienblad met iets fijngehakts op toostjes. Ik neem er zoveel van als op mijn servet past, eet ze allemaal op zonder er een eentje te proeven, en speur het terrein af naar meer voedsel.

Ian staat te zwaaien. Hij staat bij een groepje mensen die allemaal naar mij kijken en glimlachen. Terwijl ik naar ze toe loop, voel ik hoe ik in mijn huid glij. Me ervan bewust hoe mijn borsten schommelen als ik beweeg, hoe mijn heupen bewegen, hoe goed ben ik me van al die dingen bewust.

Gedurende de tijd die het kost om bij het terras te komen, heb ik mijn tempo gehalveerd, mijn schouders naar achteren getrokken, mijn kin geheven en me herinnerd hoe ik moet schrijden. Sierlijk. Tegen de tijd dat ik bij het groepje ben aangekomen, weet ik weer hoe ik moet glimlachen en zeggen, *Hallo, leuk je te ontmoeten.* Of het nu leuk is of niet.

En soms is het dat. Ja, echt leuk. Babbel babbel babbel babbel. Heel aardige mensen die me even vreemd zijn als alle anderen die ik in dit land heb ontmoet. Behalve dat we allemaal door ons paspoort met elkaar verbonden zijn, dus we hebben een relatie gestoeld op het stemmen bij dezelfde verkiezingen, het lezen van dezelfde leerboeken, het versieren van ons huis met hetzelfde type kerstversieringen, het bekijken van dezelfde tv-programma's. Een vertrouwdheid die ontstaat doordat je een heel gesprek kunt voorspellen voor het heeft plaatsgevonden.

'Prettig om je eigen mensen weer om je heen te hebben, niet?' zegt Ian als we naar de bar lopen voor een nieuw glas. Ik trek me terug en zoek Mary Jo op. Trek het badpak van haar dochter aan en drijf de rest van de middag op mijn rug en staar naar het vierkantje hemel boven dit stukje grond dat Canada heet.

Iran khoeb

Dit is de laatste halte voor de grens: een klein stadje met één weg, dat het gependel over en weer mogelijk moet maken van mensen over een geopolitieke grens die hun staat van de volgende scheidt. Die een islamitische regering scheidt van een seculiere; die een verplichte sluier scheidt van een sluier uit vrije keuze; een prowesterse regering van een antiwesterse regering; Koerden die een zekere erkenning en zelfbeschikking willen van Koerden die een zekere erkenning en zelfbeschikking willen; Iraanse riyals van Turkse lira's.

Terwijl we ons klaarmaken om het stadje te verlaten en de laatste anderhalve kilometer naar de grens te wandelen, wordt Ian plotseling overvallen door emoties. Klampt alle Iraniërs die hij ziet aan om te vertellen hoe geweldig hij het in hun land heeft gehad, hoe goed de mensen zijn, hoe vriendelijk ze tegen hem zijn geweest, hoe geweldig het land is.

'*Iran khoeb!*' roept hij tegen elke voorbijganger. Hij glimlacht en buigt en legt een hand op zijn borst. '*Iran khoeb! Kheilie-mam-noen! Iran khoeb ast!*'

De mensen glimlachen en bekijken hem alsof ze zich afvragen of hij bevangen is door de hitte of dat hij gewoon een krankzinnige is. Ian is zich niet bewust van de aandacht die hij trekt en blijft zijn credo zo luid mogelijk verkondigen terwijl we over de stoffige weg de stad uitlopen op weg naar de grens. Ik ploeter verder naast hem en vraag me af of hij door de hitte is bevangen of dat hij gewoon knettergek is geworden. Al die tijd dat we hier zijn geweest, heeft hij het grootste deel van zijn vrije tijd besteed aan het beledigen, veroordelen en walgen van het land. Mekkeren. Bijna onophoudelijk. Maar nu we een kilometer van de grens zijn, staan er tranen in zijn ogen bij de gedachte aan het vertrek.

De grens staat vol bussen die voor de douane bagage uitspuwen. Als je de bergen spullen ziet – tapijten, kookwaren, kleren, kleren, kleren, cadeautjes, nog meer tapijten, doos op doos op doos, tassen in alle denkbare vormen en maten – vergt het een oefening in mentale behendigheid om te bedenken hoe het ooit allemaal in de bus heeft gepast.

Wij willen naar Syrië en vragen dus rond of er iemand is die die kant op gaat. Een van de bussen gaat helemaal naar Damascus. Perfect. Ze nemen ons mee voor 25 dollar, alleen in Amerikaans geld te betalen. We bereiken overeenstemming, schudden elkaar de hand, en spreken af aan de andere kant van de douane.

Het kost ons niet meer dan tweeënhalve minuut om vanonder Khomeini's portret naar dat van Atatürk te lopen. Ian brulde nog steeds *Iran khoeb!* toen we onze paspoorten overhandigden, dus dat zal de procedure ongetwijfeld iets hebben versneld.

Het kost onze busgenoten zevenenhalf uur om bij ons te komen aan de Turkse kant. Ze zijn allemaal in goede stemming, al is het bezielde inpakwerk waarmee ze hun spulletjes in de verschillende verpakkingen hadden geperst, verwoest en zijn ze genoodzaakt helemaal opnieuw te beginnen. En alles daarna in de bus te laden.

Dit duurt nog eens vijf uur.

Gek genoeg loop ik nog steeds in hijab. Na weken verlangd te hebben naar dit ogenblik, waarop ik buiten bereik van de islamitische wet ben en mijn zwarte huid kan afwerpen, stel ik vast dat ik daar nog niet toe geneigd ben. Ik had me een soort viering voorgesteld, een wilde dans wellicht die de stinkende stoffen een voor een aan de aarde zou voeren. Maar pas nu ik hier sta, wordt één ding me duidelijk: ik ben het land uit, maar mijn bloed nog niet. Het moet de kans krijgen dit land los te laten om zich te kunnen gaan voeden met het water, de lucht en de ziel van het volgende. Ik zal mijn huid pas afwerpen als hij de tijd heeft gehad om zich van mij los te maken.

De bus kan vertrekken, vlak voor de duisternis invalt. We worden aan de hele bus voorgesteld, aan de ouders van alle kinderen met wie ik de afgelopen uren heb rondgerend, plus aan twee studenten uit China, leden van de Chinese sjiïetische minderheid, die de afgelopen vijf jaar islamitische studies in Qom hebben gevolgd. De langste van de twee jongens, Li, spreekt Engels. Hij legt uit dat deze bus op bedevaart is naar sjiïetische heilige plaatsen in Syrië. Zijn wij pelgrims of gewoon passagiers?

'Passagiers. Enig idee wanneer we in Damascus zijn?'

'Waarschijnlijk na een nacht,' antwoordt hij; hij glimlacht en gaat weer naar zijn zitplaats.

De bus draait de parkeerplaats af richting de smalle weg naar Turkije. Ik ga verzitten om de prettigste slaaphouding te vinden en hang uiteindelijk met opgetrokken knieën tegen de zitting voor me en een opgepropt shirt tussen schouder en kin. Begin net mee te deinen op het kalmerende bewegingsritme als de bus afremt en piepend tot stilstand komt aan de kant van de weg. Mensen om ons heen staan op en schuifelen naar buiten, de chauffeur en verscheidene andere mannen halen dingen van het dak, er worden tapijten uitgerold en metalen blikken worden tevoorschijn getoverd uit de bagageruimte onder de bus.

'We eten,' zegt Li, glimlachend, terwijl hij langs ons door het gangpad loopt.

Ian zegt allerlei dingen die allemaal ongeschikt zijn om op papier te zetten.

Het eten (rijst met eieren en aardappels en aubergine) is

vrij snel klaargemaakt en smaakt heerlijk. De borden worden verzameld en ingepakt – we zullen ze morgen afwassen als we langs een rivier komen – en er wordt water opgezet voor thee. Al met al, laat Ian me weten, heeft deze stop de tocht met twee uur verlengd, dus komen we morgen waarschijnlijk pas vrij laat in Damascus aan.

De pannen worden opgestapeld en weggestopt, de tapijten worden opgerold, weer op de bus gelegd en vastgebonden, en alle passagiers en pelgrims nestelen zich weer in de bus voor een nacht reizen. We hotsen terug naar de weg en vervolgen de tocht. Ik knoop mijn mantel los, ga weer op mijn shirtkussen liggen en begin van Damascus te dromen.

We zijn nog geen uur op weg of we remmen weer af. Controlepost. Turkse soldaten die in deze regio zijn geposteerd om de Koerden onder de duim te houden; jonge kinderen uit grote steden in het westelijk deel van het land die zich dood vervelen en zeer rancuneus zijn. Twee tienersoldaten klimmen de bus in en eisen geld van de chauffeur. Ze stoppen het smeergeld in hun zak en paraderen door het gangpad, waar alle kinderen liggen te slapen. De soldaten schoppen ze opzij en voelen zich, ongetwijfeld voor het eerst deze dag, sterk en machtig. Gewoon voor de lol laten ze alle passagiers in het achterste deel van de bus al hun bagage uitpakken. Urenlang pluizen de soldaten eigendommen door, ze pikken in wat hun aanstaat en gooien de rest op de grond. Ze slepen bij deze beproeving drie sloffen sigaretten in de wacht en lijken tevreden. Verlaten lachend de bus en laten ons doorrijden. De passagiers achterin lijken zich te schamen terwijl ze hun spullen stilletjes, nederig bijeenrapen; en de bus rijdt verder.

Midden in de nacht word ik uit een diepe slaap wakker geschud. Weer een controlepost, weer een ventje in groene kleren met een geweer, dat deze keer mijn paspoort wil zien. Hij pakt het, en dat van Ian, en verdwijnt. Blijft zo lang weg dat ik me ga afvragen of we ze nog terugkrijgen. Dat gebeurt, maar eerst wordt Ian naar voren geroepen om een probleem op te lossen. De soldaten hebben alcohol ontdekt en willen die confisqueren omdat moslims volgens hen niet drinken. Ian is de enige niet-moslim aan boord. Als hij zegt dat de drank van hem is, legt Li uit, nemen ze die misschien niet in.

Ian gaat kijken wat hij kan doen. Terwijl hij voor in de bus is afgeleid, komt een van de soldaten onze paspoorten terugbrengen. Hij leunt voorover en gooit de paspoorten in mijn schoot, duwt zijn hand tussen mijn benen en probeert zoveel mogelijk uit deze ervaring te halen voor ik hem het gangpad in stomp.

Hij lacht, drentelt terug door het gangpad en springt van de bus.

Ik knoop mijn mantel weer dicht en roep tegen Ian dat hij ze nog wat smeergeld moet aanbieden zodat we hier weg kunnen.

Dat doet hij, we gaan en ik probeer weer te gaan slapen.

We worden wakker aan de kant van de weg. Het is dageraad. Er begint licht door de ramen te sijpelen. Het is prachtig buiten. Groene heuvels en een bulderende rivier.

Passagiers maken zich langzaam los uit hun slaap en sjokken naar buiten. Door het raampje zie ik Li, zijn kameraad en een handjevol mannen de zonsopkomst monsteren om te achterhalen waar Mekka ligt, in welke richting ze moeten bidden. Er wordt wat gediscussieerd, er valt een besluit en een van de mannen begint aan zijn ochtendritueel. De anderen discussiëren verder, een nieuw besluit en een vriendelijke onderbreking van de man die al was begonnen. Hij stopt, luistert en stemt ermee in. Verschuift ongeveer tien graden oostwaarts en begint opnieuw. De andere vijf sluiten zich bij hem aan. De andere mannen zijn gaan plassen.

Ik ga naar de vrouwen bij de rivier. De ene helft wast de vaat van gisteravond af, de andere helft wast de gezichten van hun kinderen. Ik doop mijn handen in het frisse water, houd kiezelsteentjes als ijsblokjes tegen mijn wangen, maak mijn gezicht telkens opnieuw nat, sprenkel water over mijn nek. Een ogenblik van dankbaarheid en rust.

Ik sta hier als het gegil begint. Opgewonden gegil met een zweempje paniek. De vrouwen verzamelen zich zo snel mogelijk, schreeuwen naar hun kinderen, echtgenoten, zusters en rennen omhoog naar de bus, waar twee Turkse tanks staan met soldaten die met machinegeweren zwaaien en ons de bus in commanderen. Nu.

We zijn in een paar minuten gepakt en vertrokken. De paniek ebt snel weg, en in een mum van tijd is de sfeer in de bus als vanouds. Vrolijk.

Li, die blijkbaar de verantwoordelijkheid over ons op zich heeft genomen, komt op ons af met handenvol noten en gedroogde vruchten. Hij legt ons uit dat de Turkse soldaten ons wilden beschermen. We waren in een heel gevaarlijk gebied gestopt, midden in de Koerdische revolte, waar opstandige troepen, het Koerdische Bevrijdingsleger, vechten tegen Turkse soldaten. Het schijnt hier te wemelen van sluipschutters en kidnappers. De soldaten zeiden dat we voor de Syrische grens niet meer moesten stoppen. Dat kan niet meer zo lang duren, een paar uur, berekent Ian.

We rijden bijna de hele dag. Er zijn veel controleposten en ze kosten veel tijd. Op een gegeven moment staat de chauffeur op en doet een beroep op alle passagiers. Hij heeft al het geld dat hij had meegebracht als smeergeld gebruikt, en we moeten de grens nog over. Of we allemaal wat Turkse lira kunnen doneren?

Aan het eind van de middag komen we bij de grens. Er staan tientallen bussen voor ons en het ziet er niet naar uit dat de zaken in hoog tempo worden geregeld. Mijn busgenoten schijnen dat ook te denken, want zodra we onze paspoorten hebben afgegeven, beginnen ze de tapijten van het dak van de bus te halen. Dan het kookgerei, daarna het eten. We gaan allemaal midden op de parkeerplaats zitten, liggen, dutten – nee, ze hebben geen hulp nodig, vertellen de vrouwen me keer op keer – tot het eten klaar is. We eten, er wordt thee gezet en er worden wandelingetjes rond de grenspost gemaakt. Tijdens mijn wandeling zie ik een groepje kinderen uit een andere bus stenen gooien naar een nest puppy's. Ik schreeuw tegen de kinderen (die zich suf lachen om mijn fratsen) en ga op wacht staan tot de moeder, een haveloze zwerfhond die voedsel aan het zoeken was, terugkomt. Ik ben uitgeput, gefrustreerd, afgemat. Ik verschuil me achter een afgebrokkelde betonnen muur en droom over thuis.

We krijgen onze paspoorten terug en de douanecontrole begint. Alles wordt uit de bus gehaald en onderzocht, kritisch bekeken en teruggestopt. Bij zonsondergang gaan we de weg weer op. Ik had niet verwacht nog een nacht in de bus te moeten doorbrengen, maar ik ben te moe om me er druk over te maken. We zullen in Damascus ontwaken en daar gaat het om.

Om een of andere reden rijden we minder dan een uur voor we in een goor grensstadje stoppen en weer uitpakken.

Li legt uit dat we hier zullen overnachten. 'Beter te slapen in een hotel dan in de bus.'

Daar zou ik het normaal gesproken mee eens zijn, maar een vluchtige blik op de accommodatie in deze stad heeft me ervan overtuigd dat de bus de aangenaamste verblijfplaats in de omgeving is. En ik geloof niet dat ik veeleisend ben. Uiteindelijk gaan Ian en ik, en verscheidene andere passagiers, op het dak van de bus slapen. Ik vraag me af of iemand van ons werkelijk heeft geslapen, want het straatrumoer – auto's, muziek, gepraat, gelach, geschreeuw – ging de hele nacht onophoudelijk door.

Om acht uur zijn we allemaal weer bij elkaar en op weg.

Vanaf hier is het een gemakkelijke rit naar Damascus. Moeten daar op z'n laatst vroeg in de middag zijn. Ik nestel me in mijn stoel en begin me te verheugen op telefoontjes naar huis.

We rijden tien minuten en houden halt bij een parkeerplaats langs de weg waar stromend water is. Iedereen dromt naar buiten, tapijten worden van het dak van de bus getrokken, kookgerei wordt uit de onderkant gesleept.

Even een ontbijtje.

Niemand heeft goed geslapen, dus na het eten strekken de mannen zich uit op de tapijtjes en dommelen weg. Ik kan het niet aanzien. Ik vraag de chauffeur wanneer we vertrekken, laat hem weten dat Ian en ik vandaag beslist in Damascus moeten zijn, maar hij antwoordt wat hij telkens heeft geantwoord als ik dat vroeg: Snel. Misschien een uur.

Ik moet lopen. Als ik ga zitten, of liggen zelfs, loop ik volgens mij het risico van spontane zelfontbranding. Ik sta op van het vrouwentapijt en sta met mijn rug ernaartoe als het gebeurt. Daarom hoor ik alleen de harde krakende *mep!*, maar zie ik hem niet aankomen. Ik draai me onmiddellijk om en zie alleen de nasleep: mijn buurvrouw van de andere kant van het gangpad zit voorovergebogen met haar handen op haar hoofd, en haar man loopt weg met een houten haarborstel in zijn hand.

Hij gaat zitten en lacht met de andere mannen mee. Zijn vrouw wiegt heen en weer met haar hoofd in haar handen. Uiteindelijk buigt ze naar de vrouw naast haar en fluistert iets. Deze vrouw peutert de hoofddoek weg en bekijkt de plek. Nee, verzekert ze haar. Geen bloed. Mijn buurvrouw veegt de tranen van haar gezicht, gaat rechtop zitten en tovert een geforceerde glimlach op haar gezicht. Ik ga naast haar zitten en pak haar hand vast, vraag of het goed met haar gaat. O ja, prima, zegt ze en ze lacht. De andere vrouwen lachen ook, vinden het grappig dat ik het zo ernstig opneem.

Beginnen grapjes te maken over het slaan van hun kinderen, het slaan van elkaar. Ze zien dat ik verontwaardigd ben en willen me per se kalmeren.

Onmogelijk. Ik sta op en loop naar het mannentapijt, ga op de Mepper af en vraag om de haarborstel. Weet niet waarom. Hij ook niet, maar hij geeft hem me en begint zo hard als hij kan te lachen. Waar een paar andere mannen zich bij aansluiten. Ik pak Ian bij zijn arm en zeg dat hij de bus in moet gaan. 'Je gaat niet met deze klootzak op een tapijt zitten,' zeg ik tegen hem. 'En we gaan hier niet een potje thee zitten drinken alsof er niets is gebeurd.'

Ian is het niet met me eens. Wil niemand beledigen. Een scène maken. Dus ik smijt de haarborstel in het stof en stamp in m'n eentje naar de bus: aan de ene kant weet ik dat ik het enorme misdrijf bega cultureel ongevoelig te zijn, maar aan de andere kant kan ik me niet inhouden.

Ik zit ongeveer vijf minuten in de bus als er iemand naar binnen klimt om met me te praten. Een meisje. Van dertien jaar misschien. Gaat naast me zitten en begint me uit te leggen dat ik het verkeerd heb begrepen. Er is geen reden om boos te zijn, want die man is *haar echtgenoot.* Ze spreekt die woorden langzaam en met nadruk uit, om zich ervan te vergewissen dat ik het begrepen heb. Ze lacht en houdt mijn hand vast, wijst op mijn trouwring en herhaalt haar *echtgenoot,* haar *echtgenoot.*

De volgende die de bus in klimt, is de vrouw zelf, nog steeds met haar hand op haar hoofd, maar ze komt glimlachend op me af. Het meisje staat op en de vrouw komt naast me zitten. Pakt mijn hand. Toont me haar betraande ogen en zegt dat alles in orde is. Haar echtgenoot is een goede man. Hij heeft haar vijf kinderen geschonken, vier zoons. Ze schuift haar hoofddoek opzij om me te laten zien dat er geen wond is, glimlacht opnieuw. Alles is in orde, zegt ze met fluisterende stem. Klopt me op mijn hand. Alles is in orde.

Niet lang daarna wordt de bus geladen en zijn we klaar om te vertrekken. De mannen komen als laatsten aan boord, en ze dralen voorin en praten met Ian en Li. Ian verlaat de groep en komt naast me zitten. Stilte. Li komt als volgende. 'Ze willen pas vertrekken als jij tevreden bent,' legt hij uit. 'Vertel me alsjeblieft wat ze moeten doen om je tevreden te stellen.'

Ik sta versteld. Ben met stomheid geslagen.

'Wil je dat die man zijn excuses aanbiedt aan zijn vrouw?' vraagt Li.

Ik knik. Ja. Dat zou mooi zijn.

De Mepper paradeert door het gangpad en onderdrukt een grijns, als een kind dat door de meester naar voren is geroepen. Li legt hem mijn verzoek uit. De Mepper lacht en kijkt om naar zijn vrienden, waarna hij een verontschuldiging uitspuwt tegen zijn vrouw, die dit allemaal net zo vermakelijk vindt als hij. Hij sluit af, zegt een paar terloopse, onbegrijpelijke woorden tegen mij en gaat weer naar de voorkant van de bus. Li vraagt of ik nu tevreden ben. Ik zeg van niet. Ik wil dat hij in de naam van Mohammed zweert dat hij zijn vrouw nooit meer zal slaan. Li roept dit verzoek naar voren en vertaalt het antwoord: 'Dat kan hij niet doen. Hij zegt dat het de gewoonte is dat een man zijn vrouw slaat. Hij zegt dat het een gebruik is.'

'Nou, het is een afschuwelijk gebruik,' zeg ik tegen Li, die dat tot mijn verbazing ook vertaalt.

Het is doodstil in de bus. Zo zitten we meer dan een minuut voor de chauffeur de motor start en optrekt. Ik voel me verlamd en zwaar, te uitgeput om te slapen. Ik zit er als een zombie bij – uitdrukkingsloos – tot een man van achteren naar me toe komt en fluistert.

'Alsjeblieft, vergeef. Deze man is niet een goede man. Ik sla mijn vrouw niet, nooit, ook niet mijn kinderen. Het is niet gebruik, zoals hij vertelt. Alsjeblieft, vergeef.'

We rijden de buitenwijken van Damascus eerder binnen dan ik had verwacht. Ik ben zo opgelucht dat ik hoorbaar zucht. Ik heb de afgelopen vijf minuten vaker 'godzijdank' gezegd dan in de afgelopen tien jaar bij elkaar. Ik heb mijn spullen uren geleden al ingepakt. Ik hoef alleen nog maar op te staan en naar buiten te wandelen.

Behalve dan dat dit Damascus niet is, corrigeert Li. Het is zelfs Aleppo niet, al is dat de stad daar helemaal in de verte. We gaan hier stoppen, in de buitenwijk, om het hoofd van imam Hossein te bezoeken (hij werd onthoofd) dat begraven zou zijn onder een grote rots in... déze plaats, legt Li uit en hij wijst naar een bescheiden gebouw op een heuvel. Daarna, verzekert hij me, gaan we naar Damascus.

De bus parkeert langs een tamelijk drukke tweebaansweg onder aan het heiligdom. De straat staat vol met bussen, klaarblijkelijk allemaal uit Iran, en het barst hier van de vrouwen met chadors, hun echtgenoten en kinderen. De mensen druppelen de bus uit en gaan via het stenen pad omhoog naar het heiligdom. Mijn buurvrouw van de andere kant van het gangpad pakt mijn hand en vraagt of ik met haar meega. We sluiten ons samen aan bij de stroom pelgrims en brengen eerbetoon aan het hoofd van imam Hossein.

Op weg naar beneden steek ik mijn armen in de lucht en maak de hoofddoek onder mijn kin los. Een enkele krul is uitgebroken en hangt midden over mijn voorhoofd. Ik laat hem hangen, mijn tweede ongehoorde daad vandaag, en zie hem tijdens het lopen met veel genoegen op en neer deinen.

Ik moet bijna glimlachen als ik de mannen boven op onze bus zie. Hoe ze daar alles afladen, echt alles, en het op de grond uitspreiden. Ik til mijn mantel op en ren naar de bus, spoor de chauffeur op en vraag wat er aan de hand is.

'Bazaar,' zegt hij en hij wijst om zich heen.

Dat had ik niet gezien. Dat al die bussen hetzelfde hadden

gedaan: de inhoud uitladen en op de grond leggen voor de verkoop. Ik wed dat er langs dit stukje weg meer Perzische tapijten en sloffen sigaretten liggen dan in heel Syrië.

Dit zijn geen pelgrims, begint me ineens te dagen. Het zijn smokkelaars.

Zodra ik hierachter ben, wordt alles duidelijk. Opeens kan ik de Syrische tapijthandelaars eruit pikken die tussen de bussen rondlopen en hun waren uitkiezen. Opeens begrijp ik waarom Li en zijn kameraad de enigen in de bus waren die vrome pelgrims leken en zich aan regelmatige gebeden hielden. Omdat zij de enige pelgrims in de bus zijn. Opeens begrijp ik waarom er alcohol aan boord was die Ian de zijne moest noemen, waarom de Turkse soldaten wisten dat ze zeker een paar sloffen sigaretten zouden krijgen als ze het ons moeilijk zouden maken.

Niet dat het er iets toe doet.

Ik vraag de buschauffeur zonder zinnige reden hoe lang we hier blijven voor we naar Damascus gaan.

Misschien een uur, zegt hij, en hij glimlacht.

Zeven uur zijn verstreken en het begint donker te worden. Ik ben de straat vijfenzestig keer op en neer gelopen en ben nu bereid me te ruste te begeven. Het is een hectische toestand, met honderden Iraanse verkopers en evenveel Syrische kopers. Onophoudelijk autoverkeer op straat en onophoudelijk mensenverkeer op de stoep. Het is alsof je in een mierenhoop trapt: het onophoudelijke komen en gaan, transporteren en verschuiven. Tapijten en sigaretten, snuisterijen en goud, pistachenootjes en asbakken. Allemaal te koop. Nu. Voor afbraakprijzen.

Ian is neergeploft op een betonnen plaat naast een verlaten gebouw langs de weg. Ik ga naast hem liggen en slaap bijna als ik me om een of andere reden genoodzaakt voel rechtop te gaan zitten.

Dat doe ik. En net als ik dat heb gedaan, zie ik drie vrouwen, drie figuren in zwarte kleren die willen oversteken. Twee van hen stappen terug, maar de derde loopt verder en net als ze naar het midden van de weg stapt, klinkt het gegier van een bestelautootje dat de zwarte figuur van opzij aanrijdt. Ze vliegt door de lucht, wordt verder weg geworpen dan ik wist dat een lichaam kon vliegen, en ploft neer als een levenloze hoop.

Pandemonium.

Geschreeuw. Gegil in hoog tempo van hen die dichtbij staan. Uitzinnig uitzinnig uitzinnig. De anonieme vrouw in het zwart is ieders vrouw, moeder, dochter, zuster, tante, nicht. *Wie is zij?* Iedereen gilt. Ze is geïdentificeerd, eindelijk eindelijk eindelijk, en mensen vallen tot hoopjes in elkaar. Hysterisch gehuil. De echtgenoot wordt gevonden en hij tilt haar in het bestelautootje, dat zich moeizaam een weg door de menigte baant en de straat uit scheurt naar het ziekenhuis. Binnen een paar minuten is het afgelopen. Er klinkt nu geen geluid behalve jammerend gehuil en de gedempte stemmen van hen die durven te spreken.

Onze bus wordt zo snel mogelijk geladen en we zijn vertrokken voor er politie is gearriveerd. In de bus heerst stilte, kilte, een leegte. Vrouwen houden hun kinderen stevig vast en huilen, zachtjes, strijken door hun haren en fluisteren. We zijn allemaal verdoofd. Zo erg zelfs dat ik niet eens reageer als de bus een uur later stopt en de mannen tapijten en kookgerei beginnen uit te laden. Ik ga naar buiten, ga op het vrouwentapijt zitten en maak me klaar om te gaan eten. Het is midden in de nacht.

We eten zwijgend. Lepelen het eten mechanisch naar binnen. Staren in de ruimte. Dan volgt een klap. Weer een gil. Een mannenstem die jankt van de pijn. Mannen springen op en gaan op onderzoek uit. Ze dragen de Mepper terug, die ineengekrompen zijn zij vasthoudt. Het schijnt dat hij een plas ging doen achter de bus en niet zag dat de klep van de bagageruimte onder de bus open was blijven staan. Hij rende op volle snelheid en, blind in deze duisternis, klapte met zijn ribben tegen de klep.

Goddelijke vergelding, zou je kunnen zeggen.

Er wordt ruimte gemaakt op het tapijt en hij wordt op zijn rug neergelegd. Zijn vrouw spoedt zich naar hem toe en legt zijn hoofd op haar schoot. De moeder van de Mepper gaat bij hen op het tapijt zitten en raakt zo ontzet door de aanblik van haar lijdende zoon dat ze vreemd begint te hijgen tot haar ogen naar achteren rollen en ze in de armen van haar schoondochter valt. De vrouw van de Mepper is uitzinnig van verdriet. Ze jammert, slaat met haar handen op haar hoofd en smeekt tot Allah. Iemand rent de bus in en komt terug met een flesje pillen, legt er eentje onder de tong van de moeder en wuift haar lucht toe.

Ze herstelt snel, net als haar zoon, die kreunend opstaat, zijn zij vasthoudt en wegloopt zonder een woord tegen een van de vrouwen te zeggen. De restanten van de maaltijd worden ingepakt, we klimmen de bus in voor wat alleen nog maar de laatste etappe van onze reis kan zijn en zijn bijna klaar om te vertrekken als de motor wordt afgezet, de bagageruimte weer geopend wordt en het kookgerei er weer uitgehaald wordt.

Het is de Mepper. Door alle opwinding heeft hij niets gegeten. Een van de mannen maakt een roerei voor hem klaar en hij eet dit buiten op.

Nu zijn we klaar om te vertrekken en vertrekken we echt. De Mepper zit voor in de bus en krijgt veel medelijden van zijn vrienden. Zijn moeder ligt in de armen van een andere oudere vrouw te slapen. En zijn vrouw, mijn buurvrouw aan de andere kant van het middenpad, trilt en jankt als een puppy. Ze wordt getroost door een paar vriendinnen, krijgt wat pillen en valt snel in slaap.

Ik ben mijn hele leven nog nooit zo uitgeput geweest en zo niet bij machte te slapen. Ian en ik praten een deel van de nacht: we besluiten uit elkaar te gaan als we in de stad aankomen en wensen elkaar geluk. We hebben een lange, zware tocht gehad samen. We hebben allebei behoefte aan eenzaamheid, tijd om de laatste paar maanden in onze huid te laten trekken, om de spanningen van de reis te vergeten en het voortdurende gezelschap; om ons de poëzie van onze vriendschap te herinneren.

De rest van de nacht luister ik hoe de bus slaapt, en ik laat mijn gedachten over het land dwalen, gezicht voor gezicht voor gezicht. Ik probeer me voor te stellen hoe ik me dit land zal herinneren. Ik bedenk hoe Hamid ons midden op de weg in zijn pyjama begroette, ik denk aan Abbas' glimlach, pingpong en de man van zes miljoen dollar, een onstuitbare anglicaanse geestelijke, een engel op een vliegveld. Ik denk aan Esperanza's bezieling, de wanhoop van een Duitse moeder, een eindeloze reis door de woestijn, een jonge drugdealer, lichamen in gebed, een jongen bij de zee en een honderdtal mensen die me hun hart hebben geschonken.

Dan zie ik de hemel rood worden boven Damascus.

Er staat een stormachtige wind. Hij vormt kegels in de lucht en waait vlagen van stof door de straat. Ian en ik nemen afscheid met samengeknepen ogen en kuchend en met onze handen beschermend voor ons gezicht. Ik maak mijn hoofddoek vast onder mijn kin en zwaai mijn tas over mijn schouder. De wind blaast mijn mantel omhoog en rond mijn benen, zodat het lastig lopen is.

Zodra ik een hoek om ben, uit het zicht, gooi ik mijn tas op de grond en knoop langzaam, doelbewust mijn mantel los. Ik trek mijn armen er behoedzaam uit en voel de wind tegen mijn rug, mijn buik, mijn borsten. Glimlach. Lach om hoe eenvoudig genoegens te vinden zijn.

Ik wacht op de volgende harde vlaag en gooi de stof in de lucht. Hij gaat als een vlieger omhoog en zweeft. Een spookachtige figuur. Hij zwemt over de luchtstromen en zweeft, zweeft, zweeft. Ik spring over het trottoir en probeer hem in het zicht te houden. Mijn armen hoog boven mijn hoofd. Zwaaiend. Kijkend hoe de lucht gewicht licht maakt. Kijkend hoe de vorm van duisternis danst.

De hemel houdt mijn gebed vast.

Dankwoord

Iedereen in Iran, iedereen die me zo genereus heeft verwelkomd, geholpen en gesproken dat ik nooit meer met dezelfde ogen naar de wereld heb gekeken.

Joan Harcourt en de *Queen's Quarterly*, omdat ze mij uit de obscuriteit hebben geplukt en mij ervan hebben overtuigd dat mijn woorden er iets toe deden; Maryam Labib, voor je vrolijke hulp bij het 'Farsifiëren' van mijn Engels; Diane Martin, voor je redactionele wijsheid en talent voor titels; Anne McDermid, omdat je het type agent bent dat iedereen zich zou wensen; Stephanie Aykroyd, voor je artisticiteit.

Stephen Brown en Champlain College van de Trent University, Franca Cerretti, Virginia Rogers en Harvey Sachs, omdat ze me zo gul onderdak en werkruimte verschaften in Peterborough, Montreal, Bronte en Loro Ciuffenna; Emile, Nicole en Yann Martel, voor al jullie hulp bij en begrip voor de praktische en onpraktische aspecten van deze reis.

De Canada Council, de Ontario Council en wijlen Marjorie Eleanor Wearing, voor financiële hulp.

Denise Della Rossa, David Glassco, Alison Gzowski, Eva Houskova, Megan Laughton, Kim McKellar, Brinda Narayan, Natasha Pairaudeau, Harvey Sachs en vooral Susan Roxborough, voor de magie van jullie vriendschap.

Pappa, voor je inspiratie en vertrouwen in mijn vermogen alles te doen waar ik mijn zinnen op heb gezet; Michael Johnson, omdat je altijd de tijd nam om me brieven te schrijven die me aan het lachen maakten; Peter en Timothy Wearing, omdat jullie ervoor gezorgd hebben dat ik mezelf nooit te serieus nam, en omdat jullie serieus genoeg waren als het ertoe deed.

Mamma, voor je goedheid, je gratie, je thuis, voor alle dingen die ik onmogelijk allemaal op kan sommen; Sally Soanes, voor de scrabble-onderbrekingen; Gramps, voor je bezieling; en Jarmo en Noah, omdat jullie alles hebben gerelativeerd.

Ik dank jullie allen.